BASTEI
LÜBBE
TASCHENBUCH

Weitere Titel der Autorin:

Mit euch an meiner Seite

Über die Autorin:

Pippa Watson, Jahrgang 1969, lebt in Nordrhein-Westfalen auf dem Land, ist aber seit ihrer Kindheit innig mit Großbritannien verbunden. So oft wie möglich streift sie mit ihren Hunden durch die Landschaft der romantisch rauen Küsten und traumhaften Gärten. Besonders die Herzlichkeit und die große Tierliebe der Briten nehmen die Autorin immer wieder für die Menschen dort ein. Und so liebt sie es, die Welt zwischen Cream Tea und Linksverkehr auch in ihren Romanen lebendig werden zu lassen.

PIPPA WATSON

Eine Liebe auf Guernsey

ROMAN

BASTEI LÜBBE
TASCHENBUCH

BASTEI LÜBBE TASCHENBUCH
Band 17 624

Dieser Titel ist auch als E-Book erschienen

MIX
Papier aus verantwortungsvollen Quellen
FSC
www.fsc.org
FSC® C083411

Originalausgabe

Lektorat: Daniela Jarzynka
Textredaktion: Ulrike Strerath-Bolz, Friedberg
Titelillustration: © FAVORITBUERO, München unter Verwendung von Motiven von © shutterstock/Irina oxilixo Danilova; shutterstock/Helen Hotson/ shutterstock/347682335; © getty-images/PPAMPicture; KaarinaS/Thinkstock
Umschlaggestaltung: FAVORITBUERO, München
Gestaltung der Innenklappen/Karte: Markus Weber, Guter Punkt, München
Satz: Urban SatzKonzept, Düsseldorf
Gesetzt aus der Jenson Pro
Druck und Verarbeitung: CPI books GmbH, Leck – Germany
Printed in Germany
ISBN 978-3-404-17624-3

5 4 3 2 1

Sie finden uns im Internet unter www.luebbe.de
Bitte beachten Sie auch: www.lesejury.de

Mama, dies ist das erste Buch,
von dem ich Dir noch erzählen konnte und
das ich nun beende, ohne dass Du in dieser Welt bist.
Ich schenke es Dir.
Alle Spaziergänge über den Klippenpfad und
am Strand gehören ganz Dir.

Und für meine Schwester Beatrix –
zur Erinnerung daran, dass nichts so wichtig ist
wie das Zuhause im Herzen und die Liebe,
die wir in uns tragen.

Kate

Mittwoch, 26. April

Das eigene Zuhause sollte für jeden Menschen der schönste Ort der Welt sein. Und natürlich könnte niemand mich davon überzeugen, dass es irgendwo anders schöner ist als auf den englischen Kanalinseln.

Wie jeden Morgen machte ich auch heute, an einem Tag Ende April, auf meiner Joggingstrecke kurz Halt an den Klippen hinter Bluebell Wood. Von hier aus konnte ich bis hinüber zur Nachbarinsel Sark sehen, wo ich aufgewachsen war.

Das Meer rund um Guernsey hat so viele Gesichter. Wenn ich nun hinausblickte, in Richtung Frankreich, dessen Küste die englischen Kanalinseln vorgelagert sind, wirkte es eisig grau. Ich mochte diese klare, fast silbrige Farbe. Mein liebster und bester Freund Brian aus Kindertagen behauptete stets, dass meine Augen genau denselben Ton hätten. Brian war viel zu ernsthaft für Schmeicheleien, daher musste etwas daran sein.

Ich griff nach dem kleinen Fernglas in meiner Bauchtasche, das mein ständiger Begleiter war, und konnte draußen ein paar Meeresvögel erkennen, die auf der weiß schäumenden Gischt der Wellen wild auf und ab schaukelten. Doch in der Bucht, die gut zweihundert Meter tiefer direkt unter mir lag, plätscherte das Wasser sanft jadegrün auf den Sandstrand, geschützt durch die hohen, mit gelb blühendem Ginster, Schlehen und anderen Wildsträuchern bewachsenen Felsenhänge.

Bei dem Gedanken, dass ich schon in einer Woche meine erste Touristengruppe der Saison an dieser Stelle vorbeiführen würde, musste ich unwillkürlich lächeln. Die Guernsey-Reisenden wussten selten, welche Schönheiten sie auf unseren herrlichen Wanderungen erwarteten. Dieser Blick entlockte ihnen stets begeisterte Ausrufe. Ich würde ihnen Raum für ihren Enthusiasmus und unzählige Fotos lassen. Und wenn wir dann weitergehen würden, landeinwärts, hinein in den Wald der uralten, mit Moos bewachsenen Bäume, würden sie still werden. Denn auf dem Boden würden ihnen Trillionen von blauen Schlüsselblumen entgegenleuchten, die diesem Waldabschnitt seinen Namen gegeben hatten: Bluebell Wood. So zart und zugleich so wild ergoss sich die Flut der blauen Blüten über die Hänge unter dem Blätterdach, dass von Menschen, die diesen Anblick zum ersten Mal genossen, meist nur ein tiefes Seufzen zu hören war. Hier, so empfand ich es selbst, konnte die Seele Frieden finden.

In diesem Augenblick würde sich für jeden Einzelnen von ihnen die Anreise mit dem Flugzeug oder der Fähre bereits gelohnt haben. Ein unvergesslicher Moment, eine Urlaubserinnerung, die blieb.

Voller Vorfreude drehte ich mich um und lief federnd weiter den schmalen Pfad entlang. Mein hellblonder Pferdeschwanz, der mir bis auf den Rücken hinabfiel, wippte dabei und kitzelte mich zwischen den Schulterblättern. Im Wald bog ich an der nächsten Kreuzung ab und machte mich an den Anstieg, der über viele kleine, aus Erde und Stein geformte Stufen hinaufführte – das beste Training überhaupt. Zwar war ich fit, seit ich vor zwei Jahren wieder mit dem Joggen begonnen hatte, trotzdem keuchte ich wie eine Dampflok, als ich oben ankam. Der Pfad führte aus dem Wald hinaus über eine Wiese mit ein paar Aussichtsbänken, auf denen einige Guernseyer Gedenkplaketten für ihre Liebsten hatten anbringen lassen. Von dort aus mündete der Weg in eine der Green Lanes, die es in diesem Teil der Insel gibt: schmale, sehr ruhige Straßen, in denen nur Anliegerverkehr erlaubt ist. Ich trabte über den Asphalt zwischen Hecken und Natursteinmauern hindurch. Noch eine Kurve, dann kamen die beiden Cottages in Sicht, die hier lagen. Das eine, ursprünglich ein Bauernhof, gehörte Sarah und Alan. Die beiden hatten den Hof von Alans Eltern übernommen und daraus ein prächtig laufendes Bed & Breakfast gemacht. Ich selbst bewohnte einen Teil des ausgebauten Dachgeschosses zur Miete. Auch wenn ich bereits dreiundvierzig Jahre alt war und mit meinem eigenen kleinen Touristikunternehmen gut verdiente, reichte es nicht, um die horrenden Immobilienpreise auf Guernsey stemmen zu können. Doch ich war mit meinen zwei Zimmern unterm Dach bei Sarah und Alan mehr als glücklich. Der Ausblick über den tiefer liegenden Wald bis zum Meer machte diesen Ort zu etwas ganz Besonderem.

Nun steuerte ich jedoch das winzige Häuschen neben dem großen Hof an. Ich öffnete das hölzerne Gartentor, dessen Scharniere in den Angeln leicht quietschten, und durchquerte den idyllisch in Rosa, Weiß und Blau blühenden Vorgarten. Als ich auf die Klingel drückte, konnte ich drinnen im Haus ein kurzes Bellen hören. Das war Amy, die hübsche Golden-Retriever-Hündin, die meiner alten Nachbarin Mrs. Owens als Blindenführhund durch den Alltag half. Es dauerte eine Weile, bis mir die Tür geöffnet wurde.

»Kate«, sagte die alte Dame, die eine Hand an der Wand im Flur, die andere auf Amys Rücken. »Hab ich mir doch gedacht, dass du es bist.«

Ich hatte es irgendwann aufgegeben, mich zu fragen, wie um alles in der Welt sie so sicher wissen konnte, wer vor ihr stand.

»Guten Morgen«, begrüßte ich sie lächelnd.

Amy tat einen Schritt vor und wedelte mich freundlich an. Ich streckte die Hand aus, um ihr kurz über den Kopf zu streicheln und die weichen Ohren zu zausen. Das liebte sie. Sie öffnete ihre Schnauze, als würde sie lächeln.

»Du strahlst ja«, stellte Mrs. Owens an mich gewandt ganz richtig fest, die blinden Augen vage in Richtung meines Gesichts gerichtet.

»Woher …?«, begann ich verblüfft, aber sie tippte sich bereits ans Ohr.

»Kann ich hören, mein Kind, kann ich hören. Und joggen warst du bestimmt auch«, setzte sie hinzu. »Komm herein, damit du dich hier in der Zugluft nicht verkühlst.«

»Würde ich sehr gern, Mrs. Owens, aber ich bin schon spät dran. Ich müsste eigentlich jetzt schon im Büro sein. Ich wollte nur schnell nachfragen, wie es Ihnen geht und ob ich Ihnen etwas aus der Stadt mitbringen kann?«

Die einzige größere Stadt auf Guernsey, wenn man es überhaupt so nennen konnte, war St. Peter Port. So klein sie auch war, alle Inselbewohner sprachen von ihr nur als »the town«, »die Stadt«.

Dank ihres Hundes war Mrs. Owens trotz ihres hohen Alters noch sehr agil und nicht auf Nachbarschaftshilfe angewiesen, doch vor ein paar Tagen hatte sie sich einen Infekt zugezogen. Auch jetzt sah sie schwächer aus als sonst. Und hatte sie nicht auch sichtbar abgenommen?

»Mein liebes Kind«, sagte Mrs. Owens mit dem Recht der über Neunzigjährigen, die zu einer Frau mit dreiundvierzig sprach. Sie streckte mir die Hände entgegen, und ich nahm sie.

Amy hüpfte mit den Vorderpfoten ein paar Mal auf und ab, als sei sie über unsere freundschaftliche Geste ganz aus dem Häuschen.

»Das ist sehr lieb von dir! Ich habe vorhin bei Green Food angerufen. Die bringen mir frisches Gemüse und Käse. Aber wenn du so lieb wärst und mir ein paar Flaschen Wasser mitbringen könntest?«

»Na klar, das mach ich gern!«, versprach ich. »Noch etwas?« Ich hatte gemerkt, dass sie zögerte.

»Ach, nur eine Kleinigkeit. Wenn du bei Rose vorbeikommst, könntest du mir ein Fläschchen von dem wunderbaren Fliederwasser mitbringen? Das duftet so herrlich.«

»Aber sicher!«, versprach ich ihr.

Rose war meine Stiefmutter, hatte diesen grässlichen Titel jedoch nie und nimmer verdient. Sie führte in St. Peter Port einen zentral gelegenen und gut gehenden Souvenirshop, in dem sie allerdings keinen Ramsch »made in China« verkaufte, sondern Produkte, die auf Guernsey, Sark und Jersey hergestellt wurden. So auch die beliebten Wässerchen, deren Blütengrundlagen in ihrem großen Garten auf Sark wuchsen und aus denen Dad die Düfte zusammenbraute, so wie andere alte Männer heimlich Whisky brannten.

»Und jetzt raus in diesen schönen Tag!« Mrs. Owens lächelte und wedelte mit einer Hand.

Ich strich ihr kurz über den Arm, tätschelte Amy noch einmal den rotblonden Kopf und war schon auf dem schmalen Gartenweg unterwegs, der schnurrgerade zu meinem Zuhause führte.

Blitzdusche. Schnell in meine Jeans, T-Shirt und – das musste sein – einen guernseytypischen Pulli mit Zopfmuster geschlüpft. Und schon war ich auf dem Weg zu meinem Büro in der Stadt.

Weil ich spät dran war, ließ ich mich dazu verleiten, statt des Busses meinen kleinen Wagen zu nehmen. Aber schon als ich mich die Fort Georg Road Stoßstange an Stoßstange hinunterquälte, bereute ich es bitter. Guernsey hatte so viel Schönes zu bieten. Als Touristikfachfrau und Tourenführerin wusste ich nur zu gut, wie einzigartig diese Insel war, und immer mehr Menschen kamen auf den Geschmack. Als Urlaubsziel waren die Kanalinseln in den letzten zwanzig Jahren immer beliebter geworden. Aber leider hatte sich auch der Autoverkehr auf der Insel entsprechend entwickelt. Mit dem Ergebnis, dass das hübsche St. Peter Port zur Rushhour regelmäßig im Blechlawinenchaos kollabierte.

Als ich endlich in der schmalen Seitenstraße ankam, in der

mein kleiner Bürokomplex lag, und meinen Wagen auf den winzigen Parkplatz quetschte, war ich bereits eine halbe Stunde hinter meinem Zeitplan. Verflixt. Nur noch zehn Minuten bis zum Termin mit Professor Torres, dem Vorsitzenden eines Wissenschaftlerausschusses an der Londoner Uni. Er interessierte sich für eine Inselführung mit botanischem Schwerpunkt, und eigentlich hatte ich vorgehabt, mir die Unterlagen vorher noch in aller Ruhe anzusehen.

Ich riss meine Tasche vom Beifahrersitz und stürmte die eiserne Außentreppe hinauf in die zwei Büroräume, die meinem Touristikunternehmen als Basis dienten. Aus dem größeren Besprechungsraum waren Stimmen zu hören. War Professor Torres etwa zu früh? Ich eilte hinüber und blieb in der offenen Tür stehen. Doch es war nicht mein erwarteter Terminpartner, der dort mit dem Rücken zu mir am Besprechungstisch saß. Nein, diese breiten Schultern und die lackschwarzen Haare hätte ich jederzeit überall erkannt.

»Brian!«, entfuhr es mir erleichtert.

Mein bester Freund, mit einer Tasse Tee in der Hand, grinste mich an. Kitten, seit der letzten Saison meine junge Angestellte, erhob sich von ihrem Platz ihm gegenüber.

»Guten Morgen, Kate«, sagten die beiden wie aus einem Mund, und wir mussten alle drei lachen.

»Tja, drei Monate Praktikum bei den Küstenpfad-Guides unter meinen Fittichen scheinen wirklich zusammenzuschweißen«, meinte Brian und zwinkerte Kitten zu.

»Was machst du denn so früh hier?«, wollte ich von ihm wissen. »Ich meine, ist natürlich schön, dich mal wieder zu sehen. Hast dich ja ziemlich rargemacht in den letzten Monaten. Aber … ach je, ich hab gerade überhaupt keine Zeit. Da ist gleich ein Termin zur Besprechung einer großen Tour für zwanzig Botanikerdoktoren, die sich für die Pflanzenwelt unter Einfluss des Golfstroms interessieren. Und ich wollte noch …«

»Professor Torres war schon hier«, unterbrach Kitten meinen Redeschwall. »Er ist schon wieder weg, um den nächsten Flieger nach London zu erwischen.«

»Bitte?« Ich blinzelte verwirrt.

»Er hatte sich die Uhrzeit falsch notiert. Offenbar ganz zerstreuter Professor«, antwortete Kitten mit leicht angespannter Miene. »Ich hatte versucht, dich zu erreichen.«

Mein Herz sackte mir in die Magengegend. Wenn ich mit etwas nicht umgehen konnte, dann waren es unvorhergesehene Planänderungen. Die waren in meinem Leben einfach nicht vorgesehen. Automatisch griff ich in meine Tasche und zog mein Handy heraus. Tatsächlich – zwei nicht beantwortete Anrufe, beide von Kitten, im Abstand von zehn Minuten.

»Vor einer Stunde?«, keuchte ich. »Das darf doch nicht wahr sein! Und dann ist er einfach wieder gegangen? Ohne ein Gespräch? Ohne …?«

Kitten räusperte sich nervös. »*Ich* habe mit ihm geredet.«

Ich starrte sie an.

»Die Unterlagen lagen auf deinem Schreibtisch. Und wir hatten ja auch schon darüber gesprochen. Personenzahl. Wanderroute. Einkehrmöglichkeit. Er fand alle Vorschläge ganz wunderbar. Der Auftrag liegt unterschrieben in der Mappe.«

Mein Mund klappte kurz auf, dann schüttelte ich den Kopf und lachte ungläubig. »Du hast mal eben diese Riesentour an Land gezogen?! Wow! Ich meine … Kitten!«

»Jetzt musst du sagen, was für eine unglaublich tolle Idee es von mir war, dir dieses Juwel von einer Mitarbeiterin für deine Firma zu empfehlen!«, mischte Brian sich ein.

Kitten grinste verlegen.

Aber ich kam nicht umhin, auf Brians halb scherzhaften Vorschlag einzugehen: »Wahnsinn, Kitten! Vielen, vielen Dank! Du hast mir den Kopf gerettet«, sagte ich ernsthaft.

Meine erst vierundzwanzigjährige Assistentin errötete so

stark, dass ihre Sommersprossen im stupsnasigen Gesicht beinahe unsichtbar wurden.

»War wirklich nicht schwer«, murmelte sie und nahm ihre Teetasse vom Tisch. »Tja, dann ... Ich ... ähm ... mach dann mal weiter.«

Sie ging hinüber in den eigentlichen Büroraum, in dem unsere beiden Schreibtische sich gegenüberstanden.

Immer noch kopfschüttelnd sah ich Brian lächelnd an. »Unglaublich!«

»Ich wusste, dass sie sich toll machen würde«, sagte Brian und nickte.

Ich streckte die Hand aus, drückte kurz seine Schulter und ließ mich auf den Schwingstuhl ihm gegenüber sinken. »Schön, dich mal wieder zu sehen, Brian!«, sagte ich. »Tut mir leid, dass ich jetzt durch die ganze Hektik ein bisschen durch den Wind bin. Hab mich an den Klippen etwas vertrödelt und dann noch Mrs. Owens und der Verkehr ... Aber in einer Minute bin ich wieder ganz die alte Kate, versprochen!« Ich lächelte ihn an.

Brian schluckte. »Und mir tut es leid, dass wir uns in letzter Zeit wirklich viel zu selten gesehen haben«, sagte er.

Seine leuchtend blauen Augen waren mir ebenso vertraut wie meine eigenen, aber irgendetwas irritierte mich heute an seinem Blick.

»Ach was!« Ich winkte ab. »So was hält unsere Freundschaft doch allemal aus. Ich weiß ja auch, dass dein Job dich schwer in Atem hält. Die Koordination aller Küstenpfad-Guides ist halt doch eine andere Hausnummer, als ausschließlich selbst auf dem Pfad zu arbeiten. Und Privatleben gibt's ja schließlich auch noch. Wie geht's Pam?«

Pamela Grey war eine der Guides, die auf Guernsey täglich den Zustand des Küstenpfads kontrollierten. Da der Pfad durch keinerlei Geländer gesichert war, galt es hierbei nicht nur, schadhafte Stellen aufzuspüren, sondern auch, sie auszubessern und wieder ohne jedes Risiko begehbar zu machen. Bei den Unmengen an Touristen, die mittlerweile auf diesem rund sechzig Kilometer langen Pfad die halbe Insel umwanderten, eine verantwortungsvolle Aufgabe. Die Gruppe der Guides, die aus wenigen angestellten und diversen ehrenamtlichen Mitgliedern bestand, war überschaubar. Kein Wunder also, dass Brian die hübscheste Frau im Team schon bald aufgefallen war. Seit ein paar Monaten gingen sie miteinander aus. Was wahrscheinlich auch einer der Gründe dafür war, dass Brian und ich uns so selten gesehen hatten. Aber ich nahm ihm das wirklich nicht übel. Es hatte immer mal wieder Frauen gegeben, mit denen Brian sich getroffen hatte – so wie jetzt mit Pam.

Brian lächelte mit einem Schlag so sonnig, als hätte die Erwähnung ihres Namens in ihm einen Schalter umgelegt. Ich ertappte mich dabei, wie ich dieses Phänomen staunend beobachtete.

»Pam geht's gut«, antwortete er mit seltsam rauer Stimme. »Ja, ich glaube, es geht ihr wirklich richtig gut.«

So wie er es sagte, begann plötzlich in mir eine Saite zu klingen. Neben Verwunderung und einem seltsamen Gefühl von Fremdheit, das ich bei Brian noch nie empfunden hatte, schwang da auch ganz deutlich Beunruhigung mit.

Seine leuchtenden Augen. Sein unerwarteter Besuch so früh am Tag. Seine kratzige Stimme.

Ich wusste es bereits, bevor er es aussprach. Aber als er es dann tat, traf es mich dennoch wie ein Schlag in die Magengrube.

»Ich hab ihr einen Antrag gemacht, Kate«, sagte er ein wenig heiser, während er angestrengt in seine Teetasse schaute. »Und stell dir vor, sie hat angenommen.«

Natürlich hätte ich anders reagieren müssen. Ich hätte lachen, mich freuen und ihm auf die Schulter klopfen müssen.

Stattdessen sagte ich tonlos: »Ihr werdet heiraten?!«

Brian sah von seiner Tasse auf und mir direkt ins Gesicht.

Ich konnte in seinen blauen Augen auf vertraute Weise meine Silhouette gespiegelt sehen und wollte wegschauen. Aber selbst das konnte ich nicht. Wir blickten uns einen Moment lang an, der sich zu einer kleinen Ewigkeit auszudehnen schien.

Er hat ihr einen Antrag gemacht. Sie werden heiraten, echote es in meinem Kopf herum. Mir war nur zu bewusst, dass mein bester Freund wahrscheinlich in meinem Gesicht ebenso würde lesen können wie ich in seinem.

»Tja, ja ... also, das bedeutet es in der Regel«, erwiderte er. »Und das ist auch der Grund für meinen Besuch hier bei dir. Weil ich dich fragen wollte ...«

Er machte eine kleine Pause, und für einen winzigen Augenblick schoss mir eine vollkommen verrückte Idee durch den Kopf. Was, wenn er sich vergewissern wollte, dass zwischen uns wirklich und definitiv nichts mehr war? Wenn das einzige Hindernis, das dieser geplanten Eheschließung noch im Wege stand, sein eigener Zweifel war, ob er und ich unsere alte Jugendliebe nicht doch wiederaufleben lassen könnten. Mein Herz blieb beinahe stehen vor Schreck. Oder war es vielleicht eine heiße, plötzlich hervorbrechende Hoffnung?

»Also, ich wollte dich fragen, ob du meine Trauzeugin sein möchtest«, brachte Brian endlich hervor.

Mein Herz stolperte weiter.

»Deine Trauzeugin?«, wiederholte ich lahm.

Er nickte ernsthaft. »Ich weiß, ich sollte eigentlich einen *best man* wählen. Wegen der ganzen Vorbereitungen und Planungen und so. Aber niemand kennt mich so lange und so gut wie du. Und ich dachte, wenn du Pam und mir alle deine guten Wünsche mit auf den Weg gibst, dann kann es nicht schiefgehen.«

In meinem Kopf herrschte Chaos. Meine Kehle war so trocken, dass ich nicht mal schlucken konnte. Rasch griff ich nach einer der kleinen Wasserflaschen auf dem Tisch und schraubte sie auf. Nach ein paar hastigen Schlucken schaffte ich es endlich, mich zusammenzureißen.

»Wow«, sagte ich, lächelte möglichst breit und prostete Brian mit der Plastikflasche zu, egal, wie albern es sich anfühlte. »Glückwunsch, Brian! Du wirst heiraten! Pam ist so eine tolle Frau, und ich ... na klar werde ich deine Trauzeugin sein. Das geht doch wohl gar nicht anders, oder?«

Er lächelte unsicher zurück.

Ich konnte spüren, wie sich mein Gesicht anspannte vor lauter Anstrengung, fröhlich auszusehen.

Brian musterte mich kurz, trank dann in einem Zug den Tee aus, stellte die Tasse ab und erhob sich. Ich sprang ebenfalls wie elektrisiert auf.

»Damit fällt mir schon mal ein riesiger Stein vom Herzen, Kate«, sagte er, während er die Hände in die Hosentaschen schob. »Ich meine, stell dir vor, ich müsste Oliver oder Victor fragen, ob sie mit mir einen Anzug aussuchen gehen.«

Wir lachten beide betont laut auf. Brians Kollegen waren furchtbar nette Männer, aber eben echte Kerle, die bei Wind und Wetter draußen herumrannten und wahrscheinlich in dem Augenblick, in dem sie über die Schwelle eines Herrenausstatters traten, über ihre eigenen Füße stolpern würden.

»Und das Ganze hat noch einen großen Vorteil: Wegen all der Vorbereitungen werden wir uns nun wieder sehr viel häufiger sehen«, setzte Brian hinzu.

Er beugte sich zu mir, um mir die Wange zu küssen. Obwohl wir das seit Jahrzehnten immer taten, wenn wir uns verabschiedeten, erstarrte ich für eine Sekunde.

»Ich ... ich freu mich, Brian!«, brachte ich heraus. »Ich freu mich wirklich sehr.« Aber es gelang mir nicht, ihm dabei ganz lässig in die Augen zu sehen.

Brian winkte noch kurz zu Kitten ins Büro hinein und

wünschte ihr einen guten Tag. Dann sah er sich ein letztes Mal zu mir um und war verschwunden.

Ich stand mitten im Raum wie mit eiskaltem Wasser übergossen. In mir tobte ein Sturm, und die entsetzliche Gewissheit machte sich breit, dass ab heute mein Leben nicht mehr so sein würde wie bisher.

Das Schlimmste aber war: Ich war sicher, dass mein bester Freund und bisher einzige große Liebe mich mit einem Schlag und vollkommen durchschaut hatte.

Matthew

Mittwoch, 26. April

Was für ein fantastischer Apriltag!

Während ich im Bus der Linie 41 Richtung Stadt fuhr, konnte ich mich gar nicht sattsehen am strahlenden Blau des Himmels, dem Goldton des sich wiegenden Strandhafers, dem fetten Grün der Wiesen, die sich zwischen Nordstrand und Straße hinzogen.

Mehr als einmal hatte ich schon überlegt, ob es nicht schlauer wäre, mir eine Bleibe in St. Peter Port zu suchen. Oder aber das kleine Büro, das ich meinem Freund Phil von seiner riesigen Banketage über dem Hafen abgeschwatzt hatte, aufzugeben und einfach zu Hause zu arbeiten. Das wäre kein Problem, denn den Romanen, die ich vom Deutschen ins Englische übersetzte, war es schnuppe, wo ich ihrer komplizierten Grammatik zu Leibe rückte. Dann hätte ich nur noch in die Stadt fahren müssen, wenn ich an der Reihe war, Alfi von der Schule abzuholen.

Doch die Sache war die: Ich liebte die Strecke aus dem rauen Norden der Insel hinunter zur Stadt. Egal, an wie vielen Tagen die Woche ich hier entlangkam, es gab immer etwas zu entdecken.

Aufgewachsen in Somerset zwischen dem anmutigen Bath und dem malerischen Glastonbury, hätte ich es nicht ertragen, irgendwo anders als an einem wirklich schönen Ort zu leben. Von daher war ich heilfroh, dass Rebecca nach unserer Trennung nicht mit einem Kerl aus London oder Oxford angebändelt, sondern sich Jayden Jenkins geschnappt hatte, der hier auf Guernsey Immobilien makelte. Das hatte mehr als einen Vorteil. Wenn ich schon meiner Ex-Frau um unseres gemeinsamen Sohnes willen an ihren neuen Wohnort folgen musste, war es doch höchst angenehm, dass ihr neuer Mann mir in null Komma nichts ein hübsches kleines Häuschen hatte beschaffen können.

Als der Bus sich die St. Julian's Avenue hinuntergequält hatte und in die Uferstraße, die North Esplanade, von St. Peter Port einbog, sah ich eine gewaltige Segeljacht über das glitzernde Wasser ins Hafenbecken gleiten. Ich nahm die Haltestelle am Quay und sah dem Manöver des großen Schiffes von dort aus zu. Auf der Promenade und dem Castle Pier standen viele Touristen und taten es mir gleich. Der Castle Pier zieht sich bis hinüber zum Castle Cornet, das schon seit mehr als achthundert Jahren den Hafeneingang bewacht; es ist einfach ein wunderbarer Ort. Die Takelage des Viermasters glänzte im goldenen Sonnenlicht des frühen Tages und bot einen atemberaubenden Anblick. Obwohl Guernsey in seinen drei Jachthäfen mehrere hundert Liegeplätze bot, bekamen wir hier so etwas Sensationelles nicht jeden Tag zu sehen. Guernsey war kleiner und weniger schick als seine große Schwester Jersey. Dort tummelten sich gern die Millionäre auf ihren Jachten, ehe sie in das Segelrevier vor der französischen Küste aufbrachen. In meinen Augen machte dieser Kleine-Schwester-Status Guernsey nur umso charmanter, doch hin und wieder konnte auch ich dem protzigen Anblick der Superjachten nicht widerstehen.

Ich nahm einen der engen Treppenaufgänge zur High Street, um noch einen Sprung ins Büro zu tun, bevor ich Alfi vom Förderunterricht für sehbehinderte Kinder abholen würde. Das Lehrerkollegium der integrativen Schule, in der mein Sohn sonst bis nachmittags lernte und betreut wurde, unternahm heute einen Ausflug, und für die Kinder fielen die übrigen Stunden aus. Aber noch blieb mir etwas Zeit, um ein wenig Arbeit zu erledigen. Und vielleicht konnte ich ja vom Fenster aus noch ab und zu einen Blick auf das gigantisch schöne Schiff da draußen werfen.

In den kopfsteingepflasterten Gassen über dem Hafen wimmelte es nur so von Cafés, kleinen Geschäften, diversen Banken und Maklerbüros. Phil hatte für seine Investmentfirma eine ganze Etage in bester Lage auf der High Street ergattert. Hier hatte er schon residiert, bevor ich auf der Insel angekommen war und wir uns an einem Abend im Pub *Peter's* zufällig kennengelernt hatten. Seitdem waren wir befreundet. Und ich hatte es sogar geschafft, mir in seinem Firmensitz ein klitzekleines Übersetzungsbüro inmitten lauter geschäftig wirkender Banker zu erschleichen. Und dieses Büro steuerte ich nun an.

Auf dem Flur herrschte hektische Betriebsamkeit. Phils angestellte Berater rauschten in ihren coolen Anzügen zwischen den Schreibtischen hin und her, meist mindestens ein Telefon am Ohr. Denjenigen, die mich überhaupt wahrnahmen, nickte ich fröhlich zu und wollte schon in meinem stillen kleinen Zimmerchen verschwinden, als ich aus dem Augenwinkel Phils rundliche Gestalt in der Teeküche wahrnahm.

»Morgen!«, rief ich ihm zu.

Er fuhr herum. Dafür, dass er eher zur Sorte »klein und kompakt« gehörte, war er wirklich unerhört wendig. Er hielt eine Milchflasche in der Hand.

»Leer«, sagte er und schwenkte sie demonstrativ. »Sag mir doch bitte mal, wie ich darauf vertrauen soll, dass all die Leute hier, die ich für ihre Arbeit gut bezahle, wirklich ihr Bestes geben, wenn sie eine leere Milchflasche zurück in den Kühlschrank stellen, statt sie durch eine volle zu ersetzen?!«

Ich grinste. »Du erwartest wie immer zu viel. Solche Lappalien sind doch unter eurer Würde.«

Phil kam nicht dazu, eine seiner schlagfertigen Antworten rauszuhauen, denn plötzlich sauste eine kleine schokobraune Kanonenkugel den Flur entlang und um die Ecke. Das war Pablo, Phils eigensinniger und charmanter Mini Australian Shepherd. Offenbar hatte er, irgendwo unter einem Schreibtisch dösend, meine Stimme gehört. Jetzt wuselte er so eifrig fiepend um mich herum, dass sein kleiner, agiler Körper sich vor Freude mal nach rechts und mal nach links bog.

Phil behauptete immer, sein Hund hätte uns quasi verkuppelt. An jenem Abend vor fünf Jahren vertrieb ich mir mal wieder die Zeit im Pub *Peter's*, den ich schon nach drei Wochen auf der Insel wegen seiner idealen Lage am Hafen, dem urigen Inventar und dem netten Personal zu einer meiner Lieblingslocations auserkoren hatte. Ich hatte mich gerade entschieden, am allwöchentlichen Pubquiz teilzunehmen, als Phil und Pablo hereinkamen. Pablo sondierte einmal kurz das Gelände, wie es seine Hütehundgene von ihm verlangten, und kam dann geradewegs zu mir herüber, um mich ausgiebig abzuschnuppern und Freundschaft zu schließen. Wahrscheinlich hatte er gespürt, dass ich seit geraumer Zeit unter entsetzlicher Hundeabstinenz litt. Phil jedenfalls war gleich bereit gewesen, die Wahl seines Vierbeiners zu akzeptieren. Wir ließen uns als Quizteam registrieren und gewannen an dem Abend haushoch. Aus dieser Zufallsbekanntschaft entstand quasi unsere Freundschaft-auf-das-erste-Quiz.

Jetzt beobachtete Phil kritisch, wie sein Hund mich begrüßte, als wäre ich ein Gott. Doch mir hätte klar sein müssen, dass seine Musterung nicht nur Pablos fröhlichem Ritual galt.

»Heute siehst du noch mehr als sonst aus wie ein Paradiesvogel in unserem Heringsschwarm«, meinte er.

Ich sah an mir herunter. »Mir war nach Farbe.«

Zugegeben, meine knallroten Sportschuhe traten im Kontrast zur verwaschenen Bluejeans ziemlich deutlich hervor. Das wurde aber doch durch das knallgelbe Hemd, für das ich mich heute entschieden hatte, gleich wieder aufgehoben …

»Steht dir. Passt zum dunklen Haar und den braunen Hundeaugen«, kommentierte Phil mit süffisantem Grinsen. »Ich würde dir allerdings raten, für ein erstes Date mit einer attraktiven Guernseyerin ein anderes Outfit zu wählen.«

»Keine in Sicht«, teilte ich ihm mit.

Phil schüttelte den Kopf. »Du solltest aufpassen, dass du bestimmte Dinge nicht verlernst: flirten zum Beispiel. Deinen Charme spielen lassen. Wie wäre es, wenn du heute Abend zu uns zum Essen kommst und wir ein bisschen mit dir üben? Cedric hat sich neulich beschwert, dass er dich schon lange nicht mehr zu Gesicht bekommen hat. Davon abgesehen, dass er dich vermisst, befürchtet er für dein Styling das Schlimmste.«

Cedric war Phils Lebensgefährte und mein Friseur.

»Gerne. Um sieben?«

Er nickte und rief in Richtung Flur: »Hey, Eddy, hast du etwas mit dieser leeren Milchflasche im Kühlschrank zu tun?«

Ich lachte und entfernte mich kopfschüttelnd. Wenn es jemand verstand, bei derart aufregender und verantwortungsvoller Arbeit wie dem Jonglieren mit Summen in Millionenhöhe – die erschreckenderweise jemand anderem als ihm selbst gehörten – beständige Lässigkeit auszustrahlen, dann war es Phil.

Pablo verstand sich meisterlich auf den Knigge, brachte mich zu meiner Bürotür und wandte sich dann neuen Aufgaben in seinem schwer geschäftigen Leben zu.

Sobald ich die Tür meines kleinen Arbeitszimmers hinter mir geschlossen hatte, blieb die Betriebsamkeit außen vor.

Ich setzte mich an meinen klobigen, antiken Schreibtisch, der strategisch günstig am Fenster platziert war, und glotzte eine Weile aus purem Vergnügen in den Hafen hinunter. Ich beobachtete das bunte Treiben der Touristen, die auf die Fähren nach Sark und Jersey drängten, aber auch die Fischerboote der Einheimischen – gut, dass es die auf der Insel immer noch gab. Herrlich, wie das schöne Frühlingswetter alles belebte! Dann klappte ich meinen Laptop auf und öffnete meinen Mailpostkasten.

Hey, da war tatsächlich schon die Antwort einer Verlegerin aus London, die ich vor ein paar Tagen angeschrieben hatte. Ich hatte absichtlich keinen der Verlage gewählt, für die ich als Übersetzer von Romanen tätig war. Die Übersetzerarbeit war das eine. Aber ein eigenes Buch zu planen war etwas ganz anderes. Denn genau das tat ich. Ich arbeitete quasi heimlich an meinem ersten eigenen Roman.

Die Geschichte sollte hier auf Guernsey spielen, und zwar in der Zeit ab Juni 1940, als die Deutschen auf der Insel landeten und sie komplett von England isolierten. Die Besatzungszeit hatte mich von dem Augenblick an interessiert, in dem ich zum ersten Mal das Museum am Klippenpfad besucht und ein wenig über diese Jahre erfahren hatte. Seither sammelte ich Infos: historische Fakten, aber auch persönliche Dokumentationen.

Die Londoner Verlegerin bekundete ihr Interesse an meiner Idee. Das bedeutete, dass ich nun wohl tatsächlich unter die Schriftsteller gehen würde. Aber wieso auch nicht?

Phil hatte schon recht mit seinem witzig verpackten Hinweis auf mein Privatleben: Seit ich vor fünf Jahren Clarissa und vor allem Alfi hierher gefolgt war, hatte sich bei mir in keinerlei Hinsicht viel getan. Mich beruflich weiterzuentwickeln wäre doch zumindest schon mal ein Anfang. Obwohl ich ahnte, dass Phil und Cedric etwas anderes für mich im Sinn hatten, wenn sie schon mit mir *flirten üben* wollten.

Da ich mit meiner aktuellen Übersetzung eines deutschen Thrillers in meine Muttersprache gut in der Zeit lag, ließ ich diese Arbeit beiseite und nutzte die Stunde, um erfreut der Verlegerin zu antworten und weitere Recherchen für *mein* Buch anzustellen.

Als ich das nächste Mal auf die Uhr sah, war es schon so spät, dass ich mich beeilen musste. Ich sauste aus dem Gebäude, ächzte die steile Straße zur Schule hinauf und kam gerade rechtzeitig zum Läuten an.

Da Alfi es nicht ausstehen konnte, wenn ich ihn zu sehr begluckte, blieb ich am Tor stehen und beobachtete, wie mein zehnjähriger Sohn mit ein paar Freunden aus dem Gebäude kam.

Die zwei Mädchen und drei Jungs trugen alle den typischen Stock in einer Hand, an dessen einem Ende sie eine bewegliche Kugel auf dem Boden vor sich hin und her gleiten ließen. Davon abgesehen sah die kleine Gruppe nicht anders aus als andere Schulkinder in ihrem Alter. Sie quatschten angeregt, rempelten sich aus Spaß gegenseitig an, und offenbar hatten die Mädchen durchaus schon etwas anderes im Sinn, denn sie kicherten und flüsterten miteinander. Was die Jungs tunlichst zu ignorieren versuchten.

Neben mir erschien Nelly Smith, die Mutter eines der Mädchen. Wir kannten uns von verschiedenen Klassenversammlungen, wo wir Eltern der sehbehinderten und blinden Kinder natürlich eine Sondergruppe bildeten – auch wenn die Integration an dieser Schule wirklich vorbildlich funktionierte.

»Toller Tag«, sagte ich zu ihr.

Sie lächelte mich an. »Ja, ich habe gerade überlegt, was ich mit den Mädchen unternehmen könnte. Haben Sie eine Idee?« Ihr Tonfall hatte etwas Singendes, und sie legte den Kopf schief.

Ich schätzte Nelly Smith ein wenig jünger als mich, vielleicht Mitte oder Ende dreißig. Sie trug einen kurzen Rock, flache Ballerinas und ein eng anliegendes Oberteil mit so winzig kleiner Beschriftung, dass man sie als anständiger Mann niemals lesen konnte.

Warum fiel mir ausgerechnet jetzt wieder Phils flapsige Bemerkung von vorhin ein? Und dazu die Tatsache, dass Clarissa neulich nebenbei erwähnt hatte, dass Mrs. Smith seit der

Trennung von ihrem zwanzig Jahre älteren Mann ein *richtig heißer Feger* geworden sei?

»Oh, nein, ich ... weiß es ehrlich gesagt auch noch nicht so genau«, brachte ich ein wenig steif hervor und war froh, dass weder Phil noch Cedric Zeugen dieser Unterhaltung waren.

»Eigentlich ist das Wetter doch ideal, um an den Strand zu gehen«, erwiderte Nelly Smith, immer noch lächelnd. »Die Mädchen lieben das, auch wenn Baden noch nicht drin ist. Das Wasser ist ja eiskalt. Aber ehrlich gesagt, ist es für uns Aufpasser ja doch immer etwas langweilig, wenn wir allein mit ihnen unterwegs sind. Finden Sie nicht?«

»Langweilig?«, wiederholte ich. »Nein. Nein, mir ist eigentlich nie langweilig, wenn ich mit Alfi unterwegs bin. Wir quatschen unheimlich viel und unternehmen meistens Dinge, die uns beiden gefallen.«

Nelly Smiths Lächeln fiel kurz ein wenig in sich zusammen. Doch dann lachte sie hell auf. »Zwei echte Jungs eben, herrlich!«

Ich wusste nicht, was ich darauf antworten sollte, und war daher froh, dass die Kinder in diesem Moment bei uns ankamen.

»Hi, Dad«, nuschelte Alfi, der in Anwesenheit der Mädchen wohl besonders cool sein wollte.

»Tag, Mr. Deering«, sagten seine Freunde artig.

»Hi, ihr Helden!«, antwortete ich.

»Mom, ich habe heute beim Vorlesen ein A bekommen!«, verkündete Doreen Smith strahlend. »Spendierst du uns dafür ein Eis?«

Nelly Smith seufzte übertrieben und zögerte ihre Antwort kurz hinaus, aber nur, weil sie wohl wusste, dass sie mit ihrem: »Also gut«, einen wahren Begeisterungssturm bei den beiden Mädchen auslösen würde.

Sie legte die Arme um ihre Tochter und deren Freundin, und

alle drei wandten sich Richtung Stadt. Aber bevor sie endgültig losgingen, drehte Nelly Smith sich noch einmal um und lächelte mich mit hochgezogenen Brauen entschuldigend an. Fast so, als müsse sie nun eine gerade getroffene Verabredung absagen.

Ich starrte ihr einen Moment lang irritiert nach.

»Dad?«, ertönte da neben mir Alfis Stimme mit eindeutig genervtem Unterton.

»Hm?«

Alfis Freunde kicherten.

»Au Mann, du hast gar nicht zugehört«, nölte mein Sohn. »Ich hab dich gerade gefragt, ob wir Dustin und Chris die Straße runter zum Laden von Dustins Pa begleiten können. Dann muss Dustin ihn nicht anrufen, damit er herkommt.«

»Ja, sicher machen wir das!«, versicherte ich rasch, um sie meine Unaufmerksamkeit gleich wieder vergessen zu lassen.

Es war eine weit verbreitete Fehleinschätzung der Sehenden, dass Blinde zwischenmenschliche – ich nenne es einfach mal – *Schwingungen* nicht so deutlich wahrnehmen wie Menschen, die ihre Augen nutzen können. Hin und wieder hatte ich sogar das Gefühl, das absolute Gegenteil sei der Fall.

Und so zogen wir zu viert los, die Straße entlang. Dustin und Chris gingen vor uns und nutzten ihre Stöcke. Alfi, der das Ding noch nie besonders gemocht hatte, sondern es als leidige Notwendigkeit betrachtete, hatte die Teleskopstange seines eigenen Stocks zusammengeschoben und in seinem Schulranzen verstaut. Er hielt sich lieber mit der einen Hand locker an meinem Jeansbund fest. Die leichte Berührung seiner Kinderhand war mir so vertraut wie ein eigenes Körperteil.

Als Alfi vor zehn Jahren geboren wurde, war es zunächst ein gewaltiger Schock gewesen, dass er nie würde sehen können.

Clarissa, die schon allein von der ungeplanten Trotz-Pille-Schwangerschaft völlig überfordert gewesen war, hatte daran lange zu knapsen gehabt. Vielleicht war es deshalb so gekommen, dass ich von Anfang an das Gefühl hatte, meinem Sohn nicht nur ein liebevoller Vater, sondern auch so etwas wie seine Augen sein zu wollen.

In all den Jahren hatte es nur eine einzige Situation gegeben, in der ich nicht rechtzeitig zur Stelle gewesen war, um meinen Jungen zu schützen. Und ausgerechnet diese hatte so gravierende Folgen gehabt …

Bevor ich ins Grübeln über längst Vergangenes und nicht zu Änderndes verfallen konnte, kamen wir bei dem Sportgeschäft an, das Dustins Vater führte. Chris und er verabschiedeten sich brav von mir und mit kompliziertem Händeverknoten von Alfi, dann gingen sie hinein. Durch die Glastür sah ich, wie sie drinnen von einer Angestellten in Empfang genommen wurden.

»Und jetzt? Was wollen wir unternehmen, Kumpel?«, fragte ich meinen Sohn.

Alfi fuhr sich einmal kurz mit der Zunge in den Mundwinkel. Diese Geste kannte ich. Er hatte bereits einen Plan, so wie Zehnjährige immer Pläne haben, aber er war noch etwas unschlüssig, wie er mir seinen Wunsch mitteilen sollte.

»Marwin hat nächste Woche Geburtstag«, begann er. »Meinst du, er freut sich über einen Wunschdrachen?«

Marwin war Alfis Mailing-Freund in Dublin. Früher hatten Kinder Brieffreundschaften gepflegt. Heute kommunizierten sie in erster Linie über Messenger oder soziale Netzwerke. Daher war ich heilfroh, dass Alfi den elfjährigen Marwin über eine barrierefreie Plattform für sehbehinderte Kinder im Netz kennengelernt hatte. Die beiden tauschten sich sehr rege aus. Sowohl über Marwins Begeisterung für Sammlerautos, die aber auf keinen Fall als Spielzeug betitelt werden durften, als auch über Alfis Leidenschaft für alle Arten von Flugdrachen. Mit diesem Hobby hatte Alfi seinen Freund angesteckt, als der letzten Sommer für eine Woche mit seinen Eltern auf Guernsey zu Besuch gewesen war.

»Ein Wunschdrachen? Da bin ich ganz sicher«, antwortete ich jetzt bestimmt. »Aber so ein Wunschdrachen kostet eine Stange.«

Wieder die kleine Zungenspitze im Mundwinkel. »Wie viel?«, wollte Alfi wissen.

»Mehr als dein Taschengeld«, räumte ich vage ein.

»Aber ich habe auch noch mein Sparschwein«, argumentierte mein Sohn. »Mom hat mir gestern zählen geholfen. Es sind sieben Pfund.«

Ich musste heimlich schmunzeln. Denn als ich letzte Woche mit Alfi den Inhalt seines Schweinchens gezählt hatte, waren es nur fünf gewesen. Ich hätte wetten können, Clarissa hatte heimlich etwas dazugesteckt.

»Bist du sicher, dass du das alles für Marwins Geburtstagsgeschenk ausgeben willst?«

Alfi zögerte. Zungenspitze. Doch dann nickte er entschlossen. Mein Junge.

»Okay«, sagte ich und konnte nicht widerstehen, ihm kurz durchs dichte braune Haar zu wuscheln, das er von mir geerbt hatte. »Wo willst du den Drachen kaufen?«

»Bei Rose!«, kam es wie aus der Pistole geschossen. »Rose hat die besten von ganz Guernsey! Die, die ihr Mann bastelt.«

Die über sechzigjährige Rose Bentley mit ihrem kleinen, zentral gelegenen Souvenirshop am Hafen von St. Peter Port war eindeutig Alfis favorisierte Ladenbesitzerin. Sie kam sogar noch vor dem Eisverkäufer. Kein Wunder: Rose hatte ein Händchen für Kinder im Allgemeinen und im Besonderen für Alfi, der außerhalb seiner integrativen Schule durch seine Behinderung bei Fremden leider meist auf Scheu und unsicheren Rückzug traf. Rose aber war Alfi von Anfang an zugetan gewesen und freute sich ehrlich, wenn wir ihrem kleinen Laden mal wieder einen Besuch abstatten.

»Na, dann ... auf zu Rose!«, sagte ich.

Kate

Mittwoch, 26. April

Brian war schon ein paar Minuten zur Tür hinaus, und ich stand immer noch am selben Fleck mitten im Raum. Da wurde mir klar, dass ich mich jetzt unmöglich an meinen Schreibtisch setzen konnte.

Ich hielt nur in der offen stehenden Bürotür kurz inne. Kitten sah von ihrem Rechner auf.

»Bin spätestens in einer Stunde zurück«, sagte ich.

Ihr Blick über die mit Sommersprossen bedeckte Stupsnase hinweg war so mitfühlend, dass sich mir der Magen zusammenkrampfte. Bestimmt hatte sie zumindest Fetzen meines Gespräches mit Brian gehört. Sie nickte. Und ich machte, dass ich hinauskam.

Mit großen Schritten war ich schon die Außentreppe hinunter. Den Wagen ließ ich stehen und eilte die engen Straßen entlang in Richtung Hafen.

In meinem Kopf herrschte ein solches Chaos, dass ich ihm irgendwie entfliehen wollte. Aber egal, wie schnell ich lief, das Echo darin blieb. *Brian hat Pam einen Antrag gemacht. Sie werden heiraten.* Zu diesen beiden Sätzen gesellten sich nun auch Bilder, die vor meinem inneren Auge erschienen: Brian, etwas unbeholfen und linkisch in einem dreiteiligen Anzug, den ich mit ihm zusammen ausgesucht haben würde. Pam in einem weißen Kleid, strahlend vor Glück. Gäste, Freunde, Familie, allesamt vertraut seit Kindertagen, lachend, fröhlich, feiernd. Und ich? Würde ich mitten unter ihnen stehen und spüren, dass das alles vollkommen falsch war, dass es nicht sein durfte? Ich weiß nicht, wo dieses Gefühl plötzlich herkam und warum es so stark war, dass es mich dermaßen erschütterte. Aber es *war* da. Wahrscheinlich hatte ich tief in meinem Inneren immer den Gedanken mit mir herumgetragen, dass Brian und ich eines Tages wieder zusammenkommen würden, weil wir einfach zusammengehörten. Irgendwann, wenn die Zeit reif wäre. Auch wenn ich diesen Gedanken anscheinend sogar vor mir selbst geheim gehalten hatte.

Wahrscheinlich hatte ich die Strecke von meinem Büro zum Souvenirshop am St. Julian's Pier noch nie so schnell zurückgelegt. Als ich den kleinen Platz davor überquerte, sah ich mit bodenloser Erleichterung durch die fünf verglasten Seiten des Pavillons, dass Rose allein im Laden war. Ich riss die Tür auf und polterte hinein.

Rose, die gerade dabei gewesen war, etwas ins Kassenbuch zu notieren, schrak zusammen. Als sie mich erkannte, setzte sie schon zu ihrem breiten, herzlichen Lächeln an. Doch dann sah sie in mein Gesicht und wurde blass.

»Kate! Oh Gott, was ist denn passiert? Ist etwas mit John?«, wollte sie sofort alarmiert wissen.

»Nein, nein, Dad geht's gut«, keuchte ich und stützte mich auf dem mit hübscher Drechselarbeit verzierten Verkaufstresen ab.

»Meine Güte, Schätzchen, setz dich erst mal!« Rose schob mir einen der beiden zierlichen Stühle hin, die für ihre Kundschaft bereitstanden.

Ich ließ mich gehorsam auf den Sitz fallen. Während ich langsam wieder zu Atem kam und Rose mir, immer noch beunruhigt, ein Glas Wasser reichte, dämmerte mir allmählich, dass ich mich wirklich unmöglich benahm. Ohne zu überlegen, war ich sofort losgestürmt zu dem einzigen Menschen, von dem ich glaubte, dass er mich verstehen konnte. Und das, obwohl ich selbst mich doch kaum verstand.

»Ach, Rose, es tut mir furchtbar leid! Bitte entschuldige! Ich hab dich erschreckt«, stammelte ich.

Doch meine Stiefmutter wischte meine Entschuldigung mit einer rigorosen Handbewegung weg. »Jetzt erzähl erst mal!«

Ich öffnete den Mund. Doch es kam nichts heraus. Ich brauchte tatsächlich drei Anläufe, ehe ich sagen konnte: »Brian war gerade bei mir im Büro. Er und Pam werden heiraten. Er hat mich gefragt, ob ich seine Trauzeugin sein möchte. Und ehrlich gesagt ... also, ich wusste gar nicht, was ich sagen sollte. Damit hatte ich einfach nicht gerechnet. Ich meine, natürlich hatte er in den letzten Monaten nicht mehr so viel Zeit für mich wie früher. Aber solche Phasen gab es doch immer schon. Ich wusste nicht ... ich meine ...«

Rose sah mich einen Augenblick lang an. Dann ließ sie sich auf den anderen der beiden Stühle neben mich sinken. Während sie intensiv mein Gesicht betrachtete, wollte sie wissen: »Wann?«

»Wann was?«, fragte ich zurück.

»Wann wollen Brian und Pam heiraten?«

Ich blinzelte verwirrt. »Keine Ahnung. Das ... das hat er gar nicht gesagt.«

»Und du hast nicht gefragt?«

Ich schüttelte den Kopf und kam mir vor wie die letzte Idiotin. Mein bester Freund hatte mir mitgeteilt, dass er zu heiraten gedachte, und mich gebeten, seine *maid of honor* oder vielleicht besser seine *best woman* zu sein. Und ich hatte mich nicht einmal nach dem Termin erkundigt.

Als ich sie nun bestürzt ansah, erkannte ich in Rose' Miene einen Ausdruck, der mir vertraut war, seit ich zehn Jahre alt und sie zum ersten Mal bei uns auf Sark zu Besuch gewesen war: Damals hatte ich mich geweigert, Dads *neue Bekannte von Guernsey* auch nur anzusehen. Zum Zeitpunkt von Rose' Ankunft hatte ich mich aus dem Haus geschlichen und nicht vorgehabt, jemals dorthin zurückzukehren. Um meine geplante Unabhängigkeit durchsetzen zu können, brauchte ich natürlich eine Bleibe. Und so war ich gerade dabei, in dem verzweigten Ahorn am Ende des Gartens ein Baumhaus zu bauen, als Rose ganz allein, ohne meinen Vater, zu mir in den Garten kam.

Ohne mich förmlich zu begrüßen oder sonst eine Albernheit von sich zu geben, die Erwachsene immer draufhatten, hatte Rose meine Konstruktion begutachtet. Dann hatte sie anerkennend genickt, nach der großen Säge gegriffen, die für meine Kinderhände viel zu unhandlich war, und mich gefragt, wie sie mir beim Bau helfen könnte. Zuerst trotzig, dann ein wenig nachgiebiger und später ehrlich begeistert hatte ich ihr Befehle zum Zuschneiden und Bretterhalten erteilt, während ich berechnete, ausmaß und Nägel einschlug. Ohne Zögern hatte Rose meine Anweisungen befolgt und war mit mir zusammen, sportlich und aktiv, wie sie war, hundert Mal in den alten Ahorn und wieder hinuntergeklettert.

Als wir dann gemeinsam unten standen und unser Meisterwerk auf den breiten Ästen dort oben bestaunten, drehte Rose sich zu mir um und sah mich an. Auf eine so liebevolle, tröstliche und verständnisvolle Weise, dass ich nicht anders konnte, als ihr bedingungslos mein ängstliches Kinderherz zu schenken.

Damals hatte ich ihre Hand ergriffen, und wir waren gemeinsam zur Teestunde hineingegangen.

Heute blickte Rose mich nun mit ebendiesem Ausdruck an und sagte: »Ach, Liebes, nun ist es also so weit?«

Ich musste schlucken. »Wie meinst du das?«

Sie lächelte seltsam traurig. »Ich habe mich schon immer gefragt, wie du es aufnehmen würdest, wenn genau das geschehen würde. Wenn nämlich Brian irgendwann nicht mehr einfach da ist – in aller Selbstverständlichkeit, die zwischen euch euer Leben lang üblich war.«

Als Rose und ich uns kennenlernten, vor dreiunddreißig Jahren, war Brian bereits eine feste und verlässliche Größe in meinem jungen Leben.

Er war mein Sandkastenfreund von der Farm gegenüber. Er war mein bester Kumpel, mein Seelengefährte, mein engster Vertrauter. Die Erwachsenen lachten, wenn ich verkündete, dass er und ich später heiraten würden. Vielleicht lachten sie über die weitreichenden Pläne, die bei Kindern immer so niedlich wirken. Vielleicht lachten sie auch über Brians knallrotes Gesicht, wenn er dabeistand und mit nicht zu verhehlender Freude über meine Worte verlegen grinste.

Doch unsere Freundschaft hatte Bestand. Und niemand wunderte sich, als wir mit vierzehn tatsächlich begannen, richtig miteinander zu gehen. Was für uns im Grunde nur bedeutete, dass wir unsere innige Freundschaft um wilde Knutscharien und ein bisschen unkoordiniertes Gefummel ergänzten. Wir galten als festes Paar. Die eine wurde selten ohne den anderen gesehen. In der Schule auf Guernsey gab es immer wieder Mädchen, die den großen, wortkargen, breitschultrigen Brian anhimmelten. Und ja, es gab vielleicht auch ein paar Jungs, die meinem hellblonden Schopf und den leuchtend grauen Augen nicht widerstehen konnten. Doch da es allgemein hieß, dass *zwischen Brian und Kate keine Hand passe*, versuchte niemand ernsthaft, uns einander auszuspannen. Das schaffte erst das Erwachsenwerden. Als ich zum Touristikstudium nach London und Paris ging und Brian hier auf den Kanalinseln blieb, um Landwirtschaft zu erlernen und bei den Küstenpfad-Guides zu arbeiten.

»Hast du dich manchmal gefragt, wieso wir nicht wieder ein Paar geworden sind, nachdem ich zurück auf Guernsey war?«, wollte ich von Rose wissen.

Denn genau das war die Frage, die mich jetzt beschäftigte. Die wahrscheinlich schon seit Jahren in mir schwelte, die ich aber nie hatte zulassen wollen.

Warum nicht?

Rose legte den Kopf schief. »Was dich anging, dachte ich, du seist dem durch den jahrelangen Aufenthalt auf dem Festland, in den großen Städten einfach entwachsen. Schließlich gab es ja auch den einen oder anderen, für den du kurz entflammt warst. Aber es schien nicht der Richtige dabei zu sein. Und Brian … nun, das war eine andere Sache. Ehrlich gesagt, habe ich immer vermutet, dass er darauf wartet. Auf dich. Dass du dich plötzlich umdrehst, ihn ansiehst und feststellst, dass er es immer noch ist.«

Fassungslos starrte ich sie an. »Rose«, hauchte ich. »Rose, wieso hab ich das denn nicht gemerkt? Wieso sagst du das erst jetzt? Und was mache ich jetzt?«

Sie beugte sich zu mir und strich mir mit einer zärtlichen Geste über die Wange. »Du wirst mit deinem liebsten Freund zu Emmerson & Jones gehen und ihm einen wunderbaren Anzug aussuchen. Du wirst mit ihm den Festraum besichtigen, die Dekoration planen und ihm helfen, die Einladungskarten zu verschicken. Und am Hochzeitstag wirst du eine legendäre Rede halten und ihm und seiner Frau von Herzen nur das Beste auf der Welt wünschen.«

In meinem Hals hatte sich ein gewaltiger Kloß gebildet, der sich nicht wegschlucken ließ. Ich wollte etwas erwidern. Dass ich das nicht konnte. Dass ich all das doch nicht tun konnte, wenn ich mir nicht sicher war, ob Brian nicht … ob er nicht in Wahrheit …

Doch ehe ich etwas herausbekam, wandte Rose sich plötzlich ab. Mit dem Instinkt der routinierten Ladenbesitzerin stand sie auf und strich ihren Rock glatt. Sofort war sie nicht mehr meine wunderbare Herzensmutter, sondern eine Profi-Geschäftsfrau.

Wenige Sekunden später erklang das zarte Glöckchen an der Eingangstür. Eine ältere Dame kam herein und grüßte freundlich.

Ich sprang auf und verschwand hinter dem Verkaufstresen, wo ich so tat, als suchte ich etwas in den Regalen.

»Guten Tag, Mrs. Fisher, wie schön, Sie zu sehen«, grüßte Rose die Dame fröhlich.

»Hallo, Mrs. Bentley.« Mrs. Fisher strahlte über diese herzliche Begrüßung.

»Wollen Sie sich umsehen, Mrs. Fisher, oder kann ich helfen?«

»Ich schaue mich gern erst mal um, wenn es recht ist. Darf ich meine Woolworth-Einkäufe so lange hier auf den Stuhl stellen? Dann habe ich die Hände frei.«

»Na klar können Sie das. Einfach rauf damit!«

Rose kannte viele ihrer Kunden, was ich für eine Betreiberin eines Souvenirshops immer ungewöhnlich gefunden hatte. Schließlich sollte man meinen, dass sich in erster Linie Touristen in diesen Laden verirrten. Aber Rose hatte so viele spezielle Sachen im Sortiment, die auf Guernsey, Jersey oder Sark hergestellt wurden, dass auch Ortsansässige hier gern hübsche Geschenke einkauften.

Da fiel mir wieder das Fliederwasser für Mrs. Owens ein.

»Rose, wo hast du die Duftwässerchen hingestellt, die Dad herstellt?«, erkundigte ich mich.

»Da drüben. Aber die meisten sind aus. John muss erst wieder nachlegen.«

Ich ging hinüber und schob die wenigen Fläschchen im Regal herum, die noch übrig waren. Rose kam zu mir, während ihre Kundin ein paar Postkarten und handgenähte Baumwollsäckchen mit dem typischen Guernsey-Zopfmuster aussuchte, die mit Lavendel oder Rosenblättern gefüllt waren.

»Kein Flieder dabei«, sagte ich heiser und versuchte ein Lächeln, was mir wahrscheinlich mächtig misslang. »Mrs. Owens hat mich gebeten, ihr etwas mitzubringen. Vielleicht kannst du Dad fragen, wann er nachliefern kann?« Meine Stimme wurde immer leiser.

Ganz gewiss war Rose klar, dass mich etwas vollkommen anderes beschäftigte.

»Da muss sie sicher nicht lange warten. Der Flieder hat ja gerade so prächtig geblüht, und John hat die Essenzen literweise angesetzt«, ging Rose trotzdem auf mein kleines Ablenkungsmanöver ein.

Dabei legte sie jedoch ihre Hand auf meinen Arm, und ich wusste: Sie verstand.

Dann ging sie zu Mrs. Fisher hinüber, die mit ihren Einkäufen an die Kasse trat. Die beiden sprachen über das Wetter, während Rose die Beträge in die Kasse eintippte und die Postkarten in ein kleines Tütchen schob. Aber ihre dunklen Augen huschten immer wieder besorgt zu mir herüber.

»Dann noch einen schönen Tag, Mrs. Fisher«, verabschiedete sie die alte Dame schließlich und hielt ihr die Tür auf.

Sobald sie sie wieder verschlossen hatte, kam sie zu mir herüber und nahm meine Hände. »Oh, Kate, Liebes, du bist bleich wie ein Gespenst. Das gefällt mir gar nicht. Wie wäre es, wenn ich den Laden für eine Stunde schließe und wir ins Café gehen und in Ruhe reden?«, schlug sie vor.

Ich schüttelte den Kopf. »Das ist sehr lieb von dir, Rose. Aber ich glaube, es geht schon wieder. Ich weiß selbst nicht, was in mich gefahren ist. Ich meine, allein der Gedanke, dass Brian und ich ... nach all den Jahren ... pff, vollkommen verrückt.«

»Netter Versuch, mich zu beruhigen«, meinte Rose dazu. »Schade, dass ich dich viel zu gut kenne, um darauf reinzufallen.«

Ich seufzte. »Jetzt mal im Ernst: Ich bin eine erwachsene Frau und kein Teenager, der plötzlich entdeckt, dass Gefühle genau wie Blumen auch vor vergessenen Türen blühen. Ich sollte mich nicht so anstellen. Und deswegen werde ich jetzt ... Oh, Rose, schau mal, Mrs. Fisher hat ihre Tasche stehen lassen«, unterbrach ich mich selbst.

Rose sah zu der Tasche, die dort verlassen auf dem Stuhl stand. Sie lugte schnell zur verglasten Seite des Pavillons hinaus. »Da geht sie!« Wieselflink schnappte meine Stiefmutter sich die Einkaufstasche und stürzte aus dem Laden.

»Rose, lass mich doch ...«, rief ich und stand ebenfalls schon in der Tür. »Rose! Warte doch!«

Doch sie hörte nicht. Oder wollte nicht hören, so temperamentvoll und eigensinnig wie immer.

»Mrs. Fisher!«, rief sie gegen den Autolärm an, der rund um den Vorplatz brandete.

Auf der anderen Seite der North Esplanade drohte Mrs. Fisher soeben in einer Seitenstraße zu verschwinden.

Ich zögerte. Wenn ich jetzt auch noch loslief, wäre der Laden ohne Aufsicht. Doch bestimmt hätte ich Rose rasch eingeholt und könnte die Einkäufe ihrer Besitzerin viel schneller übergeben als meine Stiefmutter mit ihren fünfundsechzig Jahren.

Also lief ich los. »Rose, warte doch! Lass mich das machen!«, schrie ich.

Diesmal hörte sie mich. Sie drehte sich um und winkte mir zu, um mir zu gestikulieren, dass sie schon klarkomme.

Deshalb sah sie den Radfahrer nicht, der in ihrem Rücken rasend schnell vom Bürgersteig auf die Straße bog. Als sie sich abrupt wieder umwandte und weiterlief, geschah alles so schnell, dass mir ganz schwindelig wurde.

Da war ein Geräusch, weniger ein Knall, eher, als würde ein großer, schwerer Vorhang zerrissen.

Die Einkaufstasche flog in hohem Bogen über die Straße und landete auf der Windschutzscheibe eines Autos, das mit quietschenden Reifen stehen blieb. Die nachfolgenden Wagen gingen ebenfalls in die Eisen. Irgendwo schepperte Blech auf Blech.

Das Fahrrad schlitterte über den Asphalt. Sein junger Fahrer rollte auf dem Boden ab und stand, wie durch ein Wunder, schon wieder auf den Beinen.

Nur Rose lag dort. Und stand nicht wieder auf.

Es dauerte ein paar quälend lange Sekunden, bevor ich mich bewegen konnte.

Doch dann rannte ich erneut los. Wahrscheinlich schrie ich ihren Namen, als ich zur Unfallstelle stürzte. Ich fiel neben ihr auf die Knie.

Rose, einer meiner liebsten Menschen auf dieser Welt, lag auf dem Rücken, den Kopf zur Seite gewandt. Aus einer kleinen Wunde auf der Stirn sickerte Blut.

»Rose! Oh mein Gott, bitte nicht! Hilfe! Ein Arzt! Ruft einen Krankenwagen!«, schrie ich.

Um mich herum schien alles stillzustehen. Die Autos. Die Menschen. Kein Lufthauch schien sich zu rühren.

Dann hörte ich Rose leise stöhnen, und sie wandte den Kopf.

Als sie mich ansah, mit schmerzverzerrtem Gesicht, aber klarem Blick, begann ich vor Erleichterung zu weinen. »Oh, Gott sei Dank!«, schluchzte ich. Doch dann riss ich mich zusammen. »Wo tut es weh, Rose? Bist du verletzt?«

»Mein Bein«, keuchte sie leise. Ihre zitternde Hand tastete nach ihrem Knie.

Ich konnte von außen nichts erkennen, aber es war deutlich, dass sie schlimme Schmerzen hatte.

Von hinten legte sich mir eine Hand auf die Schulter. »Ich habe den Krankenwagen gerufen«, sagte ein mir fremder Mann.

Ich nickte ihm dankbar zu.

Da erschien auch der junge Radfahrer aschfahl neben uns und hockte sich hin. »Mannomann, das war vielleicht ein Stunt,

Lady. Sie sind mir einfach in den Weg gerannt. Ich konnt nix machen.«

»Du bist gerast wie ein Verrückter!«, brauste ich auf.

Doch Rose legte ihre Hand auf mein Bein.

»Stimmt ja«, murmelte sie. »Gut, dass dir nichts passiert ist, Junge.«

»Oh, Scheiße, tut mir echt leid!«, stammelte er und wischte sich verstohlen ein paar Tränen fort.

Schlagartig verrauchte auch meine Wut auf ihn.

Ich zerrte ein Taschentuch aus meiner Hosentasche und tupfte Rose das Blut von der Stirn. Darunter kam eine kleine Platzwunde zum Vorschein.

»Hast du Kopfschmerzen? Du musst aufgeschlagen sein«, fragte ich besorgt.

Rose nickte vorsichtig. Dann verzog sie wieder das Gesicht und tastete nach ihrem Knie.

Es dauerte nicht lange, bis wir den schrillen Ton des Krankenwagens und der Polizeisirene hörten. Im Nullkommanichts war die Unfallstelle abgesperrt, Polizisten kümmerten sich um die empörten Autofahrer mit den Blechschäden an ihren Fahrzeugen, jemand räumte das verbogene Fahrrad zur Seite. Die Sanitäter untersuchten Rose kurz, hoben sie auf eine Trage mit ausfahrbaren Rollen und fuhren sie zum Rettungswagen.

»Sag John Bescheid, ja?«, bat Rose mich mit einem zaghaften Lächeln. »Ach, und heute Nachmittag kommt eine wichtige Lieferung für den Shop. Könntest du …?«

»Ich regle das alles!«, versicherte ich ihr.

»Der Schlüssel liegt an der üblichen Stelle«, murmelte Rose noch.

Dann verschwand sie im Wageninneren. Ein Sanitäter stieg zu ihr ein. Der andere kletterte hinters Steuer, und sie fuhren mit eingeschaltetem Blaulicht los.

Ich stand dort auf dem Bürgersteig und sah dem Wagen

nach, bis er in Richtung Krankenhaus abbog. Dann wandte ich mich an eine junge Polizistin, die gerade mit dem Radfahrer sprach und sich Notizen machte.

»Ich muss zu dem Laden da drüben«, teilte ich ihr mit. »Die Tür steht offen und …«

»Sie sind Rose' Tochter, oder?«, unterbrach die Polizistin mich.

Ich nickte. Obwohl sie nicht meine leibliche Mutter war, nannte Rose mich immer so: ihre Tochter. Und weil sie überall bekannt und beliebt war, wunderte es mich nicht, dass auch diese junge Beamtin sie mit Namen kannte.

»Gehen Sie ruhig«, nickte sie mir zu. »Ich weiß ja, wo ich Sie finden kann.«

Also schlich ich wie betäubt zum Shop hinüber und trat durch die Tür in den hübsch eingerichteten und mit so vielen schönen Dingen ausgestatteten achteckigen Raum.

War es wirklich erst ein paar Minuten her, dass ich genau hier mit Rose gestanden und ihr vom Chaos in meinem Inneren erzählt hatte?

Plötzlich kam mir ein Gedanke, bei dem mir gleich klar war, dass er mich fortan nicht mehr loslassen würde: Bestimmt hatte mein Überfall mit der gravierenden Neuigkeit die liebe Rose viel mehr durcheinandergebracht, als sie mir in ihrer umsichtigen Art gezeigt hatte. Nur so hatte es geschehen können, dass sie die vergessene Tasche nicht sofort bemerkte, als Mrs. Fisher den Laden verließ. Und nur weil ich ihr auf der Straße noch hinterhergerufen hatte, war sie so unaufmerksam gewesen, dass sie dem jungen Radfahrer mitten in den Weg gelaufen war.

Augenblicklich spürte ich, wie ein schreckliches Schuldgefühl sich in meine Eingeweide krallte. Der Morgen hatte so schön begonnen. Aber leider hatte ich es dann geschafft, mehr als nur eine Sache komplett falsch anzugehen.

Ich schüttelte den Kopf und holte tief Luft.

Als Erstes würde ich nun Dad auf Sark anrufen müssen. Ich zog mein Handy heraus und überlegte, wie ich die Tatsachen möglichst so formulieren konnte, dass er nicht zu Tode erschrak.

Matthew

Mittwoch, 26. April

Alfi und ich bogen Seite an Seite um die Ecke meines Lieblingspubs *Peter's*, der nahe beim Queen Elizabeth Hafen lag. Rund um den großen Kreisel dort stand der Verkehr. Ich sah gleich, dass es einen Unfall gegeben haben musste. Zwei Polizeiwagen parkten am Rand, einige Autofahrer begutachteten Blechschäden an ihren Wagen.

»Was ist denn da los?«, wollte Alfi sofort neugierig wissen.

»Ein Crash«, antwortete ich ihm. »Scheint aber nichts Schlimmes zu sein. Komm, wir gehen lieber hier schon rüber.«

Ich lotste ihn über die Straße und auf der anderen Seite über die Stolperstufe, hinter der der St. Julien's Pier begann. Seine Hand an meinem Jeansbund, überquerten wir den Vorplatz und steuerten auf den Pavillon zu, in dem sich Rose Bentleys Souvenirshop befand.

»Ich möchte für Marwin einen mit einer Sonne drauf, Dad. So einen, wie ich auch habe, weißt du?«, plapperte er. »Rose soll mir den schönsten aussuchen, ja?«

»Das wird sie bestimmt machen«, sagte ich.

Alles sah aus wie üblich, als wir auf die Tür des kleinen Ladens zugingen. Doch als ich sie öffnete und Alfi vorweg hineinging, war plötzlich nichts mehr so wie immer.

»Hallo, Rose!«, rief Alfi fröhlich.

Die Frau, die hinter dem Verkaufstresen stand und in die Regale geschaut hatte, drehte sich um.

Au Mann, ich kannte all diese Phrasen von wegen »Von einer Blondine wirst du einfach umgehauen« und so. Zu blöd, dass sie mir in dieser Sekunde alle auf einmal durch den Kopf schossen.

Denn natürlich war es wirklich nicht allein ihre wunderschöne weißgoldene Haarfarbe, die mich völlig aus der Bahn warf. Es war auch nicht unbedingt ihre schlanke Figur, die in lässigen Jeans und einem cremefarbenen Guernseypulli steckte. Es war dieser Blick aus den hellen Augen, der mich bis ins Mark traf. Denn während ihr hübsch geschwungener Mund sich zu einem freundlichen Lächeln verzog, lag in ihren Augen eine sanfte Traurigkeit, die mich tief berührte. So viele Eindrücke in einem einzigen Moment. Ich blinzelte verwirrt und versuchte, mich zu fangen. So stark war der Zauber des Augenblicks.

»Guten Tag«, grüßte sie. »Möchten Sie sich umsehen, oder kann ich Ihnen helfen?«

Obwohl ihre dunkle Stimme sehr angenehm klang, konnte ich spüren, wie Alfi neben mir erstarrte. Er drehte den Kopf fragend in meine Richtung.

»Der junge Mann hier würde gern einen Flugdrachen kaufen«, antwortete ich ihr mit einer Stimme, die mir selbst ein wenig atemlos erschien. »Für seinen Brieffreund in Dublin.«

Ich strubbelte über Alfis Haarschopf, und er bog widerstrebend den Kopf zur Seite weg.

»Flugdrachen? Oh ja …«, erwiderte sie und sah sich suchend im Laden um.

»Bemühen Sie sich nicht. Sie stehen da vorn«, winkte ich ab und ging so abrupt los, dass Alfi an meiner Seite stolperte.

Er stieß in dem engen Laden an ein kleines Regal, auf dem viele Geschenkartikel aufgebaut waren. Unter anderem ein paar fein gearbeitete Teetassen mit Blumenmuster. Einige Sekunden lang schwankte das Regal. Alfi klammerte sich an mich. Ich versuchte, das fein gedrechselte Holz zu fassen, um zu retten, was zu retten war. Doch für zwei Tassen kam mein stümperhaftes Herumgefuhrwerke leider zu spät. Sie rutschten an meinen Händen vorbei und zerschellten auf dem Steinfußboden.

»Himmel noch mal, Junge!«, rief die Frau wütend und kam hinter dem Tresen hervorgeschossen. »Kannst du denn nicht aufpassen?!«

Doch in dem Augenblick, in dem sie mit ein paar langen Schritten bei uns ankam, fiel ihr Blick in Alfis ängstlich verzogenes Gesicht. Und da wurde ihr wahrscheinlich einiges klar.

»Tut mir schrecklich leid«, sagte ich rasch. »Das war meine Schuld. Natürlich ersetze ich den Schaden. Sorry, Alfi, hey, alles okay, Kumpel?«

Mein Junge drückte sich an meine Seite. Er konnte es nicht gut ertragen, wenn jemand gegen ihn laut wurde.

»Oh, nein, bitte.« Die Frau wirkte zutiefst bestürzt. »Ich bin es, die sich entschuldigen muss. Ich wusste nicht … ich meine …«

»Hey, ist ja nichts passiert außer zwei zerdepperten Tassen und einem kleinen Schrecken«, versuchte ich, sowohl Alfi als auch die wunderschöne Fremde zu beruhigen.

Ihre Augen, oh, ihre Augen. Ich musste mich zwingen, sie nicht anzustarren.

»Bitte«, sagte sie. »Schauen Sie sich bei den Drachen um. Ich räum das hier schnell weg.«

Ich fasste meinen Sohn an der Schulter und bugsierte ihn vorsichtig durch den Laden.

Als wir bei den Drachen angekommen waren, zog ich ein paar aus dem Ständer und beschrieb Alfi die Muster genau. Anfangs war er noch nervös und wagte kaum, sich zu bewegen. Ständig lauschte er zur Tür hin, wo die Frau die Porzellansplitter zusammenfegte. Doch als diese Arbeit erledigt war und es hinter uns still wurde, konzentrierte er sich auf meine Worte und fand Gott sei Dank zu seiner fröhlichen Aufgeregtheit zurück.

»Oh, der hier ist wirklich klasse«, sagte ich gerade, während ich zu ihr hinüberschielte.

Die bezaubernde Fremde stützte sich auf der Theke ab und starrte dabei auf ihre Hände. Im Gesicht ein Ausdruck, der schwer zu ergründen war, so rätselhaft und voller verzweifelt unterdrückter Emotionen, dass mir beinahe schon wieder die Luft wegblieb.

Ich versuchte zu greifen, was mich so sehr bewegte. Ich kannte durchaus einige Frauen. Unter ihnen waren auch ein paar echte Schönheiten, allen voran meine Ex-Frau Clarissa. Aber keine von ihnen hatte diese besondere Kombination aus Stärke und Verletzlichkeit, die sie ausstrahlte. Ich war vollkommen fasziniert.

Aber, fiel mir plötzlich siedend heiß ein, ich trug knallrote Sportschuhe zu einem quietschgelben Hemd. Genau die Kombination, von der der stilsichere Phil mir vorhin noch für ein erstes Date abgeraten hatte.

Date? Moment mal! In welche Richtung dachte ich hier gerade?

Ich wusste ja noch nicht mal, wer die schöne Unbekannte war.

»Dad?«

»Hm?«

»Du hörst ja schon wieder nicht zu!«, brummte Alfi. »Welchen würdest du nehmen? Den roten oder den blauen mit der Sonne? Welcher ist meinem ähnlicher?«

»Du hast einen blauen, Kumpel«, erklärte ich ihm. »Weißt du noch? Als wir neulich am Strand waren, hab ich gesagt, dass du ihn nicht auf dem Wasser landen darfst, weil wir ihn dann nicht wiederfinden. Hat genau die gleiche Farbe wie das Meer.«

»Dann nehmen wir den! Marwin soll genauso einen haben wie ich«, entschied er. Dann senkte er die Stimme: »Dad, wo ist Rose? Wer ist das da?«

Etwas, das ich an Kindern so mag, ist die Tatsache, dass ihre geplante Diskretion oft so überaus charmant in die Hose geht.

»Rose hatte leider gerade einen Unfall«, antwortete die Unbekannte vom Tresen her, da sie ihn gehört hatte.

»Was?«, quietschte Alfi.

In der einen Hand den Flugdrachen, griff er mit der anderen nach meinem Arm. Sein unverstelltes Entsetzen ließ die steife Miene der Fremden plötzlich weich werden.

»Keine Angst«, sagte sie, als wollte sie nicht nur Alfi, sondern auch sich selbst beruhigen. »Es ist bestimmt nichts Schlimmes. Aber ihr Bein ist verletzt. Der Rettungswagen hat sie ins Krankenhaus gebracht.«

Behutsam führte ich Alfi hinüber zur Kasse. »Würden Sie ihr bitte unsere besten Wünsche ausrichten?«, bat ich. »Hoffentlich ist sie schnell wieder gesund. Der junge Mann hier ist Alfi Deering. Und ich bin sein Vater, Matthew Deering. Wir kennen Rose und ihren Laden schon ... Wie lange, Alfi?«

»Schon immer!«, trompete mein Sohn mit Überzeugung.

Zum ersten Mal zeigte sich ein feines Lächeln auf dem Gesicht unseres Gegenübers.

»Natürlich richte ich ihr gern Ihre Grüße aus, wenn ich später ins Krankenhaus fahre«, sagte sie.

Aber mehr zu mir. Ihr Blick huschte nur einmal scheu über Alfis Gesicht, in dem seine Augen unter den halb geschlossenen Lidern blind an ihr vorbeistarrten.

Dann besann sie sich und streckte die Hand nach dem Drachen aus. Ich nahm ihn Alfi sanft ab und reichte ihn ihr.

»Macht zwölf Pfund«, sagte sie, während sie den Betrag in die Kasse tippte.

»Ach du Scheiße«, entfuhr es Alfi, und er verzog sofort reuevoll das Gesicht, während ich mich mahnend räusperte. »Entschuldigung«, sagte er artig, um dann fortzufahren: »Ich habe aber nur sieben.«

»Wie gut, dass du deinen Dad dabeihast«, sagte ich lächelnd und griff in die Jeanstasche, um mein Portemonnaie zu zücken.

Doch da überraschte die schöne Unbekannte mich erneut.

Denn sie sagte: »Oh, Verzeihung. Ich sehe gerade, dass hier steht: ›Für Freunde von Rose kostet dieser Drachen nur sieben Pfund.‹«

Alfi hielt sich nicht mit eigentlich angebrachter Verwunderung auf, sondern machte einen kleinen Hüpfer. »Au, cool! Wir sind auf jeden Fall Freunde von Rose! Oder, Dad? Sind wir doch!« Er kramte seine Geldbörse hervor und fummelte die zerknitterten Pfundnoten raus, um sie sorgfältig auf dem Tresen abzuzählen.

Die Fremde und ich sahen uns an. Ich amüsiert. Sie sonderbar ernst.

»In Ordnung«, sagte ich und legte schnell eine Zwanzig-Pfund-Note neben die von Alfi. »Aber das hier ist für die zerdepperten Tassen.«

»Aber ...«

»Nein, wirklich, ich möchte es so.«

»Nun, dann ... Danke.«

»... sechs, sieben!« Alfi strahlte.

»Vielen Dank«, sagte sie erneut und setzte nach einer kurzen Pause hinzu: »Freunde von Rose.«

Sie hielt Alfi den Drachen hin, doch er bemerkte es natürlich nicht. Und so griff ich danach und stupste meinen Sohn damit an die schmale Kinderbrust. Er nahm den Drachen in beide Hände.

»Viel Spaß damit«, wünschte uns die bezaubernde Drachenverkäuferin.

»Danke. Und einen schönen Tag noch.« Ich führte Alfi zur Tür, wobei wir einen extra Bogen um das kleine Regal mit dem Porzellan machten. Als ich die Hand schon auf den Türgriff gelegt hatte, wandte ich mich noch einmal um. Ich musste es einfach wissen.

»Verzeihen Sie, aber sollten Rose' Freunde sich untereinander nicht beim Namen kennen?«

Sie stutzte kurz. Dann sagte sie: »Ich bin Kate. Kate Bentley. Rose ist die zweite Frau meines Vaters.«

»Ich wünsche Ihnen, dass der Tag von nun an nur noch Gutes bringt, Mrs. Bentley«, sagte ich und nickte ihr noch einmal zu.

Während Alfi und ich den Vorplatz überquerten, schlug mein Herz immer noch ein paar Takte schneller. *Kate. Kate Bentley.* Rose hatte hin und wieder ihre Tochter erwähnt. Aber ich hatte nie sonderlich darauf geachtet. Ich hatte ja keine Ahnung gehabt, wer sich dahinter verbarg.

Kate

Mittwoch, 26. April

Den ganzen Tag über war ich so aufgewühlt von den Ereignissen am Morgen, dass ich völlig neben mir stand.

Ich kümmerte mich um den Laden, so gut ich es vermochte, nahm die Lieferung am Nachmittag in Empfang und telefonierte ungefähr siebzig Mal mit Kitten, um mit ihr diverse Kleinigkeiten zu besprechen, die ich heute im Büro hatte erledigen wollen.

Sobald ich es verantworten konnte, schloss ich den Shop.

Als ich ins Krankenhaus eilte, plagte mich immer noch das schlechte Gewissen. Ich wusste, dass einfach nur ein dummer Zufall zugeschlagen hatte, doch ich wurde das Gefühl einfach nicht los, dass ich für Rose' Unfall verantwortlich war.

Hätte ich mich schon einmal früher in meinem Leben mit meiner verqueren Beziehung zu Brian auseinandergesetzt, dann hätte mich seine Eröffnung wahrscheinlich nicht so sehr schockiert. Dann wäre ich nicht Hals über Kopf zu Rose gestürzt, hätte sie mit meiner Panik nicht in Aufregung versetzt, sie hätte die vergessene Tasche sogleich bemerkt, und der grässliche Unfall wäre nicht passiert.

All diese Gedanken wurden nicht gerade beruhigt, als ich ins Krankenzimmer trat und Rose mit blassem Gesicht in den Kissen liegen sah.

Dad saß an ihrem Bett. Er lächelte, doch seine dunklen Augen blickten besorgt. »Hallo, Kate!«

»Dad!« Ich küsste Rose auf die unverletzte Seite der Stirn und Dad auf die Wange und stand dann einfach so da.

»Was haben die Untersuchungen ergeben?«, wollte ich wissen.

»Ach herrje, die haben mich vielleicht auf den Kopf gestellt!«, seufzte Rose. »Das Knie war doppelt so dick wie üblich. Deswegen war auf dem Röntgenbild nichts zu erkennen. Dann haben sie ein MRT versucht, hatten einen Verdacht, und dann hat das CT endlich Erleuchtung gebracht: Fraktur des Schienbeinkopfes.«

Sie klappte die Bettdecke ein Stück zur Seite, und ich konnte ihr geschwollenes Knie erkennen, das rechts und links mit Kühlpads versorgt war.

»Und jetzt stecken sie das ganze Bein in diese Schiene?« Ich betrachtete argwöhnisch die grässlich unbequem aussehende Apparatur.

»Entweder sechs Wochen Schiene und keinesfalls auftreten oder Operation«, erklärte mir Dad.

Ich musste schlucken. Rose hatte von Kindheit an ein schwaches Herz. Eine Vollnarkose würde für sie ein großes Risiko darstellen.

»Oh nein! Tut es sehr weh?«

Rose schüttelte den Kopf. »Sie haben mir Schmerzmittel gegeben, von denen ich allerdings furchtbar müde werde. Der Schreck war das Schlimmste an der ganzen Sache … na ja, und dann natürlich Johns Drohung, dass er mich jetzt sechs Wochen lang betüdeln wird.« Sie zwinkerte mir zu.

Ich lachte kurz auf, um ihr zu zeigen, dass ich mir deshalb so gar keine Sorgen machte und dass ich ihre Auszeit eher für einen kleinen Luxus hielt.

»Jedenfalls koche ich besser als die meisten anderen Männer«, brummte Dad ein wenig schmollend.

»Das stimmt wirklich, mein Lieber. Und darauf freu ich mich schon. Aber du wirst heilfroh sein, wenn ich wieder herumlaufen kann und du mit den Pferden über die Insel stromern kannst«, bemerkte Rose schmunzelnd.

Die beiden sahen sich an. In diesem Blick lag so viel liebevolle Zuneigung, dass mir ganz warm ums Herz wurde. Seit mehr als dreißig Jahren teilten sie ihr Leben, und ich hatte nie auch nur ein böses Wort zwischen ihnen gehört. Meinungsverschiedenheiten trugen sie offen und freundlich miteinander aus. Die beiden schienen einfach das absolut passende Gegenstück gefunden zu haben.

Als hätte Dad meine Gedanken erraten, wandte er sich an mich und sagte: »Und du wirst demnächst Brians Trauzeugin spielen, habe ich gehört? Ich hoffe, er kann Pam überzeugen, auf Sark zu heiraten. Dann kann ich ihnen die Kutschfahrt schenken.«

»Oh, ich glaube, das steht alles noch gar nicht fest«, antwortete ich vage und fing einen Blick von Rose auf, die leicht den Kopf schüttelte.

Offenbar hatte sie Dad nichts von meiner morgendlichen Komplettverwirrung erzählt. Wieder einmal hätte ich sie für ihr Verständnis und ihre Rücksichtnahme küssen mögen.

»Auf alle Fälle wird es mal Zeit für den Jungen«, stellte Dad fest und sah dabei sehr zufrieden aus, als hätte Brian, den er immerhin auch von Geburt an kannte, endlich auf seinen väterlichen Rat gehört. »Auch wenn ich immer gedacht habe, er würde irgendwann doch noch dich fragen.« Dad grinste und stupste mich in die Seite.

Damit erwischte er mich eiskalt.

Natürlich würde ich ihm irgendwann, bald schon, von meinen wahren Gefühlen erzählen. Doch heute Abend war mir das alles einfach zu viel.

Rose, die das wohl ahnte, sagte schnell: »Wie bist du im Shop klargekommen, Kate?«

»Oh, gut«, erwiderte ich rasch. »Die Lieferung ist angekommen, und ich habe alles ausgepackt und so gut an den jeweiligen Platz geräumt, wie ich es eben konnte. Hübsche Sachen sind das.«

»Ja, nicht wahr? Und sonst? War Kundschaft da?«

Natürlich fiel mir als Allererstes mein Fauxpas vom Vormittag ein.

Rose musste es meinem Gesicht angesehen haben, denn sie fragte: »Gab es etwas Ungewöhnliches?«

»Ach, ich weiß einfach nicht, wie du es hinbekommst, zu all den Menschen immer so reizend zu sein«, stöhnte ich und erzählte, wie ich – noch aufgelöst von ihrem Unfall – ausgerechnet einen kleinen, blinden Jungen angefahren hatte, weil er etwas umgestoßen hatte. »Ich war froh, dass er und sein Vater schnell wieder draußen waren. Hab mich in Grund und Boden geschämt. Und der Vater war dann auch noch so extrem nett zu mir, hat die Tassen ersetzt, obwohl ich das gar nicht wollte.«

Rose nickte. »Das waren bestimmt Alfi und Matthew Deering.«

»Ja. Ja, ich glaube, so hießen sie. Vorgestellt haben sie sich nämlich auch noch. Und ich soll dich grüßen und dir alles Gute wünschen.«

»Danke!« Rose freute sich und strahlte. »Die beiden sind wirklich lieb. Matthew ist ein großartiger Vater. Er kümmert sich toll um den Jungen. Ist wegen Alfi aus Somerset nach Guernsey gekommen, als seine Ex-Frau diesen stinkereichen Immobilienfritzen Jayden Jenkins geheiratet hat.«

»Wegen Alfi? Soso«, brummelte Dad. »So, wie ich gehört habe, spielt seine hübsche, kleine Ex-Frau Clarissa Jenkins dabei auch noch eine Rolle. Man munkelt, dass er die Hoffnung noch nicht aufgegeben hat, dass er sie doch zurückerobern kann.«

»John, also wirklich!«, quietschte Rose in gespielter Empörung. »Manchmal bist du ein viel größeres Klatschweib als ich.«

Dad grinste verlegen und murmelte etwas von »irgendwo aufgeschnappt«.

»Matthew ist Übersetzer«, wusste Rose zu erzählen. »Ich meine, er hätte gesagt, dass er Romane aus dem Deutschen übersetzt. Muss eine wirklich schwierige Sprache sein.«

Dad räusperte sich, und die beiden tauschten einen vielsagenden Blick. Sobald in meiner Gegenwart das Stichwort *Deutsch* fiel, wurden die beiden vorsichtig wie zwei Katzen, die auf einem schmalen Ast über einen reißenden Bach balancierten.

»Aber Hunde erziehen kann er auch«, setzte Rose schnell hinzu. »In Somerset hat er dazu eine richtige Ausbildung gemacht. Verrückt, oder? Als Alfi geboren wurde und klar war, dass er nie würde sehen können, beschloss Matthew, Spezialtrainer für Blindenführhunde zu werden. Aber dann ist irgendetwas passiert, ich glaube, eine Art Unfall mit einem Hund aus der Nachbarschaft. Alfi muss noch sehr klein gewesen sein. Leider war Matthew an dem Nachmittag unterwegs. Seine Frau war der Situation nicht gewachsen. Und seitdem fürchtet Alfi sich so sehr vor allen Hunden, dass Matthew diesen Job an den Nagel gehängt hat.«

»Schade«, murmelte Dad, der es immer schön fand, wenn Menschen Berufe in Verbindung mit Tieren ausübten.

Wir schauten alle drei einen Moment lang vor uns hin.

Dann erkundigte ich mich: »Wann wirst du entlassen, Rose?«

»Sie wollen mich über Nacht auf alle Fälle noch hierbehalten. Offenbar bin ich um eine Gehirnerschütterung herumgekommen. Aber weil ich diese Macke an der Stirn habe, wollen sie auf Nummer sicher gehen. Tja, und dann ... werde ich wohl eine ganze Weile von Sark nicht herunterkommen.« Rose schloss kurz die Augen. Sie sah plötzlich sehr müde aus. »Was für eine Tragödie, dass der Shop jetzt zu Saisonbeginn sechs Wochen verwaist sein wird.«

Ich warf Dad einen raschen Blick zu. Natürlich. Daran hätte

ich auch schon denken können. Dad selbst betrieb auf Sark mit seinen vier Shiremixpferden einen gut gehenden kleinen Kutschbetrieb für die Touristen. Da auf Guernseys wesentlich kleinerer Schwesterinsel keine Autos gestattet waren, nahmen die Besucher seine Dienste gern und häufig wie eine Art Taxi in Anspruch. Davon abgesehen, dass er sich ja zu Hause auch um Rose würde kümmern müssen, konnte er also den Shop nicht übernehmen. Zwar hatten die beiden jede Menge Bekannte und Freunde, doch so wie sie selbst standen auch die allesamt noch mitten im Leben, unterhielten Bed & Breakfasts, kleine Cafés oder gingen anderer Arbeit nach. Eigener Urlaub war für Rose nur im Winterhalbjahr möglich, wenn sie es überhaupt ertrug, den Laden hin und wieder für eine Woche zu schließen.

Wieder überkam mich das schlechte Gewissen wie eine heiße Woge. Und ehe ich noch richtig darüber nachgedacht hatte, war es schon heraus: »Ich werde mich um den Shop kümmern«, hörte ich mich sagen.

Rose sog scharf die Luft ein. Dad sah mich erstaunt, aber mit Respekt in den braunen Augen an.

»Vielleicht werde ich ihn nicht den ganzen Tag öffnen können, so wie du. Ich würde wohl eine Mittagspause einlegen müssen, in der ich ins Büro flitze und ein paar Sachen erledige, die Kitten allein nicht schafft«, überlegte ich.

»Aber Kate, das geht doch nicht«, wehrte Rose ab. »Du hast doch jetzt massenhaft Wandertouren. Fängt nicht am Sonntag eine mit gleich fünfzehn Teilnehmern an? Die kannst du doch nicht absagen. Wie willst du das denn machen?«

Sie hatte natürlich recht. Die geführten Touren über die Insel, bei denen ich oft ein Dutzend Touristen aus aller Herren Länder für eine ganze Woche betreute, waren fest gebuchte Veranstaltungen, bei denen ich mit Fluglinien, Fährbetrieben und Hotels kooperierte. Auf den Touren wanderten wir über den Küstenpfad, besuchten Museen, Kirchen, Teehäuser, Strände und sämtliche Attraktionen, die Guernsey zu bieten hatte. Ich liebte diese Touren und freute mich in jedem Frühjahr unbändig auf den Start der neuen Saison.

Einen Moment zögerte ich. Sah mich stattdessen in Rose' kleinem Laden stehen und Geschenkartikel verkaufen. Es schnürte mir fast die Kehle zu, doch dann siegte das andere Gefühl.

»Kitten«, sagte ich. Als würde dieses eine Wort alles erklären.

»Ja, aber ... ist sie denn schon so weit, dass sie so eine große Aufgabe übernehmen kann? Sie ist doch noch so jung«, warf Rose zweifelnd ein.

Auch Dad, der die vierundzwanzigjährige Kitten sehr mochte und ihr einiges zutraute, sah skeptisch aus.

Ich setzte die überzeugendste Miene auf, zu der ich in diesem Moment fähig war. »Jung ist sie, ja, aber sie macht sich ganz fantastisch!«, schwärmte ich. »Und sie hat sich mehr als einmal bewährt. Heute Morgen hat sie völlig problemlos einen großen Auftrag an Land gezogen – ganz ohne meine Hilfe. Letztes Jahr ist sie ein halbes Dutzend Mal auf den Touren dabei gewesen. Sie kennt die Abläufe, die Wanderabschnitte, die Restaurants. Sie hat oft mitangehört, was ich zu den jeweiligen Ausblicken, Gebäuden oder der Geschichte Guernseys erzählt habe. Und wer weiß, vielleicht ist so eine Feuertaufe für sie gar nicht schlecht. Wir wachsen schließlich alle an unseren Aufgaben, oder?«

Ich lächelte die beiden fröhlich an. Und hoffte inständig, dass Kitten das auch so sehen würde.

Matthew

Samstag, 29. April

Kate Bentley. Ich hatte keine Ahnung, wie oft ich diesen Namen in den letzten Tagen gedacht hatte. Und natürlich nicht nur ihren Namen. Jedes Mal hatte ich ihre Augen vor mir gesehen. Dieses klare, strahlende Grau, in dem eine vergeblich zu verbergen gesuchte Traurigkeit schimmerte.

Keine Ahnung, wie ich mir Rose Bentleys Tochter vorgestellt hatte. Hatte ich sie mir überhaupt je vorgestellt? Nun, wenn, dann wahrscheinlich wie eine jüngere Ausgabe von Rose: klein, temperamentvoll, mit dunklem Lockenkopf und schwarzen Augen, die auf französische Verwandtschaft schließen ließen.

Ein paar Tage waren vergangen. Tage, in denen ich immer mal wieder den unerklärlichen Impuls verspürt hatte, aus meinem Büro zu stürmen, die Gassen und engen Treppen von St. Peter Port hinabzurennen, geradewegs auf den Souvenirshop zu. Was Kate Bentley davon halten würde, wenn ich atemlos durch die gläserne Tür platzen würde, überlegte ich mir lieber nicht. Wenn sie überhaupt dort war … Ich wusste ja nicht einmal, ob sie ihre Stiefmutter auch jetzt noch im Laden vertrat.

Überhaupt war es ein Unding, geradezu pubertär lachhaft, nach einer einzigen kurzen Begegnung, bei der es im Wesentlichen um Flugdrachen für Kinder gegangen war, andauernd an jemanden zu denken. Ich erkannte mich selbst nicht wieder. Und dabei lebte ich doch schon eine ganze Weile mit mir. Fünfundvierzig Jahre, um genau zu sein. Wie konnte so etwas mir, Matthew Deering, passieren? Schließlich war ich inzwischen ein Mann mit leicht ergrauenden Schläfen und hatte mich mein gesamtes bisheriges Leben als ausgesprochen schwer entflammbar erwiesen. Schlagworte wie *Midlife-Crisis* zogen an meinen gedanklichen Horizont herauf. Die Sache beschäftigte mich. Was grundsätzlich gut war. Denn wenn ich über mich und eine schwierige *Mitte-des-Lebens-Phase* nachdachte, konnte ich schon mal nicht so intensiv an Kate Bentley denken. Und da Letzteres mich zunehmend nervös machte ...

Inzwischen war Samstag. Und zwar der Samstag, der in jedem Monat für einen gemeinsamen Ausflug mit Alfi und Clarissa reserviert war. Bei unserer Trennung hatten Clarissa und ich einen Tag dieser Art pro Monat beschlossen und es seitdem auch so gehalten.

Alfi kam mit Clarissas neuem Mann Jayden gut zurecht. Doch wir spürten beide, dass unser Sohn es sehr genoss, mit seinen beiden Eltern gemeinsam unterwegs zu sein – wo er sonst immer nur einen von uns um sich haben konnte.

Bei der Planung dieser gemeinsamen Ausflüge wechselten meine Ex-Frau und ich uns ab. Wobei man sich wirklich nichts Exotisches einfallen lassen musste, um Alfi zufriedenzustellen. Für heute beispielsweise hatte Clarissa vorgeschlagen, mit der Fähre hinüber zur kleineren Kanalinsel Sark zu fahren. Alfi mochte die Insel, weil es dort keine Autos gab und er sich daher viel freier bewegen konnte als auf dem von Blechmaschinen beherrschten Guernsey. Außerdem war er seit seinem sechsten Lebensjahr, als wir zum ersten Mal mit ihm Sark besuchten, fasziniert von La Coupée, dem etwa hundert Meter hohen und nur wenige Meter breiten Grat, der die beiden hohen Felseninseln Great und Little Sark verband.

Schon auf der Fähre, auf der wir Alfi zuliebe einen windigen Platz auf Deck gewählt hatten, stand sein Mund nicht still vor Vorfreude auf diesen kleinen Nervenkitzel.

Ich rechnete es Clarissa hoch an, dass sie seinem Wunsch nach diesem Ausflug nachgegeben hatte. Clarissa ist und war schon immer ein Mensch mit vielerlei Ängsten. Und hohe, schmale Grate, auf denen ihr blinder Sohn von Geländer zu Geländer pendelte, um mal auf der einen und mal auf der anderen Seite hinabzuspüren, gehörten eindeutig zu jenen Situationen, die ihr Angst einflößten.

Daher war ich froh, dass sie auf der Überfahrt mit Alfi herumalberte und insgesamt entspannt wirkte. Umso überraschter war ich, als sie sich plötzlich an mich wandte, während Alfi damit beschäftigt war, mit der Hand einen durch die See springenden Delfin zu imitieren, und fragte: »So schweigsam, Matthew? Ist alles in Ordnung?«

Ich zuckte beinahe zusammen. Denn um ehrlich zu sein, hatte ich gerade an ein Paar grauer Augen gedacht, fast verborgen hinter einer weich fallenden weißblonden Haarsträhne.

»Alles bestens«, erwiderte ich.

»Du wirkst irgendwie verändert«, stellte meine Ex-Frau fest, die mich nach den elf Jahren, die wir uns nun kannten, ausgesprochen leicht durchschauen konnte.

»Ach, das macht der Frühling«, sagte ich leichthin. Und hätte mir am liebsten sofort auf die Zunge gebissen, denn *der Frühling* war vielleicht nicht das richtige Stichwort, um Clarissa von meinen wahren Beweggründen abzulenken, die ich um nichts auf der Welt hätte offenbaren wollen.

Gott sei Dank gingen in diesem Augenblick zwei rucksackbepackte Touristen an uns vorüber. Die Männer waren etwa Mitte dreißig, also in Clarissas Alter, und wie alle Deutschen daran zu erkennen, dass sie von Kopf bis Fuß in funktionale Outdoorkleidung der Marke mit der Wolfstatze gekleidet waren. Gerade hatten sie sich noch von der schäumenden Gischt und der herannahenden Insel Sark fesseln lassen – jetzt richteten sie ihre Blicke auf Clarissa. Das war nur zu verständlich. Vielleicht klang es vermessen, aber ich war tatsächlich fünf Jahre lang mit einer Frau verheiratet gewesen, die aussah wie die junge Sophia Loren. Meine Ex-Frau hatte die kastanienbraune Lockenmähne mit einem Kopftuch aus dem Gesicht gebunden. Als sie den höflichen Gruß der beiden Touristen erwiderte, die sich an unseren Knien vorbeischlängelten, neigte sie den Kopf und sah die beiden über den Rand ihrer Sonnenbrille hinweg mit ihren mandelförmigen grünen Augen lächelnd an, während ihr hübsch geschwungener Mund sich ein wenig spöttisch verzog. Wie immer verfehlte ihr Blick seine Wirkung nicht. Der hintere der beiden Kerle trat seinem Freund mit Schmackes in die Trekkingschuhhacken, musste sich entschuldigen, konnte es nicht lassen, zurückzuschauen, in der Hoffnung, dass Clarissa sein Stolpern nicht bemerkt hatte, stellte fest: sie hatte, und errötete bis an die Haarwurzeln.

Clarissa erwähnte die kurze Situation mit keinem Wort, streckte stattdessen die Hand aus und strich Alfi eine Ponysträhne aus dem Gesicht. Allerdings sah sie dabei äußerst zufrieden aus. Ich musste ein Lachen unterdrücken. So war sie. Und so gut wie sie mich, kannte auch ich sie.

Die Sache mit Clarissa und mir war die, dass wir eigentlich nie ein festes Paar hätten werden dürfen. Wir hatten uns auf einer Übersetzerkonferenz kennengelernt, an der sie als freie Lektorin teilgenommen hatte. Und ich musste gestehen, dass auch ich nicht immun gewesen war gegen den Eindruck, den Clarissa auf die meisten Männer machte. So hatte ich mich geschmeichelt gefühlt, als diese umwerfende Frau Interesse an mir zeigte und mein Lachen als »das charmanteste, das ihr je begegnet sei«, betitelte. Sie gefiel mir. Sie gefiel mir wirklich sehr, denn sie war nicht nur hübsch, sondern auch klug und ehrgeizig. Wir fühlten uns sehr voneinander angezogen. Diese Art von Anziehung, die wie eine elektrische Spannung zwischen zwei Menschen knistert. Doch damals war mir nicht klar gewesen, dass etwas anderes, viel Maßgeblicheres fehlte: die Freundschaft. Und die sollte in jeder Ehe das Fundament bilden.

Das Einzige, was uns neben der körperlichen Anziehung

wirklich verband, war die Leidenschaft für Bücher. Sie plante mit ihren damals sechsundzwanzig Jahren allen Ernstes, einen eigenen Verlag aufzubauen. Daher war die Nachricht, dass die Antibabypille versagt hatte und sie schwanger war, für sie ein echter Schock gewesen.

Wir hatten geheiratet. Mit dem festen Vorsatz, ihren Traum vom eigenen Verlag auf keinen Fall aus den Augen zu verlieren. Sobald unser Kind aus dem Gröbsten heraus sein würde, sollte Clarissa die Chance zur Verwirklichung ihres Lebenswunsches bekommen. Ich hatte als Übersetzer und zusätzlich als ausgebildeter Hundetrainer gutes Geld verdient und hätte uns drei erst mal auch alleine durchbringen können. Doch dann war Alfi zur Welt gekommen, und er war blind gewesen, und nichts war so gelaufen wie geplant.

»Du kannst mir nicht erzählen, dass alles wie immer ist«, erklärte Clarissa in diesem Augenblick mit Nachdruck. »Du hast irgendwas, das dich beschäftigt. Wenn du es mir nicht sagen willst, ist das deine Sache. Aber ich kenne dich, mein Lieber.«

Damit stand sie auf und ging nach vorn zum Bug. Wahrscheinlich, um den deutschen Rucksacktouristen daran zu hindern, sich aus Scham über seinen Auftritt über die Reling zu stürzen.

»Dad, können wir gleich mit einer Kutsche fahren?«, wollte Alfi wissen.

»Genau das möchte ich auch gerne machen, Kumpel«, antwortete ich. »Ich hab extra ein paar Möhren eingesteckt. Die kannst du den Kutschpferden geben.«

Mein Sohn quietschte in schaurigem Entzücken auf. Ich wusste zu gut, dass die meisten Tiere ihm Angst einflößten. Und er wusste, dass ich ihn nie dazu zwingen würde, nahen Kontakt aufzunehmen, wenn er es nicht wirklich wollte. So konnte er die Gänsehaut genussvoll auskosten, die ihm die Vorstellung bescherte, einem so großen Tier wie einem Sarker Kutschpferd eine Möhre anzubieten.

Nur zehn Minuten später legten wir am kleinen Kai des Maseline Harbour auf Sark an. Die meisten Touristen strömten durch den kurzen Felsdurchgang zu den bereitstehenden Traktoren, die sie in Planwagen den Harbour Hill hinauftransportieren durften. Doch Alfi liebte den Fußweg durch den Wald, auch wenn wir dafür eine ganze Weile brauchen würden, und so schlenderten wir zu dritt los.

Guernsey war für mich wegen seiner vielen Gesichter die schönste der Kanalinseln. Doch das kleine Sark hat seinen ganz eigenen Reiz. Es ist so winzig, dass hier nur etwa fünfhundert Menschen dauerhaft leben. In der Saison kann die Einwohnerzahl aber gut mal auf das Doppelte anwachsen. Es gibt keine festen Ortschaften, sondern nur Ansammlungen von Häusern rund um herausragende Stellen. Auch die größte aller Straßen, The Avenue, die wir schließlich entlanggingen, ist nicht asphaltiert.

Alfi hatte wie immer die eine Hand an meinen Jeansbund gelegt, hielt mit der anderen jedoch Clarissas Hand. Allen anderen mussten wir vorkommen wie eine glückliche kleine Familie, die einen Wochenendausflug unternahm.

Wir wussten, dass Alfi nicht eher Ruhe geben würde, bis wir bei La Coupée gewesen waren. Deswegen steuerten wir direkt dorthin. Nach etwa einer Stunde auf der Insel war Alfi endlich an seinem Lieblingsausflugsziel angekommen.

Heute ging ein frischer Wind. Wer behauptet, auf den Kanalinseln seien Wind und Strömung wegen des eindrehenden Golfstroms stets wunderbar warm, der sollte mal an solch einem Tag aus den aufragenden, mit Gras bewachsenen Klippen heraus auf den schmalen Grat treten. Der Wind fuhr uns allen in die Haare. Clarissas Kopftuch flatterte, und sie musste es rasch festhalten, sonst wäre es davongeweht. Alfi jauchzte auf, und ich führte ihn an das Geländer. Er klammerte sich daran und reckte den Kopf darüber.

»Matthew!«, rief Clarissa.

Alfi lachte, und ich bedeutete ihr, dass sie sich wirklich keine Sorgen zu machen brauchte.

»Erzähl noch mal, wie das früher hier ohne das Geländer war!«, bat Alfi mich, während er das Gesicht in die Brise hielt und den Abgrund auszuloten schien.

»Oh, das Geländer, tja, das wurde erst vor etwas mehr als hundert Jahren hier angebracht«, berichtete ich. »Und so breit wie der Weg heutzutage ist, war er da auch noch nicht. Erst 1945 wurde er von Kriegsgefangenen zu dieser Straße ausgebaut.«

»Und bevor es das Geländer gab, wurden doch bestimmt ab und zu Menschen hier runtergeweht, oder? War doch so, Dad, oder?«, verlangte Alfi zu wissen. »Vielleicht sogar manchmal ein ganzes Bauernfuhrwerk mit Pferden und Stroh drauf und so?!«

Clarissa schüttelte sich vor Entsetzen.

»Guck mal, es sind nur fünf Schritte von der einen zur anderen Seite«, rief unser Sohn und lief mit ausgestreckten Händen hinüber.

Clarissa schien wie immer in diesem Moment nicht sicher, ob sie ihn gewaltsam festhalten oder sich selbst die Augen zuhalten sollte.

Ich selbst spürte das breite Lächeln auf meinem Gesicht, das sich automatisch in meine Züge schlich, wenn Alfi sich einmal etwas traute. Er war oft so ängstlich und zurückhaltend, dass ich es schlicht genoss, wenn er ein bisschen frech wurde und etwas wagte. Davon abgesehen war ich dicht neben ihm, immer bereit, ihn zu greifen und sicher zu halten. So, wie ich es schon sein ganzes Leben lang getan hatte.

Im Zickzackkurs überquerten Alfi und ich La Coupée, während Clarissa mit steifen Schritten und geradeaus gerichtetem

Blick genau in der Mitte ging und weder rechts noch links hinuntersah.

Alfis Freude über diesen Teil des Ausflugs konnte sie selbst erst mitfühlen, wenn wir auf der anderen Seite auf Little Sark angekommen waren. Heute mussten wir uns die letzten Meter ein wenig beeilen, denn hinter uns war eine kleine Kutsche mit einem gewaltigen Kaltblutpferd davor aufgetaucht. Der Schecke trottete gemächlich dahin. Als wir alle die andere Seite erreicht hatten und das Fuhrwerk uns überholte, nickte der alte Kutscher auf dem Bock uns freundlich zu.

»Entschuldigen Sie«, rief ich hinauf, einer Eingebung folgend. »Fahren Sie zufällig in Richtung La Sablonnerie Tea Garden?«

In diesem hübschen kleinen Restaurant hatten wir einen Snack geplant. Mir war nicht entgangen, dass Alfi nach den Aufregungen ein bisschen müde wirkte.

»Direkt drauf zu«, erwiderte der Kutscher und wies hinter sich. »Immer rauf mit Ihnen! Es sei denn ...« Er hielt kurz inne. »... willst du mit mir zusammen auf dem Bock sitzen, junger Mann?«

Alfi konnte nicht sehen, dass der nette Fremde ihn ansah, dennoch kapierte er sofort, dass er gemeint war.

»Dad? Mom?« Sein Gesicht leuchtete.

Clarissa nickte mir lächelnd zu. Ich half Alfi hinauf. Scheu saß er neben dem fremden Mann, der ihm einmal prüfend ins Gesicht sah und ihm dann ohne großes Zaudern die Zügel in die Kinderhände drückte. Alfi erstarrte.

»Er kann nicht sehen«, erklärte ich dem Kutscher rasch.

»Macht nichts«, erwiderte der. »Lizzy weiß, wo es langgeht. Du musst ihr nur sagen, dass sie losgehen soll«, ermunterte er meinen Sohn.

Ich hätte ihn küssen mögen.

»Und wie?«, wollte Alfi zaghaft wissen.

»Du bewegst die Zügel ein paar Mal schnell auf und ab und schnalzt mit der Zunge. Du kannst doch schnalzen?«

Alfi bewegte ungelenk die Zügel und schnalzte. Das Pferd setzte sich in Bewegung.

»Oh Mann!«, rief er. »Das klappt ja wirklich, Mr. ... ähm ... Mr. ...?«

»Ich bin John Bentley«, stellte sich unserer Fahrer vor. »Sag ruhig John.«

»Sie sind Rose' Mann!«, platzte ich heraus.

Schließlich hallte sein Nachname schon seit Tagen als Echo in meinem Kopf herum.

John Bentley sah sich überrascht, aber erfreut um und musterte mich kurz. Dann huschte sein Blick noch einmal zu Alfi, der stocksteif neben ihm saß und die Zügel hielt, als seien sie aus purem Gold.

»Und Sie sind Alfi und Matthew Deering, richtig?« Er schmunzelte. »Rose hat schon oft von Ihnen erzählt. Hey, heute werde ich von Rose' Lieblingskunden im Shop kutschiert«, meinte er zu Alfi. Dann warf er über die Schulter Clarissa einen Blick zu.

»Clarissa Jenkins«, sagte sie und probierte den Trick mit dem Über-die-Sonnenbrille-Lunzen. »Ich bin Alfis Mutter.«

John Bentley hob eine Augenbraue, als wollte er sagen: Jetzt kapiere ich einiges.

»Wie geht es Ihrer Frau? Sie hatte einen Unfall, oder?«, erkundigte ich mich.

»Bin gerade auf dem Weg zu ihr. Wir wohnen in der Nähe der alten Mühle, am Arsch der Welt.« Er lachte und wir stimmten mit ein, denn er machte den Eindruck eines Mannes, der um nichts auf der Welt woanders hätte leben wollen. »Schienbeinbruch. Rose macht nie halbe Sachen. Jetzt muss sie sechs Wochen lang eine Schiene tragen und darf nicht auftreten.«

»Die Arme«, sagte Clarissa.

»Oje, bitte richten Sie ihr gute Wünsche von uns aus«, bat ich. »Und der Shop? Ich meine ... Hat sie eine Vertretung?«

»Ja, unsere Tochter Kate kümmert sich drum. Ist eigentlich Tourenführerin, wissen Sie. Aber für Rose tut sie alles.«

»Ich glaube, wir hatten neulich schon mal das Vergnügen«, konnte ich mir nicht verkneifen zu sagen.

Meine Stimme, die eigentlich ganz harmlos hatte klingen sollen, wirkte seltsam. Clarissa wandte den Kopf und sah mich an.

»Ja, ich meine, sie hätte so etwas erwähnt«, stimmte John Bentley zu und sagte dann zu Alfi: »Lizzy kann auch traben, weißt du. Versuch's mal!«

Alfi klopfte mit den Zügeln auf das breite Pferdehinterteil vor ihm, schnalzte, und die Stute fiel in einen gemütlichen Kaltbluttrab. Und so erreichten wir die Kreuzung, an der wir in Richtung Tea Garden aussteigen mussten, in Windeseile.

Ich half dem völlig beseelten Alfi vom Kutschbock, konnte ihn aber nicht überzeugen, Lizzy eine Möhre zu spendieren. Allerdings wollte er danebenstehen, während ich ihr eine gab. Weil Mr. Bentley sich weigerte, eine Bezahlung anzunehmen, da er doch selbst kutschiert worden sei, verabschiedeten wir uns nur herzlich. Er fuhr weiter, und wir schlugen den Weg zu dem kleinen Restaurant ein.

»War Rose' Tochter etwa diese unfreundliche Frau, die Alfi angeschnauzt hat, weil er etwas umgestoßen hat?«, wollte Clarissa wissen, während Alfi schnalzend zwischen uns ging und so tat, als hielte er immer noch die Zügel in der Hand.

Ich seufzte innerlich. Er hatte es also erzählt.

»Angeschnauzt kann man das nicht nennen«, antwortete ich. »Sie hat sich nur erschrocken. Und kurz vorher hatte ihre Stiefmutter diesen Unfall. Wahrscheinlich war sie ziemlich durcheinander.«

Clarissa sah mich aufmerksam an.

»Dad, ich hab Lizzy gesagt, dass sie Schritt und Trab gehen soll, oder?«, fragte Alfi. »Wie heißt das, wenn ein Pferd richtig schnell rennt. So ... ffrrrmmmm...?«

»Galopp«, antwortete ich ihm.

»Lizzy wär bestimmt auch Galopp gerannt, wenn ich es ihr gesagt hätte, oder? Und am besten einmal über La Coupée und wieder zurück!«, rief Alfi, entzückt von diesem Gedanken.

Eigentlich erwartete ich von meiner Ex-Frau eine Bemerkung zu dieser Vorstellung oder zumindest ein demonstratives Schaudern. Doch sie sah mich mit ihren grünen Augen nur weiterhin forschend an.

»Und diese Kate Bentley ...«, sagte sie. Ich stoppte an der Mauer zum Tea Garden, wo eine Karte aushing, und tat, als wollte ich sie schon mal studieren. »Die Tochter von eurer Freundin Rose«, fuhr Clarissa fort, während ihr Blick mein Gesicht abscannte wie ein Flakscheinwerfer. »Ist sie eigentlich verheiratet oder so?«

Ich zuckte wenig glaubhaft mit den Schultern. »Keine Ahnung«, sagte ich mit betont verwunderter Stimme.

Doch in mir bäumte sich etwas auf. Fühlte sich an, als gäbe es da in mir ein kleines, kuscheliges Tier, das normalerweise zufrieden in meiner Brust vor sich hinschlummerte. Doch bei Clarissas Worten erwachte es plötzlich, streckte sich und richtete sich zu seiner wahren Größe auf, ein leises, heiseres Knurren in der Kehle.

Clarissa hatte recht. Die Frage lag doch auf der Hand. War Kate Bentley überhaupt verheiratet? Oder so?

Kate

Sonntag, 30. April

Rose hatte recht gehabt. Es war eine komplett verrückte Idee, Kitten die alleinige Führung meiner ersten großen Touri-Gruppe der Saison zu übertragen.

Zwar hatten meine junge Angestellte und ich die letzten Abende seit Rose' Unfall vor ein paar Tagen dazu genutzt, alle Details wieder und wieder durchzusprechen – doch ich konnte nicht vergessen, wie erschrocken ihre Augen sich geweitet hatten, als ich ihr von meinem Plan erzählte. Sosehr ich Dad und Rose gegenüber auch getan hatte, als sei es für meine Mitarbeiterin kein großes Ding, sosehr zweifelte ich still für mich an dieser Aussage. Und ich hatte Kitten ansehen können, dass auch sie sich auf diese neue, überraschend an sie herangetragene Aufgabe nicht nur freute. Daher waren wir übereingekommen, dass ich am heutigen Sonntagmorgen zumindest zur Begrüßung der Teilnehmer am kleinen Guernseyer Flughafen dabei sein würde.

Zu so einem sanften Übergang hatte mir auch Irina geraten. Meine ehemalige Studienfreundin lebte als verheiratete Vollzeitmutter vom offenbar anstrengendsten Zwillingspärchen der Welt in Edinburgh und war seit siebzehn Jahren aus dem Geschäft. Doch wir waren all die Jahre in Kontakt geblieben, und sie hatte am Aufbau meines Unternehmens regen Anteil genommen.

Es war reiner Zufall, dass sie mich am Donnerstagabend mal wieder anrief. Als sie von den Neuigkeiten vor Ort erfuhr, hatte sie mit ihrer fundierten Meinung, die sie zu allem im Leben vertrat, nicht hinter dem Berg gehalten. Sie selbst, das hatte Irina unumwunden zugegeben, hätte diesen Liebesdienst an Rose wohl nicht durchgezogen. Sie behauptete, als Mutter von Zwillingen müsse man naturgegeben einen geradezu unersättlichen Kontrollzwang entwickeln, der natürlich dagegenspräche, jemals das Ruder für den eigenen Betrieb aus der Hand zu geben. Doch sie stand mir gern mit echtem Mitgefühl und einer Reihe guter Ratschläge bei. Es hatte gutgetan, ihr von den leisen Zweifeln zu erzählen, die mich in Bezug auf Kittens Fähigkeiten auch mitunter überkamen.

Doch heute Morgen wollte ich dem Ganzen möglichst zuversichtlich entgegenschauen. Die bunt zusammengewürfelte Touristengruppe würde von London aus mit dem ersten Flug hier ankommen. Ich hatte aufs Joggen verzichtet und war gut in der Zeit, denn ich wollte nicht das Risiko eingehen, Kitten allein der sicher erwartungsvollen fünfzehnköpfigen Truppe gegenüberstehen zu lassen.

Als ich den Wagenschlüssel von der Kommode im engen Flur nahm, fiel mein Blick auf das kleine Fläschchen mit Fliederduftwasser, das ich am Abend zuvor dort abgestellt hatte. Nach dem gestrigen langen Samstag im Souvenirshop hatte ich mich einfach nur aufs Sofa werfen wollen und den Besuch bei Mrs. Owens auf heute verschoben. Noch ein Blick auf die Uhr. Ja, eine kurze Visite nebenan wäre auf alle Fälle noch drin, ohne in Hektik geraten zu müssen.

Ich nahm das Fläschchen mit dem Fliederduft, das Dad mir gestern mit etlichen anderen in einem gewaltigen Karton im Shop vorbeigebracht hatte, und sprang die Stufen hinunter.

Das Wetter war ideal für einen Tourbeginn, sonnig, aber nicht zu warm. Der blaue Himmel wölbte sich über der Insel und ließ alles Grün satt und saftig aufleuchten. Der Blick über die Felsen am südöstlichen Klippenpfad, mit den gelben Leuchtfeuern des Stechginsters und den schaumgekrönten Wellen dort draußen würde atemberaubend sein. Kitten, die den Tag hier draußen würde verbringen dürfen, war wirklich zu beneiden.

Auf mein Klopfen bei Mrs. Owens hin hörte ich Amys vertrautes Bellen im Haus. Doch obwohl ich lange wartete, erklangen keine Schritte. Ich klopfte noch einmal, etwas lauter. Wieder bellte Amy auf. Dann konnte ich auf den Steinfliesen hinter der Tür das Tapsen ihrer Pfoten und ein leises Schnüffeln am Briefkastenschlitz hören.

Ein ungutes Gefühl beschlich mich.

Ich beugte mich hinunter, klappte den Briefschlitz hinein und rief hindurch: »Mrs. Owens? Ist alles in Ordnung?«

Keine Antwort.

Vielleicht war sie im Badezimmer? Beunruhigt folgte ich dem kleinen Pfad ums Haus herum, an den alten Rosenstöcken und grell in Pink und Orange blühenden Azaleen vorbei. Das Badezimmer des kleinen Cottages lag auf der Rückseite. Sein Fenster war gekippt. Ich lauschte, konnte jedoch nichts hören.

»Mrs. Owens?«, rief ich noch einmal.

Drinnen im Haus kratzte Amy an der offenbar verschlossenen Badezimmertür und winselte.

Da stand mein Entschluss fest: Ich ging zu dem kleinen Gartenschuppen hinüber, zählte von der Tür an unter all den vielen mit diversen duftenden Kräutern bepflanzten Tontöpfen sieben ab und hob ihn an. Tatsächlich, da lag der Ersatzschlüssel, so wie Mrs. Owens es mir einmal anvertraut hatte.

Ich eilte wieder ums Haus und schloss die Tür auf. Sofort wuselte Amy um mich herum. Sie war stets freundlich und wedelte zur Begrüßung, aber obwohl ich mich mit Hunden nicht gut auskannte, spürte ich, dass sie diesmal auf eine andere Art aufgeregt war. Sie winselte und blickte zu mir hoch, als erwarte sie einen guten Rat.

»Hallo, Amy. Wo ist denn dein Frauchen?«, fragte ich leise. »Mrs. Owens?«, rief ich dann noch einmal, während ich durch den Flur Richtung Wohnzimmer ging.

Ich kam an der verschlossenen Badtür vorbei. Eine weitere

Tür, die ins Schlafzimmer führte, stand einen Spalt offen. Amy schlüpfte hindurch.

Mein Herz klopfte mir mittlerweile bis in den Hals. Ich schob die Tür weiter auf.

»Mrs. Owens, ich bin es, Kate Bentley.«

Der Raum lag im Halbdunkel, da die Vorhänge zugezogen waren. Trotzdem erkannte ich Mrs. Owens' kleine Gestalt im Bett. Ich ging zum Fenster und zog den Vorhang zurück, sodass die Morgensonne hereinfluten konnte.

Langsam trat ich ans Bett heran, das Fläschchen mit dem Fliederwasser immer noch in der verkrampften Hand. Mrs. Owens' kleines, faltiges Gesicht lag friedlich auf dem Kissen. Fast hätte man meinen können, sie lächelte.

* * *

Nachdem ich übers Handy den Arzt gerufen hatte, stand ich ein paar Minuten lang einfach so da und sah meine liebe Nachbarin an. Mit meinen dreiundvierzig Jahren hatte ich noch nie eine Tote gesehen, und ich war froh, dass Mrs. Owens so friedlich aussah. Als wäre sie tatsächlich sanft eingeschlafen und während eines schönen Traumes hinübergegangen.

In zweiundneunzig Jahren steckten jede Menge Leben. Und noch, so schien es mir, war ein Rest davon hier im Raum. Wie eine schmale, warmherzige Anwesenheit, die um mich herumstrich und sich ein letztes Mal in alle Winkel legte.

Einem Impuls folgend ging ich zum Fenster und öffnete es weit. Die frische Morgenluft strömte herein. Und einen Moment lang glaubte ich, etwas zu spüren, das an mir vorbei hinausdrängte. In den Garten, den Mrs. Owens so geliebt hatte. Über die wilde, schöne Insel. Hinaus aufs weite, weite Meer.

Ich wischte ein paar Tränen fort.

Amy, die still und erwartungsvoll neben mir gesessen hatte,

klopfte mit dem Schwanz auf den Boden und stupste meine Hand an. Ich sah ihr in ihre hübschen braunen Augen. Da ich mit Dads gewaltigen Shiremixpferden auf Sark aufgewachsen war, hatten mich Vierbeiner, die wesentlich kleiner waren als die riesigen Spielgefährten meiner Kindheit, nie besonders interessiert. Aber auch ohne trainierten Hundeverstand konnte ich erkennen, dass hier eine liebe Seele vor mir saß, die ziemlich ratlos schien.

»Armes Mäuschen«, flüsterte ich ihr zu und strich ihr über das seidige Fell ihrer Wange. »Das wirst du nicht verstehen können, nicht wahr?«

Amy legte den Kopf schief. Dann stand sie auf und lief zur Haustür. Auf der Schwelle drehte sie sich um und blickte mich an. Und mir ging auf, dass für sie wahrscheinlich gerade recht profane Dinge im Fokus standen.

Ich widerstand dem Impuls, Mrs. Owens zu sagen, dass ich sie kurz allein lassen müsse, und folgte Amy durch den Flur zur Tür, um sie hinauszulassen. Sie flitzte um die Hausecke und verschwand im Garten.

Mein eigenes Zuhause, nur hundert Meter entfernt, lag im hellen Sonnenschein, bot jedoch keinerlei Hilfe. Ausgerechnet heute hatten Sarah und Alan sich nach dem Gästefrühstück in ihrem B & B auf den Weg zu einem Besuch bei Freunden auf Herm gemacht. So stand ich nun dieser Aufgabe hier allein gegenüber.

Ich war froh, als nach gut zwanzig Minuten endlich der Wagen des Arztes über den Hügel heraufkam.

»Ms. Bentley«, sagte er mit sonorer Stimme, als er mit dem Arztkoffer durchs Gartentor schritt.

»Hallo, Dr. Baker«, begrüßte ich ihn, und wir gaben uns die Hand.

Ich bot ihm den Vortritt ins Haus und ließ die Tür offen, damit Amy wieder hereinkommen könnte, wenn sie alles erledigt hatte, was ein Hund gewöhnlich morgens so zu tun pflegt.

Wir gingen ins Schlafzimmer, und nachdem Dr. Baker sein Stethoskop auf Mrs. Owens' flache Brust im rüschenbesetzten Nachthemd gedrückt, ihren Puls an Handgelenk und Hals gesucht hatte, wandte er sich mit einem langsamen Nicken zu mir um.

»Sie hat sich verabschiedet, wie eine echte Lady es eben tut«, sagte er. »Wahrscheinlich irgendwann in den frühen Morgenstunden.«

Ich musste mich räuspern, bevor ich fragen konnte: »Was gibt es jetzt zu tun?«

»Ich weiß, dass Mrs. Owens bei Brooks & Sanders bereits Vorkehrungen getroffen hat«, erklärte Dr. Baker. »Ich fahre dort vorbei und gebe die Todesbescheinigung ab. Wird wahrscheinlich ein Stündchen dauern, bis sie hier sind. Verwandte hatte die Gute ja nicht mehr. Wissen Sie, wer ihr Testament verwaltet?«

Ich schüttelte den Kopf. Eine Stunde? Ich würde hier mindestens eine Stunde auf das Bestattungsunternehmen warten müssen? Sicher, das war das Mindeste, was ich für meine liebe, stets so freundliche alte Nachbarin noch tun konnte. Und doch drängte sich mir der Gedanke an Kitten auf, die bestimmt in ein paar Minuten am Flughafen eintreffen und nach mir Ausschau halten würde. Sobald Dr. Baker aufgebrochen war, würde ich sie anrufen und ihr die Hiobsbotschaft verkünden müssen: Sie war auf sich allein gestellt.

»Die Meldungen an die Gemeindeverwaltung übernehmen Brooks & Sanders«, fuhr Dr. Baker fort, während er sorgfältig auf einem Block etwas eintrug und ihn dann in seinem Koffer verstaute. »Und das wird dann die weiteren Formalitäten nach sich ziehen. Ach, das ist immer der unerfreuliche Teil meines Berufes«, murmelte er und legte noch einmal die Hand auf

Mrs. Owens' schmale Schulter, als wollte er sich von ihr verabschieden. »Aber im Grunde können wir alle uns nur wünschen, irgendwann auf diese Art zu gehen.«

Ich begleitete ihn hinaus und sah zu, wie er in seinem Wagen den Hügel wieder hinabrollte. Als ich mich umdrehte, stand Amy in der offenen Tür und wedelte zaghaft. Und da fiel mir zum ersten Mal ein, dass sich ja irgendjemand um sie kümmern musste.

* * *

Es dauerte sogar beinahe zwei Stunden, bis der große Wagen von Brooks & Sanders vor dem Haus hielt. Die ganze Zeit über war ich gedanklich hin- und hergerissen zwischen hochphilosophisch anmutenden Überlegungen zum endgültigen Abschied von dieser Welt und der Sorge, ob Kitten ihrer heutigen Aufgabe wirklich gewachsen sein würde.

Die beiden Männer vom Bestattungsunternehmen begrüßten mich mit der in ihrem Geschäft wohl üblichen ernsten Miene. Mrs. Owens behandelten sie sehr umsichtig, geradezu liebevoll. Das half mir, mit den Bildern in meinem Kopf umzugehen, die sich darum drehten, was nun mit ihrem zarten Körper geschehen würde.

Als der schwarze Kastenwagen davonfuhr, zog ich das Handy aus der Hosentasche und wählte Kittens Nummer. Sie ging sofort ran.

»Kate? Wie geht es dir?«, erkundigte sie sich ein wenig piepsig.

»Mit geht's gut. Es ist alles erledigt, was getan werden musste. Die arme Mrs. Owens ... Und bei dir? Ihr müsst ja inzwischen im Hotel sein. Wie lief es?«, wollte ich wissen. Ich konnte sie schlucken hören, und sofort sackte mir das Herz in Höhe der Knie.

»So weit ganz gut«, sagte sie mit belegter Stimme.

»So weit?«

»Das Ehepaar aus Luxemburg hat sich wegen der Zimmer beschwert. Auf ihrer Buchung stehen tatsächlich zwei Einzelzimmer. Aber im *Le Freque* ist nur die für ein Doppelzimmer angekommen. Oh Kate, tut mir echt leid. Ich glaub, das geht auf meine Kappe. Die Zimmerbuchungen für die Tour hatte ich übernommen.« Kittens Stimme klang dünn.

»Hey, schon okay. Das regle ich mit einem schönen Blumenstrauß aufs Zimmer«, versuchte ich, sie zu beruhigen.

»Da habe ich auch schon dran gedacht. Aber die Frau hat sich echt aufgeregt. Sie meinte, ihr Mann schnarche infernalisch, und ihr Urlaub sei damit gelaufen. ›Infernalisch‹ hat sie echt gesagt. Alle konnten es hören, und der Mann lief an wie eine Tomate. Jetzt hängt der Haussegen schief. Da half auch gutes Zureden nicht. Die ganze Gruppe ist dann schweigsam auf die Zimmer geschlichen. Super Stimmung für den Urlaubsbeginn.«

Verflixt, Kitten hatte recht. So etwas passierte zwar immer mal, doch eine ernsthafte Verstimmung zwischen Eheleuten konnte für alle Teilnehmer die Woche sprengen.

»Okay.« Ich sah auf die Armbanduhr, zum wohl hundertsten Mal an diesem Tag. »Ich kann in etwa zwanzig Minuten da sein. Dann biegen wir das wieder hin, bevor ihr zur Wanderung aufbrecht.«

»Und der Shop?«, wandte Kitten ein.

»Der bleibt heute eben geschlossen, und wir machen die Wanderung zusammen. Was meinst du?«, schlug ich vor.

Zwar waren Sonn- und Samstage die ertragsreichsten Tage für den Geschenkeladen. Aber Rose würde ganz sicher Verständnis haben für so eine vertrackte Situation. Doch Kittens erwartete Zustimmung blieb aus. Sie zögerte deutlich.

»Kitten?«

»Wäre das nicht das falsche Signal an die Gruppe?«, meinte sie schließlich. »Kaum tritt ein kleines Problem auf, kommt die Chefin herbeigeeilt, um ihrer Tourenführerin beizustehen. Würden unsere Kunden mir dann den Rest der Woche noch vertrauen?«

Sie hatte schon wieder recht. Ich konnte es drehen und wenden, wie ich wollte: Offenbar hatte sie bei mir bereits eine wirklich gute Ausbildung genossen.

»Was schlägst du stattdessen vor?«, wollte ich wissen.

Kitten räusperte sich. »Gibst du mir freie Hand?«

Ich überlegte. Wenn ich Kitten als meiner Mitarbeiterin und fundiert arbeitender Tourenführerin selbst nicht vertraute, was das Lösen auftretender Probleme anging, wie sollten dann meine Kunden Vertrauen haben?

»Natürlich«, sagte ich entschieden. »Mach, was du für richtig hältst. Wir telefonieren heute Abend, okay?«

»Okay.« Kitten klang erleichtert.

Wir legten auf.

Ich stand einen Moment im Vorgarten zu Mrs. Owens' Haus und starrte vor mich hin. Dann holte mich plötzlich etwas Feuchtes, das gegen meine Hand stupste, ins Hier und Jetzt zurück. Es war Amys Hundenase, sie sich in meinen Handteller bohrte.

Ich blickte sie an und seufzte. »Na, das bedeutet wohl, dass du den heutigen Tag in einem Souvenirshop verbringen wirst«, sagte ich zu ihr, und sie wedelte so fröhlich, als hätte ich ihr einen langen Spaziergang am Strand versprochen.

Hinter der Haustür fand ich Amys Blindenführhundgeschirr, aber auch eine normale Leine samt Halsband, an dem ein kleines Glöckchen befestigt war. Das Halsband legte ich ihr um, und sie folgte mir willig zum Auto.

Ich öffnete den Kofferraum und starrte ratlos in den Innenraum. Doch Amy sprang mit Schwung hinein und setzte sich brav in die hintere Ecke. Gut, dass wenigstens eine von uns wusste, was zu tun war.

In der Nähe des Busbahnhofs hinter dem Hafen fand ich einen Parkplatz und lief eilig mit Amy an der Leine über den Vorplatz auf den gläsernen Pavillon zu.

Schon von Weitem konnte ich erkennen, dass dort jemand an der Tür stand und wartete. Eine Frau im königsblauen Kostüm, die mir vage bekannt vorkam. Sie war so sehr mit dem Handy beschäftigt, dass sie mich gar nicht bemerkte.

Ich blinzelte ein paar Mal. War das nicht ... Konnte das sein? Dann hatte ich sie erreicht, und sie blickte auf.

»Irina!«, entfuhr es mir. Ich war vollkommen verblüfft. »Was machst du denn hier?«

Sie ließ das Handy sinken und strahlte mich an. Wir hatten uns seit beinahe fünfzehn Jahren nicht mehr gesehen. Immer noch hatte sie dieses breite Lächeln, das ihre hohen Wangenknochen betonte. Sie trug ihre dunklen Haare jetzt kurz und hatte einige Kilo zugenommen. Aber sie hatte immer noch den Schwung, den sie auch in unserer Studienzeit an den Tag gelegt hatte, das sah man gleich.

»Überraschung!«, rief sie. »Du steckst in der Klemme! Und ich bin hier, um dich zu retten!«

Matthew

Sonntag, 30. April

Es war Sonntagnachmittag bei strahlendem Sonnenschein, und die ganze Insel war unterwegs, um den Frühling zu genießen.

Obwohl es Ende April noch viel zu kalt zum Baden war, tummelten sich an der Cobo Bay im Nordwesten, angelockt vom langen feinen Sandstrand unterhalb der befestigten Küstenstraße, viele Familien mit Sonnenschirmen, Federballspielen und Picknickkörben.

Mein kleines Häuschen stand noch ein wenig nördlicher, in der Nähe der Portinger Bay. Genau dort hatten auch Phil und der sportbegeisterte Cedric ihre prächtige Villa gekauft. Portinger Bay war ein Surferparadies, in dem Cedric sich gerne tummelte, während Phil sich lieber ans Zuschauen hielt. Die Insel flachte hier stark ab. Der Wind strich ungehindert über die Felsen und groben Kieselstrände, hinter denen kleine Fußpfade durch die Wiesen führten.

Heute holten unsere beiden Freunde Alfi und mich mit ihrem großen Wagen ab. Wir wollten zusammen in den Inselsüden fliehen, um an einem der stilleren Plätze auf den Klippen ein kleines Picknick zu veranstalten. Denn das würde hier oben in Ruhe wohl nicht möglich sein.

»Die Flut kommt«, teilte Cedric uns mit, als wir auf der Straße Richtung Süden noch einen kurzen Blick auf die Bucht erhaschten. »Jetzt wird's wild.«

Sein Haar war noch feucht von der morgendlichen Akrobatik auf dem Brett. Und tatsächlich, auf den Wellen dort draußen rasten Surfer so schnell übers Wasser, dass mir schon vom Zuschauen schwindelig wurde.

»Ist Pablo in seiner Box?«, wollte Alfi wissen, der mit Phil hinten saß.

»Genauso ist es, mein Prinz«, erwiderte Cedric, der den Wagen steuerte. »Und er hat deswegen schrecklich schlechte Laune. Du müsstest sein Gesicht sehen.«

Alfi kicherte. Er hatte sich inzwischen daran gewöhnt, dass er unsere beiden Freunde nicht ohne deren vierbeinigen Begleiter um sich haben konnte. Doch war es meinem Sohn immer eine Beruhigung, zu wissen, wo sich dieses Schäfchen von einem Hund aufhielt.

»Was siehst du, Phil?«, erkundigte er sich dann.

Cedric musterte derweil aus dem Augenwinkel mit friseurtypischem Kritikerblick meinen Dreitagebart und die Haarsträhne, die mir in die Stirn fiel, und bemerkte: »Ich persönlich stehe ja auf diesen Stil des wilden Mannes. Aber nach allem, was Phil mir von eurem Abend im Pub gestern erzählt hat, würde ich dir raten, dich mal wieder bei mir im Laden blicken zu lassen.«

Ich wandte mich kurz um, doch Phil war damit beschäftigt, Alfi genauestens zu berichten, was draußen vor dem Fenster zu sehen war.

»Was hat unsere gestrige Niederlage beim Pubquiz gegen Team Sharon und Pat mit meiner Frisur zu tun?«, versuchte ich auszuweichen.

Aber natürlich ließ er mich damit nicht durchkommen. Ich konnte sehr viele überaus positive Dinge zum Charakter meines Freundes Cedric sagen. Aber ich war mir nie ganz sicher, ob sein vielleicht berufsbedingtes Interesse an allen *persönlichen* Entwicklungen auch dazugehörte.

»Phil ist der Meinung, dass ihr nur verloren habt, weil du neuerdings etwas ganz anderes im Kopf hast«, deutete Cedric an.

Wahrscheinlich hatte Phil ihm jede Kleinigkeit erzählt, die

ich ihm anvertraut hatte. Hätte ich mir ja denken können. Trotzdem hatte ich nicht widerstehen können. Denn zum einen waren Cedric und Phil echte Inselkinder, die hier Mann und Maus beim Namen kannten und zu jedem mit pikantem Insiderwissen aufwarten konnten – was zugegebenermaßen extrem verlockend war. Und zum anderen hatte ich es einfach nicht mehr ausgehalten, einfach nur an Kate Bentley zu *denken*. Ich hatte über sie sprechen wollen. Ich hatte etwas über sie erfahren wollen. Zum Beispiel, ob sie verheiratet war.

»Es gibt noch ganz andere Verbindungen außer der Ehe«, sagte Cedric jetzt, als hätte er meine Gedanken erraten. Der Kerl war mir manchmal unheimlich. »Zum Beispiel solche, die von Kindheit an bestehen und seitdem halten. Im Gegensatz zu diversen anderen, die nur kurz aufflackern wie Strohfeuer, um dann sang- und klanglos wieder zu verlöschen.«

»Willst du mich etwa davor warnen, als ebensolches Strohfeuer zu enden?«, wagte ich zu fragen, da Alfi auf dem Rücksitz immer noch mit Phil plauderte.

»Es wäre schade um dich«, erwiderte Cedric. »Und es haben sich schon ganz andere an dieser ... Aufgabe die Zähne ausgebissen. Es gibt an dieser Dame nämlich einen Haken: Ist inselbekannt, dass Kate Bentley sich auf niemanden einlässt, den sie nicht mindestens dreißig Jahre kennt. Nach der Nummer mit ihrer Mutter wahrscheinlich kein Wunder.«

Einen Haken? Ich konnte mir nicht vorstellen, dass es an Kate Bentley irgendeinen *Haken* geben sollte.

»Ihre Mutter?«, forschte ich nach.

Rose' Bild erschien vor meinem inneren Auge. Ihre freundlichen dunklen Augen, das herzliche Lächeln im runden Gesicht.

»Natürlich nicht die gute Rose«, bestätigte Cedric sogleich meinen Verdacht. »Ich meine Kates leibliche Mutter. Soweit ich weiß, ist sie Historikerin oder so etwas. Damals kam sie nach Guernsey, um für ihre Doktorarbeit Material zu sammeln.«

»Stammt sie aus London?«

»Berlin.«

»Oh, sie ist Deutsche?« Ich war sofort interessiert.

»Anzunehmen.«

Eine Deutsche, Historikerin, die für ihre Dissertation nach Guernsey reiste.

»Was für eine Doktorarbeit das wohl war?«, überlegte ich.

»Keine Ahnung. War natürlich vor meiner Zeit«, sagte der erst zweiunddreißigjährige Cedric, grinsend über meine gespannte Miene. »Ich weiß nur vom Hörensagen, dass sie offenbar karrieretechnisch noch viel vorhatte. Kate war nicht geplant. Und nach ein paar Jahren als Hausfrau und Mutter auf Sark …« Er brach ab und sah mich mit hochgezogenen Brauen an.

»Verstehe«, murmelte ich.

Au Mann, ich verstand wirklich. Ein junger Mensch, der vom Leben und seinem erwählten Beruf noch so viel erwartete, musste sich auf Sark wie in einem Gefängnis vorkommen – egal, wie paradiesisch die Insel jenen erschien, die gern dort lebten.

»Wissensdurst erst mal gestillt?«, erkundigte Cedric sich schmunzelnd.

Ich lächelte ihn an und wandte den Kopf nach hinten. Dort erzählte Alfi gerade, dass er vorhabe, seinen Flugdrachen auf der obersten Plattform eines der aus dem Krieg noch zurückgebliebenen Betonbunker steigen zu lassen.

»Daddy sagt, wenn ich Mom nichts davon erzähle, können wir das vielleicht mal machen«, plapperte Alfi.

»So? Sagt das Daddy?«, antwortete Phil und warf mir einen amüsierten Blick zu.

Er war stets belustigt, wenn ich Clarissas strenge, weil viel zu ängstliche Regeln für Alfi still und heimlich außer Kraft setzte.

»Dürfte ich bei dieser Aktion dabei sein?«, wollte er von meinem Sohn wissen.

Alfi überlegte kurz. »Okay«, gestand er Phil dann zu. »Aber nur, wenn du Mom auch nichts davon erzählst. Weil … den Ärger kriegen nämlich dann Daddy und ich.«

In diesem Augenblick bellte Pablo in seiner Box im Kofferraum plötzlich wütend los.

Alfi schreckte zusammen und duckte sich auf seinem Sitz.

»Pablo, du Quatschkopf!«, schalt Phil den Hund und sagte schnell zu Alfi: »Hinter uns fährt ein Motorradfahrer. Und unser kleiner Dussel denkt, er könnte den vertreiben, wenn er nur laut genug ist. Hey, Ruhe jetzt, Pablo!«

In dem Augenblick scherte der Motorradfahrer aus und überholte uns. Als das Objekt, das seinen Verteidigungsinstinkt geweckt hatte, aus seinem Blickfeld verschwunden war, grunzte Pablo noch einmal zufrieden und war dann still.

Wir atmeten alle innerlich auf, auch wenn wir Erwachsenen versuchten, uns das nicht anzumerken zu lassen.

Ich unterdrückte den starken Impuls, mich nach meinem Sohn umzudrehen oder gar meine Hand nach hinten auszustrecken, um sein Knie zu berühren. Tausend Mal hatte ich mir eingebläut, dass so eine Reaktion auf Alfis Hundeangst seine Furcht nur verstärken würde. Es wäre genauso kontraproduktiv wie Clarissas unkontrolliertes Zurückweichen und Aufquietschen in solchen Situationen.

»Weißt du eigentlich, wohin du fährst?«, erkundigte ich mich mit möglichst lockerer Stimme bei Cedric. »Habt ihr einen schönen Platz im Sinn?«

Cedric ging sogleich darauf ein und erklärte mir ein wenig umständlich, welche Stelle sie für unser Picknick ausgesucht hatten. Er beteuerte, dass sich dort keinerlei Gefahrenquellen für unseren »blinden Passagier« befänden und dass ich Clarissa ruhigen Gewissens von der Stelle würde erzählen können. Nach einigen Minuten hörte ich auch Alfi auf dem Rücksitz wieder mit Phil reden und entspannte mich.

Leider zeigten mir solche Ereignisse, so klein sie auch sein mochten, dass Alfis Hundeangst sich kaum gebessert hatte. So blieb es ein unerfüllbarer Traum, dass ich selbst wieder einen Vierbeiner um mich haben könnte. Seit ich vor zehn Jahren, kurz vor Alfis Geburt, meinen alten Spaniel Spencer verloren hatte, sehnte ich mich nach einem eigenen Hund. Ich war eben der Typ Mensch, für den das Leben nicht komplett war, wenn keine Fellnase dazugehörte. Aber wie so oft sagte ich mir, dass ich so vieles im Leben hatte: einen wunderbaren Sohn, ein schönes Zuhause, eine interessante Arbeit. Und den knuddeligen Mini-Aussie meiner besten Freunde, der es gern auf sich nahm, mich hin und wieder über meine Hundelosigkeit hinwegzutrösten.

Ich nahm mir jedoch vor, beim Aussteigen darauf zu achten, dass Pablo an die Leine gelegt wurde. Das würde ihm nicht schmecken, aber Alfi würde sich nach diesem Schrecken nicht entspannen können, wenn er wusste, dass das harmlose Kerlchen frei um uns herumlief.

Kaum hatte ich das entschieden, wanderten meine Gedanken bereits wieder zu Kate Bentley. Und ich stellte fest, dass es mich keinesfalls beruhigte, mehr über sie zu erfahren. Sie beschäftigte mich nur noch mehr. Als Cedric gerade erwähnt hatte, dass Kates Mutter aus Deutschland stammte, war ich gleich wie elektrisiert gewesen. Als stellte allein die Tatsache, dass ich die deutsche Sprache beherrschte, eine gewichtige Verbindung zwischen uns her. Ebenso wie der Zufall, dass Kate wohl ganz ähnlich wie Alfi ein ungeplantes Kind gewesen war und ich deshalb nur noch mehr aufwallende Sympathie für sie empfand.

Vielleicht, dachte ich jetzt, sollte ich mich aber nicht so sehr auf unsere Gemeinsamkeiten konzentrieren, sondern auch

Cedrics Warnung ernst nehmen. Von welchen offenbar seit ihrer Kindheit bestehenden Beziehungen hatte er wohl gesprochen?

Kate

Sonntag, 30. April

»Was macht Brian eigentlich so?«, erkundigte sich Irina.

Sie hatte den ganzen Tag mit mir im Souvenirshop ausgeharrt und in unserem Erzählrausch, mit dem wir fünfzehn Jahre aufzuholen versucht hatten, waren die Stunden nur so dahingeflogen. Mehr als einmal hatten wir das Bimmeln der Türglocke fast überhört, das einen neuen Kunden ankündigte. Die notwendigen kleinen Gassirunden mit Amy hatte ich selbst schnell erledigt, während Irina den Laden hütete. Sie behauptete nämlich, mit Hunden in etwa so wenig anfangen zu können wie ein Zweijähriger mit dem Bausatz zu einer IKEA-Schrankwand. Es stellte sich jedoch heraus, dass Amy absolut genügsam war. Sie erledigte immer rasch das Nötigste. Danach sah sie mich jedoch verwundert und auffordernd an, als wollte sie darum bitten, dass ich sie doch wieder in ihr gewohntes Zuhause zu ihrem Frauchen bringen solle. Nur konnte ich ihr diesen Gefallen leider nicht tun.

Nun hatte ich gerade den Laden geschlossen, und wir drei waren zu Fuß auf einem kurzen Abstecher in mein Büro unterwegs, das Irina unbedingt anschauen wollte – auch wenn es dort nicht viel zu sehen gab.

»Brian?«, wiederholte ich.

Was hinderte mich daran, meiner guten alten Freundin sofort zu erzählen, was genau Brian momentan zu tun gedachte? Ich formte die Worte in meinem Mund wie Murmeln. *Heiraten. Trauzeugin.* Aber sie kamen nicht heraus.

Irina, die in ihrem engen Kostüm und auf ihren hohen Absätzen neben mir den Berg hinaufkeuchte – ihren Koffer hatten wir bereits in meinem Auto verstaut –, schien meine Wortlosigkeit auf fehlenden Atem zu schieben und sich nicht darüber zu wundern.

Und da sagte ich auch schon: »Oh, dem geht's gut. Hat viel zu tun, seit er Leiter der Küstenpfad-Guides geworden ist.«

»Verheiratet?«, hakte Irina nach, stoppte abrupt und schnappte mit in die Seite gestemmten Händen nach Luft.

Amy, die an lockerer Leine brav neben mir gegangen war, hielt ebenfalls an, offenbar erstaunt, wieso wir schon wieder eine Pause einlegten.

Irina sah mich fragend an. Ich schüttelte den Kopf und wunderte mich über mich selbst. Wieso sagte ich ihr nicht einfach, wie es sich tatsächlich verhielt?

Vielleicht bremste mich die Art und Weise, wie Irina den ganzen Tag über von ihrem Mann Henry, der Ehe im Allgemeinen und ihrer eigenen im Besonderen sowie den Zwillingen erzählt hatte, die sie auch mit siebzehn Jahren noch schwer in Atem zu halten schienen. Einerseits klang Irina unglaublich stolz und zufrieden mit ihrer Situation. Andererseits schwang auch immer wieder ein äußerst gereizter Ton mit, den ich schwer einordnen konnte. Mir schien, als wäre sie der Ehe gegenüber höchst zwiespältig eingestellt. Sie schien diese Institution mittlerweile für ein viel zu enges Korsett zu halten, das sie selbst an ihrer freien Entfaltung gehindert hatte. Eine Kette, die sie sich zweifellos selbst angelegt hatte, an der sie nun aber zerrte. Gleichzeitig schien sie bemüht, mich genau dies nicht zu deutlich merken zu lassen. Werbung für den Ehehafen war von ihr nicht zu erwarten.

Daher verblüffte mich ihre nächste Bemerkung: »Der Kerl wartet drauf, dass du ihm einen Antrag machst!« Sie kicherte heiser und schleppte sich weiter den Berg hinauf.

Ich verzog den Mund zu einem wohl ziemlich schiefen Lächeln.

»Wir sind gleich da. Da vorn ist es«, sagte ich und deutete zu dem Haus, in dessen erster Etage meine Büroräume lagen.

»Noch eine Treppe!«, stöhnte Irina, und diesmal musste ich wirklich lachen.

Am Fuß der Treppe zögerte Amy plötzlich und wandte den Kopf in meine Richtung, als wollte sie mich am Weitergehen hindern.

»Was hat er denn?«, wollte Irina wissen.

»Keine Ahnung. Sieht so aus, als wollte sie mir etwas sagen. Na, geh schon, Amy!«, forderte ich sie auf.

Sie setzte vorsichtig eine Pfote auf die unterste Stufe der Metalltreppe und lief dann langsam, Stufe für Stufe hinauf. Erst vermutete ich, dass ihr das Gitter, durch das man hinuntersehen konnte, womöglich Angst machte. Doch dann fiel mir ein, dass sie es ja gewohnt war, einen blinden Menschen zu führen. Sicherlich hatte sie Mrs. Owens auf Hindernisse hingewiesen und Stufen immer nur an ihrer Seite bewältigt. Amy und ich waren flott oben, während Irina uns ächzend folgte.

Oben war ich verwundert, dass ich die Tür nicht verschlossen vorfand.

»Nanu?«, sagte ich und ging hinein.

Die Tür des Büroraumes stand offen. Und dort saß Kitten am Schreibtisch und sah gerade vom Bildschirm ihres Rechners auf.

»Kate!«, rief sie erfreut und sprang auf.

Sie war schon halb um den Tisch herum, als sie Irina bemerkte und innehielt. Meine alte Freundin bedachte Kitten mit einem breiten, wohlwollenden Lächeln und streckte ihr die Hand entgegen.

»Sie müssen Cathrin sein. Hallo, hallo! Irina Wilson.«

Kitten erwiderte ihren Gruß mit ihrem herzlichen Lächeln. Und dann hielt sie auch Amy die Hand zum Beschnuppern hin. Die Hündin wedelte freundlich, blieb aber brav an meiner Seite.

»Kitten, Irina ist eine alte Studienkollegin. Stell dir vor, sie hat nach einem Telefonat, in dem ich ziemlich kläglich geklungen haben muss, sofort ihre Koffer gepackt, um uns hier für eine Weile zu unterstützen«, erklärte ich.

»Oh«, machte Kitten, immer noch lächelnd, aber ihre Augen verrieten ihre Enttäuschung. »Toll!«

»Ach, nicht der Rede wert!«, winkte Irina ab. »In Wahrheit habe ich nur die Gelegenheit genutzt, um endlich mal die Verantwortung für unsere pubertären Zwillinge auf meinen Mann abzuwälzen und mich für ein paar Wochen aus dem Staub zu machen.«

Ich stimmte in ihr Lachen mit ein, aber mir entging nicht, dass Kitten verunsichert schien. Natürlich. Es musste auf sie so wirken, als hätte ich bei Irina um Beistand gebeten – weil ich Kitten selbst die Übernahme all der anstehenden Aufgaben nicht zugetraut hatte. Das tat mir leid. Mir fiel aber keine Möglichkeit ein, ihr zu signalisieren, dass ich von Irinas übereifrigem Hilfsangebot ebenso überrascht worden war wie sie.

»Wie war die Wanderung?«, erkundigte ich mich daher rasch, um sie auf andere Gedanken zu bringen.

Das wirkte.

»Große Klasse!« Kitten strahlte. »Diese Tour ist aber auch einzigartig schön! Und du hattest recht: Am Jerbourg Point, wo man über den Ginster runter zum Strand von Moulin Huet Bay schaut, haben sich alle kaum eingekriegt vor Begeisterung. Und dann später im Bluebell Wood ... nichts als Stille und Staunen, wie in einer Kirche.« Sie lächelte selig.

»Und unser schnarchendes Ehepaar?«, wollte ich gespannt wissen.

Kitten nickte bescheiden, wirkte aber äußerst zufrieden, was mich schlagartig beruhigte.

»Ich lag wohl richtig mit meiner Einschätzung der Gruppe«, meinte sie. »Da sind die beiden Studentinnen aus Amsterdam. Unglaublich nett. Sehr gut befreundet, ständig stecken sie die

Köpfe zusammen. Im Transferbus hatten sie erwähnt, dass sie lange auf die Reise sparen mussten. Und das brachte mich auf die Idee. Nachdem du und ich heute Mittag telefoniert hatten, habe ich an ihre Türen geklopft und sie um eine Unterredung unter sechs Augen gebeten. Ich war ganz ehrlich zu ihnen, was meinen Fehler bezüglich des Zimmers anging, und erklärte ihnen meine Sorge, dass unser schnarchgestresstes Ehepaar womöglich die Woche über keine besonders gute Laune in der Gruppe verbreiten würde. Und was soll ich sagen? Die beiden kamen ganz von allein auf die Idee, ihre beiden Einzelzimmer gegen das Doppelzimmer zu tauschen. Als ich ihnen sagte, dass sie natürlich den Einzelzimmeraufpreis sofort erstattet bekämen, fielen sie mir beinahe um den Hals. Ich musste gar nichts weiter tun. Wir sind sofort ein paar Türen weiter gegangen, haben unseren Vorschlag unterbreitet, und nach ein paar Minuten war der Zimmertausch geregelt, und alle waren happy.«

»Eine Win-win-Situation!«, sagte ich. »Gut gemacht, Kitten!«

Kittens Wangen färbten sich leicht rosa, was ihr bei Lob leicht passierte und bei ihren Massen von Sommersprossen extrem niedlich aussah. Ich freute mich wirklich darüber, dass sie diese Situation, die zum Problem für die ganze einwöchige Tour hätte werden können, so geschickt und wirkungsvoll gelöst hatte.

Irina neben mir starrte erst meine Mitarbeiterin und dann mich nachdenklich an. »Erinnerst du dich noch an Professor Coleman?«, fragte sie mich.

Sofort stand das Bild unseres alten Tutors lebhaft vor mir, und ich musste lachen.

»Es gab wohl nichts, was der über Touren, wie wir sie anbieten, nicht wusste«, erklärte ich Kitten, die zwischen uns hin und her sah. »Er war quasi eine wandelnde Enzyklopädie des Tourismus. Aber natürlich eine festgebundene, denn er war unglaublich steif.«

»Er hatte einen Stock im Arsch«, pflichtete mir Irina in ihrer gewohnt drastischen Art bei. »Ganz alte Schule eben. Aber er hat uns wahnsinnig viel Gutes beigebracht. Ich habe mir nur gerade vorgestellt, was er wohl zu diesem Zimmertausch gesagt hätte. Ich meine, den Tausch an sich hätte er wohl noch akzeptiert. Aber allein der Gedanke daran, dass eine Tourenbegleiterin gleich am ersten Tag einen so massiven Fehler selbst eingesteht ... Er hätte sich geschüttelt vor Missbilligung.« Sie lachte darüber wie über einen guten Witz.

Kittens Lächeln war jedoch zusammengeschrumpft auf eine schmale Andeutung ihres sonst üblichen warmen Strahlens.

»Ach, wen interessiert schon Professor Coleman?!«, sagte ich mit einem Augenzwinkern in ihre Richtung. »Ich finde, du hast das Ganze super gelöst.«

Sie sah mich dankbar an. Doch die ehrliche Freude, die sie gerade noch ausgestrahlt hatte, war erloschen.

»Ich habe nur noch schnell die Buchungsbestätigungen geändert. Kann ich die Erstattung gegen Quittung aus der Barkasse nehmen?«

»Natürlich«, stimmte ich zu. »So ein hilfsbereiter Einsatz sollte unbedingt, so schnell es geht, belohnt werden.«

Irina öffnete den Mund, sodass Kitten und ich sie beide ansahen. Doch dann lächelte sie nur breit, hob die Hände mit einem Schulterzucken und fragte: »Darf ich mich umsehen?«

»Sicher.« Ich deutete zur Tür. »Es gibt auch noch einen kleinen Besprechungsraum.«

Während Irina herumschlenderte und sich alles mit dem Interesse der Fachkundigen ansah – Karten an der Wand, Bücher im Regal, Notizen auf den Tischen –, druckte Kitten die Umbuchung aus, bereitete die Quittung vor und zählte das Geld aus der Kasse ab.

Dann verabschiedete sie sich mit den Worten: »Ich mach mich besser mal auf den Weg nach Hause. Tschüss, Kate. Wiedersehen, Irina.«

»Ja, ruh dich am besten aus. Wenn man es nicht gewöhnt ist, kann so eine Woche ganz schön lang und anstrengend sein«, erwiderte Irina. »Aber ab morgen kann ich mich ja hier um vieles kümmern. Also keine Sorge. Wir schaukeln das schon zusammen, nicht wahr?«

Kittens Blick, den sie erst Irina und dann mir zuwarf, war alles andere als zuversichtlich. Doch sie lächelte tapfer, nickte uns zu und war einen Moment später verschwunden.

»Sie ist wirklich toll«, sagte ich, denn aus irgendeinem Grund hatte ich das Gefühl, Irina deutlich machen zu müssen, wie zufrieden ich mit meiner Mitarbeiterin war.

»Ja, auf diese Idee wäre nicht jeder gekommen«, stimmte meine Studienkollegin mir zu. »Erst selbst etwas falsch machen mit dieser Buchung und es dann die Teilnehmerinnen selbst lösen lassen. Respekt!« Sie grinste. »Oh, sieh einer an, du hast auf GPS umgestellt? Ist das wirklich verlässlich? Nicht, dass ich das anzweifeln will, ich hoffe, du verstehst das richtig. Aber du kennst mich: Ich bin eben immer dafür, Bewährtes nicht gleich über Bord zu schmeißen. Meist ist es nur eine Sache von richtiger Herangehensweise, um dem Gewohnten wieder neuen Reiz zu verleihen. Findest du nicht auch?«

Dem konnte ich nur zustimmen. Und während Irina weiter über neue Entwicklungen in der Touristikbranche sprach: »Da gibt es ja die verrücktesten Sachen, die angeblich alle so *nachhaltig* sein sollen. Pff, was auch immer man sich darunter vorstellen soll. Da frage ich mich: Was ist an den guten alten Vorgehensweisen, so wie wir sie damals gelernt haben, denn plötzlich falsch? Ich vermute eher, das sind alles Tricks der Jungen, um uns alte Hasen rauszukicken, was?«

Während sie darüber lamentierte und offenbar auch keine

Gesprächsbeteiligung von mir erwartete, schweiften meine Gedanken ab.

Ich sah mich wieder vor ein paar Tagen morgens hier sitzen, mit dem liebsten und besten Mann, den ich mir nur vorstellen konnte. Dem *bewährten* und *vertrauten* Freund. Von dem selbst Dad behauptete, er habe jahrelang darauf gewartet, dass ich auch meine romantische Liebe zu ihm wiederentdecken würde.

Wenn es aber darum ging, etwas wiederzuentdecken, setzte das doch voraus, dass etwas davon noch vorhanden sein musste.

Und das war es, was mir schon seit Tagen nicht aus dem Kopf ging: Ich wusste einfach nicht, ob noch etwas da war, das es wiederzuentdecken galt. Ich wusste einfach nicht, ob ich Brian auch auf diese Art immer noch liebte.

Matthew

Freitag, 5. Mai

Ich rechnete nicht damit, Kate Bentley zufällig wiederzubegegnen. Guernsey war eine Insel, ja, aber bei fast sechzigtausend Einwohnern war es nicht wahrscheinlich, sich alle naselang über den Weg zu laufen. Vor allem dann nicht, wenn unsere Lebenssituationen offenbar so unterschiedlich waren, dass wir uns in den letzten fünf Jahren auch nicht getroffen hatten. Und dass wir uns noch nie begegnet waren, dessen war ich mir sicher. Denn ich wusste, dass diese Frau mir in jeder Situation aufgefallen wäre. Jeder Tag, der ins Land ging und an dem ich nicht aufhören konnte, an Kate Bentley zu denken, ließ mich noch ein bisschen mehr staunen.

Clarissa behauptete gern, ich sei so etwas wie ein großer Junge, nie ganz erwachsen geworden, in Träumen und fantastischen Geschichten verfangen. Anfangs hatte ich nicht ganz kapiert, was sie damit meinte. Schließlich ging ich einer durchaus erwachsenen Arbeit nach und verdiente damit gutes Geld. Ich genoss Abende im Pub ebenso wie andere Männer. Und was handwerkliche Fähigkeiten anging, war ich ganz sicher talentierter als viele andere. Doch nach und nach ging mir auf, dass Clarissa bei ihrer Vorstellung von einem *erwachsenen Matthew* wohl einen Mann im Sinn gehabt hatte, der nicht mit Wonne schaurige Romane oder Fantasyerzählungen übersetzte. Der sich lieber ernsthaft-männlich betrank, als bei jeder richtig beantworteten Quiz-Pub-Frage laut zu johlen. Und der sein Handwerkstalent lieber für kaputte Wasserhähne und Gardinenschienen einsetzte als dafür, das perfekte Piratenboot zu bauen.

Warum nur musste ich ausgerechnet jetzt an dieses ewige Nörgelthema zwischen uns denken?

Es ließ mein Vorhaben so kindisch und auf eine beinahe pubertäre Weise romantisch verklärt erscheinen. Denn ein Vorhaben hatte ich. Deswegen stand ich heute, genau eine Woche und zwei Tage nach meiner ersten und bisher einzigen Begegnung mit Kate Bentley, hier am Fuße der St. Julian's Avenue, die sich hinter mir den Hügel hinaufzog, und blickte zum Queen Elizabeth Hafen hinüber. Auf dessen Vorplatz lag der kleine gläserne Pavillon. Zum Büro hätte ich abbiegen und Richtung High Street gehen müssen, die sich oberhalb des Hafens parallel zur Uferstraße hinzog. Doch dafür und für alle alltäglichen Arbeiten und Erledigungen würde später noch genug Zeit sein. *Jetzt* war die Gelegenheit, Außergewöhnliches zu tun!

Entschlossen überquerte ich die North Esplanade und marschierte mit festem und möglichst männlichem Schritt auf den Souvenirshop zu. So oft war ich schon mit Alfi dort gewesen, hatte all die hübschen Kleinigkeiten bestaunt, die Rose für ihre Kunden – seien es Fremde, seien es Leute von der Insel – so liebevoll zusammentrug. Doch dass mein Herz so wild schlug, als ich jetzt auf den Laden zuging, das war neu.

Durch die verglasten Seiten konnte ich drinnen ein helles Leuchten erkennen. Weißgoldene Haare, die über einen schlanken Rücken hinabfielen. Da war sie. Tatsächlich.

Ihr Anblick ließ mich einen kurzen Moment innehalten. In genau diesem Moment schob sich von rechts eine Gruppe asiatischer Touristen an mich heran, und ihr Sprecher verneigte sich höflich vor mir. Ich entnahm seinem undeutlichen Stammeln, dass sie auf der Suche nach der Fähre nach Jersey waren, und so schickte ich die Truppe die Mauer entlang Richtung Hafenmeisterei, wo sie auch die Tickets für die Fähren kaufen und Informationen über deren Liegeplätze erhalten konnten.

Die kurze Unterbrechung hatte mich irgendwie aus dem Takt gebracht.

Es war nicht so, dass ich mir im Vorfeld überlegt hätte, was ich sagen würde. Im Gegenteil, nichts fand ich schlimmer, als ein vorbereitetes Gespräch im Kopf zu haben. Doch plötzlich fühlte sich meine Kehle sehr trocken an, und ich zweifelte mit einem Mal an meiner überall gerühmten Fähigkeit zu schlagfertigen, witzigen Unterhaltungen.

In diesem Augenblick bemerkte ich, dass Kate Bentley nicht allein im Shop war. Bei ihr stand ein großer, kräftiger Kerl, der sich immer wieder durchs dichte schwarze Haar strich, während sie miteinander sprachen. Etwas an der Art und Weise, wie sie sich dabei ansahen, ließ mich vermuten, dass es sich bei dem Mann nicht um irgendeinen Kunden handelte. Und schon zögerte ich. Um genau zu sein, stand ich selten blöde auf dem Vorplatz herum und starrte durch die Glasscheibe des zwanzig Meter entfernten Pavillons.

Kate Bentley und der Fremde schlenderten gemeinsam zur Tür. Er ging hinaus, hob die Hand zum Gruß und wandte sich bereits ab.

Doch da fragte Kate: »Brian?« Aha, sie kannte den Kerl also mit Namen.

Er drehte sich noch einmal zu ihr um. Sie schlang kurz die Arme um seinen Hals und küsste ihn auf die Wange. Auf die Wange, nicht auf die Lippen, aber dennoch war es ein Kuss. Und verrückterweise hatte ich für eine einzige Sekunde den Eindruck, sie würde mich über seine gewaltige Schulter hinweg kurz anschauen. Dann nahm sie ihre Arme dahin, wo sie hingehörten, an ihren Körper, lächelte ihm beinahe verlegen zu und war blitzschnell im Laden verschwunden.

Dieser Brian wandte sich erneut zum Gehen und kam genau an mir vorbei, als er den Vorplatz überquerte. Er sah mich gar nicht, aber ich konnte in seinem Gesicht eine Mischung aus Erstaunen und Verzückung lesen. Beides fand ich nachvollziehbar.

Mit einem Schlag war mir klar, dass ich soeben dem *Haken*

begegnet war, von dem Cedric gesprochen hatte. Verflixt. Warum musste das ausgerechnet jetzt geschehen?

Nur noch einen Moment stand ich unentschlossen dort. Dann drehte ich mich um und ging, ohne mich noch einmal umzuschauen.

***

Der Tag war so gut wie gelaufen. Da konnte ich ebenso gut weiter am aktuellen Manuskript arbeiten. Mein eigenes Buch würde ich heute nicht anrühren, so viel stand fest. Kein guter Tag für wichtige Vorhaben.

Ich huschte durch die Büroetage, froh, weder Phils Scannerblick noch Pablos berührend enthusiastische Begrüßung über mich ergehen lassen zu müssen, und schloss die Tür hinter mir. Arbeit war angesagt. Keine Träumerei. Keine spinnerten Vorhaben. Vielmehr sollte ich den teuren Rat eines guten Freundes befolgen und mir all dies lieber aus dem Kopf schlagen.

Für zwei, drei Stunden gelang mir das mehr oder weniger gut. Dann wurde ich müde und stellte fest, dass meine Gedanken in diesem Zustand ein Eigenleben zu entwickeln schienen.

»Wer ist dieser Brian?«, fragten sie sich beispielsweise, während ich nach einer angebracht flapsigen Übersetzung für die deutsche Redensart »Das kommt nicht in die Tüte!« suchte. »Kennt sie diesen bärenstarken Typen wirklich schon seit dreißig Jahren, so wie Cedric angedeutet hat?«, scherten sich meine Gedanken nicht um solche arbeitsrelevanten Überlegungen. »Und wenn ja, welche Beziehung haben sie eigentlich zueinander? Das gerade sah ja wie ein seltsamer Mischmasch aus vertrauter Freundschaft und … und … ja, was denn überhaupt … aus«, ging es weiter.

Ich spürte schon einen drohenden Kopfschmerz heraufziehen, als es plötzlich leise an meine Tür klopfte.

»Herein?«, rief ich verwundert.

So leise klopfte niemand hier an. Meist handelte es sich eher um ein Donnern, sollte Phil mal wieder Gelüste haben, mit mir die Mittagspause in einem der umliegenden Restaurants oder Cafés zu verbringen.

Clarissa streckte ihren Kopf herein. »Störe ich?«

»Aber nein.« Ich sprang auf. »Es ist doch nichts mit Alfi?« Ich warf einen raschen Blick auf die Uhr, aber noch war es zu früh für sie, ihn von der Schule abzuholen.

»Nein, nein, alles okay«, beeilte sich Clarissa zu sagen, um mich zu beruhigen.

Ging es eigentlich auch anderen getrennt lebenden Eltern so, dass stets das Erste, was ihnen bei unerwarteten Besuchen des anderen einfiel, eine mindestens mittelschwere Katastrophe mit den Kindern war?

»Allerdings hat es in gewisser Weise auch etwas mit ihm zu tun«, setzte meine Ex-Frau vorsichtig hinzu und ließ sich auf dem zweiten Stuhl in meinem Büro nieder.

»Aha? Was gibt's denn?«, fragte ich und setzte mich auch wieder.

Sie legte den Kopf schief. »Na ja, weißt du, manchmal ist es ja so, dass aus etwas, das eigentlich nicht so schön ist, etwas entsteht, das doch sehr viel Gutes hat. Etwas, das neue Perspektiven eröffnet und einen neuen Blick aufs eigene Leben zulässt.« Sie hielt inne und schien zu überlegen, wie sie fortfahren sollte.

»Jetzt spann mich nicht so auf die Folter!«, bat ich.

Sie richtete ihre grünen Augen auf mich. »Um ehrlich zu sein, Matthew, ich glaube, zwischen Jayden und mir hat sich vieles geändert. Beziehungsweise das, was immer schon ein kleines Problem war, ist mittlerweile ein großes geworden: Er ist mit seinem Job verheiratet. Wir … wir leben nur noch nebeneinanderher. Erinnerst du dich, dass ich genau das schon früher befürchtet hatte? Dass es irgendwann so weit kommen würde?«

Ich nickte vorsichtig. »Ja. Ja, aber …«

»Für Jayden ist die Arbeit sein Ein und Alles. Er geht darin auf, er lebt dafür. Und obwohl es genau das ist, was ich ihm immer vorgeworfen habe, hat mich das auf den Gedanken gebracht, mal über meinen eigenen Job nachzudenken«, fuhr sie fort.

»Deinen Job?«, wiederholte ich verblüfft.

»Der eigene Verlag, Matthew!«, sagte sie mit Inbrunst. »Du weißt doch sicher noch, wie sehr ich mir das gewünscht habe? Damals?«

Beim Blick in ihre Augen war mir so, als würde ich in einer Zeitmaschine sitzen. Tatsächlich lag darin dasselbe Glitzern, das ich noch aus unserer Anfangszeit vor elf Jahren kannte und das mich damals so fasziniert hatte.

Ich brauchte einen Moment, um das zu verdauen. Clarissa ließ mir die Zeit. Und auf meine anschließende Frage war sie offenbar bestens vorbereitet, denn auf mein: »Was hat das mit Alfi zu tun?«, antwortete sie: »Ich wollte dich bitten, ihn für etwa zwei Wochen ganz zu dir nehmen. Ich möchte nach Bath. Lucy von Jeffersons hat ein paar Andeutungen gemacht. Der alte Verleger wird bald in den Ruhestand gehen. Und nun sucht sie einen Teilhaber oder … eine Teilhaberin.« Clarissa hob die Brauen.

»Moment mal!«, sagte ich.

Denn jetzt hatte ich doch Schwierigkeiten, ihr zu folgen. Jeffersons war der Verlag, für den Clarissa damals gearbeitet hatte, als wir uns kennenlernten. Über die Jahre hinweg war sie dem kleinen Verlagshaus treu geblieben und hatte immer mal wieder von dort Aufträge zu Textredaktionen bekommen, die die Lektoren vor Ort nicht selbst bewältigen konnten.

»Wenn du sagst, dass sie eine Teilhaberin suchen und du dorthin willst, heißt das, du willst möglicherweise wieder zurück nach Somerset?«

Clarissa nickte strahlend.

»Weiß Jayden das schon?«

»Oh, Matthew, was ist das denn für eine Mutti-Frage!«, beklagte sie sich, und ihr Strahlen verwandelte sich in eine gerunzelte Stirn. »Natürlich weiß er es noch nicht. Ich selbst weiß doch noch nicht einmal, was *ich* will. Er würde mich irre machen mit seinen Fragen und Bedenken und allem.«

»Aber bist du dir im Klaren darüber, dass das wahrscheinlich zur Trennung führen würde?!?«

Sie sah mich ernst an.

»Okay«, sagte ich. »Okay, verstehe. Aber findest du es fair, erst mit mir, deinem Ex-Mann, zu sprechen, bevor du deinem Ehemann von all diesen Überlegungen erzählst?«

»Matthew«, sagte sie mit ihrer wärmsten Stimme. »Gib mir doch eine Chance. Ich will ja nicht bei Nacht und Nebel mit Alfi auf und davon rennen. Ich möchte nur herausfinden, was ich wirklich will.«

Mit Alfi auf und davon rennen war mein Stichwort.

»Hast du dir schon überlegt, was du Alfi damit antun würdest?«, fragte ich sie. »Du hast ihn schon einmal entwurzelt. Du kannst ihn doch nicht wieder aus dem Boden reißen und darauf vertrauen, dass er sich anderswo auch wieder so gut einlebt, wie er es hier geschafft hat.«

Clarissa sah mich bestürzt an. »Du tust so, als sei ich eine grauenvolle Mutter.«

»Nein. So meine ich das nicht. Du bist eine tolle Mutter, Clarissa«, erwiderte ich ganz ehrlich. »Aber ...« Mir fehlten die Worte.

Sie nutzte die Pause, um nachzusetzen: »Du findest, ich soll an Alfi denken? Ich soll sein Wohl wieder über meinen eigenen Herzenswunsch stellen? So wie damals?«

»Ja!«, knurrte ich. »Ja, genau das finde ich!«

»Du weißt nicht, was du da verlangst, Matthew«, flüsterte sie und wandte das Gesicht ab.

Ich schluckte, denn ich wusste nur zu gut, dass in ihren Worten ein großer Teil Wahrheit lag. Ich selbst hatte meinen Beruf damals nicht aufgeben müssen. Gut, ich konnte keinen Hund halten, weil Alfi sich vor den Vierbeinern zu Tode fürchtete. Aber davon abgesehen hatte ich mein Leben gut leben können – auch mit ihm, unserem blinden Sohn. Clarissa aber hatte auf alles verzichten müssen, was sie sich erträumt und gewünscht hatte.

»Ich verlange nicht, dass du es verstehst, Matthew«, sagte Clarissa schließlich und stand auf. »Aber wirst du es tun? Wirst du ihn in der Zeit, in der ich in Bath bin, nehmen? Und kann ich mich darauf verlassen, dass du ihm nichts über meine wahren Gründe für die kleine Reise erzählst?«

Ich nickte.

Sie legte kurz die Hand auf meine Schulter als Zeichen für ihren Dank. Dann schloss sie leise die Tür hinter sich.

Dieser Tag war wirklich vollkommen gelaufen.

Kate

Freitag, 5. Mai

Ich hockte gerade hinter dem kleinen Verkaufstresen des Souvenirshops, um im Regal neue Ware einzuräumen, als ich hörte, wie Amys Schwanz sanft gegen das Holz der Theke zu schlagen begann. Gleich darauf bimmelte die Türglocke. Rasch richtete ich mich auf.

»Brian«, entfuhr es mir überrascht. »Du tauchst in letzter Zeit immer auf, wenn ich gerade nicht damit rechne.«

»Wer hat sich denn beschwert, dass man mich nicht mehr zu Gesicht bekommt?«, erwiderte er und ließ die Tür hinter sich zufallen.

Seine vertraute große Gestalt wirkte hier in dem kleinen Laden seltsam fremd und fehl am Platz. Vorgestern, am Mittwoch, hatten wir uns noch auf Mrs. Owens' Beerdigung gesehen, doch da hatten wir nicht viel miteinander sprechen können. Nun trabte Amy zu ihm und sah ihn mit geöffnetem Fang freudig an. Dieser Begrüßung konnte wohl niemand widerstehen – sie ähnelte einfach zu stark einem Lächeln. Brian grub seine Hände in Amys dichtes Fell und kraulte sie.

»Gibt's einen bestimmten Grund, warum du hier reinschaust? Suchst du ein Geschenk oder so?«, fragte ich.

»Nein«, antwortete er und ließ Amy los. Mit einem Schlag sah er ein wenig verlegen aus. »Nein, eigentlich wollte ich nur …« Er sprach nicht weiter, aber sein Blick wich meinem aus und irrte über die Regale.

Auch ich fühlte mich befangen, als könnte er all die Gedanken erraten, die mich in den letzten Tagen umgetrieben hatten.

»Wie geht's dir? Ich meine, mit dem Laden und dem Hund und so?«, erkundigte er sich schließlich.

»Ach, Brian, es ist…« Ich hob ratlos die Hände und rang nach Worten. Schließlich platzte ich heraus: »Es ist einfach scheußlich!«

Statt aufzulachen, was ich auch hätte verstehen können, verzog Brian sein Gesicht zu einer besorgten Miene. »Ist es etwa wegen Amy?«

Ich wäre ihm am liebsten um den Hals gefallen. Diese Frage zeigte mir, dass unsere alte Verbindung immer noch funktionierte.

Ich sah zu der Hündin hinunter, die zwischen uns auf dem Boden saß und aufmerksam von ihm zu mir schaute. Tatsächlich fühlte ich mich durch diesen Blick ein bisschen gehemmt. Auch wenn ich wusste, dass sie nichts von dem verstand, was ich zu sagen im Begriff war.

»Na ja, Amy ist ein Schatz. Du siehst ja, wie lieb und sanft sie ist. Aber ich bin es einfach nicht gewohnt, unentwegt ein anderes Lebewesen um mich zu haben. Bei jeder Gelegenheit schaut sie mich so prüfend an, wie eine besorgte Person, die ständig fragt, ob sie einem helfen kann. Nachts höre ich neben meinem Bett ihren Atem. Sie ist eben …«

»… ein Fremdkörper in deinem Leben?«, half Brian mir.

Er sprach normalerweise nicht viel, doch wenn, dann traf er meist den Kern einer Sache viel besser, als ich es mit vielen Worten gekonnt hätte.

Ich nickte.

»Was sagt Mrs. Owens' Nachlassverwalter dazu? John hat erzählt, dass du gestern einen Termin bei ihm hattest.«

Jetzt schüttelte ich den Kopf, immer noch mitgenommen von den Neuigkeiten. »Stell dir vor, Mrs. Owens wollte, dass ich ihr Cottage bekomme.«

Brian riss begeistert die Augen auf. »Wow! Aber, Kate, das ist ja genial! Dieses schnuckelige kleine Häuschen! Wie schön für dich!«

In mir regte sich wieder diese ungläubige Freude und Dankbarkeit, die ich empfunden hatte, als ich gestern von dieser Entscheidung meiner lieben Nachbarin erfahren hatte.

»Ja, ich kann es selbst immer noch nicht richtig fassen. Und natürlich braucht es noch Zeit, bis alles geregelt ist. Aber ich freu mich sehr. Und natürlich kommt es jetzt schon gar nicht mehr infrage, Amy ins Tierheim zu bringen, auch wenn mir alle dazu raten. Selbst wenn es ihr dort gut gehen und sie bestimmt bald ein neues Zuhause finden würde, so hübsch und unkompliziert, wie sie ist. Jedes Mal, wenn ich auch nur vage in diese Richtung denke, höre ich Mrs. Owens sagen, dass es auf der Welt keinen zweiten Hund wie Amy gibt: zuverlässig, liebevoll, verständig und immer mit vollem Einsatz bei der Sache. Vielleicht ist das verrückt, aber bei der Vorstellung, ihren geliebten Hund im Tierheim abzuliefern, komme ich mir wie eine entsetzliche Verräterin vor. Findest du das albern?«

Brian bedachte mich mit einem seiner typischen ernsthaften Blicke.

»Überhaupt nicht. Ich finde es sehr liebenswert.«

So etwas hatte er schon oft gesagt. Früher, mit neunzehn oder zwanzig, als wir noch ein gerade dem Teenageralter entwachsenes Paar waren. Aber auch, nachdem ich vom Studium und den ersten Jobs in London und Paris zurück auf die Inseln gekommen war und zwischen uns nicht mehr gewesen war als innige Freundschaft. Jedenfalls hatte ich bisher immer gedacht, dass zwischen uns eine tiefe freundschaftliche Verbindung ohne die alten romantischen Gefühle bestehen würde. Und da war es normal gewesen, sich gegenseitig hin und wieder zu sagen, dass man liebenswert war. Doch jetzt spürte ich plötzlich, wie Hitze in mir aufstieg.

Auch Brian schien meine Verlegenheit zu spüren, denn er beeilte sich zu fragen: »Wenn das Tierheim keine Lösung ist, was dann?«

So konnte ich von meinem wahrscheinlich roten Gesicht ablenken, indem ich seufzte und sagte: »Mr. Holmes, der Nachlassverwalter, hat in Mrs. Owens' Unterlagen Amys Papiere gefunden. Sie ist von einem Trainer in England ausgebildet worden, der keiner größeren Organisation angeschlossen war. Und leider ist er im letzten Jahr an Krebs gestorben. Amy zurückzugeben scheidet also aus. Die größeren Schulen für Assistenzhunde wollen sie aber auch nicht aufnehmen. Die habe ich schon alle abtelefoniert. Niemand will sich auf einen Hund einlassen und ihn vermitteln, den er nicht selbst ausgebildet hat. Das Verheerende ist aber: Ich komme nicht mal dazu, mir in Ruhe Gedanken über mögliche Alternativen für sie zu machen, weil meine Arbeit mich so beansprucht. Es ist wirklich vertrackt ...« Ich sah zur Tür, als könnte dort jeden Augenblick meine alte Studienkollegin erscheinen, die mir bei diesem Thema leider als Erstes einfiel. »Natürlich hat Irina ihr spontanes Hilfsangebot nur gut gemeint, aber ihre Anwesenheit macht meinen Alltag eher noch komplizierter – und der ist derzeit schon anstrengend genug. Kitten ist von morgens bis abends mit der aktuellen Gruppe unterwegs. Da muss ich Irina also selbst eine umfassende Einweisung in unser komplettes Angebot, sämtliche vorgefertigten Antworten auf Anfragen, unser Computerprogramm und, und, und geben, wenn der Shop zu ist. Bevor sie nicht über das alles Bescheid weiß, kann sie ja selbst keinen Handschlag tun. Ehrlich gesagt, könnte ich in derselben Zeit die anfallende Arbeit wesentlich schneller selbst erledigen.«

Jetzt, da ich mein Dilemma so deutlich aussprach, musste ich seufzen.

Brian brummte mitfühlend. »Wahrscheinlich kannst du ihr das nicht einfach sagen, oder? Sie könnte doch hier ein bisschen Urlaub machen und dich nach deiner getanen Arbeit privat treffen.«

Ich schüttelte den Kopf. »Irina ist mit solchem Feuereifer

dabei und so bemüht, mich zu unterstützen. Ehrlich gesagt, habe ich langsam den Eindruck, dass sie nur auf so eine Situation gewartet hat, um dem ewigen Einerlei zu Hause zu entfliehen. Sie würde gerne wieder in ihren alten Job einsteigen und will die Zeit hier wohl nutzen, um langsam wieder reinzukommen. Ich bringe es einfach nicht übers Herz, ihr zu sagen, dass ich ihre Hilfe gar nicht brauche ...«

Ich brach ab, doch Brian kannte mich einfach zu gut.

»Noch was?«

»Tja«, seufzte ich. »Leider sieht es nicht so aus, als würden Kitten und Irina besonders gute Freundinnen.«

Das war harmlos ausgedrückt. Ich hatte Kitten mittlerweile über den Hintergrund zu Irinas Auftauchen hier aufklären können, und ihre Reaktion war deutlich gewesen: erleichtert. Doch leider hatte das die Situation nicht entspannt. Irinas Auftritt am ersten Abend hatte dazu geführt, dass meine junge Angestellte ihr gegenüber ausgesprochen reserviert und vorsichtig war.

Ich hatte es noch nie gut in einem solchen Spannungsfeld aushalten können. Und so lagen meine Nerven nach dieser knappen Woche ziemlich blank.

»Oh ...«, machte Brian betreten.

»Ja. Ich will mir gar nicht vorstellen, wie es wird, wenn Kittens erste Tourengruppe morgen Abend abreist und sie und Irina ab Montag für volle fünf Tage bis zur nächsten Gruppe nebeneinander im Büro sitzen«, sagte ich.

Wir schwiegen eine Weile und sahen beide hinaus auf den Vorplatz.

»Hast du Rose davon erzählt?«, wollte Brian schließlich wissen.

Seit unserer gemeinsamen Kindheit auf Sark wusste auch Brian um Rose' diplomatisches Talent. Und ihm war klar, dass meine Stiefmutter in allen zwischenmenschlich schwierigen Situationen meine erste Ansprechpartnerin war.

Doch wieder schüttelte ich den Kopf. »Damit würde ich sie nur beunruhigen. Rose braucht alle Kraft für ihre Genesung. Sie hat immer noch Schmerzen, aber du kennst sie ja: Es fällt ihr schwer, sich den ganzen Tag zu schonen und für jeden kleinsten Gang die Krücken zu benutzen. Sie darf aber auf keinen Fall auftreten. Na ja, und Dad ist damit beschäftigt, die Pferde zu versorgen, den Kutschbetrieb aufrechtzuerhalten und den Haushalt zu erledigen.«

Sofort richtete Brian sich noch ein wenig mehr auf. »Ich fahr heute Abend mal rüber. Kochen ist ja nicht meine Stärke, aber vielleicht kann ich sonst irgendwie helfen.«

Jetzt musste ich lachen. »Keine Bange, was das Essen angeht, sind die beiden bestens versorgt. Fantastisch, wie ihre Freunde und Nachbarn auf Sark quasi aus dem Nichts eine lückenlose Versorgungskette gebildet haben. Sie kochen für die beiden mit. Reihum ist immer jemand anderes für den Mittagssnack und das Abendessen zuständig. Und auch bei den Kunden im Laden hat sich inzwischen herumgesprochen, dass Rose einen Unfall hatte. Ständig kommen Leute herein, geben kleine Geschenke und Blumen ab und lassen beste Wünsche ausrichten.«

»Tja, Rose ist eben Rose«, sagte Brian, als würde das alles erklären.

Und er hatte ja recht.

»Stimmt«, sagte ich lächelnd. »Aber ist es nicht verrückt? Rose und ich haben in unserer Arbeit beide sehr viel mit Menschen zu tun. Aber während ich dabei kaum mehr als flüchtige Bekanntschaften mache, geht Rose so innige Verbindungen mit ihren Kunden ein, dass ich langsam das Gefühl bekomme, sie ist mit halb Guernsey befreundet.«

Brian schaute mich mit diesem typischen, ein wenig scheuen Brian-Blick an. »Ihr habt beide die Arbeit gewählt, mit der ihr euch am wohlsten fühlt. Und dazu gehört vielleicht auch die Intensität der zwischenmenschlichen Kontakte.«

Im ersten Moment musste ich schlucken. Doch wenn ich ehrlich war, bewies auch diese Einschätzung nur, wie gut er mich kannte.

Dann sah er auf die Uhr. »Ich muss los.«

Ich brachte ihn zur Tür, und wir standen einen kurzen Moment etwas ratlos voreinander.

»Lass uns mal wegen eines Termins beim Herrenausstatter texten«, sagte ich.

»Gerne. Toll, dass du das mit mir machst, Kate. Und wenn *ich* mir einen Dreiteiler schneidern lassen kann, dann schaffst *du* es ganz sicher auch, bald wieder Boden unter den Füßen zu haben!«

Er zwinkerte mir zu, wandte sich zum Gehen und war schon ein paar Schritte fort, als ich, ohne nachzudenken, noch einmal den Mund öffnete: »Brian?«

Er drehte sich um. Und ehe ich michs versah, war ich schon bei ihm, schlang die Arme um ihn und küsste ihn auf die Wange. Brian hielt erstaunt inne. Doch dann legte auch er den Arm um mich und zog mich für einen Moment eng an sich. Als wir nach nur wenigen Sekunden die Umarmung lösten, waren wir beide etwas verlegen. So winkte ich ihm nur rasch zu und floh in den Shop.

Von drinnen konnte ich beobachten, wie er den Vorplatz überquerte, ohne sich noch einmal umzusehen. Ungefähr auf Höhe des Zeitungskiosks kam er an einem Mann vorbei, der dort stand. Er kam mir vage bekannt vor. Und als ich genauer hinsah, erkannte ich den Vater des blinden Jungen, der letzte Woche hier im Laden gewesen war. Mr. Deer? Deering? Ja, Matthew Deering.

Einen Augenblick schien es mir so, als würde er geradewegs herübersehen. Doch dann drehte er sich abrupt um und ging davon. Seltsam. Bestimmt hatte ich mich geirrt, und er hatte gar nicht zum Pavillon geschaut.

Doch das Wiedersehen erinnerte mich schlagartig an das, was Rose mir über ihn erzählt hatte, und wischte alle Gedanken an Brian und unsere sonderbare Verabschiedung fort. Dass Matthew Deering Übersetzer war, hatte Rose gesagt, aber auch, dass er eine Ausbildung zum Hundetrainer absolviert hatte. Vor allem aber dachte ich daran, dass er auch als Ausbilder für Blindenführhunde gearbeitet hatte. Schade, dass er so schnell wieder verschwunden war. Vielleicht hätte ich den Mut aufgebracht, ihn trotz meines peinlich unfreundlichen Auftritts neulich in Sachen Amy um Rat zu bitten, wenn er in den Pavillon gekommen wäre.

So aber beobachtete ich, wie er mit elastischem Schritt die North Esplanade überquerte und zwischen den ansteigenden Häuserreihen verschwand.

Matthew

Samstag, 6. Mai

Samstagmorgen. Ich streckte mich in meinem Bett wohlig aus und blinzelte ins Morgenlicht. Durch das geöffnete Fenster konnte ich die Brandung hören, die auf den felsigen Grund vor dem schmalen Dünenstreifen hier oben im Norden der Insel auflief. Ein windiger Tag also. Automatisch dachte ich an Alfi. Wie sein Drachen bei dieser Brise hoch oben am Himmel tanzen würde. Ich konnte beinahe schon sein glockenhelles Kinderlachen hören, auf das hundertprozentig Verlass war, wenn der Drachen mit der aufgemalten Sonne an der Leine zerrte und mein Sohn alle Kraft aufwenden musste, um ihn zu halten – immer unauffällig von mir bewacht. Doch dieses Wochenende mit ihm gehörte Clarissa, und ich würde Alfi erst am Montag nach der Schule wiedersehen.

Ich erinnerte mich daran, wie Phil zu Beginn unserer Freundschaft darüber gestaunt hatte, dass ich nicht – wie wohl sonst unter getrennt lebenden Paaren mit Kindern üblich – auf meine *freien* Wochenenden hinfieberte. Aber so war es: Ich war nicht besonders scharf darauf, abends durch die Pubs zu ziehen oder in irgendeinem Schuppen eine hübsche Touristin aufzugabeln. Vermutlich machte mich das unglaublich langweilig, aber ich konnte und wollte es nicht ändern. Ich verbrachte gern Zeit mit meinem Kind. Und wenn Alfi nicht bei mir war, konnte es durchaus passieren, dass ich seine Stimme, die ulkig abstrusen Kinderideen oder altklugen Weisheiten, die fortwährend aus seinem Mund hüpften, das leise Klacken seines Blindenstocks im Haus vermisste.

Aber natürlich nicht so sehr, dass es in Trübsalblasen ausartete. Ich schwang mich aus dem Bett, brachte in meiner kleinen Küche die Kaffeemaschine in Gang und sprang unter die Dusche. Nichts sprach dagegen, auch ohne Alfi den schönen Morgen zu genießen.

Nachdem ich gefrühstückt hatte, machte ich einen Blitzbesuch bei Phil, der seine freien Tage gerne damit zubrachte, auf der Terrasse der luxuriösen Strandvilla auf einer Sonnenliege zu bräunen. Er hatte nichts dagegen, dass ich mir Pablo für einen ausgedehnten Spaziergang ausborgte. Pablo und ich waren beide happy. Er, weil sein Herrchen Phil wahrlich kein Bewegungsfreak war und daher die üblichen Gassirunden eher spartanisch ausfielen. Ich, weil ich Wanderungen über die Insel liebte, mir dabei ohne Hund aber lächerlich vorkam.

Als ich Pablo mittags wieder bei Phil und Cedric, der mittlerweile auch aus dem Friseursalon zurück war, ablieferte, ließ ich mich gern zu einem kleinen Essen aus lauter mediterranem Zeug wie Oliven, Datteln und gebackenem Schafskäse überreden. Und so kam ich am Nachmittag wohlig müde und vollkommen zufrieden mit meinem bisherigen Tag wieder zu Hause an.

Das kleine Häuschen, das Clarissas Mann Jayden mir zur Miete verschafft hatte, lag etwa zweihundert Meter vom Strand entfernt, verfügte über einen kleinen Garten mit viel Rasenfläche, ein Wohnzimmer und eine Küche im unteren Bereich sowie zwei Schlafzimmer plus Bad in der oberen Etage. Es war genau richtig für Alfi und mich.

Ich öffnete den Kühlschrank, stellte erfreut fest, dass noch ein Bier im Getränkefach lag, und fällte damit die Entscheidung, meine heutige Abendgestaltung in *Abhängen vor dem Fernseher* ausufern zu lassen. Mit der geöffneten Flasche in der Hand ging ich zum Sofa hinüber, als mein Telefon klingelte.

»Matthew Deering?«, meldete ich mich, entspannt, gelassen, in mir ruhend.

»Mr. Deering? Entschuldigen Sie die Störung«, sagte eine

weibliche Stimme, die warm, aber ein wenig nervös klang. »Wahrscheinlich erinnern Sie sich nicht mehr an mich, aber wir sind uns vor Kurzem im Souvenirshop meiner Mutter begegnet. Hier spricht Kate Bentley.«

Fast wäre mir der Hörer entglitten, ich schaffte es gerade noch, ihn zu schnappen. Mit der Bierflasche hatte ich nicht so viel Glück. Sie rutschte mir aus der Hand und knallte auf den Boden. Sofort begann sich eine schäumende Lache auszubreiten.

»Mr. Deering?«, fragte Kate Bentley erneut.

»Ja!«, stieß ich viel zu schnell und viel zu laut hervor, ließ Bierlache Bierlache sein und trat mit dem Hörer am Ohr ans Fenster.

In meinem Kopf überschlugen sich die Gedanken. Da eierte ich eineinhalb Wochen herum, machte Anläufe, sie wiederzusehen, zog mich scheu wie ein Teenager wieder zurück, dachte an sie, verwarf es wieder, dachte an sie ... Und jetzt rief sie mich an!

»Ich hoffe, ich störe Sie nicht?«

»Keineswegs. Ich ... Natürlich erinnere ich mich an Sie.«

Das nachfolgende Schweigen klang irgendwie überrascht.

Dann räusperte sie sich. »Ich fürchte, ich habe bei unserer letzten Begegnung keinen besonders guten Eindruck auf Sie gemacht. Es tut mir wirklich leid.«

Rief sie etwa deswegen an?

»Wie geht es Rose?«, erkundigte ich mich, da sie offenbar nicht recht weiterwusste.

»Sie muss ihr Bein schonen. Und das fällt ihr schwer«, antwortete sie.

»Das kann ich mir lebhaft vorstellen«, erwiderte ich, während ich mir die temperamentvolle Rose vorstellte, schmunzelnd. »Wahrscheinlich wirbelt sie nur so mit den Krücken herum.«

Wieder kurzes Schweigen. »Das klingt, als würden Sie meine Mutter ganz gut kennen.«

»Was soll ich sagen? Sie hat den tollsten Geschenkeshop in der Stadt, ach, was sag ich, auf der ganzen Insel. Da sieht man sich öfter. Und sie ist ja immer für ein Schwätzchen zu haben.«

»Da Sie es erwähnen ...«, griff Kate Bentley diesen Faden dankbar auf. »Rose weiß offenbar über ihre Kunden auch so einiges. Stimmt es, dass Sie Hundetrainer sind und auch Blindenführhunde ausgebildet haben?«

Sie haben über mich gesprochen? Das ist ja fantastisch!, wäre ich fast herausgeplatzt. Aber ich konnte mich gerade noch beherrschen und bejahte stattdessen nur kurz.

»Sehr schön«, sagte sie. »Es ist nämlich so, dass ich hier einen Blindenführhund habe ...«

Sie erzählte mir von der Hündin und den Umständen, unter denen sie das Tier von ihrer verstorbenen Nachbarin übernommen hatte. Und davon, dass sie den Hund gern an einen anderen blinden Menschen vermitteln wollte.

»Ein Goldie«, sagte ich versonnen. »Mit denen habe ich früher sehr gerne zusammengearbeitet. Lerneifrige, freundliche Hunde.«

»Das kann ich bestätigen. Aber in meinem Leben ist irgendwie kein Platz für einen Hund. Und außerdem denke ich, dass Amys Ausbildung doch bestimmt sehr aufwendig und teuer war. Das sollte nicht an jemanden wie mich verschwendet werden, der all das gar nicht benötigt, oder? Ich habe im Netz recherchiert und gelesen, dass gute Blindenführhunde rar sind. Es gibt wohl viel mehr Blinde, die einen wollen, als es geeignete Hunde gibt. Ich glaube, dass Amy ihren Job gut macht. Jedenfalls war Mrs. Owens immer voll des Lobes.«

Es gefiel mir, dass sie von der Hündin nicht als »dem Hund«, sprach, sondern sie beim Namen nannte. Das tun bei Weitem nicht alle Menschen, die nicht mit Vierbeinern umgehen. Und so, wie sie »Amy« aussprach, klang es für mich durchaus so, als würde sie Sympathie für das Hundemädel empfinden.

»Und nun hoffen Sie, dass ich Ihnen bei der Vermittlung helfen kann?«, brachte ich das Ganze auf den Punkt.

»Würden Sie das tun?« Sie wirkte vorsichtig, aber hoffnungsvoll.

»Das ist nicht ganz einfach«, gestand ich, obwohl das wilde Tier in mir, das offenbar auch in kinderlieben, langweiligen Übersetzern schlummert, ihr am liebsten mit aufgeblähter Brust versichert hätte, dass das alles überhaupt kein Problem für mich sei. »Ich müsste Amy erst selbst in ihrer Leistung als Führhund sehen. Wann hätten Sie denn Zeit für ein Treffen?«

Kein Zögern.

»In einer Stunde?«, schlug sie vor.

Holla! Das nannte ich mal Tempo. Kurzer Blick zurück zur Bierpfütze, die gerade im Teppich versickerte.

»Geht klar. Wo wäre es Ihnen denn recht?«

»Ich habe gerade den Laden zugemacht und bin noch mit Amy in der Stadt. Gegessen habe ich auch noch nichts. Wie wäre es mit dem *L'Escalier*, auf der Terrasse?«

»Sie sind aber nicht zufällig eine bekannte prominente Persönlichkeit, die nur ausgerechnet ich noch nicht kenne? Womöglich mit dem Königshaus verwandt?«, entgegnete ich.

Das *L'Escalier* war ein hübsches, aber sehr kleines Restaurant nahe beim National Trust Center oberhalb des Albert Hafens. Es war wegen seiner schmackhaften regionalen Küche und der idyllischen Außenplätze bekannt. Und daher auf Monate vorreserviert.

»Wenn *Sie* Amy wirklich helfen können, werde *ich* ja wohl noch einen Tisch in einem Restaurant ergattern können«, lautete ihre Antwort.

Nach diesem Gespräch war ich davon überzeugt, dass Kate

Bentley noch um einiges interessanter war, als ich bisher angenommen hatte.

* * *

Als ich eine Stunde später das *L'Escalier* betrat, kam mir bereits eine Kellnerin entgegen, die mich bedauernd anlächelte. »Tut mir leid, Sir, wir sind voll belegt.«

»Wie wunderbar für Sie. Auch wenn Ihre Füße heute Nacht wohl ganz anderer Meinung sein werden«, entgegnete ich heiter, und sofort wurde ihr professionelles Lächeln zu einem ganz privaten Strahlen. »Sagen Sie mir doch nur noch eines: Ich bin verabredet mit einer gewissen Kate Bentley. Ich nehme an, dass sie auch kein Glück hatte und …?«

Halb fingerte ich schon nach meinem Handy, denn vorausschauend hatte ich Kate Bentley um ihre Mobilnummer gebeten.

»Oh, ach so, entschuldigen Sie, das wusste ich nicht. Mrs. Bentley sitzt draußen. Hier entlang bitte.« Die Kellnerin drehte sich schwungvoll herum und eilte mir voraus.

Verdattert folgte ich ihr.

Als wir aus der breiten Tür traten, deutete sie in die eine Ecke der Terrasse, wo ein kleiner Tisch für zwei Personen in einer Nische stand. Und dort saß … Verdammt. Ich hatte doch gewusst, was mich erwartete. Trotzdem stockte mir der Atem, als ich diese wunderschöne Frau dort sitzen sah. Gerade wandte sie den Kopf und sprach mit Amy, die an ihrer rechten Seite lag und von der ich nur ein wenig goldenes Fell erkennen konnte.

»Danke sehr«, sagte ich zu der Kellnerin. Beziehungsweise: Ich wollte es einfach so ganz lässig *sagen*, doch es kam eher als ein *Hauchen* heraus.

Die junge Frau lächelte mich mit leicht gesenktem Kopf von unten herauf an und verschwand wieder im Restaurant.

Gemessenen Schrittes ging ich hinüber. Die Gäste an den anderen Tischen waren ganz mit sich beschäftigt und beachteten weder mich noch die Frau, auf die ich zusteuerte. Und Letzteres schien mir ganz unerklärlich. So wie ihr helles Haar leuchtete, ihre leicht gebräunten Arme aus den Blusenärmeln ragten und auf dem Tischtuch lagen, wie ihr schlanker Hals sich bog – hätten sie nicht alle zu ihr hinschauen müssen?

Ich selbst war bei ihrem Anblick jedenfalls heilfroh, dass ich noch so viel Geistesgegenwart besessen hatte, in eine frische Jeans, ein gebügeltes Hemd und ein locker sitzendes Jackett zu schlüpfen.

Kate Bentley bemerkte mich erst, als ich bereits am Tisch stand. Eine Sekunde lang starrten wir uns an, als hätten wir einander hier nicht erwartet. Ihre Augen waren immer noch grau mit einem leichten grünen Schimmer und einfach atemberaubend.

Dann sprang sie auf und reichte mir die Hand. »Hallo, Mr. Deering!«

»Wie haben Sie das geschafft?«, platzte ich heraus und deutete mit dem Kopf auf den Tisch. »Ich meine, sind Sie so was wie eine Suggestionskünstlerin?« Ich verstellte meine Stimme zu einem beschwörenden Singsang: »Hören Sie, Kellnerin, Sie werden zwar im Reservierungsbuch keinen Eintrag für mich finden, aber Sie werden mich trotzdem an einen der besten Tische im Lokal führen.«

Kate Bentley wirkte verblüfft, doch dann lächelte sie leicht angespannt.

»Keine Zauberei. Dean und Armelle, die Betreiber, sind gute Freunde von Rose und Dad. Ich kenne sie seit meiner Kindheit.«

»Ich wusste schon immer, dass manche Bekanntschaften noch mehr als andere sehr zu unserem Wohlbefinden beitragen, besonders an einem schönen Samstagabend«, antwortete ich.

Da zwischen den Tischen nicht allzu viel Platz war, standen wir genau voreinander. Mein Herz schlug mir bis in den Hals, und für eine Sekunde kam mir der beängstigende Gedanke, ob sie es vielleicht sehen konnte.

»Jedenfalls vielen Dank, dass Sie so schnell kommen konnten!«, sagte sie ein wenig hölzern.

»Das war in der Tat nicht einfach«, erwiderte ich mit, wie ich hoffte, genau dem Lächeln, von dem Clarissa damals behauptet hatte, es sei unwiderstehlich charmant gewesen. »Der 41er-Bus aus Grandes Rocques in die Stadt fährt nur alle dreißig Minuten. Daher müssen Sie bitte meinen desolaten Zustand entschuldigen. Ich war gerade im Home-Modus.«

Der verwunderte Ausdruck in ihren Augen ließ mich vermuten, dass sie mit ausführlichen Erklärungen dieser Art nicht gerechnet hatte.

Da aber für mich die einzige Alternative zum andächtigen Anstarren im ungefilterten Reden bestand, hörte ich mich auch schon weitersprechen: »Sollte mich ein leichter Hopfenhauch umwehen, kann ich Sie gleich beruhigen: Ich neige nicht zum Alkoholismus. Aber leider ist mir vorhin mein einziges Feierabendbier aus der Hand gerutscht und hat ... nun, gemacht, was eine Bierflasche so macht, wenn sie auf den Boden fällt und Unheil verbreitet.«

Konnte es sein, dass ich mich hier gerade um Kopf und Kragen redete und Kate Bentley bereits zu bereuen begann, sich an mich gewandt zu haben? Ich war heilfroh, dass plötzlich ein rotgoldener Hundekopf neben ihren schlanken Beinen in Bluejeans auftauchte.

»Da ist sie ja!« Automatisch ging ich in die Hocke. Kinder und Hunde sind da sehr ähnlich: Sie haben es gern, wenn man sie auf Augenhöhe begrüßt. »Hallo, Amy.«

Ich konnte spüren, dass Kate Bentley uns von dort oben zusah, wie Amy und ich nach einer nur wenige Sekunden dauernden Kennenlernphase begeistert Freundschaft schlossen.

Weil Amy ihre Sympathie mit heftig wedelnder Rute kundtat und auch die Nachbartische auf diese Weise mit Frischluft versorgte, kürzte ich das Ganze ab, und wir setzten uns alle drei. Kate Bentley auf ihren Stuhl. Ich auf den ihr gegenüber. Amy an mein Bein gepresst, wobei sie den Kopf wandte und mich enthusiastisch anblickte.

»Sieht so aus, als würde sie Sie mögen«, stellte Kate Bentley fest.

»Das beruht auf Gegenseitigkeit«, erwiderte ich.

Auf dem Gesicht meines Gegenübers erschien ein befreites Lächeln. Geschäftig kramte sie in ihrer Tasche, die praktisch groß wirkte, nicht wie die Puderdosenbeutelchen, die ich von anderen Frauen kannte und in die nicht viel mehr hineinpasste als eben diese Dose, ein Handy und der Haustürschlüssel.

»Hier, sehen Sie. Ich habe Amys Papiere mitgebracht. Da ist neben dem Impfausweis auch ein Zertifikat, das besagt, dass sie als Blindenführhund geprüft worden ist.«

Ich sah es mir an und nickte. »Prima. Das macht einen guten Eindruck.«

In dem Augenblick kam die Kellnerin an den Tisch, und wir mussten uns kurz sortieren, um Getränke und Essen zu bestellen. Nach dem ausgiebigen Mittagessen bei Phil und Cedric hatte ich überhaupt keinen Hunger, aber um mit dieser wundervollen Frau einen Abend im *L'Escalier* zu verbringen, würde ich noch sehr viel mehr tun, als nur einen übervollen Magen zu riskieren.

Während die junge Bedienung davoneilte, wandte Kate Bentley sich wieder an mich.

»Was meinen Sie, Mr. Deering …«

»Bitte sagen Sie doch Matthew zu mir«, unterbrach ich sie kurz.

Sie stutzte, nickte, sagte: »Kate«, und fuhr fort: »Matthew, was denkst du also zu Amy? Wie schätzt du ihre Chance ein, wieder vermittelt zu werden?«

Ich sah zu den braunen Hundeaugen hinunter, die mich immer noch bewundernd anschauten. Golden Retriever waren allesamt hübsche Hunde. Aber Amy hatte noch einen ganz besonderen Charme. Sie war schmaler als viele Exemplare ihrer Rasse. Ihr Kopf wirkte eher wie der eines Junghundes und ihr Blick aus den runden Augen ein wenig erstaunt und zugleich so, als wollte sie am liebsten lachen.

»Das wird sich in der Überprüfung herausstellen«, erklärte ich Kate. *Kate.* »So was lässt sich nicht durch reines Kennenlernen und einen guten ersten Eindruck entscheiden. Ich muss natürlich sehen, wie sie im Geschirr geht, ob sie sich traut, mich abzudrängen, wenn es sein muss, ob sie Hindernisse anzeigt und wie sie auf Ablenkung reagiert.«

Kate schnalzte mit der Zunge. »Verflixt, ich habe das Geschirr vergessen. Aber das könnte ich Ihnen ... dir morgen früh vorbeibringen.«

Ich sah sie verwundert an. »Ähm ... du gehst doch nicht davon aus, dass ich Amy mitnehme?«

Ihr Blick aus diesen lebendigen, tiefen Augen war erschütternd.

»Nicht?«

»Nein. Ich ... das würde gar nicht gehen. Weißt du, Alfi, mein Sohn, er hat schlimme Hundeangst. Daher könnte ich Amy nicht bei mir aufnehmen. Wir müssten es schon so machen, dass wir ein paar Termine für die Überprüfung vereinbaren.«

Kate brauchte einen Moment, um diese Neuigkeit zu verdauen. Offenbar hatte sie wirklich damit gerechnet, dass ich Amy mitnehmen würde.

Dann nickte sie. »Das heißt, du würdest sie abholen? Oder ich bringe sie dir?«

Ich zögerte. Wenn ich jetzt nickte, wäre diese wunderbare Chance, Kate näher kennenzulernen, dahin.

Daher räusperte ich mich kurz und sagte: »Eigentlich wäre es am besten, wenn du dabei bist.«

Ich betete, dass sie keine Begründung für diese Aussage erwartete. Denn die hätte ich nicht liefern können. Außer der, dass ich mehr als erpicht darauf war, Zeit in ihrer Nähe zu verbringen.

Doch Kate schaute nur einen Moment lang zu Amy hinunter. Dann wanderte ihr Blick über mein Gesicht. So lange, dass mir beinahe die Schamesröte hochstieg bei dem Gedanken daran, dass ich mich seit ein paar Tagen nicht rasiert und dass Cedric mich vor nur wenigen Stunden noch einmal auf den dringend notwendigen Friseurtermin hingewiesen hatte.

Schließlich nickte Kate. »In Ordnung«, sagte sie. »Hast du deinen Kalender dabei? Dann lass uns mal nach Terminen schauen.«

Kate

Dienstag, 9. Mai

»Kate! Wie gut, dass du schon kommst. Wir brauchen hier mal deinen Rat«, begrüßte Irina mich am Dienstagabend, als ich mit Amy das Büro betrat.

Ihre betont aufgeräumte Art und Kittens versteinerte Miene ließen mich Schlimmstes ahnen. Heute war erst der zweite Tag, an dem meine Mitarbeiterin und meine alte Studienkollegin hier im Büro miteinander hatten klarkommen müssen. Aber anstatt sich langsam aneinander zu gewöhnen, schien das Knirschen im Getriebe immer lauter zu werden.

»Bin sofort da«, sagte ich und löste die Leine von Amys Halsband.

Sie trabte in die Teeküche an den Wassernapf, den Kitten ihr dorthin gestellt hatte. Ich sah ihrem fröhlich wippenden Hinterteil mit leisem Bedauern nach. Wenn ich die dicke Luft hier richtig interpretierte, war es nun wohl vorbei mit der inneren Ruhe des Tages. Langsam gewann ich Gefallen an dem Frieden, der durch das Zusammensein mit einem Hund entstand.

»Wieso sitzt ihr zwei denn noch hier?«, erkundigte ich mich. »Ich dachte, ihr wärt längst im Feierabend verschwunden?«

Und nur deswegen hatte ich Brian vorgeschlagen, er könne gleich hier auf einen Sprung vorbeikommen, damit wir endlich einen Termin zum Aussuchen seines Hochzeitsanzugs ausgucken konnten.

»Die Arbeit am neuen Prospekt braucht …«, Kitten machte eine kleine Pause, »… länger als erwartet«, schloss sie dann.

Mir war klar, dass sie sich bemühte, nicht zu Irina hinüberzusehen.

»Schau mal hier.« Irina lockte mich zum Bildschirm auf meinem Schreibtisch.

Den Arbeitsplatz hatte ich ihr angeboten, solange ich nicht selbst im Büro sein konnte.

Auf dem Monitor war das Layout des neuen Prospekts zu sehen. Irina hatte aussagekräftige Fotos der üblichen Sehenswürdigkeiten ausgewählt, der Text wirkte ein wenig steif, brachte aber alle Informationen rüber, die wichtig waren.

»Das sieht doch schon sehr gut aus«, sagte ich diplomatisch.

Irina warf Kitten einen triumphierenden Blick zu. »Wusste ich doch, dass es dir gefällt.«

»Gibt es noch einen anderen Vorschlag?«, erkundigte ich mich und ging um die beiden sich gegenüberstehenden Schreibtische herum.

Tatsächlich befand sich auf Kittens Bildschirm ebenfalls ein Entwurf, der allerdings ganz anders aussah. Kitten hatte das Layout peppig und wild romantisch angelegt, mit nur zwei großformatigen, wunderschönen Naturaufnahmen auf der Vorder- und Rückseite eines eher ungewöhnlichen Formates, über die sich die Textzeilen zogen. Kitten, die nachhaltigen Tourismus studiert hatte, hatte den Schwerpunkt hierauf gelegt und in diesem Prospektentwurf ein paar eigene, innovative Ideen zusammengetragen. Es sah anders aus als das, was ich gewöhnt war. Anders, aber …

»Wirklich gut«, urteilte ich mit einem weiteren Nicken.

Kitten senkte den Kopf, aber ich konnte ihr Lächeln trotzdem sehen.

Irina schnalzte kurz mit der Zunge. »Du siehst bestimmt ein, dass ein Kompromiss wahrscheinlich nicht möglich sein wird. Die Entwürfe sind einfach zu unterschiedlich«, stellte sie dann fest. »Deswegen war mein Vorschlag, dass *du* jetzt die Entscheidung triffst.«

Oje, das klang ja nach einer bereits offen ausgetragenen Konkurrenz zwischen den beiden. Und ich konnte mir gut vorstellen, wer dabei die treibende Kraft war – denn mit der eher zurückhaltenden Kitten hatte ich Derartiges bisher noch nie erlebt. Ich sah auf die Uhr.

»Selbstverständlich werde *ich* die endgültige Entscheidung treffen«, betonte ich. »Aber nicht jetzt sofort. Darf ich euch bitten, jeweils einen Ausdruck zu machen? Und dann saust ihr bitte nach Hause und ruht euch aus.«

Ich wollte, dass sie hier raus waren, ehe Brian auftauchte. Doch nun schienen beide plötzlich ihrem jeweiligen Entwurf den letzten Schliff verleihen zu wollen – um mir auch die bestmögliche Variante zur Entscheidungsfindung zur Verfügung zu stellen. Ich verkniff mir ein Seufzen und ging hinüber in den Besprechungsraum, um ein paar Unterlagen zu sortieren.

Es dauerte nicht lange, da stand Brian in der Tür, rief Kitten ein »Hallo« zu und freute sich offensichtlich auch, Irina wiederzusehen. Die beiden hatten sich vor vielen Jahren kennengelernt, als Brian mich während meines Studiums in London besucht hatte.

Allerdings war ihre Bekanntschaft nie so vertieft worden, dass sie Irinas übersprudelnde Begrüßung gerechtfertigt hätte. Langsam tat Irina mir regelrecht leid. Hatte sie sich zu Hause so lange für Mann und Kinder zurückgenommen, dass sie nun hier auf allen Ebenen groß auffahren musste?

Als Brian schließlich ins Besprechungszimmer herüberkam, wurde er auch noch von Amy stürmisch begrüßt, als seien sie alte Freunde. Er lachte und kraulte ihr die Ohren. Als er so am Boden hockte und mit der hübschen Hündin schmuste, überkam mich plötzlich eine Welle der Zuneigung zu ihm. So unerwartet und heftig, dass ich beinahe nach Luft schnappen musste.

Genau in diesem Moment sah Brian auf. Vielleicht las er in meinem Gesicht. Jedenfalls erhob er sich, kam zu mir herüber und küsste mich auf die Wange. Ein Begrüßungskuss, wie wir einander schon Tausende gegeben hatten. Aber fühlte er sich heute nicht irgendwie anders an? Ich war mir nicht sicher.

»Ob du es glaubst oder nicht, ich werde allmählich nervös«, gestand er mir. »Diese Herrenausstatternummer macht mich ganz zappelig.«

Ich lachte betont fröhlich. »Dann wird es das Beste sein, wenn wir es so bald wie möglich hinter uns bringen, hm?«

»Stimmt. Hast du morgen Zeit? Wenn du den Shop etwas früher zumachst, sagen wir um drei, müssten wir es schaffen«, schlug er vor und knetete dabei seine Hände.

Oh Brian, dachte ich, *ich habe dich so oft nervös gesehen. Vor einem Seifenkistenrennen. Bei einem Referat in der Schule. Vor den Abschlussprüfungen. Zu unserem ersten offiziellen Date.* Wieso nur fiel mir das alles erst jetzt wieder ein? So, als wäre es über Jahre einfach verschüttet gewesen unter einem Haufen anderer, furchtbar unwichtiger Erinnerungen.

»Morgen geht's leider nicht«, erwiderte ich und griff nach meinem Terminkalender, der auf dem Tisch lag. »Da ist der erste Termin zu Amys Überprüfung.«

Brian nickte. Ich hatte ihm von Matthew Deering und seinem freundlichen Angebot erzählt.

»Was passiert da denn genau?«, erkundigte er sich jetzt.

»Ich habe keinen blassen Schimmer«, gestand ich ein wenig abwesend mit Blick in den Kalender.

Matthews Bild tauchte kurz vor mir auf, wie er gestikulierend und scherzend an dem kleinen Tisch im *L'Escalier* gesessen hatte und wie seine Hand ganz automatisch zu Amy geschwebt war, um ihr die Ohren zu kraulen – als wüsste er genau, was sie sich wünschte. Bestimmt wusste er sehr viel mehr über Hunde, als ich mir vorstellen konnte.

»Übermorgen, also Donnerstag, würde gehen. Willst du nur zu Emmerson & Jones? Oder wollen wir uns da erst mal nur umschauen und noch mal nach Jersey rüber? Da soll es einen ganz schicken Laden geben.«

»Um Gottes willen!«, brach es aus Brian heraus. »*Ein* Schneider für einen Hochzeitsanzug reicht mir vollkommen aus.«

Ich musste lachen, und er grinste schief.

»Dann haben wir am Donnerstag ein Date.« Ich trug es in den Kalender ein.

»Unser erstes, auf das ich mich nicht so richtig freue«, stellte Brian kläglich fest.

Ich wusste nicht, was ich darauf antworten sollte. Und außerdem fiel mir gerade auf, dass die Tür sperrangelweit offen stand und die Bürotür ebenfalls. Drinnen war es mucksmäuschenstill.

»Wie wäre es, wenn wir noch auf einen Sprung in den Pub gehen?«, schlug ich vor.

Brian sah tatsächlich ein wenig verlegen drein. »Ähm … Ich … ich bin schon mit Pam verabredet.«

Ein feiner, scharfer Schmerz fuhr mir in die Brust. Vollkommen verrückt. Schließlich hatten wir gerade einen Termin zum Aussuchen seines Hochzeitsanzuges vereinbart. Wieso tat es dann weh, wenn aus einem schlichten kleinen Feierabendabsacker nichts wurde, weil er mit seiner Braut verabredet war?

Was hatte Rose gesagt? Ich war es so lange gewohnt gewesen, dass Brian ganz selbstverständlich da war, immer verfügbar, immer bereit für einen gemeinsamen Abend. Das war nun wohl vorbei.

Ich ließ Pam herzlichst grüßen, in der Hoffnung, dass Brian mir meine wahren Gefühle nicht anmerken würde, und wir verabschiedeten uns wieder.

Über meine Unterlagen gebeugt, blieb ich am Tisch sitzen und vermied es, ihm nachzusehen. Die Tür war gerade hinter ihm zugefallen, als ich im Flur Schritte hörte, die aus dem Büro herüberkamen. Es klang nicht nach Kittens leichtem, federndem Gang.

»Entschuldige, Liebes«, sagte Irina direkt neben mir. »Ich wollte nicht lauschen, aber es war gar nicht zu überhören. Ist das wahr? Brian heiratet?«

Ich hob den Blick, und offenbar musste darin so einiges zu lesen sein, denn Irina zog sich rasch einen Stuhl heran und setzte sich dicht neben mich, die Hand auf meinem Arm.

»Aber wieso hast du mir das nicht erzählt, Schätzchen?«

Ich zuckte mit den Schultern und fand es selbst ziemlich versponnen, einer alten Freundin kein Wort dazu zu sagen, wenn mein bester Freund und weiß-der-Himmel-was-sonst-noch in den Hafen der Ehe zu verschwinden gedachte.

Irina schüttelte langsam den Kopf. »Du meine Güte. Ich weiß noch ... damals im ersten Semester. Was hat er dich angehimmelt! Er war so hammermäßig verliebt, das konnte jeder sehen. Hab dich ganz schön beneidet um diesen Kerl! In meinen Augen wart ihr das ideale Paar, weißt du das? Das mit dem Auseinanderleben hab ich nie ganz kapiert und hab immer geglaubt, dass ihr wieder zueinanderfinden würdet. Ehrlich gesagt hab ich sogar schwer damit gerechnet. Und jetzt hat er ...« Plötzlich schien ihr aufzugehen, dass ihre Stimme im Zimmer nebenan genauso gut zu verstehen sein würde wie zuvor Brians. Sie murmelte: »Er hat also eine andere?«

»Pam Gray«, antwortete ich. »Sie arbeiten zusammen bei den Küstenpfad-Guides.«

»Aber er liebt sie doch nicht!«, flüsterte Irina ungläubig.

Verwirrt sah ich sie an.

»Er kann sie nicht lieben, jedenfalls nicht so sehr, wie er dich liebt. Das liegt doch ganz klar auf der Hand«, erklärte Irina mit aller Selbstverständlichkeit, die – wenn ich ehrlich war – auch in meinem Herzen immer mal wieder gegen die Hochzeitspläne protestierte.

Jetzt sah meine alte Freundin mich aufmerksam an. »Hast du ihm gesagt, was du für ihn empfindest?«, erkundigte sie sich mit gedämpfter Stimme.

»Ich …«, setzte ich an. Und wusste dann nicht weiter. »Ich weiß es doch selbst nicht«, gestand ich.

»Aber willst du es denn nicht herausfinden?«, fragte Irina leise.

»Mit welchem Ziel?«, entgegnete ich.

Doch ich konnte selbst hören, dass mein Protest schwächlich klang.

Irina griff nach meiner Hand. »Vielleicht ist es ja so, dass diese Pam für Brian nur die Nummer zwei ist. Stell dir vor, was das bedeuten würde. So eine Ehe würde euch doch alle drei ins Unglück stürzen. Wenn du rausfinden solltest, dass du ihn auch noch liebst, dann gibt es keinen Zweifel: Du musst es ihm sagen!«

Matthew

Mittwoch, 10. Mai

Als ich um die Straßenecke bog, sah ich die beiden schon am St. Julian's Pier stehen und aufs Wasser hinaussehen. Kates helles Haar leuchtete mit Amys rotgoldenem Fell und dem strahlend blauen Himmel um die Wette. Mein Herz schlug noch ein wenig schneller. Scheibenkleister. Ich war tatsächlich so aufgeregt wie damals als Teenager bei meinem ersten Date. Hoffentlich würde Kate das nicht auffallen.

»Hi!«, rief ich ihr schon entgegen, als ich gerade die Straße überquert hatte.

Kate wandte sich um und blickte mir ein wenig angespannt entgegen. Das war mir schon bei unserem gemeinsamen Essen aufgefallen: Sie wirkte häufig ernst und konzentriert. Als müsste sie gerade eine wichtige Aufgabe bewältigen und hätte Angst, sich davon ablenken zu lassen.

»Hi«, wiederholte ich, als ich bei ihr ankam. »Der Escort-Service für weltbeste Blindenführhunde meldet sich zum Dienst!«

»Hallo.«

Ihr Nicken wirkte eher geschäftlich. Aber als Amy bei meiner Begrüßung so wild wedelte, dass ihr Schwanz immer wieder gegen Kates Beine klopfte, lächelte sie doch. Ich mochte die Art, wie sie mit der einen schlanken gebräunten Hand über den Hundekopf strich. In der anderen hielt sie das Führgeschirr für Amys Arbeit.

»Ich wollte es ihr eigentlich schon umlegen«, sagte Kate, die meinen Blick bemerkt hatte. »Aber ehrlich gesagt war ich nicht sicher, ob ich es richtig machen würde.«

»Oh, dann war es auf jeden Fall besser, dass du auf mich gewartet hast. Nicht, dass ihr zwei am Ende hoffnungslos darin verwickelt gewesen wärt wie eine Mensch-Golden-Retriever-Roulade. Ich bin nämlich nicht gut im Auffummeln von Knoten«, antwortete ich vergnügt.

Diesmal lachte Kate auf, und ich verbuchte es sofort als einen kleinen Erfolg. *Oh, Himmel hilf! Bitte lass mich in den nächsten beiden Stunden nicht zum albernen Clown avancieren, nur damit ich das noch mal hören kann!*, schickte ich ein Stoßgebet los.

Ich streckte die Hand nach dem Geschirr aus. Es handelte sich um ein Standardgeschirr, nichts Besonderes, aber es war in gutem Zustand. Ich öffnete den seitlichen Riemen, und Amy sah mir dabei interessiert zu. Zur Zeit meiner Ausbildung hatte ich Hunde erlebt, die den Anblick des Führgeschirrs zu fürchten schienen. Die waren für die weitere Ausbildung nicht geeignet. Amy jedoch wedelte freudig, als ich sie am Geschirr schnuppern ließ. Und dann tat sie etwas, mit dem ich eigentlich nicht gerechnet hatte: Sie suchte ganz eigenständig den Einschlupf für ihren Kopf und steckte ihn hinein. Dann sah sie mich an, als wollte sie sagen: Nun mach schon den Gurt zu! Ich will arbeiten!

»Ah«, machte ich. »Das ist ungewöhnlich. Nicht alle Trainer bringen ihre Hunde dazu, selbst ins Geschirr zu gehen.«

»Das ist gut, oder?«, wollte Kate wissen, die meine leichte Überraschung richtig gedeutet hatte.

»Ich finde es toll. Ist doch dem Hund gegenüber fair, wenn er die Verantwortung, die er in der Arbeit trägt, so aktiv annehmen kann«, antwortete ich, während ich den Gurt des Geschirrs festschnallte. Dann nahm ich Amy die Leine ab und reichte sie Kate.

»Leine ist Freizeit«, erklärte ich ihr. »Geschirr ist Arbeit.«

»Und jetzt? Wie läuft das Ganze jetzt ab?«, erkundigte Kate sich.

Auch das hatte ich bei unserem Essen am Samstag schon festgestellt: Diese Frau wollte Bescheid wissen! Kein Wunder. Wer einen eigenen Betrieb leitet, muss die Kontrolle in der Hand haben. Was sie über ihr kleines Unternehmen in der Touristikbranche erzählt hatte, sprach für sehr viel Engagement. Natürlich hatte ich es mir nicht nehmen lassen, ihre Internetseite zu studieren. Dort gab es nicht nur diverse Tourenvorschläge, sondern auch für sämtliche erdenklichen Fragen direkt eine Antwort. Kate Bentley mochte es offenbar gar nicht, auf etwas nicht vorbereitet zu sein.

»Wir unternehmen einen kleinen Spaziergang«, antwortete ich ihr lächelnd. »Ich brauche ein paar Kleinigkeiten. Also auf zu den Market Halls! Gehen wir shoppen!«

Es war ihr anzusehen, dass sie nicht so recht wusste, was sie von dieser Antwort halten sollte. Doch schon wie bei meinem Vorschlag, sie möge bei den Überprüfungsterminen anwesend sein, nahm sie es hin und nickte zustimmend. So gut wie sie in ihrer eigenen Arbeit vorbereitet war, ging sie ganz offensichtlich davon aus, dass ich es bei meiner auch so halten würde, und sie hinterfragte mein Tun nicht.

Ich blickte zu Amy hinunter, die auf meiner linken Seite dicht neben mir stand und mich erwartungsvoll ansah. »Voran!«, sagte ich.

Und Amy, die dieses übliche Hörzeichen offenbar kannte, lief los. Sie führte sehr sensibel und leicht und passte sich meinem Schritttempo ohne Probleme an.

Als wir an der North Esplanade angekommen waren, hielt sie vor der Bordsteinkante inne.

»Links«, sagte ich, und sie bog gehorsam ab und führte mich wunderbar mittig über den Bürgersteig.

Der Verkehr war um diese Nachmittagszeit am Quay mal wieder mörderisch. Ich konnte nicht einmal Kates Schritte hören, die mit geringem Abstand hinter uns ging. Daher entschied ich, lieber die kleinen Straßen oberhalb des Hafens zu nehmen.

»Amy, rechts Bord«, sagte ich.

Amy hielt inne und wandte sich nach rechts. Als ich sofort einen Schritt vor tun wollte, bog sie den Kopf so weit herum, dass sie mir den Weg versperrte. Und daran tat sie gut, denn die Autos sausten vor uns nur so dahin.

»Du willst doch nicht hier über die Straße rüber?«, meldete sich Kate ungläubig.

Ich sah sie kurz an – Herzklopfen, Herzklopfen –, und dann wieder zu Amy, die immer noch entschlossen schien, mich aufzuhalten.

»Ihr scheint beide der gleichen Meinung zu sein«, sagte ich dann lächelnd zu Kate, und zu Amy: »Such Ampel!«

Die Hündin hob den Kopf und sah die Straße hinauf und wieder hinunter. An dieser Stelle war keine Ampel zu sehen. Ich war gespannt, wie sie das Problem lösen würde. Überraschenderweise ging sie plötzlich zielstrebig nach links weiter. In etwa hundert Metern, beim Parkplatz des Victoria Hafens, gab es einen Zebrastreifen. Amy führte mich dorthin, drehte sich mit mir zur Bürgersteigkante und blieb stehen.

Ich war beeindruckt.

Den Hunden, die ich selbst ausgebildet hatte, war natürlich auch der Zebrastreifen beigebracht worden. Doch nur die richtig schlauen setzten sich mühelos über ein gegebenes Kommando hinweg, um eine nahe Alternative anzuzeigen. Dieser intelligente Ungehorsam war für den Alltag eines blinden Menschen äußerst praktisch.

Sobald wir zu dritt dort standen, hielten die Autos an.

»Weiter!«, sagte ich zu Amy, und sie brachte mich brav auf die andere Straßenseite, wo sie die Bordsteinkante ebenfalls durch Anhalten anzeigte und nach einem »Weiter!« den Bürgersteig betrat. Wir nahmen eine der steilen Treppen zur High Street hinauf und bogen wieder nach links ab, um zur Shopping Mall zu gelangen.

»Von hinten sieht es sehr gut aus«, sagte Kate, die nun in der Einkaufsstraße neben mir ging.

Ihr war anzusehen, dass sie beeindruckt war.

»Vielen Dank. Ich hoffe, das gilt auch für unsere Vorderseite«, erwiderte ich schmunzelnd.

Schlagartig wurde sie rot. Was ihr ganz hervorragend stand, aber leider auch mich selbst verlegen machte. Wahrscheinlich verbrachte ich einfach zu viel Zeit mit einem Zehnjährigen und zwei charmanten Schwulen, die am liebsten über alles und jeden Witze rissen.

»Wie läuft deine Touri-Arbeit, während du Rose' Shop bewachst?«, erkundigte ich mich schnell, bevor mir noch etwas anderes Lustiges einfallen würde, das uns beide in Verlegenheit stürzte. »Sind Kitten und Irina schon ein tolles Team geworden?«

Kate sah mich überrascht an. »Du erinnerst dich an ihre Namen?«

»Oh, darin bin ich super!«, behauptete ich. »In meiner Freizeit lerne ich auch gerne Telefonbücher auswendig und sage sie auf, wenn ich gerade mal nichts anderes zu erzählen habe. Nein, ich denke mir gerne Eselsbrücken aus. Zum Beispiel klingt *Kitten* tatsächlich nach einer jungen, liebenswürdigen Angestellten, die man ein wenig unter die eigenen Fittiche nehmen will. Während *Irina* recht ... energisch klingt.«

»Gott, ja, das stimmt wirklich!«, entfuhr es Kate.

Auch wenn sie gleich darauf wirkte, als sei ihr der Ausruf peinlich.

»Also kein Dreamteam, die beiden?«

»Nicht wirklich.«

»Oh, oh!«

»Genau.«

Ein paar Schritte liefen wir schweigend, und plötzlich sagte Kate: »Ich lasse jedes Jahr einen neuen Prospekt drucken.

Möchte nicht, dass die Dinger irgendwann altbacken aussehen. Ich dachte, es sei eine gute Idee, die beiden damit zu beauftragen. Und gestern Abend haben sie mir das Ergebnis gezeigt. Zwei komplett unterschiedliche Entwürfe.« Sie schüttelte den Kopf. »Und ich muss mich jetzt für den einen oder anderen entscheiden. Dabei kann ich ja nur verlieren und eine der beiden vor den Kopf stoßen. Tolle Idee war das!«

Ich legte den Kopf schief. »Ist einer der Entwürfe deutlich besser?«

Sie überlegte. »Sie sind … verschieden. Irinas wendet sich eher an die etwas älteren Kunden, die das übliche Programm wünschen. Kittens ist innovativ, spritzig, mit neuen Ideen, eher für die Jüngeren, die etwas ausprobieren möchten.«

»Ist doch wunderbar!«, sagte ich. »Dann nimm sie doch beide!«

Kate stutzte.

»Na, lass einfach beide in jeweils halber Auflage drucken. So haben die Reisebüros und Auslegestellen die Möglichkeit, sich auf Alter und Vorlieben der Interessenten einzustellen.«

Kate schwieg nachdenklich, bis wir bei Alfis Lieblingseismann vorbeikamen und Amy dort souverän einem Trupp Touristen auswich.

»Ich habe mir nie vorher Gedanken gemacht, was so ein Blindenführhund alles können muss«, meinte Kate da, ohne noch weiter auf das Thema Flyer einzugehen.

»Und das ist noch längst nicht alles«, sagte ich.

Vor dem Straßenverkauf der Eisdiele hatte sich eine kleine Schlange gebildet. Jede Menge lärmender Kinder, zwei hatten sogar einen Spanielwelpen dabei. Ich tat so, als wollte ich vor dem danebenliegenden Laden eine kleine Pause einlegen. Auf meine Aufforderung hin stoppte Amy brav.

Kate, die nicht wusste, was ich vorhatte, stellte sich ebenfalls neben uns und sah verwundert in die Auslage des Schaufensters, in der Modeschmuck angeboten wurde.

Ich wollte schon einen Scherz darüber machen, wie wir hier nebeneinanderstanden und geschmacklosen Touri-Nippes anstaunten, als Kate die Hand hob und sich eine helle Haarsträhne aus dem Gesicht strich, die sich aus ihrem Zopf gelöst hatte. Ihre Bewegung spiegelte sich in der Schaufensterscheibe, und plötzlich sah ich nicht mehr das Glitzerzeug, das zu überteuerten Preisen zum Kauf angeboten wurde. Nein, ich sah ein Bild, das mich aus den Socken zu hauen drohte: Ich selbst mit dieser wunderschönen Frau an der einen und einem Hund an der anderen Seite. Unser Spiegelbild wirkte so surreal und gleichzeitig so fantastisch, dass ich mich kaum losreißen konnte.

In diesem Moment wandte Kate den Kopf. »Matthew, sieh mal«, sagte sie leise und berührte leicht mit den Fingerspitzen mein Handgelenk.

Sofort breitete sich von dort ein Kribbeln den Arm hinauf und bis in die Hand aus.

Als ich den Kopf drehte, sah ich, dass ein paar der Kinder vor der Eisdiele Amy entdeckt hatten und versuchten, sie anzulocken. Der junge Spaniel zerrte an seiner Leine, und das kleine Mädchen, vielleicht sechs oder sieben Jahre alt, konnte ihn vor lauter Kichern kaum halten.

»Super«, murmelte ich aus dem Mundwinkel. »Lass sie ruhig.«

Amy blickte kurz interessiert zu den Kindern hinüber und wedelte freundlich mit dem Schwanz. Den japsenden Welpen ignorierte sie vollkommen. Und dann hob sie den Kopf und sah wieder mich an.

Ich wandte mich um und zupfte am Geschirr, um weiterzugehen. Doch sie blieb stehen, ganz so, wie die von mir ausgebildeten Hunde es auch getan hätten, die immer auf ihr Hörzeichen warteten.

»Amy, rechts, weiter!«, sagte ich.

Gehorsam drehte sie sich um und führte mich sicher und gelassen von den kreischenden Kindern fort die Straße hinauf.

»Wow!«, sagte Kate an meiner Seite. »Das war ... das war wirklich gut, oder?«

»Allerdings. Viel mehr Ablenkung als quietschende Kinder mit Eiswaffeln und einen jungen, spielfreudigen Artgenossen kann man sich für einen Golden Retriever eigentlich kaum vorstellen«, pflichtete ich ihr hocherfreut bei. »Trotzdem kann es sein, dass ich sie unbewusst beeinflusst habe. Schließlich warte ich geradezu darauf, dass sie einen Fehler macht. So eine Haltung bewirkt bei den Hunden oft das gegensätzliche Verhalten, nämlich, dass sie das Unerwünschte nicht zeigen.«

Kate nickte nachdenklich, aber ich konnte mein breites Grinsen nicht zurückhalten. Obwohl mir die gerade genannte Möglichkeit durchaus bewusst war, freute es mich diebisch, dass Amy die Situation so gut gemeistert hatte. Doch was mein Herz noch höher schlagen ließ, war die Tatsache, dass Kate offenbar tatsächlich erkannt hatte, wie schwierig die Situation für Amy gewesen war.

Schon Kates Art bei unseren bisherigen Begegnungen – im Souvenirshop zunächst ruppig, dann peinlich berührt, im *L'Escalier* betont sachlich und zurückhaltend – hatte mich sehr beeindruckt. Wenn sich jetzt auch noch herausstellen sollte, dass diese Frau ein intuitives Gespür für Hunde hatte, konnte ich für nichts mehr garantieren. Und das ausgerechnet in einer Zeit, in der meine besten Freunde übereinstimmend die Meinung geäußert hatten, ich sei in Sachen Flirten eine wandelnde Katastrophe. Hilfe!

Tatsächlich hatte ich den Eindruck, dass auch Kate plötzlich begann, sämtliche Ablenkungen auf unserem Weg zu den Market Halls zu registrieren. Ein Mann im elektrischen Rollstuhl, ein Teenager mit Gipsbein an Krücken, der im Weg liegende

Rest eines Cheeseburgers. Ich nahm ganz deutlich wahr, was Kate wahrnahm: jedes mögliche Hindernis, das Amy bei ihrer Arbeit einfach links liegen ließ und nicht beachtete. Und als wir am Eingang der Shopping Mall angekommen waren, musste ich mich richtig zusammenreißen, um mich wieder auf Amy zu konzentrieren.

Nachdem wir nebeneinander eingetreten waren, sah Kate mich fragend an. Ich hielt an, Amy stoppte brav.

»Lass uns eine kleine Runde hier unten drehen, und wenn wir wieder hier angekommen sind, in die obere Etage fahren«, schlug ich vor und nickte in Richtung der Rolltreppe. »Ich werde Amy sagen, dass sie dir folgen soll. Bin gespannt, ob sie das auch beherrscht. Du darfst also gerne ein paar Schlenker gehen.«

Kate wirkte ein wenig verlegen, nickte aber.

»Amy, folgen!«, sagte ich und deutete auf Kate.

Die ging los, und Amy führte mich gehorsam den gleichen Weg. Wann immer Kate stehen blieb, blieb sie auch stehen, ging Kate weiter, folgte sie ihr, im Zickzackkurs einmal um die Markthalle herum. Dann waren wir wieder am Eingang angekommen, und Kate steuerte wie abgesprochen zielstrebig auf die Rolltreppe zu. Amy folgte ihr. Doch als Kate den Bereich vor der Rolltreppe überschritt und auf die erste fahrende Stufe trat, drehte Amy sich in meine Richtung nach rechts ein und versperrte mir den Weg.

»Amy, weiter!«, forderte ich mit fester Stimme.

Amy drehte noch weiter nach rechts und führte mich selbstbewusst vom Rolltreppenbereich fort.

Die verdutzte Kate blickte zu uns herunter, während sie von dem stählernen Band immer weiter hinaufgetragen wurde. Ich lächelte sie an und hob den rechten Daumen. Da begriff sie, dass ich sie ganz bewusst in dem Glauben gelassen hatte, Amy würde ihr auf die Rolltreppe folgen – obwohl für jeden Blindenführhund dieses Transportmittel wegen des hohen Unfallrisikos ein Tabu war. Aber hätte Kate das im Vorfeld gewusst, hätte sie sich womöglich ein wenig anders, vielleicht nicht so selbstsicher und zielbewusst verhalten. Ein leichtes Zögern ihrerseits hätte Amys Verhalten bereits beeinflussen können. Das wusste ich. Und in dieser Sekunde war ich sicher, dass auch Kate es verstand. Denn plötzlich strahlte sie über das ganze Gesicht. Ein Lächeln, das ich so unverfälscht und spontan an ihr noch nicht gesehen hatte. Augenblicklich war mir klar, dass ich diesen Anblick die nächsten Tage nicht aus dem Kopf bekommen würde. Diesen Anblick und das Bild, das sich mir im Spiegel der Schaufensterscheibe geboten hatte.

Kate

Samstag, 13. Mai

Am Samstag schloss ich den Laden wie auf Guernsey üblich schon am Nachmittag und machte einen kurzen Abstecher ins Büro, wo Kitten sich gerade auf die Ankunft der neuen Gruppe vorbereitete. Bei der Aussicht, endlich wieder auf der Insel unterwegs sein zu können und nicht mehr die Tage in Irinas Gesellschaft zwischen engen vier Wänden verbringen zu müssen, wirkte Kitten ausgesprochen gut gelaunt. Irina dagegen stand mit besorgter Miene herum.

»Ist doch immer dasselbe mit diesen Single-Reisen«, sagte sie. »Immer sind es mehr Frauen als Männer, die sich anmelden. Und gerade bei einer so kleinen Gruppe fällt das ins Gewicht. Drei Männer und fünf Frauen. Das kann doch nicht klappen!«

»Ach, wer weiß«, antwortete Kitten leichthin. »Wenn zwei der Frauen lesbisch sind, löst sich das Ganze von allein.«

Irina schaute sie irritiert an; der feine ironische Unterton in Kittens Stimme war ihr wohl entgangen.

»Es sind Touren für Alleinreisende«, warf ich rasch ein. »Das bedeutet noch lange nicht, dass alle auf Partnersuche sind.«

Doch Irina winkte ab. »Ja, ja, so heißt es offiziell immer. Aber das kann mir doch keiner von denen erzählen! Wer keinen Partner hat, sucht einen. So ist das doch im Leben.«

Kitten und ich warfen uns einen kurzen Blick zu, sahen jedoch beide schnell wieder weg. Derzeit war von uns dreien Irina die Einzige, die einen Partner hatte. Ich bezweifelte, dass sie sich überhaupt noch daran erinnern konnte, wie es war, allein durchs Leben zu gehen.

Ich wünschte Kitten einen wunderbaren Start ohne

Komplikationen in die Touren-Woche und bot Irina noch einmal an, mich nach Sark zu begleiten. Doch sie lehnte mit der Begründung ab, noch ein paar Sachen wegarbeiten zu wollen. Dabei zwinkerte sie mir zu. Ich hatte ihr erzählt, dass Brian Dad heute beim Ausbessern des Daches vom Pferdestall helfen wollte und möglicherweise am Abend noch da sein würde. Und nun tat sie freudig geheimnisvoll, als handelte es sich dabei um ein Date zwischen ihm und mir, bei dem sie natürlich nicht stören wollte.

Ich kam mir zwar ziemlich schäbig vor, doch ich war froh, ohne Gesellschaft – natürlich mit Ausnahme der von Amy – unterwegs sein zu können. Und so ging ich mit dem vergnügten Hundemädel hinunter zum Hafen, und wir nahmen die letzte Fähre nach Sark.

Wie immer war Amy vorbildlich brav, zeigte keinerlei Scheu, das Schiff zu betreten, und setzte sich auf dem Oberdeck ruhig an meine Seite. Ich machte mir dazu eine Notiz in das kleine Heftchen, das Matthew mich zu führen gebeten hatte.

Dann sah ich aufs Wasser hinaus und betrachtete die Möwen, die über dem felsigen Strand der Privatinsel Brecqhou kreisten. Während ich ihnen bei ihrem scheinbar hektischen Durcheinander zusah, kam es mir vor, als sausten meine Gedanken ähnlich wirr durch meinen Kopf. Dabei ging es nicht um Kitten und ihre neue Tour, denn da sie die letzte Gruppe zu meiner vollsten Zufriedenheit geführt hatte, war mein Vertrauen in sie gestärkt. Sie würde das wunderbar machen. Nein, es war natürlich Brian, um den meine Gedanken kreisten.

Vor zwei Tagen hatten wir den Ausflug von Bräutigam und *best woman* zum Herrenausstatter Emmerson & Jones unternommen. Brian, nervös wie kurz vor der Trauung, hatte vor Betreten des alteingesessenen Ladens meine Hand genommen und fest gedrückt. Seine Berührung, so vertraut und warm, hatte gutgetan. Und plötzlich hatte mich eine scheußliche Angst überwältigt, ich könnte schon bald all diese kleinen, wunderbaren Momente verlieren. In mir hatte etwas zu zittern begonnen, und von da an hatte auch ich komplett neben mir gestanden.

Mr. Emmerson persönlich, Enkel des Begründers, bediente uns und hatte jede Menge Fragen zu Brians Vorstellungen und Wünschen, bevor es ans Maßnehmen ging.

»Ist schon eine aufregende Sache, nicht wahr?«, hatte er schmunzelnd zu mir gesagt, während er mit dem Zentimeterband an Brian herumfuhrwerkte. »Haben Sie denn schon Ihr Kleid ausgesucht?«

Ein paar Sekunden glotzte ich ihn nur an. Brian war ebenfalls zur Salzsäule erstarrt. Dann versuchten wir beide gleichzeitig zu erklären, dass ich nicht die Braut, sondern »nur die Trauzeugin und eine liebe, langjährige Freundin« sei – was nur zur Folge hatte, dass Mr. Emmerson uns offenbar für ein ziemlich merkwürdiges Team hielt.

Später, als wir bereits dem Herrenausstatterladen entronnen und im nächsten Pub eingekehrt waren, hatten Brian und ich über alles Mögliche gesprochen und dabei viel und laut gelacht. Beinahe hatte es sich so angefühlt wie immer. Wäre da nicht diese eine Situation gewesen, die wir beide tunlichst nicht erwähnten – nämlich die, in der er und ich gemeinsam für das Hochzeitspaar gehalten worden waren.

Seitdem musste ich ständig daran denken.

Mir ging einfach die Frage nicht aus dem Kopf, wie es sich wohl anfühlen würde, wenn tatsächlich ich diejenige wäre, die Brian demnächst heiraten würde.

Mal erschien mir dieser Gedanke einfach nur logisch und wunderbar, dann aber wieder vollkommen verrückt und abwegig. Es gelang mir einfach nicht, zu einem Schluss zu kommen. Schon gar nicht, wenn Irina bei jeder Gelegenheit um mich herumschlich und sich in Andeutungen erging, wie man eine alte Liebe wieder in Schwung bringen konnte. Was ich brauchte, war eine Dosis vernünftigen Menschenverstandes mit einer Prise liebevollen Verständnisses. Mit anderen Worten: Ich brauchte Rose!

Deswegen hatte ich beschlossen, den heutigen Abend bei meinen Eltern auf Sark zu verbringen und erst morgen früh mit der ersten Fähre wieder nach Guernsey aufzubrechen. Ich hoffte, dass der Abend mich ein wenig erden würde. Aber würde das funktionieren, wenn auch Brian dort sein würde, nur ein Farmhaus weiter?

Als ich bei diesem Gedanken angekommen war, spürte ich plötzlich etwas Kühles, Feuchtes, das sich in meine ineinander verschränkten Hände bohrte.

»Oh, Amy«, murmelte ich und fuhr mit dem Finger ihren Nasenrücken entlang bis zur Stirn, um sie dort ein bisschen zu kraulen – diese Liebkosung mochte sie sehr. Sie blinzelte mich genussvoll an. »Du kannst wirklich froh sein, dass du von all diesen Verstrickungen in unserem menschlichen Leben keine Ahnung hast.«

Jetzt legte sie den Kopf schief und sah mich aus ihren lebendigen braunen Augen aufmerksam an. Fast so, als wollte sie sagen: »Ich weiß sehr wohl, wovon du sprichst. Aber weißt du was? Ich nehme es einfach nicht so ernst wie du.«

Ich musste lachen und strich ihr über den hübschen Kopf. »Du hast so recht, meine Kleine!«

Als ich in ihre Hundeaugen blickte, hatte ich plötzlich Matthew vor Augen. Wie er Amy zum Abschied am Mittwoch geknuddelt hatte und wie begeistert sie darauf reagiert hatte. Es war ganz offensichtlich, dass Amy diesen Mann vergötterte. Kein Wunder. Er hatte offenbar echten Hundeverstand, ging sehr gut mit der Hündin um und verstand anscheinend tatsächlich, was in ihr vorging. Wenn ich ein Hund wäre, würde ich auch vollkommen hingerissen von ihm sein.

Auch als Zweibeiner empfand ich Sympathie für ihn. Ja, ich

konnte jetzt sogar verstehen, wieso Rose ihn so gern mochte. Beim Essen im *L'Escalier* hatte ich ihn noch als geradezu unerträglich heiter empfunden. Er schien allem etwas Vergnügliches abgewinnen zu können. Optimismus strömte ihm aus allen Poren. Und er wusste zu jedem Thema etwas Lustiges zu erzählen – ziemlich anstrengend für einen eher stillen Menschen wie mich. Doch bei unserem Spaziergang mit Amy durch die Stadt waren mir auch andere Seiten an ihm aufgefallen. Und das lag nicht nur daran, dass es ihm auf für mich unerklärliche Weise gelungen war, mir mein Problem mit Kitten, Irina und den Prospektentwürfen zu entlocken. Aus irgendeinem Grund war das, was mich innerlich so beschäftigte, einfach aus mir herausgepurzelt. Matthew hatte ehrliches Interesse gezeigt und alles sehr treffend auf den Punkt gebracht. Und am Ende hatte er sogar eine simple, wunderbare Lösung parat gehabt, auf die ich selbst mit Blick auf die problematische Lage zwischen den beiden einfach nicht gekommen war.

Mir waren Menschen, die ihre Arbeit liebten, grundsätzlich sympathisch. Und bei diesem ersten Überprüfungstermin mit Amy war mehr als deutlich, dass Matthew diese Arbeit genoss. Wenn er sich konzentrierte, erschien auf seiner Stirn eine einzelne feine Falte zwischen den Brauen. Er sprach viel weniger, neigte nur ab und zu den Kopf zu Amy hinunter – fast als könnte er ihre Gedanken erlauschen. Die Verbindung, die in so kurzer Zeit zwischen den beiden entstanden war, hatte mich zugegebenermaßen fasziniert. Wenn Amy ihr Führgeschirr trug, verschmolz sie regelrecht mit ihm, als wären sie ein einziges Lebewesen, durch dessen fragile Verbindung, wenn schon nicht Blut, dann doch zumindest eine intensive Form von gegenseitigem Verständnis pulsierte. Jede Handlung, die Matthew in ihre Richtung ausführte, sprach von Respekt und Zuneigung. Musste ich ihn dafür nicht automatisch mögen? Die Grübchen, die sich bei jedem Lächeln in seine Mundwinkel setzten, machten das natürlich noch einfacher. Sie waren mir bei unseren ersten beiden Treffen nicht aufgefallen, da er einen kleinen Bart trug, der ihm gar nicht übel stand. Am Mittwoch aber war er glatt rasiert erschienen. Und mit einem Haarschnitt, der diesem sowieso gut aussehenden Mann außerordentlich stand und mich fast dazu verleitet hatte, ihn nach seinem Friseur zu fragen. Aber nur fast. Schließlich wollte ich nicht, dass er unsere Treffen irgendwie missverstand. Daher war mir dieser eine Moment auch ein wenig unangenehm gewesen. Diese eine Sekunde vor dem Schmuckladen. Als ich Matthew auf die Kinder an der Eisdiele aufmerksam machen wollte und wie selbstverständlich seine Hand berührte. So etwas tat ich bei Fremden sonst nie. Und wahrscheinlich hätte ich auch nicht weiter darüber nachgedacht, wäre da nicht dieses sonderbare Gefühl gewesen. Wahrscheinlich gab es eine ganz einfache Erklärung dafür. Vielleicht eine feine elektrische Aufladung? Jedenfalls war da ganz sicher ein Hauch, eine Ahnung von einem kleinen gemeinsamen Zusammenzucken gewesen.

Herrje, ich war wirklich vollkommen durch den Wind. Mein bester Freund beschloss zu heiraten, und schon stand mein ganzes Leben Kopf. So sehr, dass ich schon in einen freundlichen, hilfsbereiten Fremden Dinge hineininterpretierte, die wirklich an den Haaren herbeigezogen waren.

* * *

Es war schon nach der Teezeit, als die Fähre im winzigen Maseline Hafen von Sark anlegte. Daher kletterte ich mit Amy in einen der offenen Wagen, die eigentlich für die Touristen bereitstanden und von Traktoren den steilen Harbour Hill hinaufgezogen wurden.

Auch hier war Amy problemlos bereit, sich zwischen meine Beine zu quetschen und die ruckelnde Fahrt an mich gelehnt ruhig hinzunehmen. Ich hatte keine Ahnung von Hunden. Aber langsam kam mir der Verdacht, dass Mrs. Owens mit ihrem ausufernden Lob zu dieser Hündin durchaus recht gehabt haben könnte. Amy schien mir wie ein Fels in der Brandung: stets gelassen, ruhig und – das klang nach Vermenschlichung, aber so empfand ich es – zuversichtlich. Und genau das war es, was ich im Moment so dringend brauchte. Ja, langsam wurde ich mir dessen bewusst: Amys Gegenwart tat mir gut.

Oben im Dorf angekommen, borgte ich mir von Hazel vom Fahrradverleih ein Rad und fuhr die unbefestigte Straße mit dem klingenden Namen La Vauroque Avenue entlang, während Amy zunächst ein paar wilde Galoppsprünge machte und dann eifrig neben mir hertrabte. Sie schien unseren Ausflug zu genießen. Die Tatsache, dass ich auf einem Fahrrad saß, irritierte sie nicht, obwohl das bei ihrer Arbeit als Blindenführhund natürlich nicht vorgekommen war. Das Hundemädel ruhte anscheinend so sehr in sich, dass auch Neues sie nicht erschrecken konnte.

Über La Coupée musste ich absteigen und das Rad schieben, da Radfahren dort nicht erlaubt ist. Es können plötzliche, heftige Böen auftreten, die einem Zweiradfahrer gefährlich werden können. Amy ging dicht bei mir und sah interessiert mal links, mal rechts hinunter. Um diese Uhrzeit am frühen Abend hatten wir den steilen Grat für uns. Die Touristen, die tagsüber von Guernsey und Jersey herüberkamen, hatten die letzte Fähre um sechs Uhr genommen. Und diejenigen, die hier auf Sark Urlaub machten, setzten sich wahrscheinlich gerade zum Dinner.

Als wir wenige Minuten später auf den kopfsteingepflasterten Hof einbogen, der zu dem kleinen Cottage gehörte, in dem ich aufgewachsen war, saß Rose dort in einem Liegestuhl und strahlte bei meinem Anblick über das ganze Gesicht.

»Kate! Wie schön!«, rief sie und streckte beide Hände nach mir aus.

Wir umarmten und küssten uns, und ich ließ mich auf dem kleinen Hocker neben ihrer Liege nieder. Natürlich bewunderte sie Amy gebührend, die freudig wedelnd neben uns stand.

»Die Lieferung der bunten Tischdecken ist heute gekommen«, erzählte ich meiner Stiefmutter, die immer heiß auf Neuigkeiten aus ihrem geliebten Shop war.

Doch diesmal winkte sie ab. »Gleich haben wir genug Zeit, über so was zu sprechen«, sagte sie. »Du weißt, dass Brian hier ist?«

Ich nickte.

»Sie sind gleich fertig mit dem Dach. Deswegen erzähl mal schnell: Wie sieht es bei dir aus?« Rose tippte sich gegen ihre linke Brustseite, wo das Herz lag.

Ich musste über ihr auch durch ein geschientes Bein nicht gebremstes Temperament lachen. »Oh, Rose, wie bringst du es bloß fertig, die Dinge immer so auf den Punkt zu bringen?«

»Was denn? Brian hat erwähnt, dass euer Besuch bei Emmerson & Jones ein Erfolg war. Aber er war so komisch.«

»Komisch?«

»So drucksig«, versuchte Rose es deutlicher auszudrücken.

Ich holte tief Luft und stieß sie wieder aus. »Mag daran liegen, dass wir zuerst für das Brautpaar gehalten wurden.«

»Ups«, machte sie.

»Tja«, erwiderte ich schulterzuckend.

»Das sagt zwar etwas darüber, wie ihr zusammen nach außen wirkt. Aber eigentlich interessiert mich mehr, wie es *in dir* aussieht, mein Schatz.«

Das war mal wieder Rose, so wie ich sie kannte und liebte. Und brauchte. Das spürte ich jetzt ganz besonders, denn plötzlich war da ein Kloß in meinem Hals, den ich nicht hinunterschlucken konnte.

»Wenn ich das nur wüsste, Rose«, sagte ich mit belegter Stimme.

»Du weißt es nicht?«

Ich schüttelte den Kopf.

»Und willst du mit Brian darüber sprechen?«, erkundigte sie sich leise.

Jetzt sah ich sie so erschrocken an wie das Kaninchen die Schlange. »Findest du, ich sollte das tun?«

Sie wiegte den Kopf. »Das kannst nur du allein entscheiden, Kate. Es kann eure Freundschaft noch tiefer und inniger machen, wenn ihr über so etwas Heikles reden könnt und eure Gedanken dazu teilt ...« Sie sprach nicht weiter.

»Aber?«, hakte ich nach.

»Ach, Kate«, seufzte Rose. »Ich glaube, das weißt du selbst nur zu gut, sonst hättest du doch in den vergangenen zwei Wochen längst mit ihm geredet. Dinge auszusprechen kann sie auch von Grund auf verändern.«

Natürlich. Das wusste ich. Und ich kannte Brian ebenso gut wie mich. Wir waren beide nicht begabt darin, locker flockig über wichtige Themen zu schwatzen und dann dort weiterzumachen, wo wir aufgehört hatten.

Bevor ich Rose um ihren Rat bitten konnte, hörten wir hinter der Hausecke Stimmen, und schon bogen Dad und Brian um die Ecke. Beide verschwitzt, verstrubbelt und sonnenverbrannt, aber herzlich miteinander lachend.

Dad zog mich wie immer an sich und gab mir einen dicken Schmatzer, ohne Rücksicht auf Schweiß oder Schmutz an seinen Arbeitsklamotten. Doch Brian beugte sich ungewohnt vorsichtig zu mir hinunter, um mir einen zarten Begrüßungskuss zu geben.

Nachdem die Männer sich frisch gemacht hatten, brutzelte Dad uns ein leckeres, herzhaftes Dinner, und wir verspeisten es mit großem Appetit in unserer Sitzecke hinter dem Haus.

Während des Essens und als wir später zu einem Pint Bier für jeden übergingen, musterte Rose mich immer wieder nachdenklich. Auch glitt ihr Blick zwischen Brian und mir hin und her.

Dieser wunderbare Frühlingsabend war so klar, dass wir in der Ferne, über dem tiefblauen Meer, die hellen Häuserzeilen von St. Peter Port schimmern sehen konnten.

Ein wenig kam es mir vor, als hätte ich dort ein ganz anderes Leben zurückgelassen und als säßen wir hier in einer kleinen, heilen Traumblase, in der alles so war, wie es sein sollte.

Matthew

Montag, 15. Mai

»Schließ die Augen!«, bat ich Kate.

Sie stand in dem kleinen Flur meines Häuschens, Amy in ihrem Führgeschirr neben ihr.

Ich hatte Amy das Geschirr schon draußen angelegt – wieder war sie freudig selbst mit dem Kopf hineingeschlüpft –, und nun betraten sie und Kate Seite an Seite zum ersten Mal mein Haus.

Kate schloss die Augen, öffnete sie aber sofort wieder. »Ist das nötig?«

»Vertrau ihr!«, erwiderte ich.

Einen Moment lang sah Kate mich mit ihren klaren grauen Augen unsicher an. Doch dann ließ sie erneut die Lider sinken.

»Amy wartet auf dein Signal«, erinnerte ich sie.

Kate räusperte sich. »Amy, weiter!«, sagte sie ein wenig zögernd.

Prompt sah Amy zu ihr auf, wie um zu fragen, ob Kate das tatsächlich ernst meinte.

»Weiter!«, wiederholte Kate, diesmal fester und mit einem Nicken.

Hatte sie gespürt, dass Amy sich bei ihr vergewissern wollte?

Vorsichtig führte Amy Kate durch den engen Flur und die bereits geöffnete Tür in den Wohnraum, an den die Küche angrenzte. Mitten im Raum blieb sie stehen.

»Treppe?«, erinnerte ich Kate.

»Amy, such Treppe!«, verlangte sie.

Amy sah sich kurz um, erblickte im Flur die Treppe ins obere

Stockwerk und drehte nach rechts hin um. Kate hielt ein wenig zu viel Abstand am Geschirr, sodass sie fast gegen den Türrahmen geprallt wäre. Doch Amy erkannte es rechtzeitig und wich ein kleines Stück nach links aus. Fantastisch!

Die Treppe nach oben war für die beiden kein Problem. Als ich gerade darum bitten wollte, dass Kate Amy Anweisungen geben sollte, wieder herunterzukommen, klingelte es an der Haustür.

Kate schlug die Augen auf und blickte mit milde verwundertem Gesichtsausdruck auf Amy hinunter – als könnte sie es nicht recht glauben, dass sie mit geschlossenen Augen eine ihr unbekannte Treppe hinaufgegangen war.

Als ich die wenigen Schritte zur Tür machte, hörte ich schon ein mir wohlvertrautes Geräusch, Alfis helle Kinderstimme. Und tatsächlich: Vor der Tür standen mein Sohn und seine Mutter.

»Hallo, ihr zwei! Na, Kumpel«, begrüßte ich sie und berührte Alfi an der Schulter. Das hatte ich mir angewöhnt, nachdem er siebenjährig einmal behauptet hatte, das ewige Kopftätscheln hindere ihn am Wachsen. »Was treibt euch hierher?«

In diesem Moment sah ich hinter Alfi eine große Tasche stehen.

»Matthew, tut mir schrecklich leid, dass ich dich so überfalle«, begann Clarissa sogleich. »Ich weiß, eigentlich war abgemacht, dass ich Alfi erst morgen bringe. Aber Nancy vom Flughafen hat angerufen, dass ein Platz in der letzten Maschine nach London frei geworden ist. So könnte ich morgen schon ein paar wichtige Gespräche führen. Ich dachte, du hast bestimmt nichts dagegen, Alfi heute Abend zu nehmen. Jayden ist die nächsten Tage auf dem Festland unterwegs, sonst wäre es ja kein Problem gewesen. Du hast doch heute Abend nichts vor? Ich meine …« Sie brach abrupt ab und starrte an mir vorbei in den Flur.

Dort stand Kate mit Amy neben sich.

Alfi, dessen Gehör immer auf feinsten Empfang eingestellt war, erstarrte.

»Hallo«, sagte Kate. »Ich wollte nicht so unhöflich sein und von oben alles mithören.«

Clarissas Blick schweifte kurz zur Treppe, die nach oben in die Schlafzimmer führte.

»Oh, ähm ... ja, Kate, das hier ist Clarissa Jenkins, Alfis Mutter«, stellte ich rasch vor. »Alfi kennst du ja schon.«

Die beiden Frauen nickten sich zu, und ich konnte regelrecht dabei zusehen, wie Clarissa in Sekundenschnelle von der besorgten, jobsuchenden Mutter auf Femme fatale umschaltete. Wie schaffte sie es nur, all ihre Reize auf einmal derart überzeugend in Szene zu setzen, ohne viel mehr zu tun, als ihre Haare zu schütteln und die Schultern zu straffen?

Auf Kate schienen das Zurückwerfen der rotbraunen Lockenpracht und die plötzlich irgendwie dominant wirkenden Brüste jedoch keinen Eindruck zu machen.

Sie nickte Clarissa zu. »Ich bin Kate Bentley«, sagte sie.

Ich hatte vor lauter Schreck glatt vergessen, ihren Namen zu erwähnen.

»Matthew ist so nett und überprüft Amy auf ihre Tauglichkeit als Blindenführhund.«

Als sie das sagte, wollte sie Clarissa die Hand entgegenstrecken. Dabei kam natürlich auch Amy näher, und Alfi, der vor Clarissa gestanden hatte, zuckte blitzschnell zurück und verschwand hinter seiner Mutter.

»Ist alles gut, mein Schatz«, murmelte Clarissa ihm zu, während sie ihn mit einem Arm umfing.

»Daddy? Ist das Pablo, da bei dir?«, wollte Alfi ängstlich wissen.

»Nein, das ist Amy. Sie ist eine sehr hübsche und sehr liebe Golden-Retriever-Hündin. Du weißt doch noch, was ich dir über Retriever erzählt habe? Sie sind unglaublich klug und sehr freundlich. Viele Blindenführhunde sind Retriever, und sie helfen ihren Menschen, auf der Straße und überall sonst klarzukommen«, erklärte ich ihm und gab Kate ein Zeichen, dass sie mit Amy ins Wohnzimmer ausweichen sollte.

Sie verstand sofort.

»Kate ist mit ihr ins Wohnzimmer gegangen, Kumpel«, setzte ich an Alfi gewandt hinzu.

Clarissa sah mich mit großen Augen an, als könnte sie in meinem Gesicht alle Antworten auf die unglaublich vielen Fragen lesen, die ihr gerade durch den Kopf schossen.

»Kate Bentley? Ist das nicht die Frau aus dem Geschenkeladen?«, flüsterte sie mir zu.

Da die Tür zum Wohnraum noch offen stand, konnte Kate dort drinnen bestimmt das Gewisper hören. Peinlich.

So sagte ich möglichst laut: »Ja, Rose Bentley aus dem Souvenirshop hat sich netterweise daran erinnert, dass ich ihr mal erzählt habe, dass ich auch Hundetrainer bin. Und so kam es dazu, dass ich diese Überprüfung anbieten konnte. Wenn weiterhin alles so gut läuft, kann ich Kate wohl dabei helfen, Amy weiterzuvermitteln.«

»Aber ... was ist mit unserer Vereinbarung? Meiner Reise nach Bath?«, wollte sie mit einem Anflug leichter Hysterie in der Stimme wissen.

»Es ist alles in Ordnung, Clarissa«, beruhigte ich sie. »Natürlich kannst du fliegen. Wir vier machen gleich einen schönen Spaziergang am Strand, samt Drachen und so, ja?« Ich griff sanft nach Alfis Arm und zog ihn hinter ihr hervor. »Amy ist unglaublich brav. Sie wird die ganze Zeit an der Leine sein und dich höchstens mal auf Entfernung anwedeln. Das kann sie nämlich wie keine Zweite. Hey, ich könnte mir vorstellen, dass Amy so doll mit dem Schwanz wedeln kann, dass dein Drachen ganz von allein in die Luft steigen wird. Wie fändest du das, Kumpel?«

Alfis Mund verzog sich zu einem schiefen Grinsen. Gewonnen!

»Komm, wir bringen kurz deine Tasche nach oben, und dann machen wir uns auf den Weg.«

Ich schnappte mir die Reisetasche, in der außer Kleidung offenbar auch jede Menge Wackersteine untergebracht waren, und führte Alfi zur Treppe, von wo aus er sich mühelos zurechtfand. In seinem Zimmer wollte er unbedingt sofort seinen Laptop aufstellen, damit er später seinem Freund Marwin von dem Sonderurlaub bei mir berichten konnte.

Während er noch zur Toilette ging, sprintete ich die Treppe wieder hinunter. So wie ich Clarissa kannte, würde sie nicht minutenlang vor der Tür warten.

Und richtig: Kate und sie standen in gebührendem Abstand zueinander im Wohnzimmer, beide ein Glas Wasser in der Hand. Offenbar hatte Clarissa Hausherrin gespielt und Kate eine Erfrischung angeboten.

Im Raum herrschte Schweigen.

»Okay, also, dann ist ja alles so weit klar«, sagte ich und rieb meine Handflächen aneinander. »Du meldest dich, wenn du zurück bist?«

»Wie verabredet«, antwortete Clarissa nickend.

Sie nahm noch einen Schluck Wasser, schritt dann elegant hinüber in die Küche, wo sie das Glas ordentlich in die Spülmaschine räumte, als wäre sie hier zu Hause, und lächelte Kate auf dem Rückweg mit ihrem korallenrot geschminkten Mund breit an.

»Viel Spaß mit meinen beiden Deering-Männern!«

Kate sah irritiert aus, nickte ihr aber höflich zu.

Bevor sie mir zur Verabschiedung die Wange hinhielt, musterte Clarissa kurz meine Frisur und sagte mit Besitzerstolz: »Sieht gut aus!«

Innerlich stieß ich einen Seufzer aus. Sie konnte es einfach nicht lassen.

Kate

Montag, 15. Mai

Es gibt einfach Frauen, die jede andere Frau als Konkurrenz betrachten. Aus welchem anderen Grund sollte Clarissa Jenkins so eine Show abziehen? Innerhalb weniger Minuten hatte sie mir auf gleich mehreren Ebenen klargemacht, dass sie hier Hausrecht hatte, mit Matthew selbstverständlich immer noch überaus vertraut war, seine Hilfe jederzeit in Anspruch nehmen konnte und sein attraktives Äußeres durchaus noch wahrzunehmen in der Lage war. Wie kam diese Frau nur auf die Idee, dass für mich all dieser Aufwand nötig war?

Nachdem sie sich von ihrem Sohn verabschiedet und das Haus verlassen hatte, brauchten Matthew und ich offenbar beide einen Moment, um uns von ihrem beeindruckenden Auftritt zu erholen. Matthew verschwand noch einmal hoch zu Alfi, und ich kraulte Amy.

Nebenbei sah ich mich ein wenig um. Der Wohnbereich wirkte mit dem ausladenden Sofa und den vielen Bildern an den Wänden sehr gemütlich. Die offene Küche sah ordentlich und wohlsortiert aus. Alles strahlte dieselbe heitere Freundlichkeit aus, die von Matthew selbst ausging.

Bewundernswert, wie er gerade auf das unerwartete Auftauchen seiner Ex-Frau samt Sohn reagiert hatte. Nicht eine Sekunde hätten sie auf die Idee kommen können, nicht willkommen zu sein. Unwillkürlich verglich ich es mit meiner eigenen Aversion gegen spontane Besuche oder plötzliche Planänderungen. Ich bezweifelte, dass ich an seiner Stelle so gelassen geblieben wäre.

Als Matthew schließlich mit seinem Sohn die Treppe herunterkam, hörte ich ihn heiter mit dem Jungen plaudern.

»Wie wäre es mit einem schönen Spaziergang am Strand?«, fragte er mich. Dann fiel sein Blick auf Amy. »Wir legen Amy am besten erst mal wieder die Leine an. Aber das Geschirr nehmen wir mit. Wenn wir uns eine schöne Stelle am Strand gesucht haben, kann Alfi seinen Drachen tanzen lassen, und ich kann noch ein wenig mit Amy arbeiten.«

»Wo ist mein Drachen, Daddy?«, wollte der Junge wissen.

»Auf der Kommode, Alfi, wie immer«, antwortete Matthew, während er an der Garderobe nach einer leichten Jacke suchte.

Doch Alfi rührte sich nicht, sondern wandte nur den Kopf in Richtung Wohnzimmer, wo ich immer noch mit Amy stand. Er schien zu lauschen, seine blicklosen Augen mit den halbgeschlossenen Lidern irritierten mich, und ich räusperte mich verlegen.

Da sah Matthew auf und sagte: »Alfi, Amy ist an der Leine und steht neben Kate am Couchtisch. Du kannst problemlos um die Ecke gehen und deinen Drachen holen.«

Doch der Junge rührte sich immer noch nicht. Ich konnte sehen, wie Matthew ihn aus dem Augenwinkel beobachtete, während er ein paar Dinge in einen Rucksack stopfte. Schließlich strich er seinem Sohn kurz über die Schulter und drückte ihm eine Kinderjacke in den Arm.

»Hier. Es ist windig heute. Geh schon mal raus, ich hole den Drachen.«

Alfi verschwand blitzschnell zur Tür hinaus.

Matthew und ich sahen uns an. In seinen warmen braunen Augen, die ich bisher als so heiter und verschmitzt empfunden hatte, lag plötzlich noch etwas anderes. Etwas Tiefes, Trauriges. Ich war selbst überrascht, wie betroffen dieser plötzliche Wechsel mich machte. Es war, als hätte ich unerwartet einen Blick auf eine Seite von Matthew geworfen, die er nicht jedem zu zeigen bereit war. So etwas kannte ich selbst gut, und ich empfand spontanes Mitgefühl. Oder sogar … eine Gemeinsamkeit. Gern hätte ich etwas Tröstliches gesagt, wusste aber nicht, was. Also lächelte ich ihn nur an.

»Keine Angst«, sagte er und lächelte zurück, wobei ihm sofort wieder die beiden Grübchen in die Mundwinkel sprangen. »Sobald Alfi sich ein bisschen akklimatisiert hat, können wir mit der Arbeit weitermachen.«

Da erst wurde mir klar, dass er womöglich geglaubt hatte, ich würde nun unser heutiges Treffen abbrechen wollen. Und die Art, wie er mir diesbezügliche Bedenken zu nehmen versuchte, genauso wie er gerade noch seine Ex-Frau und auch seinen Sohn beruhigt hatte, ließ mich ahnen, dass Matthew Deering ein Mann war, der es gewöhnt war, dass andere sich auf ihn verließen. Er war also mitnichten der Clown, den ich anfangs in ihm vermutet hatte. Und aus irgendeinem Grund berührte mich das tiefer, als ich erwartet hätte.

* * *

Dieser Spaziergang war komplett anders als unser erster durch die Stadt. Matthew beschäftigte sich zunächst sehr viel mit Alfi, der mir für einen Zehnjährigen ungewöhnlich ernst und zurückhaltend erschien. Immer wieder fragte der Junge nach, wo Amy sich befand. Deshalb achtete ich darauf, dass sie immer brav neben mir ging. Offenbar hatte Matthew nicht übertrieben, was die Hundeangst seines Sohnes betraf.

Wir gingen ein Stück den platt getrampelten Pfad durch die Wiesen entlang, die zwischen Meer und Siedlung lagen, und bogen dann zum Strand hin ab. Anders als im Süden der Insel war die Landschaft hier flach, die Strände waren steinig. Matthew versuchte, ein Stück Wiese auszuspähen, das groß genug war, um Alfis Drachen dort steigen zu lassen.

»Hier!«, sagte Alfi plötzlich entschieden, während er das Gesicht prüfend in die Abendsonne hielt und schnupperte.

Matthew sah sich skeptisch um. »Ziemlich hohes Gras zum Anlaufen. Und ich weiß nicht, ob der Wind hier so günstig ist.«

Da tat Alfi etwas Erstaunliches: Er öffnete den Mund und ließ seine Zunge heraushängen.

»Du siehst gerade aus wie Amy, wenn sie hechelt, weißt du das?«, sagte ich zu ihm, ohne recht darüber nachzudenken.

Alfi zog erschrocken seine Zunge ein.

Als weder Matthew noch ich etwas sagten, fragte er verwundert: »Prüft Amy so auch den Wind?«

»Das würde sie bestimmt gern tun, Kumpel, wenn sie so einen coolen Drachen hätte wie du.« Matthew lächelte. »Aber du weißt doch bestimmt noch, dass Hunde außer an den Pfoten keine Schwitzdrüsen haben wie wir. Sie müssen hecheln, wenn ihnen warm ist.«

Alfi kicherte. »Das heißt doch nicht Schwitzdrüsen, Dad!«

»Ach nein, Mister Superschlau? Wie heißt es denn?«, erwiderte Matthew in gespielter Empörung.

»*Schweiß*drüsen!«, grölte Alfi.

Darüber wollten sich die beiden ausschütteln vor Lachen.

Als sie sich wieder beruhigt hatten, hakte ich nach: »Aber du prüfst damit den Wind, Alfi? Und vorher hast du geschnuppert, richtig?«

Er drehte den Kopf in meine Richtung. »Klar, riecht man doch, wie der Wind heute drauf ist. Und ich kann fühlen, wie feucht er ist. Wenn meine Zunge schnell trocken wird, ist es eine gute Drachenstelle. Wenn sie aber lange nicht trocken wird, ist die Gischt vom Meer zu stark. Dann geht's nicht.«

»Echt? Probier ich auch mal!«, meinte Matthew und streckte tatsächlich seine Zunge heraus.

Alfi kicherte wieder und hob die Hand, um kurz ins Gesicht seines Vaters zu tasten. »Boah, Daddy, du machst das falsch.«

»Hm«, murmelte ich. »Und wie ist es hier? Gute Drachenstelle oder nicht?«

Alfi legt den Kopf schief, schnupperte noch mal und schien zu lauschen. »Coole Brandung«, stellte er dann mit Kennerton fest. Dann ließ er wieder die Zunge heraushängen. Gleichzeitig streckte er die Arme aus, als versuchte er den Wind nicht nur zu hören, sondern auch am ganzen Körper zu spüren.

Ich kannte Guernsey wie meine Westentasche. Auch dieser Abschnitt hier im Norden war mir vertraut. Doch auf diese Art und Weise hatte ich noch nie versucht, die Umgebung wahrzunehmen. Fasziniert sah ich dem ernsten Jungen bei seinem Ritual zu.

Schließlich ließ Alfi die Arme sinken und fuhr die Zunge wieder ein. »Versuch?«, fragte er Matthew.

»Gebongt!«, erwiderte der und setzte den Rucksack ab.

Heraus holte er eine Decke, die er auf dem Gras ausbreitete, den Drachen samt langer Schnur und eine Flasche Wasser mit drei Plastikbechern.

Geschickt baute er mit wenigen Handgriffen den Drachen zusammen, eine lachende gelbe Sonne auf blauem Grund. Dann führte er Alfi ein paar Meter weiter, wo der Wiesenabschnitt eben und ohne hervorbrechende Felsen war.

»Okay, Kumpel, hier stehen bleiben. Drachen kommt!«, hörte ich ihn sagen.

Dann schritt Matthew übers Gras davon. Ein gut aussehender, dunkelhaariger Mann in sportlich sitzender Jeans und T-Shirt mit einem bunten Spielzeugdrachen in der Hand.

»Was passiert jetzt?«, wollte ich von Alfi wissen.

Der wandte wieder den Kopf zu mir. »Oh, Dad bringt den Drachen hoch, und dann übergibt er ihn mir.« Und richtete dann wieder alle Sinne in die Richtung, in die Matthew verschwunden war.

Seine Körperhaltung erinnerte mich an die von Mrs. Owens, wenn sie mit Amy die Straße entlangging und in einiger Entfernung Stimmen hörte. Es lag eine angespannte Stille darin, ein Horchen und Hinspüren.

Matthew hatte sich inzwischen etwa hundert Meter weit entfernt. Er drehte sich um, hielt den Drachen hoch über den Kopf und rannte in unsere Richtung los.

»Juchuuu!«, rief er dabei, und Alfi richtete sich aufmerksam noch ein wenig mehr auf.

Ich sah gespannt zu, wie Matthew rannte und der Drachen sich seiner Hand entriss, um in die Luft zu steigen.

»Es klappt!«, rief ich überrascht.

»Na, logo«, erwiderte Alfi, strahlte aber dabei über das ganze Gesicht, was seine betont lässige Aussage in einem liebenswerten Licht erscheinen ließ.

»Das ist ja super!«, freute ich mich mit ihm. »Großartig, wie du rausgefunden hast, dass es klappen wird!«

Alfi lächelte, sagte aber nichts. Dabei kamen die gleichen Grübchen wie bei seinem Vater zum Vorschein. Im selben Moment kam Matthew bei uns an. Weit über ihm tanzte der bunte Drachen in der Luft.

»Hier«, keuchte er und drückte seinem Sohn die Spule in die ausgestreckten Hände. »Zehn Schritte in jede Richtung. Nicht mehr, okay?«

Alfi nickte, bereits abwesend, denn er konzentrierte sich ganz auf das Gefühl der an seinen Armen zerrenden Schnur des Drachens im Wind. Wir konnten ihn leise mitzählen hören, als er ein paar Schritte der Richtung folgte, in die der Drachen dort oben drängte.

Matthew vergewisserte sich, dass sein Sohn klarkam. Dann griff er erneut in den Rucksack und zog einen faustgroßen roten Ball heraus. Amy bekam runde Augen.

»Dachte ich es mir doch, dass du das magst«, grinste der Hundeversteher, löste Amys Leine vom Halsband und feuerte den Ball Richtung Wasser.

Amy wetzte begeistert hinterher, schnappte den Ball mit Leichtigkeit und kam wieder zurück.

Bereitwillig gab sie das Spielzeug an Matthew ab, der schon den Arm hob und einen Wurf andeutete, dann jedoch leise: »Platz!« sagte. Gehorsam legte Amy sich hin, ließ den Ball jedoch nicht aus den Augen.

»Bleib!«, verlangte Matthew freundlich und schleuderte den Ball erneut fort.

Amys Körper zuckte einmal kurz, doch sie beherrschte sich und blieb liegen. Auch wenn sie dem Ball hinterherstarrte.

Matthew schien damit sehr zufrieden zu sein und entließ sie mit einem »Lauf!« und einer entsprechenden Handbewegung.

Sofort schoss sie wie der Blitz davon.

»Die meisten Trainer nennen diese Sachen *Unterordnung*«, erklärte Matthew mir und verzog das Gesicht zu einer qualvollen Miene, als hätte er in eine Zitrone gebissen.

Ich musste darüber schmunzeln.

»Ich sage lieber *Grundgehorsam*. Ist wichtig. Denn Amy soll ja nicht nur im Geschirr arbeiten, sondern muss auch ohne Geschirr für einen blinden Menschen kontrollierbar sein. Da gehören Sitz, Platz, Fuß, Kommen auf Zuruf und Bleiben dazu.«

»Das macht sie doch gut, oder?«, erkundigte ich mich.

»Höre ich da etwa ein wenig Besitzerstolz heraus?«, antwortete er verschmitzt.

Und verblüfft musste ich feststellen, dass er damit wohl tatsächlich recht hatte.

Nach etlichen weiteren Ballwürfen schien Amy immer noch nicht besonders müde. Ganz sicher hatte sie den Freilauf bei mir vermisst.

»So«, sagte Matthew und ließ sich auf die Decke fallen. »Das reicht erst mal.«

Amy legte sich sofort neben ihn und kippte glücklich hechelnd auf die Seite.

Alfi hielt immer noch den in der Luft flatternden Drachen dort oben am Himmel.

»Wie lange hält er das aus?« Ich sank ebenfalls auf die Decke.

»Alfi ist der Drachenmeister«, versicherte Matthew mir. »Es gibt kein anderes Kind in ganz England, das einen Drachen so lange in der Luft halten kann wie er.«

Wir sahen beide zu seinem Sohn hinüber.

»Ist er … ich meine, war er schon immer …«, begann ich zaghaft.

»Er wurde blind geboren. Ein riesiger Schock für Clarissa. Natürlich. Man wünscht dem eigenen Kind doch die ganze Welt. Ohne jede Einschränkung.«

»Und für dich? War es für dich kein Schock?«, hörte ich mich sagen, ein wenig verwundert, dass ich mich nicht genierte, ihn etwas so Persönliches zu fragen.

Doch Matthew war ein Mensch, der anderen ganz automatisch das Vertrauen einflößte, nichts wirklich Falsches tun zu können. Er schien meine Neugierde nicht ungewöhnlich zu finden. Seine Miene, während er seinen Sohn betrachtete, wurde weich.

»Für mich war Alfi immer schon Alfi. So, wie er eben ist.«

»Aber es war doch bestimmt schwer, damit klarzukommen?«

Matthew runzelte die Stirn. »Er war ein unglaublich fröhliches Kind«, sagte er dann. »Hat beinahe vom ersten Moment an gelacht. Er freute sich über alles. Berührungen, Töne. Er liebte es, mit dem Fön angepustet zu werden.« In Gedanken daran musste er schmunzeln. Doch dann verdunkelte sich seine Miene plötzlich. »Das war so bis zu der Sache mit dem Nachbarshund.«

Wir blickten beide zu Amy, die es sich nun neben der Decke richtig bequem gemacht hatte und mit geschlossenen Augen genussvoll in der Abendsonne lag.

»Was ist passiert?«, wollte ich wissen.

Matthew seufzte. »Alfi war noch klein, konnte gerade ein paar Schritte laufen. Ich war nicht zu Hause. Damals habe ich noch im Hundezentrum als Trainer gearbeitet und hatte gerade die Ausbildung zum Führhundetrainer abgeschlossen. Clarissa war an dem Tag mit Alfi im Garten. Wie Kinder halt so sind, wollte er alles selbst auskundschaften und lief quietschend rum. Das hat den Hund wohl interessiert. Er sprang über die Hecke und wollte Bekanntschaft mit dem lustigen kleinen Ding auf dem Rasen machen. Leider war er dabei ziemlich stürmisch und hat Alfi umgerissen. Der Schreck. Der Schmerz vom Sturz. Clarissas Hilfeschreie. Das alles hat sich Alfi fest eingeprägt. Von da an war es für ihn vorbei mit Hunden. Ich hab den Job schließlich an den Nagel gehängt. Man kann kein Trainer sein, ohne einen eigenen Hund zu haben. Und daran war leider nicht mehr zu denken.«

»Schade«, sagte ich. »Ich habe den Eindruck, Amy ist von dir hingerissen.«

»Ach, sie ist einfach nur ungeheuer höflich«, erwiderte er.

Aber ich hatte den Eindruck, dass er sich über meine Worte freute.

»Und seitdem du keine Hunde mehr ausbildest, übersetzt du Bücher? Romane oder Sachbücher?«, forschte ich weiter.

Es verwunderte mich beinahe ein wenig, aber es interessierte mich wirklich, was er arbeitete. *Er* interessierte mich wirklich.

»Am liebsten Romane«, kam es wie aus der Pistole geschossen. Und dann, nach einem klitzekleinen Zögern: »Ich schreibe gerade selbst an meinem ersten Roman.«

»Wow! Wovon handelt er?«

Dieser Mann überraschte mich schon wieder. Verrückt. Ein

eigenes Buch. Das stellte ich mir ... nun ja, für mich selbst geradezu unmöglich vor.

»Oh, es ist die Geschichte von einem Brüderpaar, das während der Zeit des Zweiten Weltkriegs hier auf Guernsey lebt. Die beiden machen das Dümmste, was zwei Männer nur machen können: Sie verlieben sich in dieselbe Frau. Ein echtes Drama also.«

Wir lachten beide kurz auf. Amy hob den Kopf, sah uns tadelnd an und legte sich grunzend wieder zurück. Matthew warf mir einen amüsierten Blick zu und legte den Finger an die Lippen – als Zeichen, dass wir ihr zuliebe ruhig sein sollten.

Betont leise fuhr er fort: »Der Hintergrund der Geschichte ist für mich aber mindestens ebenso spannend wie die zwischenmenschlichen Verwicklungen. Über die Besatzungszeit zu recherchieren ist sehr spannend. Nachdem die Deutschen Guernsey Ende Juni 1940 zwei Tage lang bombardiert hatten, ohne selbst angegriffen zu werden, hatten sie kapiert, dass niemand zur Verteidigung bereitstand. So landeten sie und übernahmen die Insel mit Befestigungen und Stacheldraht am Kanal, Minen und Bunkern und allem, was so zu einer Besatzung dazugehört. Es war eine außergewöhnliche Situation. Kennst du dich damit ein bisschen aus?«

Ich zuckte innerlich zusammen, bemüht, mir nichts anmerken zu lassen. »Nur ein wenig. Was alle hier so wissen«, wich ich ein wenig holprig aus.

Matthew sah mich prüfend an, und ich war froh, dass Alfi in diesem Moment rief: »Achtung! Drachen will landen!«

»Richtung Strand ist frei, Kumpel«, antwortete Matthew ihm.

Alfi drehte sich ein, zupfte hier und da an der Schnur, ging vorsichtig ein paar Schritte. Und nur wenig später landete sein Drachen beinahe widerwillig in den Dünen.

Matthew sprang auf und lief hinüber, um ihn einzusammeln.

Dann holte er Alfi ab und führte ihn mit der Hand an der Schulter zu unserer Decke.

»Amy liegt gegen den Wind neben der Decke«, teilte Matthew dem Jungen mit. »Setz dich hierher, neben Kate.«

Alfi, mit erhitztem Gesicht und strahlend, ließ sich ohne Zögern nieder. Das Vertrauen in die Worte seines Vaters schien grenzenlos zu sein.

»Du bist ein Künstler, weißt du das?«, sagte ich. »Nicht nur, weil du den Drachen so lange oben gehalten hast. Sondern vor allem, weil du so toll rausgefunden hast, dass das hier genau der richtige Ort dafür war. Einfach durch Riechen und Fühlen und Hinhören. Das können bestimmt nicht viele Kinder.«

Alfi hatte den Kopf ein wenig schief gelegt, während ich sprach. Aber wieder antwortete er nicht. Matthew lächelte mich quasi stellvertretend für seinen Sohn an.

Nachdem wir noch ein paar Minuten zusammengesessen und ein bisschen Wasser getrunken hatten, packten wir alles wieder ein.

»Ich glaube, Amy und ich machen uns jetzt auf den Heimweg«, entschied ich und blickte schon zu dem kleinen Parkplatz hinüber, wo ich meinen Wagen abgestellt hatte.

Matthew wollte etwas erwidern, doch Alfi kam ihm zuvor.

»Können wir morgen nach der Schule wieder hierherkommen?«, wollte er wissen.

»Morgen geht's nicht, Kumpel, wir haben doch Cedric und Phil zum Pizzaessen eingeladen. Aber übermorgen haben wir noch nichts vor«, stimmte Matthew bereitwillig zu.

Alfi nickte zufrieden. Dann drehte er den Kopf in meine Richtung und fragte: »Kommst du übermorgen auch wieder mit, Kate?«

Die rasche Bewegung, mit der Matthew den Kopf wandte und erst seinen Sohn überrascht und dann mich gespannt ansah, wäre wohl jedem aufgefallen.

Und ehe ich recht darüber nachgedacht hatte, antwortete ich bereits: »Na klar. Vielleicht kannst du mir noch ein paar andere Sachen zeigen, die mir noch nie aufgefallen sind.«

Matthew

Montag, 15., und Dienstag, 16. Mai

»Ich schreibe gerade selbst an meinem ersten Roman«, hatte ich zu ihr gesagt. Einfach so, als wäre es das Normalste auf der Welt, dies einer fast Fremden anzuvertrauen – obwohl ich noch keinem meiner Freunde gegenüber auch nur eine Andeutung dazu gemacht hatte. Ich stand regelrecht unter Schock, dass ich das getan hatte. Hatte ich angeben wollen? Ja, verflixt, das war es wahrscheinlich! Ich hatte wohl versucht, Eindruck zu schinden. Das Verrückte daran war jedoch: Die wundervolle Kate hatte nicht etwa gestutzt oder mit ihren eindringlich grauen Augen skeptisch geschaut. Nein, sie hatte es wie selbstverständlich hingenommen. Und das war es, was mir nach Kates Verabschiedung und auf dem Heimweg mit Alfi nicht aus dem Kopf ging: Kate Bentley traute mir zu, dass ich ein Buch schreiben konnte. Brauchte es noch mehr, um von dieser Frau restlos begeistert zu sein?

Falls ja, dann würde Alfi mir diesen Grund ganz sicher liefern. Noch nie hatte mein ernsthafter, oft scheuer Junge einen anderen Erwachsenen außer die ihm vertrauten Personen um Gesellschaft gebeten.

Es war ja nicht so, dass ich Alfis Wunsch nach Kates Anwesenheit nicht hätte nachvollziehen können. Aber ich ahnte mit an Gewissheit grenzender Wahrscheinlichkeit, dass seine Beweggründe dabei ganz andere waren als die meinen.

Und als wäre seine Bitte nicht schon Grund genug zum Staunen gewesen, hatte Kate einfach so, ohne lange zu überlegen, zugesagt. Was mich ehrlich gesagt hoffen ließ, dass sie nicht nur Alfis Gesellschaft schätzte.

»Dad?«, riss Alfi mich da aus meinen Gedanken.

»Hm?«

»Wir müssen übermorgen doch nicht wieder hier an den Strand gehen, oder? Wir können doch zum Drachensteigenlassen auch woandershin, oder?«

»Sicher. Hast du etwas Bestimmtes im Kopf?«

»Jerbourg Point wär cool«, meinte mein Sohn lässig.

So hieß die südöstliche Landspitze Guernseys, an der der Wind gerne mal ordentlich pfiff.

»Ich könnte Kate zeigen, wie ich den besten Platz finde, um den Drachen aus dem Stand hochzuschicken.«

Einen Moment lang war ich sprachlos. So ein Experiment hatten wir noch nie gemacht. Aber offenbar hatte Kates Zuspruch nicht nur in mir den Wunsch geweckt, sie zu beeindrucken. War es nicht zum Piepen, dass Vater und Sohn auf dem Heimweg beide gedanklich mit derselben Frau beschäftigt waren?

* * *

Das Pizzaessen mit Cedric und Phil war ein Ritual mit strengen Regeln. Zuerst stellte Phil zusammen mit Alfi den Teig her. Dann rollte Alfi diesen auf dem Blech aus. Nachdem ich die Tomatensoße verteilt hatte, entspann sich immer eine Diskussion zwischen den Vegetariern, Alfi und mir, und Cedric und Phil als Schinken- und Salami-Fans. Immer siegte Alfi mit dem empörten Argument, dass in China auch Hunde gegessen würden und ob die beiden etwa auch Scheiben von Pablo auf der Pizza verteilen würden. Ich glaubte, dass meine beiden Freunde sich mittlerweile an unsere fleischfreien Dinner gewöhnt hatten und nur noch aus Spaß diese Diskussion führten.

Wir schmausten mit viel Spaß und Gelächter auf der kleinen Terrasse hinter dem Haus, während Pablo, der während der Zubereitung draußen bleiben musste, damit Alfi sich frei bewegen konnte, neben Phils Stuhl zu schnarchen begann. Und nachdem ich Alfi um halb neun ins Bett gebracht hatte, entkorkte Phil unaufgefordert eine Flasche besten Wein, die er sozusagen aus dem Ärmel zauberte.

Für Phil gehörte zu unseren Pizzaabenden eben auch der gute französische Rote dazu. Er goss einen Hauch der dunkelroten Flüssigkeit in sein Weinglas, schnüffelte daran wie ein Drogenhund, schwenkte das Glas einmal im Kreis und begutachtete die Schlieren, ehe er endlich probierte und mit Kennermiene ein wohliges Brummen von sich gab.

»Schütt ein!«, orderte Cedric und schob sein eigenes Glas und meines näher.

Wir prosteten uns zu, nahmen alle einen großen Schluck und ich fühlte mich gerade rundherum entspannt, satt, zufrieden und ohne irgendeinen Arg, als Phil sagte: »Jetzt würden wir gerne mehr wissen, mein Lieber.«

Irritiert blinzelte ich.

»Hab ich dir nicht gesagt, dass er erst so tun wird, als wäre gar nichts?«, triumphierte Cedric in Phils Richtung. Dann drehte er sich zu mir und hob den Daumen. »Erstens: Phil und du, ihr verliert beim Pub-Quiz, was schon seit Jahren nicht mehr vorgekommen ist. Und zwar, ich zitiere: ›Weil Matthew neuerdings was anderes im Kopf hat.‹ Zweitens«, er nahm den Zeigefinger hinzu, »du erkundigst dich danach, ob eine inselbekannte Schönheit verheiratet ist. Drittens«, der dritte Finger, »du sprengst meinen Terminkalender im Salon, indem du plötzlich keinen einzigen Tag mehr warten kannst, um deinen Haarschnitt aufzupeppen. Zugegeben, bei Letzterem hast du vollkommen recht gehabt. Da *wäre* jeder weitere Tag einer zu viel gewesen. Und viertens«, auch der Ringfinger wanderte nach oben, »Alfi plaudert vom gestrigen Abend und erwähnt, dass Kate Bentley mit euch am Strand war und Interesse am Drachensteigen kundgetan hat. Also bitte!«

Er hob beide Hände und sah mich auffordernd an.

Ich spürte, wie ein übermütiges Grinsen unbedingt über mein Gesicht huschen wollte. Aber ich bemühte mich, möglichst gelassen zu wirken.

»Kate, ja. Eigentlich hatten wir gestern Abend einen weiteren Termin zur Überprüfung ihrer Hündin. Aber dann tauchte Clarissa mit Alfi auf und ... na ja, den Rest wisst ihr ja. Alfi war ganz begeistert von Kate. Ehrlich. Er hat sie gefragt, ob sie morgen wieder mitkommen will, wenn wir den Drachen über Jerbourg Point steigen lassen wollen. So was hat er noch nie gemacht. Und ... tja ...« Länger konnte ich das verräterische Grinsen wirklich nicht zurückhalten. »... sie hat spontan Ja gesagt.«

»Du klingst in etwa so irr, als hättest du ihr *vor* diesem Ja einen Heiratsantrag gemacht«, stellte Cedric fest.

Ich musste wohl in einer urkomischen Mischung aus Verklärung und wohligem Schaudern geschaut haben, dass meine beiden Freunde sich ausschütten wollten vor Lachen. Doch irgendwann wurden wir alle wieder ernst.

»Wie lange kennen wir uns jetzt?«, überlegte Phil. »Fünf Jahre? Ich hab dich jedenfalls noch nie so erlebt. Es hat dich offenbar richtig erwischt, oder?«

Ich zögerte einen Augenblick.

Kates Bild tauchte vor mir auf. Wie sie am Strand auf der Decke neben mir gesessen hatte, die Haare zurückgebunden. Einige Strähnen wehten um ihr Gesicht, von ihrer schlanken Hand immer mal wieder zurückgestrichen. Ihr heller Blick, der mir immer durch und durch ging. Als könne sie in mich hineinsehen wie ein Röntgenapparat. Die Scheu in ihren Augen, die sie offenbar zu verbergen suchte, die ich jedoch in der Tiefe schimmern sehen konnte – ganz anders als die kokette Schüchternheit vieler anderer Frauen. Und das überwältigende Leuchten ihres ganzen Gesichts, wenn sie doch einmal lachte.

»Wir kennen uns ja kaum«, murmelte ich und war mir bewusst, dass ich die Intensität meiner Gefühle nicht würde leugnen können.

»Zeit ist bei so was unwesentlich«, sagte Cedric.

Aha, dachte ich. Das erklärte einiges. Zum Beispiel, in welchem bewusstseinsvernebelnden Zustand ich mich schon nach meiner ersten Begegnung mit Kate Bentley befunden hatte.

»Sie ist ...«, begann ich, »anders.«

Ich nickte. Ja, das traf es ziemlich gut. Meine beiden Freunde sahen mich fragend an.

»Da ist etwas in ihr. Eine Traurigkeit vielleicht. Etwas, das sie mit sich herumträgt, das ihr eine Tiefe verleiht, die andere nicht haben. Ich möchte gerne ...« Wieder fehlten mir die Worte.

Doch diesmal wartete Phil nicht ab. »Oh, oh«, machte er. »Du möchtest sie retten? Möchtest die Traurigkeit in ihr in Fröhlichkeit verwandeln?«

»Achtung! Dein Helfersyndrom schlägt wieder zu!«, kommentierte Cedric.

»Unsinn. Sie ist nur einfach umwerfend schön und charmant und klug und ...«

Ich klang ja tatsächlich so, als hätte es mich ganz schlimm erwischt!

»Matthew, du liegst uns am Herzen. Deshalb nimm es mir bitte nicht krumm, wenn ich eine kleine Warnung ausspreche. Kate Bentley ist bei den Insulanern durchaus bekannt. Und zwar nicht nur wegen ihres kleinen Touri-Betriebes. Jeder heterosexuelle Kerl hier würde es bestimmt gerne mal bei ihr versuchen, aber Tatsache ist: Sie bindet sich einfach an keinen neuen Mann, sondern hängt immer noch mit ihrem Jugendfreund Brian Cooper rum. Wobei niemand genau weiß, was das zwischen ihnen überhaupt ist. Schließlich ist Brian seit einem knappen Jahr mit Pamela Grey zusammen. Man munkelt, dass bei den beiden schon bald die Hochzeitsglocken läuten. Aber den Anzug hat der gute Mr. Cooper wohl mit seiner alten Freundin Kate gekauft. Mr. Emmerson kommt auch in meinen Salon, weißt du.«

»Und?«, fragte ich, eine Spur gereizt.

»Matthew, das müssen wir dir doch hoffentlich nicht erklären?«, grunzte Cedric.

»Sei einfach vorsichtig, okay?«, sagte Phil mit diesem Tonfall in der Stimme, den er stets für ernst gemeinte Ratschläge reservierte.

Ich nickte. Aber ehrlich gesagt war ich mir nicht sicher, ob es für mich in diesem Fall für Vorsicht in Herzensangelegenheiten nicht schon zu spät war.

Kate

Dienstag, 16. Mai

Am Dienstagnachmittag hatte Kitten mit der Single-Gruppe einen Ausflug an die Cobo Bay unternommen, einen der schönsten Sandstrände der Insel, auf der Westseite gelegen. Da das flache Wasser der Bucht auch für erste Versuche in Sachen Surfen einlud, hatten sich die Alleinreisenden diesen Spaß nicht nehmen lassen. Entsprechend geschafft waren sie am Abend, als ich im Pub dazukam, um mich ihnen einmal vorzustellen. Es war eine quietschvergnügte Gruppe, bei der das Ungleichgewicht zwischen den Geschlechtern entgegen Irinas Befürchtungen überhaupt keine Rolle spielte. Sie hatten jede Menge Spaß miteinander, begrüßten mich fröhlich und streichelten alle ausgiebig Amy, die sich in so viel Aufmerksamkeit sonnte. Außerdem hielten unsere Kunden augenscheinlich große Stücke auf ihre Tourenführerin Kitten, was mich wiederum sehr freute. Ausgehungert machten sich alle über das ausgezeichnete Pub-Food her. Anschließend taten wir es den vielen anderen Touristen und auch Guernseyern gleich, holten uns ein Bier von der Theke und gingen damit auf die andere Straßenseite. Wir setzten uns auf die Befestigung der Hafenstraße, unter der der Sandstrand zum Wasser hin abfiel. Es war Kult, dort gemeinsam den Sonnenuntergang über dem Meer zu genießen.

Als die Dämmerung sich langsam senkte, wankten die Tourteilnehmer einträchtig und glücklich müde davon in Richtung Hotel. Während wir ihnen nachblickten, schüttelte Kitten lachend den Kopf, als die acht versuchten, sich alle beieinander einzuhaken.

»Eine nette Truppe.« Ich schmunzelte.

»Ja, es macht riesig Spaß mit ihnen!«, stimmte Kitten mir

mit leuchtenden Augen zu. »Sie sind alle so aufmerksam. Egal, ob es um Natur, Sport, Kulturelles oder Geschichte geht. Jeder hat natürlich sein Steckenpferd: Der Australier konnte heute beim Surfen glänzen, die beiden Frauen aus Yorkshire haben richtig viel Ahnung vom Gärtnern, dann die Architektin, die zu vielen Gebäuden etwas sagen kann, oder der Grundschullehrer aus Rouen, der anscheinend jedes Theaterstück der Welt kennt. Das Schöne ist aber, dass jeder von ihnen sich auch für das interessiert, was den anderen besonders wichtig ist.«

Es war ihr anzusehen, wie begeistert sie von dieser Tour und der Gruppe war.

Seltsamerweise fiel mir bei ihrer Lobeshymne auf die Vielfältigkeit der gestrige Abend ein, den ich ein wenig nördlicher auf der Insel verbracht hatte.

»Ich habe dir doch von Matthew Deering erzählt, der Amy überprüft?«, setzte ich an.

Kitten nickte und strich Amy, die neben mir saß, über den Kopf. »Ich hab's zu Hause erwähnt, und Dad meinte, das sei doch der nette Übersetzer, der seiner Ex mit den großen Argumenten hierher gefolgt ist …« Sie formte mit beiden Händen eine Halbkugel und hielt sie ein ganzes Stück vor ihre eigenen wahrscheinlich 75B-Brüste.

Ich musste grinsen. »Da hat dein Vater es echt auf den Punkt gebracht, was die Beschreibung dieser Frau angeht. Aber ich glaube, Matthew ist nicht ihr hierher gefolgt, sondern eher seinem Sohn.«

Kitten sah mich einen Moment lang aufmerksam von der Seite an. Als ich ihren Blick erwiderte, schaute sie rasch fort.

»Sein Sohn?«

»Alfi. Er ist zehn und von Geburt an blind. Er war gestern dabei, als wir mit Amy am Strand waren. Hat seinen Drachen steigen lassen.«

Kitten hob erstaunt die Brauen.

»Ja, ich konnte es auch erst nicht glauben. Hätte einfach nicht gedacht, dass es ihm möglich ist, wo er doch nichts sehen kann. Aber da bin ich wirklich eines Besseren belehrt worden. Alfi selbst hat nämlich den perfekten Platz fürs Drachensteigen gefunden.« Ich erzählte ihr davon, wie der Junge geschnuppert und mit ausgestreckten Armen nach dem Wind gespürt hatte, wie er die Zunge herausstreckte, um zu fühlen, wie schnell sie trocknete, und wie er auf die Brandung gelauscht hatte.

Kitten hörte mir interessiert zu und blinzelte nachdenklich. »Kommt mir so vor, als hätte der kleine Alfi durch sein Handicap eine andere Sicht auf die Dinge als wir. Eine Sicht, die größer, weiter, umfassender ist, als wir sie gewohnt sind. Er kann die Natur nicht anschauen. Aber genau deswegen hat er Begabungen und Fähigkeiten entwickelt, die auf ganz anderen Ebenen liegen. Dadurch ist er in der Lage, mehr wahrzunehmen, als wir es üblicherweise können. Er hat eben *alle* seine Sinne genutzt, um den idealen Platz zu finden, nicht nur die Augen. Das ist doch beeindruckend. Und ich frage mich gerade: Wie oft mache ich selbst so etwas?«

Es waren solche Bemerkungen zu ihren so feinfühligen Beobachtungen und Gedanken, die mich immer wieder darin bestärkten, dass ich mich genau richtig entschieden hatte, als ich sie letztes Jahr eingestellt hatte.

Ich genoss es, mit ihr den Abend ausklingen zu lassen. Schließlich wünschte ich ihr für den kommenden Tag viel Spaß mit der netten Gruppe und fuhr mit Amy heim.

Amy sprang fröhlich wie immer aus dem Wagen, und da ich sie nach dem gestrigen Abend auch ohne Leine laufen ließ, nutzte sie die Gelegenheit, um schwanzwedelnd zu Mrs. Owens' Cottage hinüberzutraben. Ich wollte sie schon rufen. Doch dann überlegte ich es mir anders und folgte ihr.

Seit ich Mrs. Owens vor mehr als zwei Wochen tot in ihrem Bett gefunden hatte, war ich nicht mehr hier herübergekommen. Natürlich, irgendwann, wenn alle Formalitäten geregelt waren, würde dieses entzückende Häuschen mir gehören. Dann würde ich hier ein und aus gehen, es mein Zuhause nennen. Aber noch hatte ich nicht einmal in diese Richtung zu denken gewagt. Für mich war das Cottage immer noch das Zuhause meiner lieben Nachbarin.

Das alte Gartentor quietschte, als ich es öffnete. Amy schoss hindurch und nach hinten in den kleinen Garten. Einen Moment lang hätte ich zu gern gewusst, was sie dort zu finden hoffte, welchen dringenden Retrievergeschäften sie nachzugehen gedachte.

Ich selbst schritt langsam den schmalen Steinweg entlang bis zur Haustür. Dann stand ich dort und starrte auf die Klingel.

Nie wieder würde ich auf mein Läuten hin Mrs. Owens' leichten Altedamenschritt auf der anderen Seite hören. Nie wieder ihr freundliches Gesicht mir zugewandt sehen. Den Veilchenduft wahrnehmen, der sie immer umgab, als schliefe sie nachts in Kissen aus diesen Blüten.

Ich hob die Hand und legte sie an die grün gestrichene Haustür. Dann schloss ich die Augen.

Das Holz der nach Süden gewandten Tür war noch warm von den vielen Sonnenstunden des Tages. Ich spürte den glatten Untergrund der Farbe unter meinen Fingerspitzen. Vom Bed & Breakfast wehten die Stimmen von heimkehrenden Gästen herüber, und im Fliederbaum neben dem Haus sang eine Drossel ihr spätes Lied. Ein zarter Windhauch fuhr mir ins Haar und brachte einen wunderbaren Geruch mit. So vertraut, dass ich ihn gerade gar nicht wahrgenommen hatte. Es waren gewiss die alten Englischen Rosen, die Mrs. Owens so geliebt hatte, Queen of Denmark, Maidens Blush, die als gewaltige Sträucher an der Hauswand lehnten, übervoll mit rosafarbenen Blüten. Aber ich konnte auch die warme Erde der Beete riechen, das frisch gemähte Gras des Rasens, um den sich Mrs. Owens' alter Gärtner immer noch gewissenhaft kümmerte.

Ich spürte, ich roch, ich hörte. Und tief in mir drin fühlte ich noch etwas anderes. Eine Art sanftes Klingen, das in der Hektik des Tages wohl unterging. Das nur zu spüren war, wenn um mich herum und in mir drin alles ganz still war. Es fühlte sich an, als öffnete sich leise eine Tür in mir, die lange verschlossen gewesen war. Eine Tür, um deren Existenz ich nicht einmal gewusst hatte. Was nur hatte dieses sonderbare Gefühl zu bedeuten?

Als ich dann auch noch Amys Glöckchen am Halsband klingeln hörte, blinzelte ich. Das helle, liebe Gesicht mir zugewandt stand sie vor mir und sah mich fragend an.

Und erst jetzt schmeckte ich es auch. Die feine Feuchtigkeit auf meinen Lippen. Es waren salzige Tränen.

Matthew

Mittwoch, 17. Mai

Am Mittwochabend war ich schon lange vor der mit Kate verabredeten Zeit fertig zum Aufbruch. Alfi chattete in seinem Zimmer noch mit Marwin, und ich nutzte die Zeit, um immer wieder den bodentiefen Spiegel im Flur aufzusuchen. Dabei tat ich so, als sei er gar nicht Ziel meines Weges. Stattdessen schlenderte ich beispielsweise einfach so vorbei, oder ich eilte geschäftig zur Garderobe – nur um mich dann mit meinem Anblick im Spiegel selbst zu überraschen und mir vorzustellen, wie Kate mich wohl sehen würde. Kurz: Ich benahm mich einfach albern.

Weil mir das aufging, zwang ich mich, mich an den Schreibtisch zu setzen, und griff nach dem Telefon. Da Kate mir ohnehin nicht aus dem Kopf ging, konnte ich ja auch etwas erledigen, das mir schon bei unserem Gespräch im *L'Escalier* eingefallen war: Ich rief June Harrison an.

»Matthew!«, rief sie, als ich sie am Apparat hatte. »Wie schön, dass du dich meldest! Wie geht's dir?«

Ihrer Stimme war die ehrliche Freude anzuhören.

June und ich kannten uns schon lange. Wir waren uns bei einigen Aus- und Fortbildungsseminaren für Hundetrainer begegnet und hatten gleich Sympathie füreinander empfunden. Sie war warmherzig, bodenständig und strahlte eine unglaubliche Ruhe aus – die ideale Hundetrainerin.

Als June später ihr eigenes Hundezentrum in Glastonbury, Somerset, aufmachte, bot sie mir eine Stelle an. Es war genial. Denn so konnte ich diesen sagenhaft tollen Job ausüben, ohne selbst die Verwaltung übernehmen zu müssen. Das bot mir die Möglichkeit, nach Alfis Geburt noch zusätzlich die aufwendige Ausbildung als Blindenführhundtrainer zu durchlaufen. Damals konnte ich ja noch nicht ahnen, dass durch den Vorfall mit dem Nachbarshund später alles ganz anders kommen sollte.

»Mir geht's prima, danke! Und dir? Wie läuft es im Zentrum?«

»Könnte nicht besser sein. Der Laden brummt. Und ich bin absolut happy, dass ich so verlässliche Mitarbeiterinnen habe. Momentan herrschen hier am Hof nämlich Anarchie und Chaos. Wir stecken mitten im Umbau für den Umzug.«

»Tobey kommt also mit Sack und Pack nach Glastonbury? Wird dich das nicht zu stark von der Arbeit ablenken?«

»Ich kann dein Grinsen hören, mein Lieber!«, drohte June spaßeshalber. »Was soll ich sagen? Ich werde den Kerl einfach nicht mehr los.«

Ich konnte ihr Gesicht vor mir sehen, wie es vor Glück nur so strahlte. Seit sie vor etwa einem Jahr die verunglückte und verstörte Hündin des international bekannten Popstars Tobey Lambert therapiert hatte, waren die beiden ein Paar. Noch nie hatte ich June so glücklich erlebt, und natürlich gönnte ich ihr von Herzen, ihren Liebsten häufiger als nur zwei- oder dreimal im Monat zu sehen.

»Das Penthouse in London behält er – schließlich muss er alle naselang hin. Aber mittlerweile lebt er sowieso mehr hier als in der Stadt. Und da müssen wir natürlich entsprechende Räumlichkeiten schaffen. Schließlich hängt da ein langer Rattenschwanz dran. Sicherheitsleute, Manager, die Jungs der Band ...«

»Hat er noch diese tolle Köchin?«, erkundigte ich mich.

»Joana ist natürlich noch da. Aber derzeit kocht sie nur, wenn sie Lust hat. Ist nämlich im Mutterschutz ...«

»Nein!«

»Doch! Sie und Bodyguard Andy haben nicht lange gezaudert.«

Es war herrlich, mit June zu klatschen. Wann sonst hatte

jemand wie ich mal die Gelegenheit, Anteil am Leben der großen weiten Welt zu haben?

Doch irgendwann, nachdem alle Neuigkeiten ausgetauscht waren, fragte June: »Hey, du rufst doch nicht etwa an, weil du wieder in die Gegend ziehst und einen Job brauchst? Du weißt, du könntest hier jederzeit wieder anfangen.«

»Nein. Ehrlich gesagt hoffe ich, dass du mir vielleicht bei der Vermittlung eines Hundes helfen kannst. Du bist ja viel mehr im Thema, hast ständig Anfragen und so.«

»Ein Problemfall?«, horchte June mitfühlend nach.

Wie ich sie kannte, musterte sie gerade ihre eigenen drei Hunde und überlegte, ob sie einen vierten dazunehmen könnte.

»Nicht wirklich, Amy ist ein echter Schatz. Aber in gewisser Hinsicht doch eine spezielle Geschichte.« Ich erzählte ihr von den Umständen.

»Ach, so ein Pech!«, rief June. »Erst letzte Woche hat sich die Frau eines Geschäftsmannes aus London erkundigt, ob wir Blindenführhunde vermitteln. Ich hab ihr die Liste der Schulen gefaxt.«

»Tja, vielleicht hörst du ja noch was anderes. Amys Überprüfung ist noch nicht ganz abgeschlossen. Aber bisher bin ich mit ihr mehr als zufrieden.«

Anscheinend hatte ich Amy schon mehr ins Herz geschlossen als erwartet, denn ich spürte eine deutliche Erleichterung, dass der erwähnte Interessent doch nicht infrage kam. London war eine tolle Stadt, aber Amy war es bisher gewöhnt, viel Natur um sich zu haben.

June versprach, sich umzuhören, und wir verabredeten, in einer Woche noch einmal zu sprechen.

Als ich auflegte, war der Zeiger der Uhr endlich so weit vorgerückt, dass Alfi und ich aufbrechen konnten.

Schwer zu sagen, wer von uns beiden aufgeregter war. Doch während ich immer stiller wurde, plapperte Alfi auf der Busfahrt zum Jerbourg Point beinahe ununterbrochen. Er fragte sich, ob der Wind dort tatsächlich so stark sein würde, dass er ihm den Drachen direkt aus der Hand reißen würde, wie tief die Klippen dort abfielen und ob man den Drachen wohl von Sark aus noch würde sehen können. Ich glaube, wir waren beide in keiner allzu gelassenen Verfassung, als wir schließlich ankamen.

Kate stand bereits mit Amy an der Leine am vereinbarten Treffpunkt, das Führgeschirr unter dem Arm, und wir riefen uns ein »Hi« zu. Ich wusste, dass Alfi mich gleich fragen würde, wo sich Amy befand. Doch Kate kam ihm noch zuvor.

»Hör mal, Alfi«, sagte sie. »Ich habe mir überlegt, dass ich dir gerne einen Job anbieten möchte. Vorausgesetzt, dein Dad ist einverstanden.«

Alfi blieb vor Überraschung der Mund offen stehen. Mir beinahe auch.

»Was denn für einen Job?«, wollte er dann wissen; in der hellen Kinderstimme lag sowohl die Begeisterung über sein erstes Jobangebot als auch die typische Skepsis, die solchen Aussagen Erwachsener gegenüber wohl entgegengebracht werden muss.

»Weißt du, ich habe hier auf Guernsey eine kleine Firma. Ein Touristikunternehmen. Das bedeutet, dass Leute von überall auf der Welt bei mir ihren Urlaub buchen. Mit geführten Wanderungen, Museen, Bootsfahrten und vielen anderen Sachen. Ich glaube, den Leuten würde es gefallen, wenn ich ihnen auch noch andere Dinge erzählen könnte als immer nur das, was sie mit den Augen sehen können.«

Alfis Schultern, erwartungsvoll erhoben, sackten hinab. »Ich kann doch aber nicht sehen«, brummte er mit einem Anflug von Trotz.

»Das weiß ich«, erwiderte Kate schlicht und ohne die Verlegenheit, die sie noch bei den beiden ersten Begegnungen mit meinem Sohn an den Tag gelegt hätte. »Aber du kannst dafür viele andere Sachen, um die wir anderen uns normalerweise nicht scheren.«

Alfi legte den Kopf schief, und auch ich war nun gespannt, worauf sie hinauswollte.

»Mein Vorschlag sieht so aus: Ich möchte mehr darüber wissen, was es hier auf der Insel alles zu riechen, zu schmecken, fühlen oder hören gibt. Für alles, was du mir aufzählen kannst, bekommst du zehn Pence.«

Wieder klappte Alfis Mund auf.

»Doppelnennungen zählen natürlich nicht«, setzte Kate streng hinzu.

Alfi drehte den Kopf in meine Richtung. »Dad? Darf ich?«

Ich tauschte einen Blick mit Kate, während mein Magen einen Salto machte, und sagte dann möglichst ernsthaft: »Herzlichen Glückwunsch, junger Mann, du hast soeben deinen ersten Job angenommen!«

»Cool!«, quietschte Alfi mit einem kleinen Hüpfer.

»Wunderbar!«, freute sich auch Kate. »Können wir gleich anfangen? Ich bin echt gespannt!«

Alfi nickte eilig.

»Ich fürchte nur, ihr werdet mit dem Start eurer Forschungen noch warten müssen«, wandte ich ein. »Wir stoßen schon gleich da vorn auf den Klippenpfad ... und das bedeutet, Kumpel?«

»Festhalten«, murrte mein Sohn und streckte seine Hand nach mir aus, um sie an meinen Jeansbund zu legen.

»So kannst du mit Amys Überprüfung aber nicht weitermachen«, fiel Kate auf. »Der Pfad ist zu schmal für euch drei nebeneinander.«

»Richtig«, seufzte ich. »Alfi, du bist wirklich zu dick, um noch danebenzupassen.«

Mein Spargeltarzansohn kicherte.

»Du kannst dich bei mir festhalten, wenn du möchtest«,

sagte Kate zu ihm, und ich hätte sie für die Selbstverständlichkeit, mit der es herauskam, küssen können.

Okay, ich hätte sie noch für viele andere Dinge küssen können. Zum Beispiel für die tolle Idee mit dem Job für Alfi oder für ihre Fürsorge gegenüber Amy, oder dafür, wie sie einfach so dastand.

Alfi war zwar ein wenig verlegen, doch nachdem ich Amy das Führgeschirr angelegt und wir uns alle vier in Position gebracht hatten, nahm Kate seine ausgestreckte Hand und legte sie an ihren eigenen Hosenbund.

Und so gingen wir los.

Amy lief neben mir, als sei sie Spaziergänge dieser Art gewöhnt, stoppte einmal, als eine dicke Wurzel den Pfad querte, und drängt sich selbst in die manchmal zu dicht stehenden Büsche, um mich weiterhin auf dem Pfad führen zu können. Sie machte es toll, und ich lobte sie an den schwierigeren Stellen – doch hätte ich Ohren zum Schwenken gehabt wie ein Pferd, wären sie unentwegt nach hinten gerichtet gewesen.

Ich hörte Alfis Stimme ab und zu etwas sagen. »Da ist ein Vogel, rechts oben in der Luft.« Tatsächlich rief dort eine Möwe. »Das riecht nach diesen Büschen. Dad sagt immer, sie sind gelb wie die Sonne.« Der Ginster. »Hier ist es feucht.« Ein Rinnsal am Boden. »Lass deine Zunge mal raushängen, Kate, dann merkst du, dass wir gleich da sind. Schmeckst du das Meer?«

Ich horchte hin und empfand einen lächerlichen Stolz darauf, dass er all diese Dinge wahrnahm. Getrieben von seinem Wunsch, in seinem ersten Job alles richtig zu machen, erzählte er beinahe ununterbrochen von allem, was ihm auffiel. Kate tat mir leid. Bei der angebotenen Entlohnung würde sie wahrscheinlich bitterarm nach Hause zurückkehren.

»Wir sind da!«, sagte ich schließlich, als wir am Jerbourg Point angekommen waren.

Der Wind zerrte an unseren leichten Jacken, als wollte er sie uns vom Körper reißen, und ich bezweifelte, dass Alfis Drachen dieser Gewalt standhalten würde. Doch das schien meinem Sohn gerade gar nicht mehr so wichtig zu sein. Immer noch die Hand an Kates Hüfte, wandte er sich hierhin und dorthin und hatte immer noch etwas zu berichten.

»Und?«, fragte ich schließlich Kate, als hätte ich nicht die ganze Zeit mitgehört. »Wie macht sich dein neuer Mitarbeiter?«

»Ausgezeichnet!«, antwortete sie ebenso ernsthaft, wie ich gefragt hatte. »Ich überlege, ihn fest anzustellen. Und wie hat Amy es gemeistert?«

»Wieder ganz famos. Sie ist wirklich toll. Aber ich glaube, solange wir den Drachenversuch starten, werde ich sie lieber aus dem Geschirr nehmen.« Ich zog es Amy aus, legte ihr die Leine wieder an und reichte sie Kate. »Hier hast du deine jüngste Mitarbeiterin wieder.«

Alfi ließ Kates Hosenbund los, doch er trat nicht zurück, als Amy näher kam.

»Ist Amy auch dein Mitarbeiter?«, wollte er von Kate wissen.

»Na klar, wenn ich selbst wieder die Gruppen führe, wird sie natürlich dabei sein, solange sie noch nicht vermittelt ist. Ihre Aufgabe wird dann sein, gute Laune in den Gruppen zu verbreiten«, versicherte Kate.

Es gefiel mir, wie sie einen zehnjährigen Jungen ernst nahm. Im Grunde behandelte sie ihn ganz so wie einen Erwachsenen.

Während ich noch in diesen Gedanken versunken war, tat Alfi plötzlich etwas, mit dem ich wirklich niemals gerechnet hätte: Er streckte die Hand in die Richtung aus, in der er gerade noch Amys Glöckchen gehört hatte.

Ich zuckte regelrecht zusammen und wollte hinspringen.

Doch etwas an der Art, wie er dastand, ließ mich verharren. Er hatte die Schultern zurückgenommen und den Kopf erhoben. An der Art, wie er sich leicht zur Seite lehnte, konnte ich erkennen, dass er immer noch Kates Nähe spüren konnte. Er vertraute ihr.

Amy, die bisher noch nie Kontakt zu dem Kind hatte aufnehmen dürfen, kam neugierig näher und schnüffelte an seiner Hand.

»Warm«, sagte Alfi.

Dann kicherte er tatsächlich ein wenig. Ich wollte meinen Ohren nicht trauen.

»Und ziemlich nass.«

Amy wedelte. Dann setzte sie sich und sah Kate erwartungsvoll an.

»Nun ...«, setzte Kate an.

Klang ihre Stimme nicht ein wenig heiser? Sicher war auch ihr klar, was für ein kleines Wunder hier gerade geschehen war.

»Nachdem Amy und du euch jetzt offiziell als Mitarbeiter in meinem Betrieb begrüßt habt, würde ich zu gerne sehen, ob dein Drachen hier auch mitspielt. Der Wind ist ziemlich stark, oder?«, fuhr sie fort.

Dabei sah sie mich an. Nur mich. Und ich nur sie. Und egal, wie aufgeregt ich vorhin noch gewesen war, nichts hatte mich auf das vorbereitet, was ich nun fühlte.

Kate

Montag, 22. Mai

»Du hängst in letzter Zeit ganz schön häufig mit diesem Hundetrainer rum«, bemerkte Irina, als wir ein paar Tage später gemeinsam unseren Lunch einnahmen.

Ich hatte mir angewöhnt, auf Amys Mittagsrunde mit Salat und Sandwiches im Büro aufzukreuzen. So konnten Irina und ich uns über alle eingehenden Anfragen austauschen, die sie im Anschluss gewissenhaft bearbeitete. In der Zeit, die unsere Besprechungen einnahmen, hätte ich diese Arbeit ebenso gut selbst erledigen können. Doch es war Irina anzumerken, dass sie große Freude an ihrem Einsatz hatte, und die wollte ich ihr nicht verderben. Außerdem sahen wir uns auf diese Weise zumindest einmal am Tag zu einem ausführlichen Plausch. An den Abenden war ich nämlich nun häufig anderweitig unterwegs, wie sie ganz richtig bemerkt hatte.

»Du musst dir schrecklich vernachlässigt vorkommen, Irina«, sagte ich zerknirscht. »Da lässt du Mann und Kinder im Stich, um deiner alten Freundin auszuhelfen. Und die ist an den Abenden ständig mit ihrer geerbten Hündin und deren Trainer unterwegs.«

»Kitten hat erwähnt, dass dieser ›Trainer‹ ziemlich gut aussieht. Du kommst doch nicht auf Abwege?«, bemerkte sie mit vollem Mund.

»Abwege? Was meinst du?«

Sie sah mich an und hob die Brauen.

Mir war natürlich klar, was sie andeutete. Aber das war doch Unsinn. Ja, sicher, Matthew sah außergewöhnlich gut aus, und zudem war er warmherzig, fröhlich und sensibel. Aber wie kam sie auf die Idee, dass ich …? Ich musste blinzeln, um das Bild von ihm zu vertreiben, das er gestern auf den Klippen geboten hatte: das braune Haar vom Wind zerzaust, Schalk in den dunklen Augen.

Irina zuckte mit den Schultern. »Ich mein nur so. Meinetwegen brauchst du dir jedenfalls keine Gedanken zu machen. Ich fuchse mich hier wieder in diese wunderbare Arbeit hinein. Du glaubst gar nicht, was das für eine Wohltat ist nach all den Jahren mit Windeln und Kindergartenfesten und Elterngruppen. Solange es bei diesen Treffen wirklich nur um den Hund geht, habe ich doch vollstes Verständnis dafür. Je früher die Überprüfung beendet ist, desto schneller bist du den Hund wieder los.«

Ich sah zu Amy, die in ihrer Lieblingsecke des Besprechungsraumes lag und mit dem Kopf auf den Pfoten döste, und verdrängte den Gedanken an Matthew.

»Ach, weißt du, ich kann es ja selbst kaum glauben, aber irgendwie hat sich meine Einstellung zu Amy verändert. Klar wollte ich sie anfangs möglichst bald weitervermitteln ...«

»Stimmt genau! Du hast gesagt, dass der Hund sich wie ein Fremdkörper in deinem Leben anfühlt«, sagte Irina lebhaft nickend.

Hatte ich das gesagt? Ja, tatsächlich. Wahrscheinlich hatte ich es genauso ausgedrückt. Sonderbar.

»Tja, so seltsam sich das vielleicht anhört, aber dieses Gefühl hat sich irgendwie ... verflüchtigt. Die täglichen Spaziergänge, das Bürsten und Füttern, all das empfinde ich gar nicht mehr als Last.«

Jetzt legte Irina ihr Sandwich zurück auf den Teller und sah mich erstaunt an. »Du willst damit doch nicht sagen, dass du diese ganzen Verpflichtungen magst, die deine alte Nachbarin dir so nebenbei vererbt hat?«

Amy grunzte im Schlaf und kippte auf die Seite. Ich spürte ein Lächeln in meinen Mundwinkeln zucken, gegen das ich nichts tun konnte. Mir fiel ein, wie Amy gestern, als wir zwei uns einen Fernsehabend mit der *Chelsea Flower Show* gegönnt hatten, ihren Kopf auf meine Knie gelegt und eine lange Massage genossen hatte. Das Verrückte war, dass auch ich das Streicheln und Kraulen als überaus angenehm und beruhigend empfunden hatte. Dies war Amys eine Seite, die mich so sehr von ihr überzeugte. Die andere war die große Vorsicht und beinahe Zärtlichkeit, die diese Hündin an den Tag legte, wenn sie mit dem zehnjährigen Alfi zu tun hatte.

Bei unserem Ausflug zum Jerbourg Point hatte Alfis Drachen sich dem gierigen Wind verweigert. Statt dieser Herausforderung hatte Alfi sich eine andere gesucht und unter den staunenden Augen seines Vaters Amy gestreichelt. Er hatte sich sogar getraut, ihr ein paar Leckerchen anzubieten, die ich immer dabeihatte. Wie konnte man ein Lebewesen, das es so vorzüglich verstand, sich auf Schwache und Ängstliche einzulassen, nicht schätzen?

»Doch, Irina«, antwortete ich nun lächelnd. »Doch, genauso ist es. Amys liebevolle Zuwendung ist eine Bereicherung in meinem Leben. Ganz anders, als ich es zuerst erwartet hatte.«

»Klingt fast so, als wolltest du sie am liebsten gar nicht abgeben.«

Ich zögerte nicht: »Ja. Ja, das ist so. Am liebsten würde ich Amy behalten. Aber sie ist auch ein perfekt ausgebildeter Blindenführhund und könnte vielleicht einem anderen Menschen auf noch ganz andere Weise helfen, als einfach nur so mit mir ein nettes Leben zu führen.«

Meine alte Studienkollegin wollte etwas sagen, überlegte es sich aber offenbar anders und blickte stattdessen gedankenverloren ebenfalls zu Amy hinüber. Dann zuckte sie mit den Schultern.

»Vielleicht ist für dich einfach jetzt die Zeit, um dich endlich auf andere wirklich einzulassen.«

Ich sah sie verwundert an.

»Oh bitte, Kate, guck nicht so erschrocken. Es muss dir doch klar sein, dass du verbindlichen Beziehung immer ausgewichen bist. Sieh mich an: Studium mit Auszeichnung abgeschlossen, Karriere im Kopf, den Drang, in die weite Welt zu ziehen … Doch dann kam Henry. Und *ich* bin nicht zurückgeschreckt vor der Verbindlichkeit, vor der Ehe und den Kindern. Natürlich hat diese Art der engen Partnerschaft auch ihren Preis, vor allem, wenn man Zwillinge großzuziehen hat.«

Sie lachte über diese Bemerkung, die sie inzwischen wohl schon hundert Mal angebracht hatte. Während ich immer noch wie vom Donner gerührt dasaß, mein Gurkensandwich in der Hand. Irina hatte schon immer die Fähigkeit besessen, die unangenehmen Wahrheiten anderer offen auszusprechen. Sie hatte einen gnadenlosen Blick dafür. Und nachdem sie mich jahrelang für meine berufliche Laufbahn und den Aufbau meines eigenen Unternehmens bewundert hatte, zeigte sie nun plötzlich, dass sie auch die private Seite der Kate Bentley sehr wohl im Auge behalten hatte. Sie legte den Finger in eine Wunde, die ich gut verborgen geglaubt hatte.

»Hey«, sagte sie jetzt und berührte meinen Arm. »Ich bin deine Freundin. Und ich will nur das Beste für dich.« Hinterhältig grinsend setzte sie hinzu: »Zwar hätte ich nie geglaubt, dass es mal ausgerechnet ein Hund sein würde, mit dem du zusammenleben willst …«

Ich stieß sie in die Seite, und unser gemeinsames Lachen löste die Spannung, die beinahe schon greifbar gewesen war.

»Genug über Hunde gequatscht!« Irina klatschte in die Hände. »Was gibt's zu berichten von Mr. Schweigsam-aber-wunderbar-Brian?«

»Irina«, brummte ich. »Brian heiratet demnächst.«

»Ja, ja. Aber noch steht nicht hundertprozentig fest, wen«, meinte sie mit einem koketten Augenaufschlag.

»Ich fürchte schon«, erwiderte ich.

»Ah!«, rief Irina und deutete mit dem Finger auf mich. »Du hast dich verraten! ›Ich fürchte!‹ Du willst also nicht, dass er dieses Einsiedler-Naturweib heiratet!«

Wider Willen musste ich wieder lachen. »Pam ist kein ›Naturweib‹, wie du es nennst. Sie ist zwar auch ein Küstenpfad-Guide, aber sie ist durchaus sehr feminin. Und für Geselligkeit hat sie auch etwas übrig. Brian hat für die Hochzeitsfeier die Scheune seiner Eltern auf Sark vorgeschlagen. Und er meinte, er hätte den Eindruck gehabt, sie sei davon nicht ganz so begeistert.«

Irina grölte los. »Hochzeitsfeier in der Scheune! Das sieht Brian ähnlich!«

Ich fragte mich still, ob sie Brian tatsächlich gut genug kannte, um irgendetwas »ihm ähnlich« finden zu können. Doch ich sagte nichts, da sie sich offenkundig so amüsierte.

Nachdem sie sich wieder beruhigt hatte, wurde sie jedoch plötzlich nachdenklich.

»Das könntest du doch nutzen«, meinte sie und tippte sich mit dem Finger an die Nasenspitze.

»Nutzen?«

»Ja, wenn du doch offenbar diese positive Veränderung in dir spürst, so eine Bereitschaft, dich einzulassen und ...« Sie warf mir einen vielsagenden Blick zu. »... dich an einen Hund oder wen auch immer zu binden, könntest du diese Vorlage doch nutzen, um noch ein bisschen mehr Zeit mit Brian zu verbringen und rauszufinden, was du noch für ihn empfindest. Und ganz nebenbei auch, was er noch für dich empfindet.«

Ich wusste nicht, worauf sie hinauswollte. Und offenbar war mir das anzusehen.

»Na, mach ihm ein paar Vorschläge, wo die Hochzeitsfeier stattfinden könnte. Bring ihn auf die Idee, dass ein anderer Ort eine tolle Überraschung für Pam wäre. Und dann ziehst du mit ihm zusammen los und guckst dir ein paar schicke Locations an. Das bietet jede Menge Gelegenheit für Stunden zu zweit.«

Das konnte doch nicht ihr Ernst sein! Ich wusste nicht, ob ich schockiert, amüsiert oder ernsthaft sauer sein sollte.

Deshalb dauerte es einen Moment, bis ich die richtigen Worte fand: »Irina, lieb von dir, dass du dir so viele Gedanken um mein Privatleben machst, aber ...«

»Du willst sagen, es geht mich nichts an?«

»Richtig. Ich glaube, du schätzt die Situation nicht richtig ein. Brian und ich, wir sind schon so lange kein Paar mehr, dass ich nicht einmal mehr weiß, wie es sich angefühlt hat, ihn zu küssen.«

»Dann probier es doch noch mal aus.«

»Auf keinen Fall!«

Irina betrachtete mich wie einen ihrer spätpubertären, widerspenstigen Zwillinge. »Glaub mir«, sagte sie schließlich. »Du bist endlich auch so weit. Irgendwas ist bei dir passiert in den letzten Wochen. Und zwar genau von dem Moment an, als du erfahren hast, dass deine erste und vielleicht einzige große Liebe eine andere heiraten will. Denk einfach noch mal drüber nach. Du musst ihn ihr ja nicht mutwillig ausspannen. Aber wäre es nicht noch viel schlimmer, wenn er sie heiraten würde, obwohl er eigentlich immer noch dich liebt?«

Diesmal wusste ich nicht, was ich antworten sollte. Offenbar erwartete Irina das auch nicht von mir.

Sie stand auf, warf ihr zerknülltes Sandwichpapier in den Abfall und sagte beinahe entschuldigend: »Da sind noch etliche Mails, die beantwortet werden müssen.« Damit ging sie hinüber ins Büro.

Ich starrte eine Weile zu der leise schnarchenden Amy hinüber. Dann legte ich den Rest meines Sandwiches endgültig weg. Das Ganze fühlte sich verquer an. Irina hatte sicher recht mit ihrer Vermutung, dass sich in mir etwas bewegte. Aber wie konnte sie so vehement behaupten, den einzig richtigen Weg für mich parat zu haben? Nicht zum ersten Mal seit ihrer Ankunft fragte ich mich, wie gut wir uns eigentlich gekannt hatten – damals – und wie gut wir uns heute kannten.

Das Einzige, in dem sie wirklich recht hatte und das mir selbst nun ganz deutlich vor Augen trat, war die Tatsache, dass ich viele Jahre lang nicht gewagt hatte, mich auf andere wirklich einzulassen. Amy jedoch hatte sich auf wundersame Weise einfach in mein Herz geschlichen. Der Raum, den sie darin nun einnahm, war riesig. Was mich jedoch so erschütterte, war die Erkenntnis, dass Amys Anwesenheit in meinem Herzen mir so deutlich machte, wie viel freier Platz darin noch war.

Matthew

Mittwoch, 24. Mai

Unglaublich, was für einen elefantengroßen Floh mir meine Freunde ins Ohr gesetzt hatten.

In der letzten Woche hatten Kate und ich uns dreimal gesehen. Offiziell galten diese Treffen als weitere Termine zur Überprüfung von Amy. Doch da Alfi immer mit von der Partie war, kamen wir nur langsam voran. Mir konnte das nur recht sein, doch zu meiner grenzenlosen Verblüffung hatte ich den Eindruck, dass auch Kate unsere Ausflüge genoss.

Oft sprach sie mit Alfi über seine Eindrücke von der Umgebung, fragte ihn ganz offen heraus, ohne Scham und Scheu. Alfi dagegen wollte alles von ihren geführten Touren wissen. Kate beschwerte sich nie über Löcher in ihrem Bauch, und so versuchte ich, so viel es ging von ihren Gesprächen zu erlauschen, während ich mit Amy arbeitete.

Am auffallendsten war jedoch, dass mein Sohn tatsächlich nach und nach seine Angst vor der sanften Hündin zu verlieren schien. Nach der ersten, von ihm spontan eingeleiteten Schnupperbegegnung hatte er mehrmals den Wunsch geäußert, sie zu berühren, sogar zu streicheln, und erst gestern hatte er sie zum ersten Mal ein kleines Stück an der Leine geführt.

Woher kam dieser plötzliche Wandel? Als ich ihn danach fragte, zuckte er nur mit den Schultern und meinte: »Phil sagt immer, dass alle in seiner Firma sich vertragen sollen. Ich bin doch jetzt Kates Mitarbeiter. Und Amy ist das auch. Also?« Seine Kinderlogik setzte mich wieder einmal schachmatt. Und außerdem konnte ich mich des Eindrucks nicht erwehren, dass mein Kleiner langsam erwachsen wurde. Natürlich nicht so erwachsen wie ich, Gott sei Dank noch lange nicht, aber doch so, dass ich spürte, wie er die extrem enge Verbindung, die seit seiner Geburt zwischen uns bestand, sanft zu lockern versuchte. Seine bewusste Entscheidung, seiner Hundeangst so mutig entgegenzutreten, war ein Teil davon. Ich war sicher, dass dies auch mit Kate zusammenhing. Sie nahm Alfi ernst, seine Aussagen waren ihr wichtig. Und durch ihre Wertschätzung gewann mein Sohn an Selbstbewusstsein.

Über all das dachte ich heute schon den ganzen Vormittag nach und hatte wirklich Mühe, mich auf meine Arbeit zu konzentrieren. Seit zwei Stunden saß ich in meinem Büro über dem Hafen und grub in der unerschöpflichen Mine des Internets nach brauchbaren Fakten zur Besatzungszeit auf den Kanalinseln. Doch immer wieder wanderten meine Gedanken zu den strahlend grauen Augen, dem vorsichtigen Lächeln, der Stimme, die mir mittlerweile schon so vertraut war, dass sie in meinem Kopf wie eine Melodie erklingen konnte.

Gleichzeitig hallte aber auch die deutliche Warnung, die Phil und Cedric ausgesprochen hatten, in mir herum. Stimmte es wirklich, dass Kate sich nicht auf jemand Neues einlassen wollte? Es vielleicht gar nicht konnte? Und spielte dabei tatsächlich die frühe Erfahrung mit ihrer Mutter eine Rolle?

Plötzlich kam mir eine Idee. Nein, das wäre falsch ausgedrückt. Richtig ausgedrückt müsste es heißen: Mich ritt der Teufel. Denn in null Komma nichts hatte ich im Internet die Berliner Hochschulen durchgeklickt und nach deren Historikerinnen durchforstet.

Doch dort wurde ich nicht fündig. Jedenfalls nicht mit dem Suchbegriff »Bentley«. Aber womöglich hatte Kates Mutter wieder geheiratet oder nach der Scheidung ihren Mädchennamen wieder angenommen?

Ich probierte es von der anderen Seite und suchte nach Dissertationen, die vor etwa dreißig Jahren veröffentlicht worden waren und die die Kanalinseln im weitesten Sinne zum

Inhalt hatten. Nach einer geschlagenen Stunde, die ich mit immer schwitzigeren Händen am Rechner verbrachte, wollten gerade mein Verstand und meine Moral siegen, und ich wollte die entsprechenden Seiten schließen, als mir etwas ins Auge stach: eine Doktorarbeit mit dem Titel *Kulturelle und künstlerische Betätigungen der Einwohner Guernseys unter der deutschen Besatzung 1940–1945*.

Ich klickte sie an. Es war ein qualitativ minderwertiger Scan einer Arbeit, die in den Achtzigerjahren verfasst worden war. Und zwar von einer inzwischen emeritierten Professorin namens Dr. Hilde Stein.

Mit plötzlich sehr leerem Gefühl im Magen gab ich den Namen in die Suchmaschine ein und erhielt etliche Ergebnisse. Die Publikationen ließ ich jedoch vollkommen außer Acht, denn die Fotos waren es, die mich wie der Blitz trafen. Helles Haar, auf den älteren Bildern ein Weißgold, später von vielen grauen Strähnen durchzogen. Ein fein geschnittenes, ernstes Gesicht. Der Mund war schmaler und die Form des Kinns zu spitz. Doch die Augen … das helle Grau … Ich wusste mit Gewissheit, dass ich hier Kates Mutter vor mir hatte.

Ich starrte die Bilder an, als könnten sie mir alle Geheimnisse über ihre Tochter verraten. Und nach ein paar Minuten wurde mir klar, dass ich immer öfter, ja, alarmierend ernsthaft den Eintrag im Telefonbuch der Stadt Berlin studierte, den meine Suche ebenfalls ausgespuckt hatte.

Ich hatte doch wohl nicht allen Ernstes vor …? Mit welcher Begründung und vor allem mit welchem Ziel wollte ich denn …?

Ehe ich michs versah, hatte ich das Telefon in der Hand und wählte.

Viermal ertönte das Freizeichen. Dann wurde abgehoben.

»Stein?«

»Guten Tag«, sagte ich in meinem momentan recht ungeübten Deutsch, innerlich vollkommen konfus, aber mit seltsam ruhiger Stimme. »Hier ist Matthew Deering. Ich rufe aus England an. Spreche ich mit Frau Professor Hilde Stein?«

»Der Akzent des Südens Englands«, sagte sie statt einer Antwort, was aber durchaus als solche zu werten war. »Wie kann ich Ihnen helfen, Mr. Deering?«

»Erstaunlich«, platzte ich heraus. »Dass Sie trotz meines hervorragenden Deutschs meinen Heimatakzent erkennen, meine ich.«

Sie lachte leise. »Jahrzehntelange Übung, Mr. Deering. Und eine gewisse Vorliebe, muss ich wohl auch hinzufügen.«

Am Ende des Satzes hob sie die Stimme, ganz ähnlich wie Kate es manchmal tat.

»Entschuldigen Sie, dass ich Sie um diese Zeit so überfalle. Aber ich bin bei meiner Recherche zur Besatzungszeit auf Guernsey auf Ihre Dissertation gestoßen.«

»Oh mein Gott!«, rief sie aus. »Ich hoffe, Sie haben sich mit dem alten Ding nicht näher beschäftigt.«

»Ehrlich gesagt, hatte ich genau das vor«, gab ich zu. »Ich schreibe selbst ein Buch. Einen Roman, um genau zu sein, der in exakt dem Zeitraum spielen soll, mit dem Sie sich in Ihrer Doktorarbeit beschäftigt haben. Bestimmt wäre mir Ihre Arbeit beim Sammeln von Hintergrundinformationen zum sozialen Umfeld sehr hilfreich. Aber im Netz findet sich nur ein unglaublich schlechter Scan. Man kann fast nichts erkennen.«

Sie überlegte kurz. »Bestimmt habe ich noch ein Exemplar hier. Soll ich Ihnen eine Kopie zukommen lassen?«

»Das würden Sie tun? Das wäre ja ganz reizend von Ihnen!«, beeilte ich mich zu sagen und konnte sie leise lachen hören.

»Ehrlich gesagt, bin ich begeistert, dass all die Arbeit, die ich damals hineingesteckt habe, heute noch jemanden interessiert. Worum wird es in Ihrem Roman gehen?«

Ich konnte es selbst kaum glauben, dass ich nach Kate, die

bisher die Einzige war, die von meinem Projekt wusste, nun auch ihrer Mutter den groben Abriss meines geplanten Buches anvertraute.

Genau wie ihre Tochter reagierte Hilde Stein interessiert und aufgeschlossen.

»Wissen Sie was«, sagte sie schließlich in tadellosem Englisch, in das sie problemlos hinüberglitt. »Ich habe gerade eine fabelhafte Idee. In einer Woche reise ich für ein paar Tage nach London. Wie wäre es, wenn wir uns treffen und ich Ihnen ein wenig von dem erzähle, was ich damals zwar herausgefunden habe, aber nicht in der Dissertation verwenden konnte? In der Zwischenzeit habe ich auch noch vieles Weitere in Erfahrung bringen können.«

»Oh, ich fürchte, ich habe mich anfangs nicht deutlich ausgedrückt. Ich rufe gar nicht aus London an«, sagte ich. »Ich lebe auf Guernsey.«

Ein paar Sekunden war es sehr still in der Leitung. Mit *sehr still* meine ich, dass ich auch ihren Atem nicht hören konnte.

»Guernsey«, wiederholte sie dann leise und mit der hier typischen weichen Betonung, die stets so liebevoll klang. »Ich habe eine Weile dort gelebt. Beziehungsweise auf Sark.«

Beinahe hätte ich: »Ja, ich weiß«, herausposaunt, doch ich konnte mich gerade noch beherrschen.

»Tatsächlich?«, sagte ich stattdessen etwas lahm.

»Es kam mir anfangs vor … wie das Paradies«, sagte sie ein wenig heiser.

»Nur anfangs?«, hakte ich nach.

Sie schwieg kurz. Doch diesmal konnte ich sie atmen hören. Tief und schwer.

Schließlich sagte sie: »Vermutlich habe ich mich damals gedanklich einfach zu viel mit der Zeit während der Besatzung beschäftigt. Da kann man dann auf die dumme Idee kommen, selbst so etwas wie eine Gefangene zu sein.«

Ihre Stimme wirkte plötzlich brüchig, und schlagartig überfiel mich ein grauenhaft schlechtes Gewissen, dass ich sie aus rein egoistischen und zudem reichlich fragwürdigen Gründen einen so tiefen Blick in ihre Vergangenheit tun ließ.

Einen Moment lang sagten wir beide nichts. Zwei Fremde, die plötzlich die Grenze des Nahen und Wichtigen überschritten hatten und sich dessen bewusst wurden.

»Geben Sie mir die Nummer, unter der ich Sie erreichen kann«, bat Hilde Stein. »Wenn ich in London bin, melde ich mich. Vielleicht ...« Sie stockte kurz. »Vielleicht bleibt ja die Zeit, um der Insel mal wieder einen Besuch abzustatten.«

Mir blieb beinahe das Herz stehen. Mit dünner Stimme nannte ich ihr meine Mobilnummer, und wir verabschiedeten uns.

Der Blick auf die Uhr sagte mir, dass wir nur wenige Minuten gesprochen hatten. Aber in dieser kurzen Zeit hatte sich einiges verändert.

Meine Neugierde war nicht gestillt, sondern weiter angefacht worden. Denn wenn ich mich trotz meines Kate-umnebelten Hirns auf meine Menschenkenntnis weiterhin verlassen konnte, dann war die Frau, mit der ich gerade gesprochen hatte, alles andere als die kaltherzige Frau, die ihr Kind einfach so verstoßen hatte.

Was aber am gravierendsten war: Durch meine unüberlegte Aktion würde ich womöglich eine Situation herbeiführen, die so nicht geplant und von Kates Seite aus wahrscheinlich auch nicht gewünscht war. Ihre Mutter würde vielleicht hier auf Guernsey auftauchen. Was würde geschehen, wenn die beiden sich rein zufällig begegneten? Zwar war das nicht sehr wahrscheinlich, doch immerhin möglich. Im schlimmsten Fall vielleicht sogar dann, wenn ich mich gerade mit der Professorin aus Deutschland in irgendeinem Restaurant niedergelassen hatte. Mir wurde heiß und kalt bei dem Gedanken.

Oje, Phil und Cedric hatten wirklich recht. Ich stand momentan ziemlich neben mir. Vielleicht sollte ich jetzt einen Spaziergang durch die Candie Gardens Parkanlage machen und darüber nachdenken, wie ich notfalls diese mittelschwere Katastrophe würde abwenden können, ohne Hilde Stein vor den Kopf zu stoßen?

Kate

Donnerstag, 25. Mai

Der Donnerstagnachmittag zog übers Land. Wieder einmal verwöhnte der betagte Mai uns mit Sonnenschein und einer lauen Brise. Nachdem im Laden den ganzen Tag über der Bär gesteppt hatte, erfreute ich mich daran, jetzt auf der kleinen Mauer vor Mrs. Owens' Cottage zu sitzen – es fiel mir immer noch schwer, von dem hübschen kleinen Häuschen als meinem eigenen zu denken – und mein Gesicht in die Sonne zu halten. Amy, die neben mir lag, schien es ebenso zu sehen, denn sie streckte sich genüsslich.

Wir warteten auf Matthew und Alfi. Nachdem wir bei unseren letzten Treffen Situationen in der Stadt, in einem Burger-Restaurant und vielen Geschäften ausprobiert hatten, wollten wir heute einen ausgedehnten Spaziergang über den Küstenpfad machen.

Matthew hatte angedeutet, dass Amys Überprüfung eigentlich so gut wie abgeschlossen sei und er mir gerne bei ihrer Vermittlung an einen blinden Menschen helfen würde. Und mir war klar, dass ich niemand anderem diese Aufgabe anvertraut hätte. Amy war mir inzwischen viel zu lieb, als dass ich sie einfach an irgendjemanden weitergegeben hätte. Aber wenn Matthew mit im Boot war, wusste ich, dass er ihr nur einen Platz aussuchen würde, an dem sie glücklich sein konnte. Auch wenn das bedeuten würde, dass ich selbst erst einmal wahrscheinlich nicht mehr so glücklich sein würde. Wenn mir jemand vor einem Monat erzählt hätte, dass ich einen Hund an meiner Seite haben und seinem Verlust mit Schrecken entgegensehen würde, hätte ich es wohl nicht geglaubt. Verrückt, was in dieser Zeit alles geschehen war. Nun war es bereits vier Wochen her, dass ich von

Brians und Pams geplanter Hochzeit erfahren und Rose ihren Unfall gehabt hatte. Vier Wochen, in denen ich, statt meine Gruppen urlaubsvergnügter Touristen über die Insel zu führen, Tag für Tag in dem kleinen Souvenirshop gestanden hatte. Vier Wochen, in denen sich Irina und Kitten nun bei mittlerweile jeder Begegnung stumme oder spitzzüngige Zweikämpfe lieferten. Und vier Wochen, seit ich Matthew kennengelernt hatte.

Gerade als ich bei diesem Gedanken angekommen war, tauchten die beiden Deerings an der Wegkreuzung auf. Beide in exakt gleich gemusterten kurzen Hosen, aus denen ihre braungebrannten, bei Matthew sportlich schlanken und bei Alfi kindlich schlaksigen Beine herausragten. Wie immer hatte Alfi seine Hand an Matthews Hosenbund gelegt, und sie diskutierten irgendetwas angeregt. Ich spürte, wie sich auf meinem Gesicht ein Lächeln ausbreitete. Auch Amy hatte sie gehört, richtete sich auf und wedelte wild.

»Da sind Kate und Amy!«, rief Alfi und deutete tatsächlich in unsere Richtung.

Er musste das Glöckchen an Amys Halsband gehört haben. Der Junge war wirklich erstaunlich!

»Wo?«, fragte Matthew mehrmals, obwohl sie schließlich nur noch wenige Meter entfernt waren. »Wo denn genau?«

Alfi kicherte, löste die Finger und ging mit ausgestreckter Hand auf uns zu. Amy, die genau in seinem Weg stand, wich geschickt zur Seite aus. Sofort orientierte sich Alfi in ihre Richtung.

»Hallo, Amy!«, sagte er beinahe förmlich, denn er war der Meinung, dass der eine Angestellte den anderen auf diese Art zu begrüßen hatte.

Als Amy seine Hand mit der feuchten Nase stupste, grinste er.

Matthew lächelte mich ebenfalls an, und ich konnte ihm ansehen, dass ihn Alfis Aufgeschlossenheit Amy gegenüber immer aufs Neue freute.

»Hallo, Kate. Du weißt ja, bei Kindern gehen die Hunde immer vor Höflichkeit.«

»Hi, Boss!«, rief Alfi über seine schmale Schulter, während er Amy vorsichtig streichelte.

Matthew und ich tauschten einen amüsierten Blick. Seine Grübchen waren mir mittlerweile schon sehr vertraut. Auch der warme Ton seiner braunen Augen, die immer voller Lebensfreude zu strahlen schienen. Lebensfreude, die jedoch nichts gemein hatte mit tumber Clownerie. Oh Gott, ich war heilfroh, dass Matthew keine Ahnung davon hatte, dass ich ihn anfangs für einen ziemlich überdrehten Kerl ohne Tiefgang gehalten hatte.

»Wohin gehen wir?«, wollte er wissen.

Ich hatte den Vorschlag gemacht, die heutige Route zu planen.

Ich deutete Richtung Küste. »Über die Green Lane zum Küstenpfad. Da gibt es einen besonders tollen Abschnitt, den ich euch gern zeigen würde. Falls ihr den Pfad noch nicht in- und auswendig kennt?!«

»Mom hat nie erlaubt, dass wir da lang gehen«, teilte Alfi mir mit. »Sie sagt, das ist voll gefährlich.«

»Da ist sie nicht richtig informiert«, antwortete ich, beinahe ein wenig verärgert über Clarissas Einschätzung. »Es gibt eine Gruppe von Männern und Frauen, die dafür sorgen, dass der Pfad super in Schuss ist. Das sind die Küstenpfad-Guides. Sie machen ihre Arbeit ganz großartig. Ich weiß das, weil mein Freund Brian die Gruppe leitet.«

»Dann ist es also gar nicht gefährlich?«, erkundigte sich Alfi enttäuscht.

»Nicht die Bohne«, erwiderte ich und wollte Matthew wieder einen amüsierten Blick zuwerfen.

Doch der Ausdruck in seinen Augen ließ mich stutzen. Er wirkte plötzlich ernst und beinahe betroffen. Einen Moment lang starrten wir einander an, dann wandte Matthew sich abrupt ab.

»Wollen wir los?«

»Willst du Amy das Geschirr nicht anlegen?«, wollte ich verwundert wissen.

Ein kurzes Zögern, dann sagte er: »Nein, ich glaube, das brauchen wir nicht mehr. Sie hat sich in vielfacher Hinsicht bewährt, und mein abschließendes Urteil steht fest: Sie ist unbedingt verlässlich und zu hundert Prozent als Servicehund vermittelbar. Heute machen wir nur ein paar Übungen zum Grundgehorsam mit ihr, einfach damit sie in Übung bleibt.«

»Okay«, stimmte ich zu.

Ich rief Amy zu mir und hakte die Leine in ihr Halsband ein. So machten wir uns zu viert auf den Weg, Alfi wieder neben Matthew. Und während wir über die menschen- und autoleere schmale Straße Richtung Küste gingen, stieg eine Frage in mir auf: Wenn Amy einer weiteren Überprüfung gar nicht bedurfte, wieso hatte Matthew dann dieses und in den nächsten Tagen noch weitere Treffen vereinbart?

* * *

Nach etwa einer halben Stunde waren wir an meiner Lieblingsstelle auf diesem Pfad angekommen. Sie lag im Südosten der Insel, nicht weit von meinem Zuhause entfernt.

»Das hier ist mein Lieblingsplatz auf ganz Guernsey«, erklärte ich meinen beiden Begleitern.

Matthew blieb stehen, um den Ausblick zu genießen.

»Was sieht man von hier, Daddy?«, erkundigte sich Alfi.

»Oh, erst mal sieht man einen verflixt steilen Abhang direkt vor sich«, beschrieb Matthew. »Wahrscheinlich der Grund dafür, dass Mom nicht will, dass du hier rumläufst.«

»Ist es gefährlich?«, wollte Alfi mit angespannter Neugier wissen.

»Hm, nein, ich fürchte nicht, Kumpel. Da sind Ginsterbüsche direkt am Weg.«

»Ginsterbüsche sind gelb, oder?«

»Ihre Blätter sind grün, ihre Dornen sind braun, und die Blüten sind gelb, richtig.«

»Und hinter den Büschen?«

»Geht es ziemlich steil hinunter. Die Klippen stürzen sich ins Meer. Das Wasser sieht heute recht ruhig aus. Es schimmert im Abendlicht und glitzert, als würden darauf Diamanten reiten. Ein paar Möwen schaukeln auf den Wellen.« Matthew hob den Blick und blickte versonnen aufs Meer hinaus. »Du spürst bestimmt, dass wir um diese Tageszeit die Sonne im Rücken haben, doch die Strände und Klippen der beiden Schwesterinseln Herm und Sark liegen rotgolden im Abendlicht ein paar Meilen entfernt.«

»Da?« Alfi deutete überraschend sicher mit ausgestrecktem Arm übers Wasser.

Matthew nahm seinen Arm. »Da liegt Sark. Da hat Kate gelebt, als sie so alt war wie du. Und da«, er drehte Alfi ein bisschen nach links, »liegt Herm.«

»Cool.«

Die liebevolle Art und Weise, wie Matthew seinem blinden Sohn die Umgebung beschrieb, war etwas ganz Besonderes. Und während ich dies dachte, fiel mir auf, dass mir schon mehr als einmal der Verdacht gekommen war, dass Matthew in vielerlei Hinsicht *besonders* war. Der Gedanke überraschte mich selbst. Wir standen genau nebeneinander – und plötzlich hatte ich das Gefühl, als könnte er spüren, dass ich gerade über ihn nachdachte, denn er wandte den Kopf und sah mich fragend an.

»Ich hab die Stelle schon als Kind geliebt«, sagte ich schnell. »Damals hab ich immer behauptet, dass ich hier mal etwas ganz Besonderes tun werde.«

»Was denn?«, wollte Alfi wissen.

»Keine Ahnung, vielleicht eine vielbeachtete Rede halten?«, schlug ich vor. »Oder einem Schiff in Seenot mit einer Leuchtrakete den Weg weisen?«

Alfi kicherte. »Was ist das hier für ein Bach?«, wollte er dann wissen. Wieder einmal überraschte er mich mit seiner hochsensiblen Wahrnehmung.

»Oh, das ist wohl eher ein Rinnsal. Ich glaube nicht, dass es einen Namen hat. Kommt aus einer Quelle weiter bergan. Manchmal, wenn es viel geregnet hat, muss man richtig drüberhüpfen.«

Alfi nickte und patschte ein bisschen mit einem Turnschuh in der Pfütze, die das Rinnsal auf dem Weg bildete. Dann stellte er sich aufrecht hin, ließ Matthews Hosenbund los und breitete die Arme weit aus. Er streckte die Zunge raus und spürte mit dem Gesicht und dem ganzen Körper in den Wind.

»Kate, hast recht. Perfekte Stelle!«, meinte er dann lässig. »Dad, hast du meinen Drachen eingepackt?«

»Tut mir leid, Kumpel, nein.«

»Menno! Ich bin sicher, das hier wäre die richtige Stelle für den Wunschdrachen!«

»Wunschdrachen?«, wiederholte ich.

»Ja, klar! Das ist eine ururalte Geschichte«, erklärte Alfi mir. »Dad, kannst du sie erzählen? Du kannst das besser als ich.«

Matthew zog in meine Richtung eine lustige Grimasse, wie er es manchmal tat, wenn er mich vor einer kleinen Albernheit warnen wollte, die er gleich für seinen Jungen produzieren würde. Ich musste jetzt schon grinsen. Doch dann machte Matthew gar nicht einen seiner üblichen Scherze.

Stattdessen räusperte er sich und begann mit einer betont

tiefen Erzählstimme: »Vor sehr, sehr langer Zeit, als es hier auf Guernsey noch echte Drachen gab, lebte hier auch ein Junge, ungefähr in Alfis Alter. Er hatte den einen großen Wunsch, Seefahrer zu werden und alle Meere zu bereisen. Aber seine Eltern waren arme Fischer und konnten sich die Ausbildung dafür nicht leisten. Als der Junge aber einmal wieder auf den Klippen stand und sehnsüchtig aufs Meer hinaussah, entdeckte er im dichten Ginstergebüsch einen verletzten Drachen. Du musst wissen«, unterbrach er sich selbst und wandte sich dabei mir zu, »dass echte Drachen bei Weitem nicht so groß waren, wie wir heute immer denken. Sie hatten eher die Größe von einem Mäusebussard oder einer mächtigen Fledermaus. Jedenfalls war der Drache klein genug, damit der Junge ihn mit nach Hause nehmen konnte, in die ärmliche Hütte seiner Eltern. Der Junge pflegte den Drachen, versorgte seine Wunden und teilte das spärliche Essen mit ihm. Er war die Sensation auf der Insel. Die Kinder, die bisher nicht mit dem Jungen hatten spielen wollen, weil seine Familie so arm war, kamen herbei und bestaunten den Drachen. Als es dem besser ging, unternahm der Junge mit ihm und den anderen Kindern lange Spaziergänge. Damit der Drache nicht einfach davonflog, hatten seine neuen Freunde ihm geraten, eine feine Schnur an einem der Drachenbeine zu befestigen. Der Junge hielt die Schnur auf einer Spule. So konnte der Drache hoch in die Luft steigen und von dort oben auf die Insel hinabsehen. Und danach konnte der Junge ihn wieder zu sich herunterholen. So ging es eine ganze Weile. Doch irgendwann spürte der Junge, dass sein Drache unglücklich war. Und er wusste auch genau, warum. Drachen sind schließlich nicht dazu gemacht, auf dem Boden zu leben, oder?« Matthew sah mich eindringlich an. »Nein, sie sind Geschöpfe des Himmels und wollen weit hinauf und weit fort fliegen – einfach fliegen mit ihresgleichen. Und so fasste der Junge einen schweren Entschluss: Eines Tages schlich er sich mit dem Drachen aus der

Siedlung, fort von den anderen Kindern. Er ging zu der Stelle über dem Meer, an der er früher so oft gestanden und seinen großen Wunsch im Herzen getragen hatte. Dort ließ er den Drachen in den Himmel hinaufsteigen. Und als der Drache ganz weit oben war, kappte der Junge die Schnur. Der Drache bemerkte seine Freiheit sofort. Doch flog er noch ein paar Runden über seinem Retter, als wollte er ihn zum Abschied grüßen. Dann glitt plötzlich die Schnur vom Himmel direkt vor die Füße des Jungen, und der Drache war fort.«

»Oh«, entfuhr es mir.

»Psst!«, machte Alfi. »Die Stelle ist echt traurig. Aber gleich wird's richtig gut!«

»Danke«, raunte Matthew Alfi zu. »Als der Junge die Schnur vom Boden auf die Spule wickelte, sah er, dass sein Drachenfreund ganz einfach den Knoten gelöst hatte, mit dem die Schnur an sein Bein gebunden war. Und der Junge verstand, dass der Drache sich schon längst hätte selbst befreien können. Aber er hatte darauf gewartet, dass sein Menschenfreund ihn von sich aus und mit ganzem Herzen freigab. Das war so wunderbar, dass es dem Jungen nichts ausmachte, als die anderen Kinder ihn ausschimpften, weil er dem Drachen die Freiheit zurückgegeben hatte. Statt mit den nörgelnden Kindern herumzuziehen, kehrte der Junge wieder auf seine Lieblingsklippe zurück. Von dort aus sah er eines Tages am Horizont ein großes Schiff mit vielen Segeln, das Kurs auf Guernsey nahm. Aufgeregt rannte der Junge hinunter nach St. Peter Port. Er kam gerade rechtzeitig an, um den Kapitän des Schiffes zu treffen, der nach einem geeigneten Schiffsjungen suchte und den Drachenfreund nur zu gerne mit auf große Fahrt nehmen wollte.«

»Und deswegen ging sein riesengroßer Wunsch in Erfüllung!«, rief Alfi aus. »Weil er den Drachen freigelassen hat! Aber das Beste ist, dass er nach vielen Jahren wieder zurückgekommen ist und ganz viele Drachen mitgebracht hat! Aber klaro keine echten! Das waren Papierdrachen, so wie meiner ist, oder, Daddy?«

»Ganz genau.«

»Und immer, wenn ein Junge einen besonders großen Wunsch hat …«

»Oder auch ein Mädchen?«, unterbrach ich ihn.

Alfi zog eine Grimasse. »Jo, bestimmt gilt das auch für Mädchen. Also, wenn ein Junge oder ein Mädchen einen besonders großen Wunsch hat, kann aus einem dieser Drachen ein Wunschdrachen werden. Es dürfen keine dummen Wünsche sein. Stimmt doch, Dad? So was wie Reichtum oder Berühmtheit oder jede Menge Süßigkeiten oder so erfüllen die Drachen nicht. Die erfüllen nur gute Wünsche, die man ganz doll will.« Mit seiner Kinderhand klopfte Alfi sich auf seine Brust.

»Genau«, stimmte Matthew ihm zu. »Sie erfüllen nur Wünsche, die aus dem Herzen kommen. Dann muss man den Drachen über dem Meer aufsteigen lassen. Und irgendwann, wenn er ganz weit oben ist, kappt man seine Schnur und lässt ihn frei.«

Die Art, wie er es sagte, berührte mich. Sehr viel mehr, als ein Märchen es je getan hatte. Ich musste Matthew nicht fragen, in welchem Buch diese Geschichte zu finden war. Ich wusste, dass er selbst sie sich ausgedacht hatte. Für seinen blinden Sohn hatte er sich eine Geschichte ausgedacht, die nur so vor Mut, liebevoller Fürsorge, Zuversicht und geistiger Freiheit strotzte.

»Natürlich ist es nur eine Kindergeschichte«, teilte Alfi mir sehr erwachsen mit, offenbar bemüht, mir klarzumachen, dass mein neuer Mitarbeiter auf keinen Fall noch an Märchen glaubte.

»Ach, ich weiß nicht«, erwiderte ich skeptisch. »Könnte mir vorstellen, dass da was dran ist.«

Alfi, der mich bisher in erster Linie als ernsthafte Geschäftsfrau und zudem als seine Chefin kannte, wirkte leicht verunsichert.

»Ich bin froh, dass du das sagst, Kate«, sprang Matthew auch mit auf. »Mein Sohn hält sich nämlich mittlerweile für zu alt, um an Wunschdrachen wirklich zu glauben.«

»Hm, da wäre ich vorsichtig, Alfi«, sagte ich. »Denn wie du gesagt hast, das hier scheint eine wirklich perfekte Stelle zu sein.«

Alfi lauschte auf unsere Stimmen, um einen möglichen scherzhaften Unterton zu entdecken. Doch da wir ernst blieben, als wir einander und dann wieder ihn anschauten, wurde seine Miene nachdenklich. Er wandte sein Gesicht dem Wasser zu und schien genau hinzuspüren. Dann tat er einen Schritt in Richtung Ginster, der den gesamten Steilhang hier bewuchs.

Matthew, der auf meiner anderen Seite stand, streckte instinktiv den Arm aus, um ihn aufzuhalten. Doch ehe er an mir vorbei seinen Sohn greifen konnte, geschah etwas geradezu Wunderbares: Amy, die brav zwischen Alfi und mir gestanden hatte, vollzog eine blitzschnelle Seitwärtswendung und blockierte so Alfis Weg nach vorn.

In der ersten Sekunde erschrak er kurz über ihre intensive und zum ersten Mal beinahe ruppige Berührung. Doch dann entspannte er sich wieder und strich ihr über den Rücken. »Wollte nur nicht länger in der Pfütze stehen, Amy«, murmelte er und liebkoste ihre Ohren.

Matthew neben mir atmete hörbar aus. Wir tauschten einen Blick, der Alfi und Amy einschloss, die kleine Sensation, die hier gerade geschehen war – indem Amy eine drohende Gefahr zu erkennen glaubte und den Jungen ganz selbstverständlich geschützt hatte. Ohne ein Wort kamen wir überein, dies nicht zu thematisieren, denn Alfi war schon wieder mit Amy beschäftigt, über deren geraden Rücken er vorsichtig tastete.

»Was würdest du dir wünschen, wenn du einen Wunschdrachen fliegen lassen würdest?«, fragte ich meinen zehnjährigen Mitarbeiter.

Alfi zuckte mit den Schultern. »Weiß noch nicht. Dad meint, dass ich vielleicht irgendwann einen großen und guten Wunsch habe, aber im Moment ...« Er wiederholte die Geste.

»Würden jede Menge Süßigkeiten auf der Liste stehen?«, neckte ich ihn ein wenig.

Er grinste versunken und begann kurz darauf, alle Eissorten aufzuzählen, die er jemals probiert hatte. Das schien eine Art Hobby von ihm zu sein.

Ich schmunzelte und sah wieder zu Matthew. Der jedoch blickte nachdenklich zurück.

»Und du?«, fragte er mit seiner angenehm warmen Stimme leise. »Was würdest du dir wünschen, wenn du deinen Drachen freilassen würdest, Kate?«

Matthew

Donnerstag, 25. Mai

Diese Frau war wirklich erstaunlich. Ja, natürlich hatte ich schon gefühlte tausend Male gedacht, wie wunderschön sie war, hatte ihre geschmeidigen, aber auch energievollen Bewegungen bewundert, ihrer sanften, melodischen Stimme gelauscht. Aber mit einem Mal, hier auf den Klippen über der Insel, auf die es mich verschlagen hatte, ging mir auf: Allein durch ihre Anwesenheit half sie mir dabei, über meinen Schatten zu springen.

Meine Frage nach ihrem Drachen und dem damit verbundenen Herzenswunsch war weder geplant noch einstudiert gewesen. Sie sprang einfach so aus mir heraus, weil ich es wirklich wissen wollte. Ich konnte mich nicht erinnern, dass ich mir jemals gewünscht hatte, einen anderen Menschen so intensiv zu kennen.

Einen Moment lang blieb mir natürlich fast selbst das Herz stehen, als ich mich das sagen hörte. Schließlich war es mehr als deutlich, dass dies keine belanglos dahingeplapperte Frage war. Und einen Augenblick befürchtete ich, sie damit zu verschrecken und zum Rückzug zu drängen. Doch statt abweisend zu reagieren, blickte Kate lange aufs Meer hinaus. So lange, dass ich schon keine Antwort mehr erwartete. Alfi plauderte mit Amy, was beiden gut zu gefallen schien.

Doch schließlich wandte Kate sich ein Stück in meine Richtung und sagte leise: »Ich hätte nicht gedacht, dass ich auf diese Frage nicht sofort eine Antwort wissen würde.«

Sie klang ernst, und mir war sofort klar, dass ich sie an einer empfindsamen Stelle getroffen haben musste. Hoffentlich spürte sie nicht, wie schnell mein Herz schlug.

Ehe ich noch überlegen konnte, sagte ich: »Vielleicht würde

dir das mit einem guten Abendessen im Bauch leichter fallen? Alfi und ich haben vorhin schon unseren Lieblings-Gemüse-Pie vorbereitet. Den müssen wir gleich nur noch in den Ofen schieben. Wie wäre es, möchtest du uns Gesellschaft leisten?«

Ich war auf ein Nein gefasst, vorgebracht mit einer Entschuldigung wegen anderer Verpflichtungen. Daher haute es mich völlig aus den Socken, als Kate ohne jedes Zögern erwiderte: »Klingt toll. Gerne.«

Danach war ich minutenlang nicht in der Lage, irgendetwas zu sagen. Denn wenn ich das richtig verstand, hatten wir gerade tatsächlich ein gemeinsames Abendessen vereinbart, bei dem unsere geschäftliche Verbindung in Sachen Amys Überprüfung keinerlei Rolle spielte. Ein Abendessen bei mir zu Hause. Bei dem zugegebenermaßen mein zehnjähriger Sohn dabei sein und wahrscheinlich den Großteil der Unterhaltung bestreiten würde. Doch ich hatte schon so lange kein echtes Date mehr gehabt, dass sich dies hier auf überwältigende Art tatsächlich annähernd so anfühlte.

Gott sei Dank schien Kate meine Schweigsamkeit nicht aufzufallen. Sie wirkte ebenso in sich gekehrt. Alfi, der mit jedem Treffen mehr Kontakt zu Amy aufgenommen hatte, war zu einem intensiven Dialog mit der Hündin übergegangen, bei dem wir natürlich nur seinen Redeanteil hören konnten, er aber so tat, als könnte er auch Amys Antworten verstehen.

Gesegnet sei die herrliche Naivität der Kinder! Alfi machte sich keine Gedanken darum, aus welchem Grund wir gerade schwiegen, welche Getränke noch im Kühlschrank daheim warteten, dass es schlauer gewesen wäre, die Wäsche auf der Terrasse vorhin schon abzunehmen und ob das Bett eigentlich gemacht war – um sich dann in heillosem Schrecken zu fragen, warum die Sache mit dem Bett überhaupt eine Rolle spielen könnte.

Wir machten uns auf den Weg zurück zu Kates Zuhause. Dort kletterten wir zu viert in ihren kleinen Wagen, Alfi mächtig aufgeregt, weil Kate keinen Kindersitz hatte und wir daher etwas Verbotenes taten, und sie fuhr uns heim.

* * *

Alfi, der völlig aus dem Häuschen war, weil seine Chefin plötzlich rein privat bei uns zu Gast war, zerrte sie in den Garten, um ihr sein Heiligtum, das im hinteren Bereich aufgebaute Indianerzelt, zu präsentieren. Dann wollte er ihr unbedingt sein Zimmer und vor allem seinen Speziallaptop zeigen. So ging Kate mit ihm hinauf.

Solange ich ihre Schritte hörte, stellte ich den Pie in den Ofen und dankte der Vorsehung dafür, dass ich mich vorhin von Alfi zu diesem Gericht hatte breitschlagen lassen, obwohl wir sein Lieblingsessen erst vor zwei Tagen gehabt hatten. So musste ich mich jetzt nicht mehr ums Kochen kümmern. Ich wartete, bis ich Alfis Zimmertür klappen hörte, und brach dann in hektische Geschäftigkeit aus. Ehrlich gesagt kam ich mir vor wie ein durchgeknallter Teenager, während ich die Wäsche vom Trockenständer riss, in Windeseile alles von den Tischen, Sofas und sonstigen Flächen schnappte, was nach klassischer Unordnung zweier allein hausender Männer aussah, und in ein Sideboard stopfte, die vernachlässigt wirkenden Blumen goss und den Tisch auf der Terrasse mit Servietten, dem besten Besteck und dem guten Geschirr deckte.

Amy hatte sich neben das Sofa gelegt und sah mir bei meiner panischen Aufräumaktion mit milder Verwunderung zu.

Nach zwanzig Minuten, in denen ich wie ein Wirbelwind durchs Untergeschoss gerast war, klingelte die Küchenuhr.

Ich sah mich einmal um. Ja, so war es viel besser. Dann trat ich an den Fuß der Treppe und rief mit möglichst entspannter Stimme hinauf: »Noch jemand im Haus, dem der Magen auf den Knien hängt?«

Aus Alfis Zimmer ertönten zwei laute: »Jaaa!«, was mich eine Sekunde lang voll stummen Entzückens lauschen ließ. Dann wurde die Tür geöffnet, und die beiden Hungrigen stürmten die Treppe runter.

Wir machten uns über das Essen her, als hätten wir seit Tagen nichts bekommen. Ich musste Alfi mehrmals ermahnen, nicht mit vollem Mund zu sprechen. Bis Kate auch damit anfing, was bei Alfi einen Lachanfall und bei mir gespielte Resignation auslöste. In Wahrheit war ich hingerissen – man stelle sich vor! –, vollkommen hingerissen von einer Frau, in deren Mund deutlich Brokkoli und Kartoffelstücke zu identifizieren waren.

Kurz: Es war das eindeutig wundervollste Abendessen seit … seit … ich weiß nicht mehr wann.

Zur Feier von Kates erstem privaten Besuch, wie Alfi es ausdrückte, schlug mein Junge noch ein Eis aus dem Tiefkühlfach als Nachtisch raus. Dann wankte er hinauf, um sich für die Nacht umzuziehen und die Zähne zu putzen.

Ich folgte ihm ein paar Minuten später, begutachtete die bei allen zehnjährigen Jungen problematische Zahnhygiene und deckte ihn zu, nachdem er ins Bett gekrabbelt war. Auf dem Nachttisch lag sein aktuelles Lieblingsbuch zum Vorlesen bereit, wie immer eines aus der Harry-Potter-Reihe, doch als ich danach griff, meinte Alfi: »Nee, Dad. Heute nicht.«

Sofort musterte ich ihn besorgt. Er liebte das Vorlesen am Abend und verzichtete niemals freiwillig darauf.

»Bist du zu müde?«

Mein Sohn verzog das Gesicht. »Quatsch. Ich mein nur, Kate ist doch da und … Ist doch nicht nett, sie da so allein rumsitzen zu lassen.«

Völlig baff starrte ich ihn einen Augenblick an. Noch nie hatte er derart erwachsen argumentiert. Doch dann riss ich mich zusammen.

»Stimmt. Hast recht, Kumpel. Dann werde ich mal wieder runtergehen. Schlaf gut!« Ich küsste ihn auf die Stirn.

»Nacht, Daddy.«

Leise zog ich die Tür hinter mir zu und ging die Treppe wieder hinunter.

Als ich auf die Terrasse trat, saß Kate immer noch am Tisch.

»Ist was? Du siehst so … erstaunt aus.«

Ich schüttelte den Kopf. »Unglaublich. Alfi hat mich ohne seine heiß geliebte Vorleserunde runtergeschickt, weil es ›nicht nett wäre, dich hier allein sitzen zu lassen‹.«

»Was dachtest du denn?«, erwiderte sie. »Ich bin schließlich seine Chefin. Die lässt man auf keinen Fall warten.«

Wie gern hätte ich ihr gesagt, dass ich mich über die Rücksichtnahme meines Sohnes freute, da sie mir mehr Zeit mit ihr ermöglichte. Doch vielleicht lag dieser Satz zu nah am üblichen Flirtmodus – jedenfalls brachte ich ihn nicht heraus.

Es nahte dieser gewisse Moment, in dem bei einem Besuch am Abend entschieden wird, ob der Gast noch länger bleibt oder aufbricht. Der Gedanke an Letzteres war mir so zuwider, dass ich das Erstbeste sagte, was mir einfiel, um ihr zu zeigen, wie willkommen sie hier war: »Möchtest du ein Glas Wein?«

Kate überlegte kurz, lehnte dann aber ab. »Lieber nicht, ich muss ja später noch fahren. Und ich habe den Eindruck, dass mir Alkohol seit einer Weile nicht mehr gut bekommt. Sowieso scheint mir alles Mögliche zu Kopf zu steigen.«

»Was du nicht sagst! Auch Orangensaft oder so was?«

»Der besonders«, ging sie auf meinen Scherz ein.

»Woran kann das liegen?«

Ich war vorerst beruhigt, weil sie gesagt hatte, dass sie »später« noch fahren müsse – sie plante also, noch eine Weile zu bleiben. Und das Gespräch, so schien es mir, nahm auch eine Wendung. Hatten wir beim Essen viel gelacht und mit Alfi gealbert, wirkte sie nun plötzlich trotz des kleinen Orangensaftscherzes ernster und nachdenklicher.

Kate wandte den Kopf, um Amy anzuschauen. Die Biegung ihres schlanken Halses hatte ich schon mehr als einmal studiert. Da waren diese kleinen, feinen, blonden Härchen am Haaransatz, die mich besonders faszinierten, und ich musste mich zwingen, nicht zu lange hinzusehen.

»Vielleicht klingt es verrückt, aber ich glaube, es liegt an ihr«, meinte sie mit einem Nicken.

Amy grunzte im Schlaf, als würde sie spüren, dass sie Thema war.

»Gar nicht verrückt. Selten etwas gehört, das logischer klänge«, widersprach ich Kate sanft.

Ihr Blick dankte mir dafür.

»Eine Freundin hat mir neulich auf den Kopf zugesagt, dass Amy quasi seit Jahrzehnten die erste lebende Seele ist, auf die ich mich einzulassen bereit bin«, sagte sie leise.

Das mussten wir beide wohl erst mal sacken lassen. Sie offenbar, weil sie mir etwas so Persönliches erzählte. Ich, weil ich wirklich nicht sicher war, ob jene Freundin eine wirklich gute, eine extrem ehrliche oder eine schlicht brutale Seele war.

Weil mir die Frage danach zu heikel schien, fragte ich das, was mich noch mehr interessierte: »Und hatte sie damit recht?«

Kate sah mich mit einer seltsamen Mischung aus Amüsement und Verzweiflung in ihren grauen Augen an. »Ich fürchte schon. Ja, kann durchaus sein. Es gibt nicht viele Menschen, die ich an mich herangelassen habe in meinem Leben. Das war schon immer so, von Kindheit an. Weißt du, wenn ich so sehe, wie du mit Alfi umgehst, das erinnert mich immer an meinen Dad und mich. Er war mir auch so ein toller Vater, wie du ihn für Alfi abgibst.«

Sie klang so liebevoll und auch stolz, dass ich spüren konnte, wie mir heiß wurde.

»Ich hab dir gar nicht erzählt, dass wir deinen Vater neulich mal kennengelernt haben«, sagte ich schnell. »Als Clarissa, Alfi und ich einen Ausflug nach Sark gemacht haben, sind wir zufällig in seine Kutsche gestiegen, und Alfi durfte Lizzy lenken.«

Kate lächelte. »Das sieht Dad ähnlich.« Dann wurde sie ernst. »Als ich klein war, gab es nichts, was er mir nicht zugetraut hätte. Vielleicht habe ich deshalb so ein überdimensioniertes Selbstbewusstsein entwickelt?«

Wir lachten beide.

»Und deine Mutter?«, erkundigte ich mich vorsichtig.

Ich dachte an Hilde Stein, ihre ruhige Stimme am Telefon und wie sie geklungen hatte, als sie davon sprach, einmal hier auf den Kanalinseln gelebt zu haben.

»Oh«, machte Kate und sah auf ihre Hände hinab. »Das willst du nicht wirklich wissen.«

Mist!, dachte ich. Falsche Frage! Völlig falsche Frage!

Doch aus meinem Mund kamen ganz andere Worte: »Doch«, hörte ich mich sagen. »Doch, das will ich ganz bestimmt wissen. Allerdings nur, wenn du es mir erzählen willst.«

Kate schwieg eine Weile. Einmal ging ein Ruck durch sie, und ich dachte schon, sie wolle aufstehen und gehen. Atemlos wartete ich auf ihre nächsten Worte.

Doch anstatt sich zu verabschieden, hob sie schließlich den Blick und sagte: »Aber es ist eine lange Geschichte.«

»Ich habe Zeit.«

Sie betrachtete mich prüfend. »Ich glaube, ich nehme doch ein halbes Glas Wein«, sagte sie dann.

Kate

Ich war fünf Jahre alt, als mir zum ersten Mal bewusst wurde, dass meine Mutter unglücklich war.

Sie war nicht nur in meinen Kinderaugen die wunderschönste Frau auf ganz Sark, wahrscheinlich auch auf Guernsey und Jersey, weiter reichte mein Horizont damals noch nicht. Aber die allseitige Bewunderung, die ihr entgegengebracht wurde, egal, wohin unsere kleine Familie ging, war ihr gleichgültig.

Sie war bestimmt nicht das, was man heutzutage unter einer Vollblutmutter versteht. Kochen war nicht ihr Ding. Und sie war auch keine Bombe in der Organisation von Kindergeburtstagen. Sie tat einfach, was getan werden musste. Sie kaufte ein, erledigte die Hausarbeit, pflegte nachbarschaftliche Kontakte. Aber bei allem, was sie tat, schien irgendetwas von ihr zu fehlen. Als sei der größte und wichtigste Teil von ihr bei all diesen Dingen abwesend.

Ich wusste auch, wo er war: in ihrem kleinen Arbeitszimmer, wo sie ganze Tage über verstaubten Papieren und Büchern verbrachte, die mir selbst unglaublich langweilig erschienen.

Wenn ich mit einem aufgeschrammten Knie zu Hause auftauchte und Dad nicht fand, huschte ich zu ihr hinein. Geistesabwesend verarztete sie mich dann und entließ mich mit dem zerstreuten Hinweis, von nun an vorsichtiger zu sein. Manchmal erinnerte sie sich am Abend kaum an den Vorfall, wenn ich Dad beim gemeinsamen Dinner davon erzählte. Dann sahen wir sie beide groß an, und sie lächelte, als bäte sie für ein Versäumnis um Entschuldigung, dessen sie sich gar nicht bewusst gewesen war.

Die Nähe, die Dad und ich miteinander teilten, der liebevoll heitere Umgang, die Zärtlichkeit und das wortlose Verstehen –

all das war zwischen meiner Mutter und mir nicht möglich. Das schien mir ganz selbstverständlich, weil ich es nicht anders kannte. Und doch schwelte eine stetig wachsende, nie gestillte Sehnsucht in mir. Ich beobachtete heimlich Brians Mutter Isobel, wie sie ihren Sohn küsste und herzte, mit Sandwiches versorgte und ihm übers Haar strich, bevor er mit mir zusammen losrannte, um neue Abenteuer zu erleben. Und Brian, der sich mit aller Selbstverständlichkeit in ihre Arme stürzte und bei verstauchten Zehen oder Bienenstichen immer zuerst nach ihr rief, so wie ich nach Dad.

Meine Mutter war anders: distanziert, ernst und nachdenklich. Die seltenen Momente, in denen ich sie in einem Zustand antraf, der dem des Glücks einigermaßen ähnlich war, waren die, in denen sie mit blitzenden Augen, geröteten Wangen und zerzaustem hellblondem Bubikopf in ihrem Arbeitszimmer auf ihre Schreibmaschine einhackte. In solchen Stunden war sie kaum ansprechbar. Das war eben so, wie der Wind, die Sonne, der Regen und die Tide. Ich hatte Dad und Brian und unsere anderen Freunde auf der Insel. Und so stellte ich den Seelenzustand meiner Mutter nie infrage.

* * *

Dann kam der Sommer, bevor ich zur Schule gehen sollte.

Noch ahnte ich nicht, dass diese Sommertage, in denen ich ohne Beschränkungen mit meinen Freunden auf den Feldern und zwischen den Häusern herumrennen konnte, irgendwann kostbares Gut sein würden. Wie alle Kinder ging ich mit meiner Freiheit verschwenderisch um, plante nur für die nächsten Stunden und fühlte mich auf der kleinen autofreien Insel wohl wie ein Fisch im Wasser vor der Steilküste dort unten.

Eines Morgens war Brian am Boden zerstört, als wir gemeinsam loszogen. Seine Familie würde am nächsten Tag zum

Urlaub auf dem Festland aufbrechen. Drei volle Wochen sollten sie in Frankreich bei Verwandten verbringen. Ich beneidete ihn heiß um diese Erfahrung, denn wir hatten noch nie Urlaub gemacht, weil Dad die Sommerzeit über mit seinem Kutschbetrieb am meisten zu tun hatte. Brian kapierte aber mehr als ich: dass nämlich drei lange Wochen ohne einander für uns beide wahrscheinlich eine Tortur sein würden. Schließlich waren wir noch nie getrennt gewesen.

Anfangs tröstete ich mich mit den anderen Freunden. Doch davon abgesehen, dass es nicht dasselbe war, verlor ich auch die nach und nach an die verflixten Urlaubsreisen. Und dann musste Dad wegen einer akuten Blinddarmentzündung ins Krankenhaus auf Guernsey gebracht werden.

Einmal am Tag fuhren meine Mutter und ich mit der Fähre hinüber, um ihn zu besuchen. Dad hatte die Narkose nicht gut verkraftet, schlief sehr viel, und die Besuche waren kurz. Von diesen Touren abgesehen, erstreckten sich meine Tage in einer endlosen Reihe aus Stunden vor mir, eine langweiliger als die andere.

Ich suchte alle Plätze auf, an denen Brian und ich normalerweise spielten. Orte, an denen die Zeit üblicherweise nur so dahinzurasen schien. Doch als ich nun allein dort war und vergeblich Pirat oder entführte Braut zu spielen versuchte, ging mir auf, dass der Ort allein nicht den Zauber ausmachte. Es war die Gesellschaft, die ihm seinen wahren Glanz von Spannung und Abenteuer verlieh. Zum ersten Mal in meinem jungen Leben spürte ich einen Anflug von Einsamkeit.

Als ich das begriff, saß ich gerade mit einem merkwürdig fade schmeckenden Eis auf einer der Bänke am Rande des Harbour Hill. Von hier aus konnte ich über die weit abfallenden Wiesen bis hinunter zum Meer blicken. Meine Bank stand ein wenig abseits an einem besonders dichten Busch. So konnte mich die Frau, die durch die Lücke in der Hecke trat und langsam bis an den Rand der Wiese ging, nicht sehen.

Sie trug ein helles Sommerkleid, an dem der Wind zerrte, als sie dort am Holzzaun stand. Ihre Haare wehten ihr um den Kopf. Doch sie versuchte nicht, sie aus dem Gesicht zu streichen, sondern legte die Hände ans Gatter und blickte aufs Meer hinaus.

Mir blieb beinahe der Atem stehen, so wunderschön und dramatisch sah es aus, wie sie dort stand. Ich wagte nicht, mich zu rühren, geschweige denn, zu ihr hinzulaufen und meine Kinderhand in ihre erwachsene zu schieben. Es war meine Mutter, aber mehr als das war sie in diesem Augenblick eine unermesslich schöne Frau, deren Gedanken weit fort wanderten.

Ich wusste, dass ihr Zuhause, dass Deutschland in der Richtung lag, in die sie jetzt so angestrengt starrte. Wir waren noch nie zusammen dort gewesen. Aber sie fuhr manchmal zum Arbeiten dorthin, und Dad hatte mir schon oft davon erzählt, wenn er übers Meer hinüber zum Festland deutete.

Vielleicht, dachte ich damals zuerst, vielleicht ist sie ja auch einsam? Jetzt, wo Dad nicht hier ist.

Aber etwas an ihrer Haltung kam mir seltsam vor; es passte nicht zu dieser Vermutung. Und dann fiel es mir ein: Sie sah häufig so aus. Sie sah so aus, wenn sie in der Küche für uns kochte. Sie sah so aus, wenn Brians Eltern bei uns waren und sie lange um den Tisch saßen, Wein tranken und sich über langweiligen Erwachsenenkram unterhielten. Sie sah so aus, wenn Dad und sie Seite an Seite im Garten arbeiteten.

Nein, ganz sicher hatte sie nicht deshalb Kummer, weil sie jetzt gerade allein war, verstand ich. Und ich begriff, dass meine Mutter immer, auch in Gesellschaft anderer Menschen, einsam war.

***

Nach diesem Tag fing ich an, meine Mutter mit anderen Augen zu sehen. Entdeckte, dass ihr Gang manchmal besonders müde, ihr Lächeln wie gezwungen wirkte.

Dad kehrte aus dem Krankenhaus zurück und machte in seiner üblichen fröhlichen Art dort weiter, wo er aufgehört hatte.

Aber für mich hatte sich etwas geändert. Ich registrierte mit einem Mal viel deutlicher die Spannung, die zwischen meinen Eltern oft in der Luft hing. Belauschte ihre kleinen Streitereien. Nahm es wahr, wenn sie nebeneinander saßen oder gingen, ohne miteinander zu reden.

Verstehen, was meiner Mutter fehlte, konnte ich nicht. Sark war der wundervollste Ort der Welt, da war ich sicher. Nirgendwo sonst wollte ich leben. Und hatte sie sich nicht auch dafür entschieden, hier zu Hause zu sein? Dad war der tollste, lustigste und liebevollste Dad überhaupt. Meine Mutter musste doch eigentlich superglücklich sein, mit ihm verheiratet zu sein. Aber sie war es nicht. Und jetzt, wo ich es einmal begriffen hatte, sah ich überall Hinweise auf ihr Unglück. Ein ganzes Jahr sah ich dabei zu, wie sie immer stiller und ernster wurde.

Und dann, eines Tages, kam sie von einer ihrer Reisen nach Deutschland nicht wieder zurück zu uns. Sie kam nicht wieder heim zu Dad, der mit dunklen Augen und kummervoller Miene umherschlich. Und sie kam auch nicht wieder heim zu mir.

Nach einer Weile erhielt ich von ihr einen kurzen Brief, der den Unterlagen zur Scheidung beilag:

Liebste kleine Kate,

bitte sei nicht traurig, dass ich nicht wieder zurück nach Sark komme. Irgendwann wirst du bestimmt verstehen, warum ich so entscheiden musste.

Es tut mir leid.

Ich liebe dich.

Mom

Ich konnte noch nicht gut genug lesen, daher las Dad mir ihre Worte vor. Er weinte dabei, und ich schlang die Arme um seinen Hals, um ihn zu trösten.

Sollte das etwa eine Erklärung sein, warum meine Mutter mich im Stich ließ? Wenn ja, verstand ich es ganz gewiss nicht. Ich hasste diese Aussagen der meisten Erwachsenen, dass ich irgendetwas »irgendwann bestimmt verstehen« würde, wenn ich älter wäre. Ich wollte die Erklärung *jetzt!*

Dad gab sich alle Mühe, mir deutlich zu machen, dass es nicht an mir lag. Er sprach von der Arbeit meiner Mutter, von Universitäten und Forschung, lauter Kram, der mir kaum etwas sagte und mich auch nicht interessierte. Ich wollte nur wissen, wie es kommen konnte, dass meine Mutter mich nicht genug liebte. Dass sie mich nicht genug liebte, um zu mir zurückzukehren. Lag es doch an mir?

Jeden Abend vor dem Einschlafen stellte ich mir vor, wie meine Mutter zurückkehren würde. Ich sah sie in ihrem hellen Sommerkleid den Weg zum Harbour Hill heraufkommen, den Wind im Haar, eines ihrer seltenen Lächeln auf den Lippen. Ich hörte sie meinen Namen rufen. Und in meiner Fantasie breitete ich die Arme aus und rannte. Rannte auf sie zu, flog in ihre Arme, und sie hielt mich fest, ganz fest an ihren schlanken, duftigen Körper gepresst, um mich nie wieder loszulassen.

Ich weiß nicht, wie viele Abende ich mit diesem Traum verbrachte. Meinem innigen Wunsch, sie möge zurückkehren. Aber sie kam nicht. Sie kam nie wieder zurück zu mir.

* * *

Wie kann man das Vermissen erklären, das ein Kind empfindet, wenn die Mutter plötzlich fort ist?

Eine Urkraft, die vom ersten Moment an beständige Begleitung war, ist plötzlich nicht mehr da. Auch wenn sie oft geistig abwesend und melancholisch gewesen war, war ihr Dasein doch eine verlässliche Größe in meinem Leben gewesen.

Dad zerriss sich fast in dem Versuch, noch mehr für mich da zu sein. Man hätte meinen können, für mich hätte es keinen Unterschied gemacht, ob meine Mutter da war, vergraben in ihrem Arbeitszimmer, oder nicht. Aber es machte einen großen Unterschied aus für die Sechsjährige, die ich damals war. Mit ihrem Fortgehen spürte ich die alte Sehnsucht viel stärker als zuvor. Nicht, dass ich etwas vermisste, was ich bisher an ihr gehabt hätte. Nein, das Vermissen von warmer mütterlicher Zuwendung packte mich mit solcher Macht, weil ich es wohl schon mein ganzes Leben vergeblich gesucht hatte. Und nun war der Mensch, von dem ich mir genau dies so inniglich gewünscht hatte, von dem ich genau das eventuell irgendwann in der Zukunft hätte doch noch bekommen können ... Nun war dieser Mensch verschwunden.

Ich war zu klein, um das alles zu begreifen. Ich wusste nur eines: dass ich nicht darauf vertrauen konnte, dass Menschen, die ich liebte, für immer bei mir bleiben würden.

***

Mit acht Jahren fuhren Brian und ich täglich mit der Fähre nach Guernsey zur Schule. Auch auf Sarks größerer Schwesterinsel waren wir unzertrennlich wie siamesische Zwillinge. Wir saßen im Unterricht nebeneinander, spielten in den Pausen zusammen mit unseren Klassenkameraden, erledigten gemeinsam auf der Fähre die Hausaufgaben und schrieben bei Klassenarbeiten voneinander ab. Er war mein Fels in der Brandung.

War es Zufall oder eine Schicksalsfügung, dass mein bester Freund sich in diesem Herbst eine Grippe einfing und ich allein zur Schule pendeln musste?

Die Überfahrt war ohne Brian grässlich langweilig. Ebenso

der Unterricht und die Pausen. Als ich an jenem Tag nach dem letzten Läuten über den Schulhof schlenderte, dachte ich nur daran, ob Dad es mir wohl trotz der Ansteckungsgefahr erlauben würde, Brian einen kurzen Besuch abzustatten.

Ich hob den Blick.

Und da stand sie.

Ihr Haar war kurz geschnitten. Ihr Gesicht voller als früher. Aber natürlich erkannte ich sie sofort.

Sie trug nicht ihr helles Sommerkleid. Und sie rief nicht laut meinen Namen. Aber trotzdem wollte ich losrennen, auf sie zurennen, um mich in ihre Arme zu werfen.

Doch beinahe im selben Augenblick fielen mir all die Tränen wieder ein. Dads und meine eigenen. Ich dachte an den Brief, den ich inzwischen so oft auseinandergefaltet, angesehen und wieder in mein Schatzkästchen zurückgelegt hatte, dass die Knicke schon ganz brüchig waren.

»Irgendwann wirst du bestimmt verstehen«, konnte ich inzwischen längst selbst lesen.

Aber verstehen konnte ich trotzdem nicht.

Langsam ging ich auf meine Mutter zu.

Der Lärm der anderen Schulkinder schien leiser und leiser zu werden. Ich sah nichts anderes mehr als die hellen Haare und die grauen Augen vor mir, die meinen so ähnlich waren. Es gab nur noch sie und mich.

Etwa einen Meter vor ihr blieb ich stehen. Wir sahen uns an, und ich erkannte in ihren Augen ein Schimmern. Ihre Lippen zitterten. Sie war sehr blass, nicht so sonnengebräunt wie wir auf den Inseln hier nach einem schönen Sommer.

»Hallo, Kate«, sagte sie.

Ihre Stimme klang immer noch wie früher.

»Du bist ja so groß geworden.«

Dann streckte sie die Hand aus und berührte mich zart an der Schulter. Diese sanfte Berührung war mehr, als meine Kinderseele verkraften konnte. Ich warf die Arme um sie und presste mein Gesicht an ihren Hals. Wie wunderbar war das! Meine Mutter war zurückgekommen. Meine Mutter war hier, bei mir. Ich spürte ihre Arme um mich, wie in all den schon vergessenen Träumen. Ich atmete ihren unverkennbaren Duft ein. Hörte ihre leise, immer noch so vertraut klingende Stimme beruhigende Worte flüstern. Die vergangenen zwei Jahre surrten plötzlich zusammen zu einem unwichtigen Etwas.

Keine Ahnung, wie lange wir dort so standen.

Irgendwann wurde mir bewusst, dass es um uns herum tatsächlich still geworden war. Ich sah mich um. Der Schulhof war leer.

Meine Mutter strich mir eine Haarsträhne aus der Stirn und lächelte mich mit einem Ausdruck in ihrem schönen Gesicht an, den ich dort nur selten gesehen hatte.

»Liebe kleine Kate«, sagte sie.

Und wieder fiel mir ihr Brief ein. Ich verstand nicht mehr als damals. Aber das war jetzt unwichtig. Vollkommen egal war es, warum sie weggegangen war. Sie war ja zurück.

»Dad hat nicht gesagt, dass du kommst«, sagte ich.

Sie blinzelte. »Nein. Er weiß es nicht. Ich wollte zu dir. Hast du ein bisschen Zeit? Wir könnten ins Eiscafé gehen. Oder ein bisschen spazieren?«

Ein bisschen Zeit?

Jetzt erst schaute ich mich nach ihrem Gepäck um. Sie hatte jedoch keinen Koffer dabei, sondern nur eine Handtasche.

»Aber du bleibst doch hier?«, wollte ich wissen. »Du kommst zurück zu uns, oder?«

Dabei sah ich sie genau an. Erkannte ihr Zögern schon im leisesten Ansatz. Und plötzlich flatterte mein Herz in meiner Brust wie ein kleiner Vogel, den man in der hohlen Hand hält.

»Ich habe es nicht mehr ausgehalten, dich nicht zu sehen«, sagte sie leise. »Ich dachte, vielleicht könnten wir uns immer mal wieder treffen. Du kannst mir alles aus der Schule erzählen und was es so Neues gibt. Ich kann auch nach Sark kommen. John hat sicher nichts dagegen, wenn ich ab und zu ...«

Weiter kam sie nicht. Weiter ließ ich sie nicht kommen. Ich riss mich von ihr los und trat ein paar Schritte zurück.

»Du bist nur zu Besuch?«, keuchte ich. »Du bleibst gar nicht hier?«

»Kate, bitte ...« Sie streckte die Hand aus, doch ich schlug sie weg.

»Lass mich!«, schrie ich. »Wenn du nicht zu uns zurückkommst, dann will ich dich nicht mehr sehen!«

Meine Mutter zuckte zusammen. »Liebes, du weißt ja nicht, was du sagst. Du bist wütend und ...«

»Ich weiß ganz genau, was ich sage!«, unterbrach ich sie, diesmal ruhiger, wenn auch mit zitternder Stimme. »Und ich meine es auch so: Wenn du nicht zu uns zurückkommst, dann geh.«

Sie sah mich an. Ihre Augen schwammen in Tränen, und sie sah verzweifelt aus. Aber in mir tobte eine solche Wut, dass ich fand, das geschehe ihr recht. Wie kam sie auf die Idee, hier einfach aufkreuzen zu können mit dem Ziel, nur mit mir zu reden und dann wieder zu verschwinden?

»Geh!«, wiederholte ich.

Dann lief ich wieder über den Schulhof bis hinüber zur Pausenhalle. An der Tür drehte ich mich noch einmal um und blickte ein letztes Mal zurück.

Meine Mutter stand immer noch am selben Fleck und sah mir nach.

Matthew

Donnerstag, 25. Mai

Wie aus einem Traum tauchte Kate aus ihrer Erzählung wieder auf. Sie blinzelte, als müsste sie die Bilder loswerden, die ihre Worte vor ihren Augen hatten aufziehen lassen.

Auch ich selbst musste tief Luft holen, kapierte erst jetzt, dass ich den Atem angehalten hatte, als sie von ihrem Wiedersehen mit Hilde Stein erzählt hatte. Ich hatte den Atem angehalten, weil Kates Gesicht sich plötzlich so verändert hatte – zuerst so weich und durchlässig wie Luft wurde, nur um dann wieder die bekannte Traurigkeit einziehen zu lassen.

Unsere Stühle standen nur auf Armeslänge voneinander entfernt.

Kate starrte auf Alfis Indianerzelt, und ich sah sie schlucken. Wie gern hätte ich die Hand ausgestreckt und sie tröstend auf ihren Arm gelegt. Doch ich wagte es nicht. Kate sah so aufgewühlt aus, dass ich mich nicht gewundert hätte, wenn sie einfach aufgesprungen und davongerannt wäre.

»Hast du sie seitdem noch einmal wiedergesehen?«, fragte ich schließlich vorsichtig.

Sie schüttelte den Kopf. »Nein. Und ich habe auch noch nie jemandem davon erzählt.«

»Auch deinem Dad nicht?«

»Niemandem.«

Sie wandte den Kopf und sah mich aufmerksam an, als sei ihr soeben aufgefallen, dass sie dieses lange gehütete Geheimnis jemandem anvertraut hatte, den sie kaum kannte.

Wer ist dieser Jemand?, las ich die Frage in ihren Augen.

Und ich tat das Einzige, was ich in dieser Situation als richtig empfand.

»Ich bin in Somerset aufgewachsen«, erzählte ich ihr. »Als Jüngster von drei Geschwistern. Meine Eltern hatten einen kleinen Schreibwarenladen, so was gab es damals noch, mit Stiften und Zeichenblöcken, Schulheften und abgefahrenen Radiergummis. Als ich vierzehn war, erkrankte meine Mutter an Krebs. Das war eine schlimme Zeit für uns alle. Sie kam ins Krankenhaus. Und plötzlich war das Haus so leer. Wenn ich mir vorstelle, sie wäre nicht wiedergekommen, weil sie selbst es so entschieden hätte ...«

Kate hob die Hand und legte sie über ihren Mund. In dieser Geste des Mitgefühls waren ihre Augen noch eindrucksvoller.

»Oh nein, keine Angst. Mom geht's bestens«, erklärte ich ihr rasch.

Sie ließ die Hand sinken und lächelte erleichtert.

»Sie lernt gerade Internet, damit sie mit Alfi besser kommunizieren kann, hat sie gesagt. Dad verdächtigt sie aber, heimlich bei eBay Bassetti-Tischwäsche bestellen zu wollen ...«

Kate lachte auf. Doch dann wurde sie wieder ernst.

»Ich war ein ziemlich starrköpfiges Kind«, sagte sie. »Von diesem einen Moment an habe ich nie wieder als ›Mom‹ von ihr gesprochen. Die Frau, die Dad und mich verlassen und der ich zwei Jahre später eine Abfuhr erteilt habe, war für mich nur noch ›meine Mutter‹.«

»Du scheinst sehr konsequent zu sein«, stellte ich fest.

»Vielleicht manchmal etwas zu sehr«, meinte sie nachdenklich.

»Und Rose? Hatte sie es sehr schwer mit dir?«

Über Kates Gesicht huschte ein verschmitzter Ausdruck. »Anfangs schon. Aber du kennst sie ja. Rose kann niemand lange widerstehen. Und als sie erst mal mein Herz erobert hatte, war sie ... Es war ...«

»Dein Wunsch ging endlich in Erfüllung?«, bot ich an.

Sie nickte. »Wie gut, dass sie noch starrsinniger als ich selbst sein kann, wenn ihr etwas wichtig ist. Sie wollte mir unbedingt eine gute Mutter sein – mit allem Drum und Dran. Und das war sie, all die Jahre. Eine grandiose, wundervolle, liebevolle und zärtliche Mutter, wie ich sie mir immer gewünscht hatte. Ich konnte gar nicht anders, als sie zu lieben – egal, wie schwer es mir auch sonst fiel und bis heute fällt, jemanden an mich heranzulassen.«

»Alfi ist der Meinung, unheimlich dicke mit dir zu sein«, warf ich ein. »Und mein Sohn hat für solche Dinge ein untrügliches Gespür. Also hast du deine Zurückhaltung in der letzten Zeit offenbar ein bisschen abgelegt.« Ich versuchte, es wie einen gutmütigen Scherz klingen zu lassen.

Doch Kate ging nicht darauf ein. Ihre Augen blickten nachdenklich, und schließlich wandte sie den Kopf, um zu Amy hinzusehen, die sich nicht weit von uns entfernt ins Gras gelegt hatte und selig schlief.

»Kann es sein, dass es an ihr liegt?«, überlegte Kate. »Dass Amy eine Tür in mir geöffnet hat, die lange verschlossen war? Sodass ich nach all der Zeit doch wieder bereit bin für neue, intensive Verbindungen?«

Ich musste schlucken. Konnte es sein, dass sie mit diesen Worten nicht nur die Hündin und meinen Sohn meinte?

Kates Eintauchen in die Vergangenheit und das Vertrauen, das sie mir damit entgegengebracht hatte, hatte zwischen uns eine beinahe greifbare Nähe entstehen lassen.

Daher wagte ich es und fragte: »Bist du das denn? Bereit für etwas Neues?«

Sie hob den Kopf, und der Blick aus ihren grauen Augen traf mich in die Brust wie ein Faustschlag. In ihm lagen Erkennen und Furcht in gleichem Maße, und mit einem Mal war mir klar, dass sich hier und jetzt alles entscheiden könnte. Ob Kate Bentley und ich weiterhin in freundschaftlichem, aber eher geschäftlichem Kontakt stehen oder ob wir womöglich in ganz anderer Art und Weise miteinander verbunden sein würden.

Ich wagte kaum zu atmen, während sie mich ansah.

»Matthew«, begann sie schließlich leise, brach dann aber verwirrt ab.

»Kate, ich ...«, setzte ich an, wusste aber auch nicht weiter.

Da stand sie abrupt auf und griff nach ihrer Tasche, die sie auf die kleine Bank an der Hauswand gestellt hatte. »Es ist Zeit für mich zu gehen.« Sie wandte sich an Amy, streichelte sie sanft wach und flüsterte ihr zu, dass sie nun aufbrechen würden.

Amy schüttelte den Schlaf ab und war bereit.

Ich erhob mich langsam.

Das war es jetzt wohl. Die Entscheidung war gefallen. Und ich war nicht mal sicher, ob ich dazu beigetragen hatte. Ob ich ihr Gehen oder Bleiben auch nur in einer winzigen Weise hätte beeinflussen können.

Sie ging voran ins Haus, Amy dicht hinter ihr. Ich folgte den beiden durchs Wohnzimmer, den Flur, wo sie kurz innehielt und die Treppe hinaufsah, bevor sie nach Amys Leine griff, die über der Garderobe hing. Ich öffnete die Haustür, um die beiden hinauszulassen.

Amy trabte mit einem Schwanzwedeln an mir vorbei. Einen Moment lang standen Kate und ich im engen Flur sehr nah voreinander. Meine Knie wurden weich, als ich ihr Gesicht so dicht an meinem sah. Dann nickte sie zweimal rasch und ging an mir vorbei den schmalen Weg zur Straße, wo Amy auf sie wartete.

Der Abend war bereits weit fortgeschritten. Dämmerung hatte sich über die Insel gesenkt und ließ Kates Silhouette vor dem Licht einer Straßenlaterne schimmern.

»Du weißt, dass du nicht gehen musst«, hörte ich mich zu meinem eigenen Entsetzen sagen.

Du Idiot!, rief ich mir im selben Augenblick innerlich selbst zu. *Was ist denn in dich gefahren? Das war viel zu eindeutig! Damit wirst du sie verschrecken!*

Aber Kate wirkte nicht erschrocken. Genau genommen wirkte sie eher so, als hätte sie mich gar nicht gehört. Sie ging einfach weiter, und ich wollte schon erleichtert aufatmen. Vielleicht hatte ich den Satz ja auch gar nicht laut ausgesprochen? Doch als sie an ihrem Wagen ankam, stieg sie nicht ein, sondern blieb einfach stehen.

Ich widerstand der Versuchung, zu ihr zu laufen nur, indem ich mich mit einer Hand am Türrahmen festhielt und sie beobachtete.

Was ging in ihr vor? Was um Himmels willen dachte sie nach so einer wahrscheinlich recht verzweifelt klingenden Einladung eines Mannes? Eines Mannes, von dem sie wusste, dass er Single war, allein lebte und ganz darin aufging, sich um seinen zehnjährigen Sohn zu kümmern?

Was würde sie in meinen Worten lesen? Was in mir sehen?

Was …?

Sie drehte sich zu mir um.

Ich erstarrte.

Sie kam den Weg zurück.

Amy tollte ihr voraus und witschte wieder an mir vorbei, als wäre sie froh, doch nicht ins Auto steigen zu müssen.

Kate kam in langen Schritten auf mich zu. In ihrem Blick lag etwas, ich weiß nicht was, vielleicht alle Fragen der Welt auf einmal, vielleicht pure Entschlossenheit, und schon war sie bei mir.

Es passierte irgendwie automatisch. Meine Arme hoben sich, meine Hände legten sich auf ihren Rücken, so wie ihre sich in meinen Nacken schoben. Unsere Körper schienen wie zwei Magnete, die seit unserer ersten Begegnung voneinander angezogen gewesen waren und deren Aufladung sich mit jedem weiteren Treffen gesteigert hatte – sodass sie der Anziehung nun einfach nicht mehr standhalten konnten.

Kate

Donnerstag, 25. Mai

Wer auch immer behauptet hat, erste Küsse sollten vorsichtig und sanft sein, hatte unrecht. Ich prallte auf Matthew, wie ein Sturm auf einen Küstenstreifen trifft. Seine Lippen waren weich und warm und schmeckten süß nach Eis mit Früchten und herb nach Rotwein. Seine Arme hielten mich fest, als befürchtete er, dass ich gleich auf und davon geweht würde.

Nur ein paar Sekunden lang konnte ich mich fragen, was um Himmels willen hier geschah. Hatte ich bei allen Männern, die mir gefielen, nicht im Vorfeld lang und breit Überlegungen angestellt, ob und wie wir zueinanderpassen würden, ob »er« tatsächlich vertrauenswürdig war und ob meine Gefühle auch wirklich ausreichen würden für eine kurze Episode, geschweige denn einen ernst gemeinten Versuch?

Nichts davon war mir in den Sinn gekommen in den vergangenen vier Wochen. Matthew war einfach da gewesen. Der vor Lebensfreude sprühende Kerl, der sich bestens mit Kindern und Hunden verstand und immer eine lustige Geschichte parat hatte. Nicht eine Sekunde lang hatte ich ernsthaft überlegt, ob aus ihm und mir mehr werden könnte. Dabei war es doch glasklar gewesen, dass ich mich schon sehr bald zu ihm hingezogen gefühlt hatte, oder?

Matthew küsste mich erneut und wühlte eine Hand in mein Haar, sodass ich vergaß, was ich geahnt oder nicht geahnt haben könnte.

Wir lösten uns kurz voneinander, um in den Flur zu taumeln, die Tür hinter uns zu schließen und weiter ins Wohnzimmer zu stolpern. Amy war hinaus auf die Terrasse gelaufen und hatte sich genau dort im Gras niedergelassen, wo sie vor ein paar

Minuten noch geschlafen hatte. Von dort draußen fiel nur ein schwacher Schein vom Windlicht herein. Und doch konnte ich in Matthews warmem braunen Blick ein Begehren flackern sehen, dass meine Knie weich werden ließ. Ich konnte nicht anders, als mich auf das breite Sofa fallen zu lassen, und zog ihn mit mir.

Dicht beieinanderliegend küssten wir uns wieder und wieder. In mein Haar hinein murmelte Matthew meinen Namen und glitt mit der Hand meinen Rücken hinunter, unter mein T-Shirt und strich über meine Haut. Die Berührung seiner Finger elektrisierte mich so sehr, dass ich schauderte und mir ein leises Seufzen entfuhr.

Wie lange war es her, dass ich so berührt worden war? War ich überhaupt schon einmal so berührt worden? Hatte es sich jemals so angefühlt?

Ich genoss jeden winzigen Hauch. Doch es war mir plötzlich nicht mehr genug. Ich zerrte an Matthews T-Shirt, und wir schafften es irgendwie, es ihm im Liegen über den Kopf zu ziehen. Seine nackte Brust hob und senkte sich in schnellem Rhythmus, als ich mit einer Hand darüberstrich und nach seinen Lippen auch seinen Hals und das Schlüsselbein küsste. Es fühlte sich an, als glühten wir beide, und doch überzog eine feine Gänsehaut meinen ganzen Körper. Ich schlüpfte ebenfalls aus meinem T-Shirt. Doch anstatt sofort meinen BH zu öffnen, ließ Matthew sich Zeit. Minutenlang fuhren seine Fingerspitzen am Rand des Spitzenstoffes entlang. Seine warmen Lippen streiften meine Haut. Ich spürte seine Zungenspitze, die vorsichtig die Kuhle zwischen meinen Schlüsselbeinen erkundete und sich dann hinuntertastete zum Brustansatz. Mittlerweile bebte ich regelrecht. Weil ich es nicht mehr aushalten konnte, griff ich selbst nach hinten, um den Verschluss zu lösen. Doch Matthew war schneller und hielt meine Hand fest. Wir sahen uns an. Beide außer Atem und mit verschleiertem Blick. Seine Augen, die mir mittlerweile schon so vertraut waren, glommen vor Leidenschaft.

»Warte noch«, raunte er heiser.

Nur um mit dem Streicheln und Küssen erneut zu beginnen. Bis ich glaubte, schier verrückt zu werden vor Verlangen. Gerade in dem Moment, in dem ich es einfach nicht mehr zu ertragen glaubte, glitt seine Hand auf meinen Rücken. Er brauchte zwei, drei Versuche, was ich auf amüsante Art berührend fand, doch dann löste sich der Verschluss, und er schob die Träger sanft hinunter.

Sein Atem streifte mein Ohr, meinen Hals, meine nackte Schulter. Mit einer Hand umfasste er eine meiner Brüste von unten und senkte seinen Kopf herab, um die Brustwarze mit seinen Lippen zu umschließen.

In mir explodierte etwas, und ein Stöhnen drängte aus mir heraus. Ich griff in sein Haar und zog ihn noch dichter an mich heran, spürte seine Hände, seinen Mund, seine Zunge und konnte an nichts anderes denken als daran, dass ich ganz eins werden wollte mit diesem Mann.

An meinem Schenkel konnte ich spüren, dass es ihm nicht anders ging, und so nestelte ich an seinem Reißverschluss herum. Ich wollte ihm schon die Hose herunterzerren, als Matthew erneut meine Hand festhielt und mich ansah.

»Das geht nicht, Kate«, flüsterte er rau.

»Was? Aber …? Wieso?«, murmelte ich.

»Ich habe nichts hier«, antwortete er leise.

Ich hob den Blick und sah ihn an. In seinen Augen stand immer noch das unermessliche Begehren, aber auch eine komisch anmutende Verzagtheit. Ich konnte nicht anders und musste grinsen.

»Was für ein sympathischer Kerl du doch bist«, wisperte ich und zog ihn wieder an mich.

»Wie schön, dass du das so siehst«, erwiderte er zwischen

Schmunzeln und Verzweiflung, doch dann wurde er wieder ernst und machte genau da weiter, wo er gerade aufgehört hatte.

Nur dass er jetzt auch noch den Knopf meiner Jeans öffnete und mit der Hand hineinfuhr. Oh Gott, wie wunderbar! Ich bog mich ihm entgegen und konnte kaum fassen, was hier zwischen uns geschah.

Es war so süß und gleichzeitig beinahe schmerzhaft aufwühlend. Mein Atem war nur noch ein Keuchen. Sein Arm, mich haltend. Sein Mund, mich küssend. Woher wusste er, wie ich berührt werden wollte? Woher wusste er das alles über mich?

Er flüsterte mir Dinge ins Ohr, wie schön ich sei, wie begehrenswert, dass er nicht genug bekommen könne von mir, schon vom ersten Moment an. Ich klammerte mich an ihn, bebte und zitterte.

Und plötzlich hörte er auf.

Seine Hand zog sich zurück.

Ich schlug die Augen auf.

»Hättest du eine Sekunde?«, fragte mein Liebhaber, von dem ich noch vor einer Stunde nicht geahnt hatte, dass er dies einmal werden würde.

Ich war völlig außer Atem, nicht in der Lage zu antworten.

Kaum zu fassen, aber Matthew schob sich tatsächlich von mir fort, erhob sich vom Sofa und ging einmal quer durchs Zimmer zu einer Kommode, die dort in der Ecke stand. Er zog die Schublade auf, und ich hörte ihn darin kramen. Dann kam er zu mir zurück und setzte sich auf die Sofakante. In seiner Hand hielt er ein kleines Plastiktütchen.

»Habe ich dir schon gesagt, wie wunderbar es ist, schwule Freunde zu haben? Die haben nämlich keine Scheu, zu Geburtstagen ein Survivalset für alleinstehende Männer zu verschenken, in dem sich allerhand Nützliches findet. Und wenn man ganz viel Glück hat, erinnert man sich im richtigen Moment wieder daran.«

Es war eine kleine Packung Präservative. Hübsch eingepackt und mit einer Schleife versehen.

»Ist dies der richtige Moment?«, erkundigte ich mich mit einer Stimme, die mir selbst fremd in den Ohren klang, rauchig und verführerisch.

»Ich würde sogar so weit gehen, zu sagen: Dies ist der *perfekte* Moment!«, antwortete Matthew in einem ganz ähnlichen Tonfall.

Und dann legte er sich erneut zu mir und begann, mir ganz ohne Worte jede Menge Argumente zu zeigen, die dafür sprachen, dass er damit vollkommen recht hatte.

Matthew

Freitagmorgen, 26. Mai

Ich weiß nicht, wie viel Zeit verging. Aber irgendwann lagen wir nackt und eng umschlungen auf meinem Unschuld heuchelnden Sofa, Kate halb auf mir. Sie glitt bereits in den Schlaf hinüber, aber als ich über ihren schlanken Rücken fuhr, spürte ich, dass ihre Haut kühl wurde.

»Kate?«, flüsterte ich ihr ins Ohr.

Sie seufzte genüsslich und kuschelte sich enger an mich.

»Kate, was hältst du von einem richtigen Bett mit einer warmen Decke?«

»Grandios«, murmelte sie.

Ich legte ihr mein T-Shirt um die Schultern, das ich vom Boden klaubte, und spielte einen Augenblick mit dem Gedanken, sie heldenhaft die Treppe hinaufzutragen. Eine winzige Sekunde lang erschien Brians Bild vor mir, seine breiten Schultern und die kräftige, mich wahrscheinlich um zehn Zentimeter überragende Gestalt.

Da ging plötzlich ein Ruck durch Kate, sie stand in einer einzigen fließenden Bewegung auf und zog mich mit. Wir standen voreinander und sahen uns an. Nach all der Leidenschaft, die wir gerade miteinander erlebt hatten, waren wir jetzt wieder bei klarem Verstand.

Einen bangen Moment lang fürchtete ich, sie würde nun einen so ernüchternden Satz sagen wie: »Das war schön. Jetzt muss ich aber wirklich gehen.« Doch stattdessen lächelte sie mich an. So sanft, so süß, so unbeschreiblich Kate, dass ich sofort wieder weiche Knie bekam.

»Geh schon vor. Ich mach nur schnell das Licht auf der Terrasse aus und trage den schlafenden Retriever rein, der da im taufeuchten Gras liegt«, raunte ich ihr zu. »Zweite Tür rechts.«

Sie nickte, sammelte ihre Jeans und ihr T-Shirt vom Boden auf, und ich sah ihr zu, wie sie mit den Sachen in der Hand barfuß und mit einer Silhouette zum Dahinschmelzen in den Flur verschwand.

Ich entschied mich dazu, rasch in meine Boxershorts zu schlüpfen, bevor ich in den Garten hinausging. Es war zwar schon spät, aber Nachbarn waren manchmal unberechenbar. Golden Retriever auch. Denn ich musste Amy gar nicht wecken, wie ich angenommen hatte. Das Hundemädchen hatte offenbar eine kleine letzte Runde durch den Garten gedreht und schlurfte nun müde von Alfis Indianerzelt aus auf mich zu. Ich hockte mich kurz hin und kraulte ihren Hals, während sie mich schlaftrunken anblickte.

»Amy«, flüsterte ich ihr zu. »Du hast keine Ahnung, dass sich die Welt in den letzten Stunden komplett geändert hat, nicht wahr?«

Sie legte den Kopf schief und wedelte.

Da sag noch mal einer, Hunde verstünden nicht jedes Wort.

Ich bot ihr den Platz neben dem Sofa als Schlafstelle an, und sie rollte sich zufrieden seufzend auf der ausgebreiteten Decke zusammen. Dann löschte ich das kleine Terrassenlicht und schloss die Tür.

Und dann. Ging ich leise hinauf. Fand meine Schlafzimmertür weit offen. Trat ans Bett und blickte eine Weile hinunter auf die silberne Flut von Haar, die im Mondlicht auf das Kopfkissen floss, die sanften Rundungen unter der Decke.

Bis Kate sich regte und, ohne die Augen aufzuschlagen, die Hand nach mir ausstreckte. Sie hatte einen ausgesprochen willensstarken Griff. Und dann lag ich neben der Frau meiner Träume, die sich schlafwarm an mich schmiegte. In meinem eigenen Bett. Und konnte mein Glück gar nicht fassen.

***

Ich hatte die Vorhänge nicht zugezogen. So weckten mich die Sonnenstrahlen, die zum Fenster hereinfielen. Aber da war noch etwas anderes.

So etwas Ungewohntes wie ein …

Ich blinzelte.

Ein Blick aus leuchtend grauen Augen.

»Guten Morgen«, flüsterte Kate mir zu.

Mein Herz machte einen gewaltigen Satz und galoppierte dann in wilden Sprüngen los.

»Guten Morgen«, antwortete ich etwas heiser. »Du beherrschst ja die Kunst des Wachguckens.«

»Ich bin Frühaufsteherin«, teilte Kate mir mit und setzte, plötzlich ein wenig scheu, hinzu: »Gibt noch vieles, was wir nicht voneinander wissen.«

»Aber nichts, was wir uns nicht erzählen könnten«, erwiderte ich.

Ihre Hand, die auf der Decke gelegen hatte, hob sich, und sie berührte sanft eine Stelle neben meinem Mundwinkel.

»Irgendwann fiel mir auf, dass du Grübchen bekommst, wenn du lächelst.«

Sie lächelte auch.

»Ja, genau das meine ich.«

Ihre Stimme. Ihr klarer Blick, ganz frei von aller Traurigkeit. Ich brauchte sie nicht zu fragen, ob sie ebenso glücklich war wie ich selbst. Es war deutlich zu spüren.

Beide waren wir so weich und verletzlich, wie man es eben ist, wenn man sich einem anderen Menschen vollkommen geöffnet hat.

Ich strich mit den Fingerspitzen über Kates nackten Bauch, und sie bekam eine Gänsehaut.

»Was wird Alfi sagen, wenn ich heute Morgen immer noch hier bin?«, wollte sie wissen. »Ich meine, wird ihm klar sein, dass wir ... na ja ...? Oder sollen wir ihm irgendetwas haarsträubend Erfundenes erklären, warum ich hier übernachtet habe?«

»Unterschätze zehnjährige Jungen nicht«, riet ich ihr. »Ich habe zwar noch keine Erfahrung in dieser Hinsicht. Aber es besteht kein Zweifel, dass er es sofort checken wird. Natürlich wird es ihm schrecklich peinlich sein. Also dürfen wir es auf keinen Fall ansprechen. Am besten tun wir so, als wäre alles vollkommen normal. Wichtig ist nur, dass seine Stellung in deinem Betrieb wegen der neuen persönlichen Entwicklungen nicht gefährdet ist.«

Wir lauschten beide meinen Worten nach. *Neue persönliche Entwicklungen.* Das klang sensationell, fand ich.

Schließlich nickte Kate langsam und schloss wieder die Augen, meine Berührungen sichtlich genießend.

»Wie spät ist es eigentlich? Ich habe überhaupt kein Zeitgefühl.«

Ich warf einen Blick auf den Wecker. »Erst kurz vor sechs. Also noch jede Menge Zeit, bevor mein Langschläfersohn aufwacht und nach Frühstück verlangt.«

Die Zeitspanne bis acht Uhr dehnte sich plötzlich in verlockender Weise vor mir aus.

Kate seufzte genüsslich.

»Was denkst du?«, wollte ich wissen.

Sie kicherte leise. »Das ist eine Frauenfrage.«

»Tatsächlich?«

»Ja. Obwohl ich sie nie stelle. Ich wüsste jedenfalls nicht, wem. Dad denkt immer nur über die Pferde nach. Rose teilt mir eh alles mit, was in ihr vorgeht. Und bei Brian wäre so eine Frage hoffnungslos, weil er einfach nie irgendwas erzählt. Also?«

»Wir könnten es so einrichten, dass zwischen uns ich derjenige bin, der diese Frage stellt«, schlug ich vor.

Dass sie Brian im selben Atemzug wie ihren geliebten Dad und Rose erwähnte, behagte mir irgendwie nicht.

»Gebongt«, erwiderte sie.

»Also?«

Sie reckte das Kinn, hielt die Augen aber geschlossen, sodass ich keine Scheu hatte, ihren schlanken Hals und ihr weiches Gesicht zu streicheln.

»Ist es nicht erschreckend, dass ich niemanden fragen kann, was er gerade denkt?«, murmelte Kate. »Irina hat wirklich recht, wenn sie sagt, dass ich niemanden an mich heranlasse.« Sie drehte den Kopf zu mir und blinzelte mich kurz verschmitzt an. »Obwohl ich ja offenbar dabei bin, das zu ändern.«

Kate Bentley, die anbetungswürdigste Frau der Welt, hatte gerade gesagt, dass sie dabei war, mich an sich heranzulassen! Ich hätte vor Freude laut jubeln können.

»Weißt du, das, was ich dir gestern erzählt habe, habe ich noch nie jemandem erzählt«, fuhr sie leise fort, die Augen wieder geschlossen, als könnte sie sich damit ein wenig schützen. »Nicht, dass meine Mutter mich damals besuchen wollte und ich sie weggeschickt habe. Und erst recht nicht, dass ich hin und wieder denke, dass ich vielleicht doch zu starrköpfig gewesen bin. Manchmal frage ich mich, was wohl passiert wäre, wenn ich damals mit ihr gegangen wäre. Ein Eis essen. Spazieren. Wenn ich zugestimmt hätte, dass sie mich ab und zu besucht. Wie wäre es wohl weitergegangen zwischen uns?, überlege ich dann. Aber um das rauszufinden, ist es nun wohl zu spät.«

In ihre Stimme hatte sich wieder ein wenig Traurigkeit geschlichen. Und wenn mich dies vom Zeitpunkt unseres Kennenlernens an immer berührt hatte, so war es mir nun schier unerträglich.

»Vielleicht ja nicht«, sagte ich vorsichtig.

Kate hielt kurz den Atem an. Dann holte sie tief Luft und ließ sie wieder hinaus. »Ich wüsste nicht, wie das gehen sollte.«

»Hast du schon mal überlegt, selbst Kontakt aufzunehmen?«

»Und wie?«

»Na, durchs Internet. Es gibt zwar viele Hilde Steins in Deutschland, aber nicht so viele Historikerinnen, die bis vor Kurzem einen Lehrstuhl besetzt haben und zudem noch diverse Publikationen über die deutsche Besatzungszeit auf Guernsey veröffentlicht haben.«

Jetzt schlug Kate die Augen auf und sah mich verwundert an.

»Woher kennst du ihren Namen?«, fragte sie. »Und woher weißt du das alles?«

»Na ja, ich recherchiere doch für mein Buch, das in dieser Zeit spielt. Und ich war auf der Suche nach Menschen, die mir noch mehr darüber erzählen können.«

Das traf es nicht hundertprozentig. Doch wenn ich Kates Ausdruck richtig interpretierte, war sie schon darüber sehr beunruhigt.

Sie setzte sich auf, die Decke unter die Achseln geklemmt, und schlang die Arme um die angezogenen Knie. »Du hast meine Mutter gefunden?!«

Ich nickte.

Kate brauchte einen Augenblick, um das zu verdauen. »Das heißt, du weißt, wo sie in Deutschland lebt und was sie macht und all das?«

Mit Schrecken stellte ich fest, dass dies hier gerade in die falsche Richtung zu laufen schien. Ich hatte ihr nur helfen, ihr einen zarten Hinweis auf ihre eigene Handlungsfähigkeit geben wollen. Doch nun war sie plötzlich aufgeregt. Und mit einem Mal lag viel mehr Distanz zwischen uns als noch vor wenigen Sekunden.

»Das ist wirklich nicht schwer herauszufinden«, versuchte ich es herunterzuspielen.

»Wusstest du, dass sie meine Mutter ist?«, hakte Kate nach.

Wieder nickte ich. »Auch das ist nicht schwer zu erraten. Auf den Fotos im Netz seht ihr euch sehr ähnlich, weißt du.«

Kate schüttelte spontan den Kopf, als wollte sie diese Vorstellung nicht zulassen. Dann blickte sie mir fest in die Augen. »Hast du Kontakt zu ihr aufgenommen?«

Ich musste schlucken. Der lächerliche Impuls, es abzustreiten, überkam mich so heftig, dass ich ihn nur mit Mühe abwehren konnte. Sie würde es spüren. Oder herausfinden. Und dann würde sie mir nicht mehr vertrauen.

»Wir haben letzte Woche kurz telefoniert«, gestand ich und hörte meiner Stimme selbst an, wie gequält sie klang. »Sie konnte mir einige wertvolle Tipps geben und hat angeboten, für eine Art kleines Interview herzukommen.«

Kate schnappte nach Luft und blickte sich im Raum um. Fast sah es aus, als erwartete sie, dass Hilde Stein jeden Augenblick hier hereinspaziert käme.

»Gott, das glaub ich einfach nicht«, stammelte sie. »Als ich dir gestern von meinem schwierigen Verhältnis zu meiner Mutter erzählt habe, hattest du schon längst mit ihr gesprochen und vereinbart, dass sie hierherkommt? Hierher nach Guernsey, in mein Zuhause?«

»Natürlich nicht. Ich meine, ja, ich hatte mit ihr gesprochen. Aber doch nicht über dich. Der Vorschlag, einen Abstecher hierher zu machen, kam von ihr. Sie ist für ein paar Tage in London und …«

»Matthew! Du hast hinter meinem Rücken Kontakt zu meiner Mutter aufgenommen!« Kate war außer sich, obwohl sie sich bemühte, leise zu sprechen. »Wann um Himmels willen hattest du denn vor, mir davon zu erzählen?«

Ich rang die Hände. »Ich hätte es dir erzählt, Kate. Ganz bestimmt. Aber das war gestern einfach nicht an der Reihe. Das zwischen uns, das ist doch noch so frisch und so ... Es schien mir nicht das Wichtigste zu sein.«

Kate starrte mich fassungslos an. »Nach allem, was ich dir gestern von mir offenbart habe, sagst du, das sei nicht das Wichtigste?«

Ich wollte die Hand ausstrecken, sie auf ihren Arm legen, sie beschwichtigen. Angst schnürte mir die Kehle zu. Doch ich riss mich zusammen.

»Richtig!«, sagte ich mit möglichst fester Stimme. »Genau das sage ich. Die Beziehung zu deiner Mutter ist bestimmt einschneidend und wichtig für dich gewesen. Aber du lebst heute! Du lebst hier und jetzt! Und da ist nicht sie im Vordergrund, sondern wir – du und ich, Kate. Was zwischen uns passiert ist, ist etwas ganz Wunderbares. Ich weiß, du hast das genauso empfunden wie ich. Wenn es stimmt, was du sagst, dann ist es lange her, dass du dich auf jemanden einlassen konntest. Und dasselbe gilt für mich. Ist denn nicht das am wichtigsten? Dass wir jemanden gefunden haben, den wir ganz und gar kennenlernen, mit dem wir so vieles neu entdecken wollen? Lass uns das nicht aufs Spiel setzen, Kate, ich bitte dich!«

Ihre Unterlippe zitterte. Ich sah sie schlucken. Einen Augenblick lang wirkte es, als wollte sie sich einfach gegen mich sinken lassen, und ich wollte schon aufatmen. Doch da verzog sich ihre Miene mit einem Mal. Sie sprang aus dem Bett, schlüpfte ohne Unterwäsche in ihre Jeans, riss sich das Shirt über den Kopf und war bereits an der Tür.

»Kate, bitte nicht!«, sagte ich flehend und streckte die Hand nach ihr aus.

Sie sah mich kurz an. »Tut mir leid«, flüsterte sie.

Und war eine Sekunde später verschwunden.

Kate

Mittwoch, 31. Mai, und Donnerstag, 1. Juni

Noch nie in meinem Leben hatte ich mich so ratlos gefühlt.

Am liebsten hätte ich das ganze Wochenende unter der Decke in meinem Bett verbracht, die verstreichende Zeit einfach verschlafen, um nicht zu grübeln. Doch natürlich musste ich im Souvenirshop meinen Dienst versehen. Und so verfiel ich in die andere Variante des Nichtnachdenkens: Bevor ich den Laden morgens öffnete, begab ich mich mit Amy auf ausgiebige Joggingrunden. Dabei mied ich die Strecke über den Küstenpfad, an der ich mit Matthew und Alfi gewesen war und wo Matthew die Geschichte vom Wunschdrachen erzählt hatte. Amy hatte keine Ahnung, dass ich den Ort mied, war trotzdem begeistert und trabte glücklich hechelnd neben mir her, bis ich selbst nicht mehr konnte. Im Souvenirshop begann ich mit jedem Kunden ein Gespräch, so belanglos es auch sein mochte. Und an den Abenden saß ich lange im Büro und arbeitete wie eine Verrückte.

Am sonnigen Dienstagnachmittag hatten Rose und Dad Irina und mich zum Tee eingeladen. Amy war natürlich auch mit von der Partie. Irina schien den Aufenthalt auf Guernsey und die Beschäftigung mit ihrer alten Arbeit sehr zu genießen. Sie war ausgesprochen munter und bestritt auf der Fähre nach Sark unsere Unterhaltung fast allein, was mir entgegenkam, denn so konnte ich ihrem Geplauder einfach zuhören, ohne selbst viel beitragen zu müssen.

Rose, die in den letzten Tagen wegen ihrer Bewegungsunfähigkeit ausgesprochen mürrisch gewirkt hatte, war wieder fröhlich und gut gelaunt.

»Morgen kannst du wieder ins Büro und dich um deine eigene Arbeit kümmern«, verkündete sie strahlend.

»Aber die sechs Wochen sind doch noch nicht um«, wandte ich besorgt ein. »Du musst die Schiene noch eine Woche lang tragen.«

»Doktor Sanders hat heute gesagt, dass ich langsam auf die Krücken verzichten und behutsam belasten soll«, erklärte Rose.

Ich sah, wie Dad, der hier im Garten den Teetisch für uns deckte, hinter ihrem Rücken die Augen verdrehte.

»Hast du denn auch registriert, dass er *behutsam* belasten gesagt hat?«, erkundigte ich mich bei meiner Stiefmutter.

»Kate«, sagte Rose, die offenbar mit meinem Einwand gerechnet hatte. »Ich habe einen Mund zum Reden. Wenn ich irgendetwas nicht erledigen kann, bitte ich die netten Leute in meinem Laden darum.«

»Deine *Kunden?*«

»Meine *netten* Kunden!« Sie zwinkerte. »Und außerdem seh ich dir doch an, dass du es gar nicht abwarten kannst, dich wieder selbst um deine Gruppen zu kümmern. Auf der Insel herumrennen, draußen sein, das ist es doch, was du gern tust, oder?«

Rose kannte mich einfach zu gut.

»Ich hab versucht, es ihr auszureden«, seufzte Dad. »Aber du kennst sie ja. Und was deine Arbeit angeht, hat Rose ja auch wirklich recht. Nach Kittens Feuertaufe wirst du noch mehr als früher zu tun haben. Du wirst doch bestimmt jetzt zusätzliche Gruppen annehmen, die sie selbst leiten wird, oder?«

Dad hatte eine kleine Schwäche für meine sommersprossige, stupsnasige Assistentin. Durch ihren Erfolg bei den Touren fühlte er sich darin bestätigt.

»Ja, für ihr Alter und ihre geringe Erfahrung hat sie es wirklich ganz passabel gemeistert«, sagte Irina, ehe ich antworten konnte. »Ein alter Hase wie ich würde ja zu gerne noch weiter aushelfen. So eine Gruppe würde mir auch mächtig Spaß machen. Aber ich fürchte, ich muss mich so langsam mal wieder zu Hause blicken lassen. Die Zwillinge sind zwar fast erwachsen, aber sie sind eben erst *fast* erwachsen.«

Sie stieß die Luft aus, als würde sie daheim ein wahres Inferno erwarten.

»Oh ja, mit siebzehn brauchen Kinder ihre Mutter noch«, stimmte Rose ihr zu.

Die beiden ergingen sich eine Weile in Ansichten zum richtigen Umgang mit postpubertären Halbwüchsigen. Dad, der dazu wenig zu sagen hatte, brummelte etwas vom Tee und verschwand im Haus.

»Hast du Brian in der letzten Zeit gesehen?«, fragte Rose mich.

Für einen kleinen Moment erschrak ich, denn ich fürchtete, sie ginge davon aus, dass Irina als meine alte Freundin in mein Gefühlschaos der letzten Wochen bestens eingeweiht sei. Doch Rose sagte nicht mehr, sondern sah mich nur interessiert an, als hätte sie sich lediglich nach einem gemeinsamen guten Freund erkundigt.

Ich schüttelte den Kopf. »Seit dem Dinner bei euch neulich hab ich ihn nicht mehr gesehen. Wir texten aber häufig. Und vor ein paar Tagen haben wir mal kurz telefoniert. Er ist eben schwer beschäftigt ...«

»Also, ich weiß ja nicht, wo du die letzten Abende unterwegs warst«, fiel Irina mir ins Wort und bedachte mich mit einem wissenden Blick, bei dem mir tatsächlich ein kleiner Schrecken in die Glieder fuhr.

Als könnte sie allen Ernstes ahnen, wo und mit wem und vor allem in welcher Weise ich den letzten Donnerstagabend verbracht hatte.

»*Ich* jedenfalls hab Brian gestern zufällig im Pub getroffen.« Jetzt wandte sie sich an Rose: »Ein Bild von einem Kerl, oder?«

Rose lächelte zustimmend, aber ein wenig irritiert.

»Er war superlieb, wie immer. Ich stand halt ein bisschen allein herum, und da kam er zu mir rüber, und wir haben in alten Zeiten geschwelgt«, erzählte Irina.

»War Pam nicht dabei?«, wollte ich wissen.

Irina grinste und wedelte mit dem Zeigefinger herum. »Findest du nicht, Rose, dass Kate sich damit verrät? Dass du nach seiner Neuen fragst, Kate, zeigt doch, dass dir das nicht egal ist. Sie *war* dabei, genau wie ungefähr zehn andere Freunde der beiden – sodass sie Brian während unseres gemeinsamen Drinks nicht wirklich vermisst haben.«

Ich spürte, wie in mir Ärger heraufwallte. Seit der Nacht und vor allem dem Morgen mit Matthew war ich dünnhäutig und konnte plötzlich Irinas übliche Neckereien in Sachen Brian nicht mehr so einfach übergehen. Wenn ich auch bisher ihre Bemerkungen diesbezüglich nicht ernst genommen und darüber eher zu lachen versucht hatte, spürte ich nun, dass meine alte Studienkollegin dabei war, ungefragt eine Grenze zu überschreiten. Egal, wie freundschaftlich sie es auch meinen mochte, ihre Einmischung war mittlerweile mehr als unerwünscht.

Dass mich gerade ein ganz anderer Mann gedanklich vollauf beschäftigte, hatte ich meiner alten Freundin nicht erzählt. Niemandem hatte ich davon erzählt. Doch jetzt spürte ich deutlich, dass es mir so gar nicht recht gewesen wäre, hätte ausgerechnet Irina davon gewusst.

»Sie heißt Pam«, erwiderte ich nun. »Und sie ist nicht seine ›Neue‹, die beiden sind jetzt seit einem Jahr zusammen.«

»Siehst du! Das meine ich! Ein Jahr zusammen und schon heiraten. Das klingt für mich verdammt nach Flucht nach vorn. Er will lieber nicht ausführlich darüber nachdenken, das ist meine Meinung dazu. Denn wenn er das täte, würde er feststellen, dass er dabei ist, einen Fehler zu machen. Dich einfach sausen zu lassen und gegen so eine Drahtige mit ultrakurzen

Haaren und spitzer Nase einzutauschen, also wirklich! Die passt doch gar nicht zu ihm. So ein gut aussehender Kerl wie Brian sollte eine Schönheit an seiner Seite haben. Dich eben. Findest du nicht, Rose?«

»Ähm ...«, machte Rose, ein wenig überfordert von dieser unerwarteten Offensive.

»Na, das wirst du ihm ja hoffentlich nicht gesagt haben«, antwortete ich statt ihrer mit einem schiefen Grinsen und versuchte, mir meinen wachsenden Ärger nicht anmerken zu lassen.

Meine Studienfreundin schwieg. Rose sah verwundert zwischen uns beiden hin und her wie bei einem Tennismatch.

»Irina?! Du hast ihm doch nicht so etwas gesagt?«

Sie verzog den Mund. »Vielleicht habe ich eine Andeutung gemacht.«

Ich seufzte. »Bestimmt hat er sich darüber scheckig gelacht.«

»Ganz und gar nicht. Er wirkte ziemlich nachdenklich.«

Nun schwiegen wir alle drei. Ich konnte Rose' prüfenden Blick geradezu spüren.

»Ach, nun hör aber auf«, sagte ich deshalb möglichst leichthin.

Irina zuckte mit den Schultern und setzte süffisant hinzu: »Ich finde es übrigens toll, dass du meinen Rat angenommen hast und Brian auf die Idee zu der Überraschungsparty im *Swan Inn* gebracht hast. Er meinte, ihr wollt morgen in der Mittagspause zusammen hin, während seine Neue – ups! – während *Pam*, meine ich, beim Zahnarzt ist.« Wieder drehte sie sich zu Rose: »Ist es nicht unglaublich großmütig, dass Kate nicht nur die Trauzeugin gibt, sondern auch noch mit diesem Traummann zusammen die Überraschungs-Location für seine Hochzeit aussucht? Ich muss wirklich sagen, wenn ich an Kates Stelle wäre ... Ich würde mir so einen Kerl nicht wegschnappen lassen.«

Rose schmunzelte, als hätte Irina einen Scherz gemacht. Doch in ihren Augen stand noch etwas anderes. Ein seltsames Glimmen, das ich aus meiner Kindheit kannte. Es hatte immer dann aufgeleuchtet, wenn es darum ging, herauszufinden, wer die anderen Kinder zu einem Streich angestiftet hatte.

Ich konnte nicht verhindern, dass mir tatsächlich heiß wurde. Nicht, weil ich mich ertappt fühlte, sondern vielmehr bei dem Gedanken, dass Rose auf ganz falsche Gedanken kommen könnte – so, wie Irina es darstellte.

Doch ehe ich antworten konnte, kam Dad mit dem Teetablett über die Terrasse, und wir wandten uns alle ihm und den frisch gebackenen, duftenden Scones zu.

* * *

Das Gespräch im heimatlichen Garten auf Sark wirkte nach.

In der Nacht träumte ich wirre Geschichten, in denen sowohl Matthew als auch Brian und meine Mutter Hilde Stein die maßgeblichen Rollen spielten. Am Morgen erwachte ich wie gerädert und war heilfroh, nach der Fitnessrunde zusammen mit Amy statt in den Souvenirshop ins Büro gehen zu können.

Kitten war mit einer Gruppe auf der Insel unterwegs. Und so waren nur Irina und ich dort, als ich mittags zu meinem Treffen mit Brian aufbrach.

»Viel Spaaaß!«, flötete sie mir zu.

Ich unterdrückte eine genervte Antwort und tat so, als hätte ich es nicht gehört.

Doch auch wenn Irina keine Ahnung hatte, was meine eigenen Gefühle betraf, ging mir seit unserem Besuch auf Sark eines immer wieder durch den Kopf: Brian hatte im Pub über ihren wahrscheinlich alles andere als dezenten Hinweis nicht einfach gelacht. Nein, so wie Irina es darstellte, hatte er nachdenklich reagiert. Was bedeutete das genau für meinen besten

Freund und mich? Und was geschah nur gerade alles in meinem Leben?

* * *

»Hi Kate, hallo Amy!«, begrüßte Brian meine ständige Begleiterin und mich, als wir uns vor dem beliebten Pub in der Nähe des Hafens trafen.

Wir umarmten uns kurz. Und wenn mich nicht alles täuschte, war nicht nur ich es, die sich ein wenig befangen fühlte.

Denn als der Betreiber des *Swan Inn* uns in Empfang nahm, waren sowohl Brian als auch ich bemüht, ihn sofort darüber aufzuklären, in welchem Verhältnis wir zueinander standen und dass ich keineswegs die Braut sei. Der Besitzer fand uns vielleicht ein wenig seltsam, aber weil er ein gutes Geschäft witterte, waren ihm unsere Beziehungsgeflechte herzlich egal. Womöglich bemerkte er jedoch, dass mein bester Freund und ich ganz bewusst einen kleinen Abstand einhielten, der für eine so enge Freundschaft vielleicht ungewöhnlich war.

Natürlich kannten wir den Pub, die Bedienungen und das gute Essen. So gab es nur diverse Rahmenbedingungen zu besprechen. Und als wir schließlich wieder auf die Straße traten, hatte Brian den Pub für Pams Überraschungsparty gebucht.

»Danke, dass du mitgekommen bist, Kate! Hätte nie gedacht, dass es so viel zu fragen und zu organisieren gibt.« Er sah auf seine Armbanduhr. »Noch Zeit für einen kleinen Gang? Wie wär's mit Castle Cornet?«

Und so schlenderten wir vom Hafen aus hinaus über die alte Mauer zur Befestigung, deren uralte Sandsteinmauern in der Nachmittagssonne dalagen wie mit Gold und Kupfer übergossen.

Während Amy schwanzwedelnd neben uns trabte, liefen mein bester Freund und ich nebeneinander, wie wir das viele

Jahre ganz selbstverständlich getan hatten. An diesem Ort, der uns beiden so vertraut war. Wir sprachen über dies und das, was uns gerade in den Sinn kam.

Als wir uns wieder auf den Rückweg machten, erinnerte Brian mich: »Weißt du noch, als wir mal vorhatten, auszureißen und uns hier in den Verliesen zu verstecken?«

Ich lachte. »Na klar. Wir hatten beide fünf Sandwiches und eine Dose Sprite dabei.«

»Und hinterher ziemlich dolle Bauchschmerzen«, sagte mein bester Freund seit Kindertagen grinsend. Doch dann setzte er rasch hinzu: »Kate, darf ich dich was fragen?«

Kurz erstarrte ich. Das war noch nie passiert. Dass mein lieber, aber sehr schweigsamer Freund Brian mich so formell um ein Gespräch bat. Am liebsten hätte ich mir die Ohren zugehalten und wäre einfach davongelaufen – ganz das starrköpfige Kind, das ich früher war. Doch ich riss mich zusammen und nickte mit angehaltenem Atem.

»Du kennst mich, Kate«, brummte er ein wenig verlegen. »Wahrscheinlich besser als sonst jemand. Ich bin nicht der Typ für viele Worte. Aber ich will nicht, dass irgendwas unsere Freundschaft belastet. Und …« Er hielt kurz inne. Doch dann schoss er heraus: »Kann es sein, dass dich irgendetwas bedrückt?«

Ich musste schlucken. War es nun also so weit? Sprachen wir über etwas, das unsere Freundschaft tiefer und inniger denn je machen oder sie von Grund auf verändern würde?

Während wir langsam über den Castle Pier zurückschlenderten, ließ ich meinen Blick hinüber zum Victoria Hafen und zu den Häuserzeilen Guernseys schweifen, die sich in Terrassen den Berg hinaufzogen. Dies war mein Zuhause und meine Heimat. Und Brian war ein Teil davon. Er war es immer gewesen, und – da war ich sicher – er würde es immer sein.

Ich wollte es. Ich wollte mit ihm darüber reden, was mich in den letzten Wochen bewegt hatte. Mein Schrecken und meine Ratlosigkeit, als ich von der bevorstehenden Hochzeit erfuhr. Meine Selbstzweifel. Das Gefühlschaos, wenn wir uns sahen. Und Matthew. Ja, wirklich, ich wollte ihm von Matthew erzählen. Von der langsam und unbemerkt wachsenden innigen Zuneigung, die ich zu diesem warmherzigen Mann gefasst hatte. Sogar von der Leidenschaft, die uns beide plötzlich überwältigt hatte, neulich Abend. Und dass ich Matthew seitdem nicht gesprochen hatte, weil ich einfach nicht wusste, wie ich mit dem umgehen sollte, was er getan hatte.

Doch statt all das anzusprechen, hörte ich mich plötzlich sagen: »Wieso haben wir nie über meine Mutter geredet, Brian?«

Er blinzelte ein paar Mal und runzelte die Stirn. Ganz offensichtlich hatte er mit etwas anderem gerechnet. »Du sprichst nicht von Rose, nicht wahr?«

»Nein, ich spreche von meiner leiblichen Mutter, Hilde Stein.«

Brian atmete tief ein und ließ die Luft wieder heraus, während er genau wie ich auf die Häuser von St. Peter Port blickte. »Ich dachte, du wolltest es nicht. Immer wenn früher jemand ihren Namen erwähnt hat oder John auf sie ansprach oder wenn jemand auch nur ›deutsch‹ oder ›Historikerin‹ sagte, bist du echt ausgeflippt.«

»Früher? Als wir Kinder waren, meinst du?«

Er nickte.

»Und später? Als wir erwachsen waren? Als du keine Angst mehr davor haben musstest, von mir ordentlich verprügelt zu werden?« Ich grinste ihn kurz an und spürte selbst, dass mein Lächeln etwas schief geriet.

Brian zuckte mit den breiten Schultern. »Ich dachte, du wolltest das Thema ruhen lassen.«

Wir gingen eine Weile schweigend nebeneinanderher. Wahrscheinlich war das alles, was ich von Brian an Erklärung erwarten konnte. Und im Grunde reichte es ja auch vollkommen aus. Er hatte geglaubt, dass ich es lieber ruhen lassen wollte – deswegen hatte er selbst nie dieses Thema angeschnitten. Genauso wie meine Mutter die Absage einer Achtjährigen akzeptiert und ihre Tochter nicht weiter bedrängt hatte. Ich hatte offenbar schon immer so entschlossen und durchsetzungsfähig gewirkt, dass die Menschen mir meinen Willen lieber ließen.

Aber war das immer zu meinem Besten gewesen?

Und heute? Matthew hatte gesagt, dass ich im Hier und Jetzt lebte und dass dort meine Mutter womöglich zwar noch ein sensibles Thema war, aber nicht derart schmerzhaft, dass daran nicht gerührt werden durfte. Hatte er am Ende damit recht gehabt? War das der Grund, warum ich so Hals über Kopf aus seinem Haus gerannt war? Die Erkenntnis, dass es manchmal besser ist, wenn liebe Menschen uns einen Schubs in die richtige Richtung geben – auch wenn wir selbst diesen Schritt fürchten?

Wir hatten uns in der Zwischenzeit der South Esplanade genähert und schickten uns an, die Straße zu überqueren. Brian wollte noch in den Süden der Insel fahren, um an der Corbière Bay einen Streckenabschnitt des Küstenpfades zu kontrollieren, der wegen Unterspülung immer mal wieder Probleme machte. Und so steuerten wir auf die Busstation zu. Als ein wartender 21er losfuhr, erstarrte ich … Dort, keine zwanzig Meter von uns entfernt, standen Matthew und Alfi, jeder mit einer Eistüte in der Hand.

Matthew blickte ebenfalls in unsere Richtung, und ich konnte an seiner Miene erkennen, dass er genau wie ich zwischen spontaner Freude und Schrecken schwankte.

Amy, die die beiden Deerings erkannte, wedelte stürmisch und zerrte ganz entgegen ihrer sonstigen Art an der Leine dorthin. Die wenigen Schritte, die wir taten, ehe wir vor ihnen standen, bewirkten, dass meine Beine sich anfühlten, als wären die Knochen darin urplötzlich gegen eine Art Schaumstoff ausgetauscht worden.

»Hallo, Kate!«, sagte Matthew laut, schon ehe wir die beiden erreichten.

Alfi hatte diesen Hinweis aber gar nicht nötig. Offenbar hatte er Amys Glöckchen gehört, das sie immer am Halsband trug, und streckte uns auf Amys Nasenhöhe die eine Hand entgegen. Hund und Kind begrüßten sich in so rührend liebevoller Weise, dass ich einen riesigen Kloß im Hals spürte. Matthew starrte mich mit großen Augen an.

»Brian, darf ich vorstellen, dies hier ist mein jüngster Mitarbeiter, Alfi Deering«, sagte ich rasch. »Er ist unentbehrlich, was wertvolle Tipps angeht. Von Matthew habe ich dir ja erzählt. Er ist …«

»Der Hundetrainer«, sagte Brian nickend, als mir für einige Sekunden die Worte fehlten.

Und obwohl er damit natürlich recht hatte und es bestimmt nur nett meinte, klang es plötzlich wie eine Herabsetzung.

»Hi, Alfi! Hallo, Mr. Deering, wie geht's?«

»Danke, sehr gut. Freut mich, Sie kennenzulernen«, erwiderte Matthew steif.

Sein Anblick in den ausgewaschenen Jeans, dem knallroten T-Shirt, das zu seinen Turnschuhen passte und seine schönen braunen Augen leuchten ließ, raubte mir beinahe den Atem. Unverständlich, wieso mir nicht schon bei unserer ersten Begegnung aufgefallen war, wie attraktiv Matthew war. Und dass er nun die scheinbar vergessene Eistüte so hilflos in der Hand hielt, rührte mich tief. Wusste ich doch, dass ich der Grund für seinen ratlosen Gesichtsausdruck war, in dem sich krampfhaft bemühtes Lächeln und Schmerz paarten. Brian, der sich über die seltsam steife Vorstellung vielleicht wunderte, blickte aufmerksam zwischen Matthew und mir hin und her. Rasch wandte ich mich dem Jungen zu.

»Alfi, Brian ist einer der Küstenpfad-Guides, von denen ich dir erzählt hab«, erklärte ich dem Jungen, der immer noch damit beschäftigt war, Amy zu streicheln.

»Du hast gesagt, er ist der Boss da«, erinnerte mich Alfi.

Brian lachte laut auf. Aber ich konnte ihm anmerken, dass er sich geschmeichelt fühlte.

»Klingt toll. Aber glaub bloß nicht, dass da alle nach meiner Pfeife tanzen«, relativierte er.

»Daddy?«, wandte Alfi sich mit hoher Kinderstimme an Matthew, die eine Hand immer noch in Amys Fell vergraben. »Können Kate und ihr Mann nicht mit zu uns kommen?«

Matthew zuckte zusammen. Sein Blick huschte kurz zu Brian und dann über mein Gesicht. Ich wusste nicht, wohin ich schauen sollte.

»Vielleicht beim nächsten Mal, hm?«, antwortete Brian freundlich an Matthews Stelle. »Jetzt müssen Kate und ich wieder an die Arbeit.«

Alfi schleckte einmal rund um sein Eis. »Okay«, meinte er dann. »Aber bei nächsten Mal bestimmt!«

»Da kommt auch unser Bus«, stellte Matthew mit gepresster Stimme fest. »Wiedersehn.«

»Schönen Tag noch!«, erwiderte Brian, und wir gingen zu zweit, nein, zu dritt, denn Amy kam natürlich leicht widerstrebend mit, weiter zur Haltestelle seiner Linie.

Dort verabschiedete ich mich von ihm und machte mich dann auf den Weg Richtung Büro.

Die zufällige Begegnung mit Matthew ging mir nicht aus dem Kopf. Wie kläglich er ausgesehen hatte. Und wie überwältigend anziehend. Dieses Treffen hatte mir ganz klargemacht, dass ich nicht länger vor ihm davonlaufen durfte. Er hatte es selbst gesagt. Was zwischen uns passiert war, war wunderschön und außergewöhnlich. So wertvoll, dass wir es auf keinen Fall einfach wegwerfen durften. Aber wie sollte ich nun den Kontakt zu ihm wiederaufnehmen? Darüber würde ich in Ruhe nachdenken müssen.

Und noch eine andere Sache pochte immer mal wieder an den Rand meines Bewusstseins: Als Alfi Brian versehentlich für »meinen Mann« gehalten hatte, hatte Brian dem nicht widersprochen.

Matthew

Freitag, 2. Juni

Zwei Tage lang war ich völlig durch den Wind. Die Begegnung mit Kate hatte mir den Boden unter den Füßen weggerissen, den ich nach ihrer Flucht aus meinem Bett vor einer Woche mühsam wieder hingebastelt hatte.

Leider hatte ich jede Menge Zeit zum Grübeln und Aufs-Telefon-Starren, denn Clarissa war von ihrem Aufenthalt in Bath zurück, und Alfi wohnte wieder bei ihr.

Clarissas Bemühungen, sich im Verlag unverzichtbar zu machen, waren von Erfolg gekrönt gewesen. Die beiden anderen Verlegerinnen waren begeistert, sie demnächst als Teilhaberin mit im Boot zu haben. Davon beflügelt, hatte Clarissa das Gespräch mit Jayden gesucht. So wie sie es darstellte, hatte der bereits selbst mit dem Gedanken an eine Trennung gespielt – auch »zum Besten von Clarissa«, wie sie ihn wiedergab, denn er habe geschäftlich einfach zu viel um die Ohren, um ein guter Ehemann und liebevoller Stiefvater für Alfi zu sein. Und so war es gut möglich, dass ich schon bald erneut meine Sachen würde packen müssen, um weiterhin nah bei meinem Sohn sein zu können.

Der Gedanke, dass die kurze Zeit mit Kate und unsere einzige Nacht nur eine irgendwann verblassende Episode bleiben sollte, war mir schier unerträglich. Deshalb umkreiste ich das Telefon zu Hause wie ein Bombenspezialist den Blindgänger und konnte mich nicht entscheiden, wie ich ohne größere Gefahr für mein Herz vorgehen sollte. Und das war nicht das Einzige, worum ich mich sorgte. Schließlich wollte ich Kate nicht noch einmal wehtun.

Ablenkung war so gut wie nicht möglich. Das Wetter, das uns in den letzten Wochen mit ungewöhnlich viel Sonnenschein und trockenen Perioden verwöhnt hatte, war umgeschlagen und schien meinen Seelenzustand zu spiegeln: Wahre Sturzbäche ergossen sich vom Himmel. Sobald man sich hinausbegab, schlug einem der beständig gehende, eiskalte Wind den Regenschirm aus der Hand oder die Mütze vom Kopf, und es dauerte nicht lange, dann war man durchnässt bis auf die Haut.

So fiel es auch nicht auf, dass ich mich nicht im Büro bei Phil blicken ließ. Das vermied ich nämlich tunlichst. Mein Freund hatte viel zu feine Antennen, würde gleich Lunte riechen und mich so lange löchern, bis ich ihm die ganze Geschichte rund um Kate erzählt hätte. Was er dazu sagen würde, konnte ich mir lebhaft vorstellen – vor allem, da er und Cedric mich eindringlich gewarnt hatten. Wenn ich dann noch erzählen würde, dass mein eigener Sohn mit seinem sensiblen Gespür diesen Brian als »Kates Mann« identifiziert hatte, würden die beiden wahrscheinlich nur die Augen verdrehen.

Als ich gerade wieder einmal den Apparat auf der Station anglotzte, gab er plötzlich das melodische Signal von sich, das ich extra wegen seiner hübschen, unaufdringlichen Melodie ausgesucht hatte. Trotzdem zuckte ich nun zusammen. Im Display erschien jedoch keine Guernseyer Nummer.

»Hallo, June!«, begrüßte ich meine Hundetrainerkollegin. »Wie geht's dir?«

»Tag auch!« Ich konnte hören, dass sie strahlte. »Ich sitze auf einer Baustelle. Die Handwerker lassen mich hängen. Meine wichtigste Trainerin Nicole hat eine Blinddarmentzündung. Und ich selbst gerade einen Mordshunger, weil ich vor lauter Arbeit nicht zum Essen komme. Aber mir geht's super.«

Das macht die Liebe, dachte ich. Ihre schöne, erfüllende, auf Gegenseitigkeit beruhende Liebe. Ach herrje, ich glitt ab in Selbstmitleid.

»Und ich hab auch noch eine gute Nachricht für dich. Mr. Russell, der Londoner Geschäftsmann, der sich hier vor ein paar

Wochen mal wegen eines Blindenführhundes erkundigt hat, hat noch mal angerufen. Er sucht immer noch einen ausgebildeten Hund mit Erfahrung. Bist du noch an der Goldie-Hündin dran?«

Und wie, hätte ich beinahe gesagt.

Doch dann antwortete ich: »Amy ist noch nicht vermittelt, wenn du das meinst.«

»Wunderbar! Ich schick dir Mr. Russells Kontaktdaten per Mail, dann kannst du mit ihm einen Termin zum Kennenlernen abmachen. Die Hündin ist doch souverän? Er hat nämlich keine Hundeerfahrung.«

»Amy ist grandios.«

June war begeistert. Doch als wir noch ein paar private Worte wechselten, wurde sie plötzlich hellhörig, und ich bog das Gespräch mit einer Vertröstung auf bald rasch ab. Statt mein Herz einer alten Freundin auszuschütten, hatte ich nun nämlich erst einmal etwas anderes zu tun ...

Nachdem wir aufgelegt hatten, kramte ich kurz in den Unterlagen zu meinem Buch, die ich immer mit mir herumschleppte, egal, ob ich im Büro oder hier zu Hause daran arbeitete. Den Zettel mit dem Namen und der Handynummer fand ich sofort und wählte.

»Mr. Deering, wie schön, dass Sie sich melden«, begrüßte mich Hilde Stein, nachdem ich meinen Namen genannt hatte. »Stellen Sie sich vor, ich hatte auch schon vor, Sie heute anzurufen. Meine Zeit hier in London würde es nämlich durchaus zulassen, dass ich einen Abstecher nach Guernsey mache. Wie sieht es mit Ihrem Interesse an einem Interview aus?«

Ich zögerte kurz, doch dann gab ich mir einen Ruck. »Frau Stein, ich fürchte, ich war bei unserem ersten Telefonat nicht ganz aufrichtig zu Ihnen. Ich wusste bereits mehr über Sie, als Sie dachten. Zum Beispiel, dass Sie einige Jahre hier auf den

Inseln, beziehungsweise auf Sark, gelebt haben. Ich wusste auch schon, dass Sie eine Tochter haben, Kate Bentley ...«

Ihr entfuhr ein Geräusch, irgendetwas zwischen Überraschung und Fluch. Dann war sie still.

»Frau Stein?«

»Kate«, sagte sie mit plötzlich veränderter Stimme.

Mein Magen krampfte sich zusammen. Ihre Stimme klang genau so, wie ich mich gerade fühlte. Sehnsüchtig, gequält, voller Vermissen und schmerzlicher Einsicht.

»Ja. Ich ... sie ... ach, verdammt, um es kurz zu machen: Ich glaube, es wäre keine gute Idee, wenn Sie herkommen«, presste ich heraus.

Ich konnte sie tief atmen hören.

»Hat sie das gesagt? Hat Kate gesagt, dass sie mich nicht sehen will?«, wollte sie dann wissen.

»So deutlich habe ich sie nicht danach gefragt«, gestand ich. »Aber als ich die Möglichkeit erwähnte, ist sie ... tja, wie soll ich sagen ...«

»Ausgerastet«, schlug sie vor.

Und neben einer Spur Sarkasmus schwang auch noch etwas anderes in diesem Wort mit. Stolz?

»Weggelaufen«, korrigierte ich.

»Das hat sie immer gemacht«, sagte Hilde Stein leise. »Schon als kleines Kind. Wenn sie etwas nicht wollte, dann konnte man sie unmöglich dazu zwingen. Sie rannte einfach fort, versteckte sich irgendwo zwischen den Feldern und kam erst wieder raus, wenn die Gefahr vorüber war. Nie hatte sie Angst, allein dort in ihren Verstecken zu sein. Aber was sie nicht wollte, das geschah auch nicht. Besser, Sie gewöhnen sich gleich daran.«

Mir war klar, dass sie mein Verhältnis zu Kate falsch interpretierte. Doch was spielte das jetzt noch für eine Rolle?

»Mr. Deering, Sie schreiben aber doch wirklich an Ihrem

schönen Roman über die Brüder auf Guernsey, oder?«, wollte Hilde Stein dann wissen.

»Natürlich«, beeilte ich mich zu antworten. »Das war ja der eigentliche Grund, aus dem ich Sie angerufen habe.«

»Gut«, erwiderte sie. »Dann schlage ich vor, dass Sie mir alle Ihre Fragen per Mail zusenden. Wir können auch gerne wieder telefonieren. Doch wenn Kate mich nicht in ihrem Zuhause haben möchte, will auch ich nicht nach Guernsey kommen.«

Ich nickte mechanisch. »Das ist sehr verständnisvoll von Ihnen.«

Sie schwieg kurz. Dann sagte sie: »Das ist das Einzige, das sie mich für sich tun lässt. Damals wie heute.«

Wir verabschiedeten uns. Ich war beeindruckt von dieser Frau, die ohne Zögern die Wünsche ihrer Tochter so konsequent ernst nahm. Und doch blieb in mir ein Zweifel zurück. Der Zweifel, ob dies für die beiden wirklich das Beste war.

Kate

Freitag, 2. Juni

Das Schicksal oder wer auch immer hatte mich davor bewahrt, für die kommende Woche eine neue Gruppe von Touristen anzunehmen. Solche Auf und Abs gab es immer mal wieder: Zu manchen Terminen ballten sich die Anmeldungen, zu anderen kleckerten sie nur spärlich herein. Die wenigen Anmeldungen, die für diesen Zeitraum eingegangen waren, hatte ich auf andere Termine gelegt. So konnte ich sowohl den grässlichen Wettervorhersagen für die nächsten Tage als auch dem Sturm und Regen draußen vor dem Fenster ganz gelassen zusehen, in der wohligen Gewissheit, im warmen Büro sitzen und später daheim gemütlich auf dem Sofa die Beine hochlegen zu können.

Kitten hatte sich ihren Schreibtisch zurückerobert, und da ich nun wieder an meinem eigenen arbeitete, war Irina ins Besprechungszimmer gezogen. Heute hatte sie schon mehrmals verkündet, dass ihre Tage hier nun gezählt seien, weil sie zu Hause dringend gebraucht würde. Soviel ich wusste, hatte sie aber noch kein Ticket für die Heimreise gebucht. Und je öfter sie davon sprach, desto weniger wurde ich den Verdacht los, dass sie insgeheim hoffte, ich würde sie inständig bitten zu bleiben.

Am späten Vormittag bekamen wir unerwarteten Besuch. Aus dem Regen hereinstolpernd stand plötzlich Clarissa Jenkins in der Tür. Auch durchnässt machte sie eine gute Figur mit ihren üppigen Kurven, den funkelnden Augen und dem rot geschminkten, vollen Mund. In mir schrillten sogleich sämtliche Alarmglocken. Alles, was auch nur im Ansatz mit Matthew zu tun hatte, versetzte mich derzeit in helle Aufregung. Und dass seine Ex-Frau hier so hereinschneite, konnte doch kein Zufall sein, oder? Oder?

»Mrs. Jenkins, immer herein bei diesem Wetter. Wie kann ich Ihnen helfen?«, trat ich die Flucht nach vorn an.

»Ich würde mich gerne mal nach Ihrem Angebot für geführte Touren über die Insel erkundigen.« Clarissa lächelte mich an.

»Nimm ruhig den Besprechungsraum«, bot Irina sofort diensteifrig an. »Ich würde dann solange am Rechner ein paar Dinge abklären. Tee?«

Ich nickte ihr zu, und sie verschwand in der kleinen Küche, während ich Clarissa ins Besprechungszimmer führte und ihr einen Stuhl anbot.

Aus dem Büroraum nebenan perlte Kittens sympathische Stimme herüber, die offenbar ein Telefonat führte, und leise tapsend kam Amy angetrabt. Clarissa erstarrte kurz. Doch als ich der freundlich wedelnden Hündin einen Platz auf der anderen Raumseite zuwies, entspannte sie sich wieder. Mir kam kurz der Gedanke, dass es kein Wunder war, wenn Alfi sich an ihrem Verhalten ein Beispiel genommen und seine Angst vor Hunden so lange beibehalten hatte. Doch dann schob ich das zur Seite.

»Sie interessieren sich für meine geführten Touren? Darf ich fragen, für welche Gruppe Sie sich erkundigen?«, begann ich das Gespräch im üblichen Tonfall.

»Oh, wissen Sie, meine Kollegen in meinem alten Verlag in Bath waren ganz neidisch, als ich ihnen von der Schönheit Guernseys erzählte. Als sich dann während meines Aufenthalts dort herauskristallisierte, dass ich tatsächlich als Teilhaberin einsteigen werde, fand ich es nur fair, ihnen all das mal zu zeigen. Wir sprechen also von knapp zwei Dutzend Mitarbeiterinnen und Mitarbeitern.«

»Das ist eine ziemlich große Gruppe. Da kommen aus unserem Programm drei Touren infrage. Wie viel Zeit möchten Sie denn veranschlagen?«

Das Telefon klingelte. Ich konnte hören, wie Irina mit klappernden Absätzen hinüberlief und sich meldete. Währenddessen erklärte ich Clarissa den Ablauf einer geführten Tagestour.

Nach wenigen Minuten erschien Irina wieder mit einem Teetablett, auf dem sie nicht nur die hübsche Porzellankanne plus zwei Tassen, Milch und Zucker, sondern auch ein paar Kekse arrangiert hatte. Außerdem legte sie einen Zettel neben mich auf den Tisch, lächelte Clarissa zuvorkommend an und verschwand wieder nach nebenan.

Clarissa und ich sahen beide auf den Zettel. Dort stand: *MR. DEERING BITTET UM RÜCKRUF. HAT EINEN INTERESSENTEN FÜR DEN HUND.* Mein Herz setzte ein paar Schläge aus, und ich hatte Mühe, mich zu fangen.

Daran, dass Clarissas Blick auch kurz zu Amy hinüberwanderte, erkannte ich, dass sie den Inhalt der Nachricht ebenfalls gelesen hatte. Sie ließ sich das nicht anmerken, doch ihr Blick tastete prüfend über mein Gesicht, das mir mit Sicherheit entglitten war. In ihre Augen trat ein vorsichtig lauernder Ausdruck.

»Was für ein Zufall«, sagte ich deshalb schnell. »Gerade hat Matthew angerufen, weil er einen Interessenten für Amy hat. Oje, das wird schwer werden für mich. Ich habe mich schon so an sie gewöhnt. Aber Matthew sagt selbst, dass Amy ein wunderbar ausgebildeter Assistenzhund ist. Und da wäre es einfach egoistisch, sie nur aus Freude an ihrer Gesellschaft bei mir zu behalten, finden Sie nicht?«

Clarissa lächelte betont mitfühlend. »Das ist sehr großherzig von Ihnen, so zu denken. Ja, es wäre ja schön, wenn Matthew Ihnen in der Sache noch behilflich sein könnte, bevor wir Guernsey wieder verlassen«, sagte sie.

Diesmal war mir der Schreck bestimmt mehr als deutlich anzusehen. »Oh, Sie verlassen Guernsey ... zusammen?«

»Ja, sicher. Meine zukünftige Arbeitsstätte liegt in Bath. Und wer weiß, wenn ich wieder selbstständig und aktiv bin ...

Vielleicht schaut man dann auch noch mal auf andere alte Verbindungen, die sich schon mal bewährt haben, um sie wiederaufleben zu lassen?« Sie lächelte ganz reizend.

Ich griff nach der Teekanne, um uns einzuschenken, und musste zu meinem grenzenlosen Entsetzen feststellen, dass meine Hand zitterte. Ich hoffte, das würde meiner Besucherin nicht auffallen, und flüchtete mich rasch in die weitere Besprechung der gewünschten Tour.

Nachdem wir auch über den Preis gesprochen und mehrere mögliche Termine vage ins Auge gefasst hatten, verabschiedete sich Clarissa wieder und stürzte sich mit Heldinnengeste hinaus ins Unwetter.

Als ich die Tür hinter ihr geschlossen hatte, ging ich wieder in den Besprechungsraum und sank wie betäubt auf meinen Stuhl. Matthew würde Guernsey verlassen. Er würde fortgehen, um bei Alfi sein zu können, ganz klar. Aber so, wie Clarissa es gerade ausgedrückt hatte, machte sie sich offenbar auch Hoffnungen darauf, dass ihre alte Verbindung wiederaufleben würde.

Ehe ich meine Gedanken auch nur ansatzweise ordnen konnte, hörte ich Irinas Absätze im Flur. Einen Moment lang stand sie hinter mir. Dann ließ sie sich auf dem Stuhl nieder, auf dem gerade noch Clarissa gesessen hatte, und steckte sich einen der Kekse vom Teetablett in den Mund.

»Das war also die Ex vom Hundetrainer«, sagte sie kauend. »Eine echte Granate, wow! Aber dir ist ja wohl klar, wieso sie hier aufgetaucht ist?«

Fragend sah ich sie an.

»Na, sie wollte mal ordentlich – wie sagen die Hundeleute? – ihr Revier markieren. War doch eindeutig, dass sie in dir eine echte Bedrohung sieht.« Sie ahmte Clarissas Augenaufschlag nach: »›Natürlich verlassen wir Guernsey *zusammen*. Und dann lassen wir unsere *alten Kontakte* wieder glühen.‹« Irina lachte laut auf.

Normalerweise hätte ich mitgelacht, doch ich war ein wenig geschockt, dass sie offenbar in der gegenüberliegenden Küche jedes Wort mitgehört hatte.

Da schüttelte Irina den Kopf. »Hör mal, Kate, du willst dich doch nicht ernsthaft an diesen Hundetrainer hängen?«

Ich richtete mich auf. »Wie kommst du denn auf die Idee?«

Irina hob nur die Hand und deutete auf ihre Augen. »Weißt du, ist ja nicht so, dass ich das nicht verstehen würde. In unserem Alter fragt man sich schon manchmal, ob ein neuer Impuls im Leben nicht angebracht wäre. Was glaubst du, wie oft ich schon …« Sie brach abrupt ab.

Kurz erkannte ich auf ihrem Gesicht eine Mischung aus Bestürzung und Ärger. Doch dann wischte sie den Ausdruck einfach beiseite und setzte wieder ihr breites Lächeln auf.

»Glaub mir, das Altvertraute ist nicht nur das Sicherere, sondern auch das Bessere. Deshalb kann ich dir auch gar nicht oft genug sagen, dass du mit Brian reden musst. Ihr solltet euch miteinander klar werden …«

Ich stand auf und griff nach dem Tablett. »Danke für den Rat, Irina. Ich weiß das zu schätzen, aber ich glaube, ich kriege die privaten Seiten meines Lebens gut selbst in den Griff.«

Sie hob wie zur Beschwichtigung beide Hände und begann dann, die Prospekte, die ich vor Clarissa gerade auf dem Tisch verteilt hatte, zusammenzulegen. Wobei sie die von ihr entworfenen nach oben sortierte.

Ich ging hinüber ins Büro und erwartete fast einen Blick von Kitten. Sicher hatte sie zwangsläufig alles mitangehört. Doch sie blickte nur auf ihren Monitor und hackte auf die Tastatur ein, sodass ich nach ein paar Minuten zu dem Schluss kam, dass sie doch nicht mitgehört hatte.

Ich war ihr dankbar. Sie ließ mich an meinem Schreibtisch zur Ruhe kommen, obwohl ich nichts weiter tat, als mich über

Papiere zu beugen, in denen es eigentlich nicht viel zu lesen gab.

Nach einer Weile kam Amy herübergeschlurft, holte sich von Kitten und mir eine Streicheleinheit ab und ließ sich dann schnaufend neben meinem Stuhl nieder.

»Der Regen hat etwas nachgelassen. Bin mal eben zum Bäcker. Soll ich was mitbringen?«, rief Irina aus dem Flur.

»Nein, danke«, antworteten Kitten und ich im Chor.

Kitten musste grinsen, und ich zwinkerte ihr zu.

Die Tür klappte. Wir waren allein.

»Kate?«, fragte Kitten.

Ihre Stimme klang nicht nach einer beiläufigen Frage.

Ich sah sie aufmerksam an.

Sie deutete auf ihren Monitor. »Darf ich dir vielleicht mal etwas zeigen?«

Neugierig stand ich auf und ging um den Schreibtisch herum. Kitten öffnete am Rechner den Teil der Dateien, die kennwortgeschützt waren.

»Ich habe in den letzten Wochen ein bisschen rumgespielt. Würde es nicht unbedingt ein neues Konzept nennen, aber einen Vorschlag. Möchtest du dir den mal anschauen, ob er etwas für dich ist? Eine Erweiterung des Angebotes vielleicht?«

Sie klickte ein paar Mal mit der Maus, und eine Datei öffnete sich. Darauf war ein wunderschönes Bild von meiner Lieblingsbucht im Süden der Insel zu sehen, über das sich der Schriftzug »Guernsey von der anderen Seite – nachhaltig, naturnah und umweltschonend« zog.

Kitten räusperte sich nervös. »Diese Tour verzichtet komplett auf CO_2-produzierende Fortbewegungsmittel. Auch der Zweitagesausflug nach Sark wird per Segelboot gemacht. Ach, was rede ich, schau einfach selbst.« Sie erhob sich von ihrem Stuhl und überließ mir den Platz.

Was ich vorfand, war ein Konzept, das von vorne bis hinten klug durchdacht und sehr ansprechend aufbereitet war. Je weiter ich in Kittens Ideen vordrang, desto klarer wurde mir, dass sie hier etwas Wunderbares entworfen hatte. Das Konzept sah eigenständiges Gärtnern in einem der offenen Gärten und das Pflanzen eines Baumes im Bluebell Wood ebenso vor wie das Backen eines Banoffypie in einem der beliebtesten Cafés der Insel. Auf Sark hatte Kitten nicht nur die selbstständige Fortbewegung per Pferd oder Kutsche eingeplant, sondern auch das angeleitete Versorgen der Vierbeiner. Genauso wie das bei Kerzenschein zelebrierte Abendkonzert der Singdrosseln, die auf meiner Heimatinsel in Massen lebten und abends als letzte Sänger das Ohr erfreuten. Als ich zum Drachensteigen am Portinger Strand kam, sah ich auf.

Kitten wirkte ein wenig verlegen, doch mit rosa Wangen erklärte sie: »Ich bin auf diese Ideen gekommen, als du mir von dem kleinen Jungen erzählt hast, von Alfi. Es hat mich sehr berührt, dass er sich nicht auf seine Augen verlassen kann, was Schönheit und Einzigartigkeit angeht. Ich fand es faszinierend, wie er alle anderen Sinne nutzt, um zu tun, was er tun möchte. Und wenn es nur Drachensteigenlassen ist.« Sie lächelte schüchtern.

Ich klickte mich noch einmal durch ihr gesamtes Konzept.

»Wie findest du es?«, wollte Kitten zaghaft wissen.

»Ich könnte dich küssen, Kitten!«, sagte ich. »Es ist perfekt!«

Sie lief knallrot an und strahlte wie ein Christbaumengel. »Es gefällt dir?«

»Ich beneide dich jetzt schon!«, antwortete ich.

Ihre Augen wurden kugelrund.

»Na, wenn du mit deinen eigenen Gruppen all diese tollen Dinge unternimmst, macht das bestimmt wahnsinnig viel Spaß«, erklärte ich, und sie schluckte.

»Du willst es ins Programm aufnehmen?«

»Auf jeden Fall!«

»Wow!«

Kitten sprühte nur so vor Freude. Es war herrlich, ihr zuzusehen. Doch dann wurde sie plötzlich ernst und sah mich vorsichtig an. »Ich habe neulich auch mit Brian über die Ideen gesprochen. Das ist doch okay?«

Seit ihrem Praktikum bei den Küstenpfad-Guides waren die beiden befreundet.

»Natürlich«, erwiderte ich deshalb.

Erst als Kittens Blick zur Tür huschte, wo Irina noch nicht wieder aufgetaucht war, verstand ich, dass sie mit der Erwähnung Brians vielleicht mehr hatte sagen wollen.

»Toll«, sagte sie jetzt und nickte. »Ich meine, Brian ist echt nett und alles. Er war super hilfsbereit. Und ich glaube, er war genau meiner Meinung in dieser Sache ...«

»In welcher Sache genau?«, hakte ich nach.

Kitten hob den Blick und sah mir mit ihren hübschen grünen Augen geradewegs ins Gesicht. »Was die Entscheidung zwischen Altbekanntem, Langvertrautem und der Weiterentwicklung zu etwas bisher Unbekanntem angeht. Ich finde, dass es zwar gut ist, die alten, traditionellen Angebote noch im Programm zu haben, dass aber irgendwann die Zeit kommt für etwas Neues. Dem sollte man sich nicht verschließen.«

In dem Moment wurde mir klar, dass ich mich geirrt hatte. Kitten hatte das Gespräch zwischen Irina und mir sehr wohl mitbekommen. Und mehr als das: Sie hatte genau verstanden, worum es darin ging. Meine junge Angestellte tat jedoch das, was ich im Grunde von einer guten Freundin erhofft hätte: Ohne sich tatsächlich einzumischen, gab sie mir vorsichtig einen gut gemeinten Rat. Dies war ihre Art, mir zu sagen, wie sie die Sache sah.

Matthew

Sonntag, 4. Juni

Als ich früher noch selbst Blindenführhunde ausgebildet hatte, war ich immer etwas nervös gewesen vor dem Kennenlernen eines Interessenten. Schließlich ging es bei diesem Menschen auch um die Zukunft des Hundes, den ich gewissenhaft ein Jahr lang trainiert und dabei auch liebgewonnen hatte. Doch diese kleine Aufregung war nichts gegen das Magenflattern, das ich heute Nachmittag verspürte. Und das hatte bestimmt nichts mit Mr. Russell, dafür aber jede Menge mit Kate Bentley zu tun.

Etwas mehr als eine Woche war vergangen, seit Kate aus meinem Bett geflohen war, und seit unserem zufälligen Treffen vor vier Tagen hatten wir uns nicht mehr gesehen. Unser vorgestriges Telefonat zur Vereinbarung des heutigen Termins mit Mr. Russell aus London war nur kurz gewesen. Als ich nun zusammen mit Alfi am Flughafen auf sie wartete, stand mir daher am eindrücklichsten das Bild vor Augen, wie sie am Busbahnhof von mir fortging – neben ihr der große, breitschultrige Brian. Wie würde sie sich verhalten, wenn sie mir gleich Amy für den Kennenlerntermin übergeben würde? Ich selbst wusste jedenfalls nicht, was ich fühlen, geschweige denn, wie ich mich geben sollte. Einerseits sehnte ich mich danach, sie zu sehen, andererseits fürchtete ich mich davor. Was, wenn sie kühl und abweisend war?

Alfi, wie so oft ein Spiegel meiner selbst, zappelte neben mir herum und fragte jede halbe Minute, ob ich Kate und Amy schon draußen vor der kleinen Flughafenhalle ausmachen konnte. In seiner Gegenwart würde es für Kate und mich natürlich nicht möglich sein, überhaupt ein paar ehrliche Worte zu wechseln. Aber auch noch aus einem anderen Grund war es mir eigentlich nicht recht, dass er bei diesem Termin dabei war: Ich war sicher, dass er Amy langsam ins Herz geschlossen hatte, und wusste nicht, wie er auf ihr mögliches Fortgehen reagieren würde. Immerhin hatte er bis vor ein paar Wochen um jeden Hund, sei er auch so klein und niedlich wie Phils Pablo, einen riesigen Bogen gemacht. Seine Zuneigung zu Amy versetzte mich immer noch in Erstaunen. Um mich ganz darauf konzentrieren zu können, ob ich Mr. Russell und Amy für ein geeignetes Team halten würde, wäre es bestimmt besser, nicht auch noch auf Alfi achten zu müssen. Doch leider lief das Leben mal wieder anders als gewünscht. Clarissa und Jayden waren bei einem befreundeten Anwalt auf Jersey, um mit ihm die Regelung ihrer Scheidung zu besprechen. Mir war schleierhaft, wie Clarissa es hinbekam, sich von ihren Männern zu trennen, ohne dass der sonst übliche Rosenkrieg ausbrach. Als sie und Jayden heute früh Alfi zu mir gebracht hatten, wirkten sie zwar nicht gerade vergnügt, aber doch entspannt und sich durchaus freundlich zugetan.

»Daddy …?«, begann Alfi und zupfte an meinem Ärmel.

»Ich kann sie immer noch nicht sehen, Kumpel«, unterbrach ich ihn, während ich hinaus auf den regennassen Vorplatz spähte.

»Aber ich kann sie hören«, sagte mein Sohn und wandte sich nach links.

Tatsächlich, da kam Kate. Sie musste den weniger genutzten Eingang genommen haben. Ihr Anblick verschlug mir derartig den Atem, dass ich prompt einen Schluckauf bekam. Sie trug Jeans und festes Schuhwerk, eine leuchtendrote Regenjacke und ihr helles Haar in einen Knoten geschlungen, unter dem Arm Amys Führgeschirr. Sie sah so atemberaubend schön aus, dass ich für einen Moment nicht glauben konnte, dass wir tatsächlich zusammen nackt auf meinem Sofa und in meinem Bett gelegen hatten. An all das, was wir dort miteinander getan hatten, durfte ich erst gar nicht denken, wenn ich weiterhin aufrecht stehenbleiben wollte.

Alfi löste sich von meiner Seite und ging ihnen ein paar Schritte entgegen. Kate ließ Amys gestraffte Leine los, und Hund und Kind begrüßten sich inniglich. Und ich musste zugeben: Diese beiderseitige Freude milderte den Herzschmerz ein wenig, den ich bei Kates Anblick empfand.

»Guten Tag, Alfi«, begrüßte Kate meinen Sohn.

Er nickte ernsthaft wie es sich für einen Angestellten seiner Chefin gegenüber gehörte. »Guten Tag, Kate!«

»Hallo, Matthew.«

Ihre hellen Augen, die ich schon in vollen Flammen gesehen hatte, blickten mich jetzt beinahe schüchtern an.

»Hi – *hicks* –, Kate«, erwiderte ich in dem vergeblichen Bemühen, lässig zu wirken. »Ich – *hicks* – freu mich, dich zu – *hicks* – sehen.«

Es war ein Trauerspiel. Doch Kate sah plötzlich nicht mehr scheu, sondern tatsächlich ein wenig amüsiert aus. Na toll, das fehlte mir noch, dass ich ihr bei unserem ersten Wiedersehen Anlass gab, sich über mich lustig zu machen.

»Danke, dass du Amy hergebracht hast. Soll ich – *hicks* – sie dir später nach Hause bringen?«, wollte ich rasch wissen, um das Ganze möglichst schnell hinter mir zu haben.

Kate schüttelte den Kopf, und während ich erneut hickste, kam mir blitzartig der grässliche Gedanke, sie könnte: »Nein, wir sind bei Brian«, oder Ähnliches antworten.

Doch stattdessen sagte sie: »Ich hab es mir überlegt. Ich möchte gern dabei sein.«

Prompt war mein Schluckauf verschwunden. Und verrückterweise fragte ich mich *nicht*, wie um Himmels willen ich eine oder zwei Stunden in Kates Gegenwart zubringen sollte, ohne sie ständig anzusehen. Ich fragte mich überhaupt nichts, sondern wurde von einer Welle der puren Freude mitgerissen. Gut, dass in dem Moment Alfi und Amy die paar Schritte zu uns herüberkamen.

»Ich wette, Mr. Russell will Amy gleich mitnehmen, wenn er sie erst mal kennt. Sie ist einfach der tollste Hund auf der Welt, oder?«, verkündete Alfi.

Kate sah ihn mit der gleichen Besorgnis im Blick an, die ich empfand. Doch Alfi wirkte einfach nur stolz.

»Das ist sie ganz sicher«, antwortete Kate.

»Aber keine Bange, Kumpel, selbst wenn Kate entscheidet, dass Mr. Russell Amy bekommen soll, wird sie erst noch hierbleiben. Das ist heute nur ein Kennenlernen. Ich hab dir doch erzählt, dass die neuen Teams über mindestens zwei Wochen miteinander geschult werden müssen, damit sie lernen, sich zu verstehen.«

Alfi nickte.

In dieser Sekunde kam Bewegung in den Ausgangsbereich der Halle.

»Da kommen die Passiere vom Londoner Flug«, sagte ich.

Mr. Russell war natürlich leicht zu erkennen. Er war sehr schmal, trug eine dunkle Sonnenbrille und einen gutsitzenden Maßanzug, der bestimmt so viel gekostet hatte, wie ich an Honorar für die Übersetzung eines kompletten Buches bekam. In der einen Hand führte er einen Blindenstock vor sich, auf der anderen Seite wurde er von einer dünnen Frau im grauen Kostüm begleitet, die leicht seinen Arm hielt.

Ich winkte der Frau zu, die Mr. Russell etwas zuraunte und dann mit ihm zu uns herüberkam.

Wir stellten uns vor. Die Frau war Mrs. Russell, und mir fiel auf, dass sie Amy auf Distanz mit einiger Skepsis musterte.

Mr. Russell gab uns allen die Hand und streckte sie dann in Amys Richtung aus. Amy erkannte die an sie gerichtete Geste und stupste die Hand freundlich an. Mr. Russell zuckte kurz zurück. Doch dann tastete er über Amys Kopf und klopfte etwas unbeholfen ihren Hals. June hatte gesagt, dass er keine Hundeerfahrung hatte. Okay, dann musste ich wohl bei null anfangen.

»Es gibt hier in der Nähe einen netten kleinen Tearoom. Wollen wir dorthin und uns erst einmal bei einem Tee in Ruhe unterhalten?«, schlug ich vor. »Von dort aus können wir einen kurzen Spaziergang machen, bei dem Sie Amy im Geschirr führen können, Mr. Russell.«

Mr. und Mrs. Russell waren einverstanden, und so brachen wir zu sechst auf.

Über ein bisschen Smalltalk zum derzeit scheußlichen Wetter tastete ich mich langsam vor zu den wichtigen Bereichen dieses Treffens: Mr. Russells Motivation, sich um einen Blindenführhund zu bewerben, und seine persönlichen Möglichkeiten, Amy über ihre Pflichten hinaus auch ein gutes Hundeleben zu ermöglichen.

»Wissen Sie, ich überlege mir das schon lange«, erklärte Mr. Russell, als wir im Tearoom Platz nahmen. »In der Führungsetage eines großen Konzerns wie unserem wird auch eine gewisse Flexibilität erwartet. Anfang des Jahres bin ich aus meinem bisherigen Bereich Finanzen in den der Forschung gewechselt. Große Aufgaben. Neuland. Viele Reisen. Fremde Orte. In der Firma habe ich einige reizende Assistentinnen, aber die begleiten mich natürlich nicht durch die Stadt oder auf Reisen und Konferenzen – das würde meine Gattin nicht gutheißen.«

Er lachte, und wir taten ihm den Gefallen mitzulachen, Kate, seine Frau und ich. Nur Alfi legte verwundert den Kopf schief, und ich seufzte innerlich – bestimmt würde er mich später zu dieser für ihn unverständlichen Situation löchern.

»Und da möchten Sie gerne einen Blindenführhund, um sich selbstständig und ohne fremde Hilfe auch in fremder Umgebung sicher bewegen zu können«, fasste ich zusammen.

Er nickte, sagte von sich aus jedoch kein Wort über die soziale Komponente, die ein Hund immer mit sich bringt: Kontakt zu anderen Menschen und natürlich die innige Bindung, die die meisten Blinden zu ihren Assistenzhunden aufbauen.

An dieser Stelle tauschten Kate und ich einen ersten Blick. Trotz der vielen unausgesprochenen Worte zwischen uns las ich in ihren Augen vollste Konzentration auf diese wichtige Situation und ihre Meinung dazu. Für diese Ernsthaftigkeit, wenn es um Amy ging, hätte ich sie schon gleich wieder küssen mögen. Fortan wechselten wir öfter Blicke, und ich war sicher, dass wir das Gleiche dachten.

Ich erkundigte mich nach Mr. Russells üblichem Tagesablauf. Er erzählte von dem großen Haus samt weitläufigem Garten in Richmond, in dem Amy – wie Mr. Russell es ausdrückte – »herumtollen« könnte, von dem er jedoch täglich mit Chauffeur in die City pendelte, was für Amy jeweils stundenlange Autofahrten bedeuten würde.

Gerade als die wichtigsten Dinge besprochen waren, hatte das Wetter ein Einsehen und legte eine längere Regenpause ein. So konnten wir ungehindert von Schirmen einen kleinen Spaziergang machen. Ich erklärte Mr. Russell die Zusammenhänge von Leine und Geschirr für Amy und wie bereitwillig, ja freudig, Amy ihr Geschirr annahm. Außerdem musste er ja einige wenige Kommandos kennen. Und dann gingen wir los. Mr. Russell mit Amy vorweg, dahinter Mrs. Russell und ich. Kate und, ihre Jacke sanft festhaltend, Alfi bildeten das Schlusslicht. Was zur Folge hatte, dass ich mit meinen Gedanken häufiger als angebracht eher hinter als vor mir war.

Aber auch ohne meine volle Konzentration war zu erkennen, dass Mr. Russell für den Umgang mit Amy auf jeden Fall eine längere Schulung benötigen würde. Ihm fehlte jedes natürliche Talent im Umgang mit der braven Hündin, wie es tierliebende Menschen meist automatisch mitbringen. Ein Verständnis für ihre Bedürfnisse war kaum ausgeprägt. Ebenso wenig wie eine Vorstellung davon, was zu ihrer artgerechten Auslastung notwendig sein würde.

Als wir zwei Stunden später wieder am Flughafen ankamen

und uns in der Halle voneinander verabschiedeten, war ich mehr als unschlüssig, ob ich Kate dazu raten sollte, Amy an genau diesen Mann weiterzugeben.

»Darf ich Sie noch etwas fragen?«, sagte Kate, als sie Mr. Russell zum Abschied die Hand gab. »Würden Sie auch einen Hund halten wollen, wenn Sie sehend wären?«

Sie klang dabei ausgesprochen freundlich. Doch der Hintergrund ihrer Frage war wohl uns allen klar.

»Selbstverständlich!«, sagte Mr. Russell entschieden. »Ich mag Hunde sehr. Natürlich bietet die Arbeit im Management einer so großen Firma nicht viel Freizeit. Aber wir haben schon immer gesagt, dass meine Frau sich zu Hause um den Hund kümmern könnte. Nicht wahr, Laureen?«

Mrs. Russell nickte pflichtbewusst. Aber ihr musste ebenso klar sein wie mir, dass sie Amy die gesamte Dauer unseres Treffens nicht ein einziges Mal berührt, geschweige denn gestreichelt oder sonst wie freundlichen Kontakt zu ihr aufgenommen hatte.

Kate nickte auch, als hätte die Antwort ihre Frage zufriedenstellend beantwortet.

Dann geleitete Mrs. Russell ihren Mann durch den Ticketbereich, und die beiden verschwanden in Richtung Sicherheitskontrolle um die Ecke.

»So, Amy, jetzt kannst du dich wieder ausziehen«, sagte Alfi zu ihr und öffnete ihr Geschirr, um es ihr abzustreifen.

Sie ließ sich alles brav gefallen und stand still, während er mit dem Karabiner der Leine nach dem Metallring ihres Halsbandes suchte.

Kate und ich schauten den beiden zu und dann uns gegenseitig an, nur um rasch wieder wegzusehen. Nun, da die Russells fort waren, lag in unseren Blicken wieder eine gewisse Gefahr.

»Und?«, fragte Kate. »Soll ich Mr. Russell unser Amy-Schätzchen anvertrauen?«

Ich holte tief Luft. »Ich habe schon schwierigere Teams zusammengebracht. Da ist vieles möglich«, antwortete ich ein wenig schwammig. »Aber letztendlich kommt es auf dein Bauchgefühl an.«

»Aber das ist es ja gerade«, erwiderte Kate ratlos. »Ich bin mir einfach nicht sicher. Natürlich könnte Amy Mr. Russell in seinem anstrengenden Job wunderbar helfen. Und der große Garten würde ihr bestimmt gefallen.«

Unsicher brach sie ab, als gingen ihr die Argumente aus.

Da überraschte mich mein zehnjähriger Sohn wieder einmal. Obwohl ich gar nicht damit gerechnet hatte, dass er mithörte, weil er so mit Amy beschäftigt war, wandte er sich um und sagte: »Ich glaube, Amy geht lieber spazieren, als in einem Garten rumzuhängen.«

Kate und ich sahen ihn beide baff an.

Das spürte er offenbar, denn er zuckte mit den Schultern.

»Du sagst doch selbst, dass sie ihren Job richtig gut macht, Daddy. Sagst du doch immer, oder?«

»Ja, sicher, Kumpel. Amy ist ein Profi«, antwortete ich ihm.

»Wenn sie ihren Job gut macht, muss sie dafür aber doch auch ganz doll liebgehabt werden, find ich«, erwiderte er.

Und brachte die Sache damit wirklich auf den Punkt.

Kate

Montag, 5. Juni

Als ich am Montagmorgen mit Amy die Treppe ins Büro hinaufstürmte, konnte mir auch der strömende Regen die Laune nicht verderben. Wir platzten in den Flur, ich schlüpfte aus meiner Regenjacke, und Amy schüttelte sich, bevor ich das alte Handtuch parat hatte, sodass sich ein feiner Sprühregen über den frisch geputzten Boden verteilte. Doch auch darüber konnte ich nur grinsen.

»Ach herrje!«, stöhnte Irina, die gerade mit einem Becher aus der Teeküche kam. »Das ist ja eine Bescherung. Ich hol gleich einen Lappen.«

»Lass nur, ich mach das schon.« Ich sah lächelnd zu ihr hoch, während ich Amy abrubbelte, die dabei wohlig grunzte und ihren Kopf ins Handtuch grub.

»Bei dem Anblick freut man sich ja richtig mit dir, dass du dieses Anhängsel bald los bist. War der Termin gestern erfolgreich?«, erkundigte Irina sich.

Ich musste kurz blinzeln, um zu verstehen, was sie meinte.

»Ähm ... ja, das heißt nein. Ich habe mich entschieden, Amy nicht an Mr. Russell zu verkaufen«, sagte ich dann und legte das Handtuch über die Heizung.

»Was?«, quietschte Irina.

Sie folgte Amy und mir ins Büro, wo Kitten an ihrem Schreibtisch saß und aufsah, als wir hereinkamen. Wir nickten uns zu, und ich ließ mich auf meinen Stuhl fallen.

Irina blieb bei der Tür stehen und stemmte die Hände in die Hüften. »Noch mal für Zurückgebliebene, Kate: Du wirst den Hund nicht an den blinden Geschäftsmann aus London verkaufen, der bereit ist, ohne mit der Wimper zu zucken, dreißigtausend Pfund für ihn zu latzen? Aus welchem Grund, Himmelherrgott?«

Ich aber war wegen Amys verlängerter Frist bei mir unglaublich gut gelaunt und entschlossen, mir das nicht verderben zu lassen. So grinste ich sie nur an.

»Du behältst Amy?«, platzte Kitten heraus.

Ihr leuchtendes Gesicht zeugte von aufrichtiger Freude.

»Das wahrscheinlich nicht«, antwortete ich ihr, während Irina zwischen uns hin- und herblickte. »Aber ich möchte für die Kleine ein Zuhause suchen, in dem sie neben all den Aufgaben, die sie übernimmt, auch liebgehabt wird.«

Innerlich musste ich schmunzeln, weil ich damit Alfis gestriges Plädoyer beinahe wörtlich übernommen hatte.

»Und Mr. Russell hätte Amy nicht ... *liebgehabt?*«, hakte Irina mit ironischem Unterton nach.

»Nein. Er war nur an ihr interessiert als perfekt funktionierende Begleiterin durch seinen bestimmt sehr anstrengenden Alltag. Wenn es Blindenführhund-Roboter gäbe, wäre ihm so einer wahrscheinlich allemal lieber.«

»Also, ich find's toll!«, erklärte Kitten. »Komm mal her, Amy, ja, komm mal. Na, darfst noch bei uns bleiben, Schnuckelchen, hm?« Kitten fuhr Amy, die wild wedelte, mit den Fingern durchs Fell. »Iiiih, du bist ja immer noch nass! Komm, wir frottieren dich noch mal ab!«

Kitten und Amy verschwanden in den Flur.

Irina blieb stehen und verschränkte die Arme.

Ich sah sie an. Ihre Haltung sprach von so viel Zorn und Unverständnis, dass es mir plötzlich schwerfiel, die alte Freundin in ihr zu erkennen.

»Weißt du, was ich an der Sache am blödesten finde?«, begann Irina. »Hätte der tolle Herr Hundetrainer sich vorher besser erkundigt, dann hättest du gestern nicht den Nachmittag mit so einer Aktion verschwenden müssen.«

Was hatte ich gerade noch gedacht? Ich würde mir meine gute Laune nicht verderben lassen? Aber dass Irina jetzt unerwartet Matthew ins Spiel brachte, perlte nun doch nicht einfach so an mir ab.

»Matthew trägt wirklich überhaupt keine Schuld an irgendwas«, antwortete ich leicht gereizt. »Er hat alles getan, um mir zu helfen.«

»Wahrscheinlich nicht ganz ohne Hintergedanken, oder?«, zischte sie.

»Irina, was ist eigentlich mit dir los?«, fuhr ich nun doch auf. »Wieso bist du so ... so ... *dagegen?*«

Sie schnappte theatralisch nach Luft. »Wie bitte? Was soll denn heißen, *ich bin dagegen?*«

»Gegen Amy. Gegen Matthew. Gegen Kitten. Gegen Neues. Es tut mir leid, dass ich das jetzt so sagen muss, aber du mischst dich wirklich zu viel in Dinge, die dich nichts angehen.«

Irina sah mich giftig an. »Ach, so siehst du das? Ich bin gut genug, um Hunderte von Meilen anzureisen und dir in einer Notlage aus der Patsche zu helfen. Aber meine Meinung zu allem hier soll ich bitte schön für mich behalten? Sieht so für dich Freundschaft aus, Kate?«

»Freundschaft bedeutet für mich, dass man zueinandersteht, dass man die Entscheidungen und Pläne der anderen respektiert und mitträgt«, sagte ich vorsichtig.

»Und Dankbarkeit? Kommt Dankbarkeit auch unter deinem Begriff von Freundschaft vor?«, fauchte sie.

»Bitte erinnere dich daran, dass ich dich nicht um Hilfe gebeten habe«, erwiderte ich. »Du bist aus eigener Entscheidung hierhergekommen und hast mich damit überrascht. Das war sehr lieb gemeint, aber ...«

»Jetzt fehlt nur noch, dass du mir sagst, dass du mich gar nicht gebraucht hast und alles gut allein geregelt bekommen hättest!«

Ich musste schlucken. Wenn ich ehrlich zu mir selbst war, hatte ich so eine Auseinandersetzung kommen sehen. Doch ich hatte gehofft, wir würden uns in wenigen Tagen verabschieden, ohne dass es dazu gekommen wäre. Ich konnte ihr doch jetzt nicht sagen, dass ich sie aus Mitgefühl und um unserer alten Freundschaft willen in meinen Betrieb aufgenommen hatte.

»Ich war ja nicht allein«, setzte ich deswegen an. »Wie sich herausgestellt hat, ist Kitten eine wunderbare Tourenführerin und kennt sich auch mit der Büroarbeit bestens aus. Sie hätte bestimmt …«

»Schon in Ordnung, Kate! Schon in Ordnung! Ich hab verstanden. Ich war also die letzten fünf Wochen ein lästiger Klotz am Bein, der sich ungefragt in dein Leben einmischt. Wow. Toll. Kaum zu fassen, dass ich das nicht früher kapiert habe.« Sie schüttelte in gespieltem Unglauben den Kopf.

»Irina, hey«, sagte ich und stand auf. »Es tut mir wirklich leid, hörst du? Wir hätten wohl schon viel früher offen miteinander reden sollen. Aber ich war selbst noch nie besonders gut darin. Eigentlich hat sich erst in den letzten Wochen in meinem Leben so viel verändert, dass ich dazu überhaupt in der Lage bin. Ein bisschen hat das sicher auch mit Amy zu tun und ein bisschen …« Matthews Bild tauchte vor mir auf, und ich brach ab.

Doch Irina bemerkte gar nicht, dass ich noch etwas anderes hatte sagen wollen. »Tja«, schnappte sie. »Dann wünsche ich dir viel Erfolg mit diesem Köter im Gepäck, den du ja offenbar gar nicht wieder loswerden willst. Und Kitten kann sich auch freuen, dass sie endlich erreicht hat, was sie die ganze Zeit wollte. Meinst du, ich habe nicht gemerkt, dass sie am liebsten nicht mal im selben Zimmer mit mir sein wollte? Ts! Darf ich mir ein paar der Flyer mitnehmen, die ich für dich entworfen habe? Vielleicht weiß ein anderes, professionelleres Touristikunternehmen meine Arbeit mehr zu schätzen.«

Ich deutete zu der Kiste mit den Prospekten hinüber. Sie nahm sich einige, raffte aus dem Raum noch ein paar persönliche Kleinigkeiten zusammen und war schon fast an der Tür, als dort Kitten mit blassem Gesicht erschien.

»Was ist?«, blaffte Irina sie an.

»Ich wollte nur sagen, dass ich dich hier auf keinen Fall rausekeln wollte«, sagte Kitten mutig. »Ich hatte aber das Gefühl, dass *du* mich sehr wohl gern aus dem Weg gehabt hättest.«

»Wie bitte? Jetzt drehst du den Spieß einfach um?«, keifte Irina die verschreckte Kitten an.

»Irina, jetzt reicht es!«, sagte ich ruhig, aber bestimmt. »Mitgefühl und Missverständnisse hin oder her, lass Kitten in Ruhe!«

Meine alte Studienfreundin, die offenbar nie eine wirkliche Freundin gewesen war, wandte sich langsam zu mir um. In ihren Augen glitzerten Zornestränen. »Ich versteh dich einfach nicht!«, schimpfte sie. »Was hättest du alles aus deinem Leben machen können! Mit diesem Unternehmen. Ohne Kinder. Mit diesem Mann.«

»Aber es ist Kates Leben«, piepste Kitten tapfer.

Irina fuhr herum. »Du kleines, missgünstiges, hinterhältiges ...«

Ich dachte schon, sie wollte tatsächlich ausholen und Kitten eine Ohrfeige verpassen. Doch da schob sich von der Seite Amys hellgoldener Kopf zwischen die beiden. Zum ersten Mal hörte ich die Hündin leise, aber drohend knurren.

Irina erstarrte.

Fast erwartete ich, dass sie nun vollkommen ausrasten würde. Doch stattdessen reckte sie das Kinn in die Höhe, presste ihre Sachen an sich und drängelte sich mit gebührendem Abstand an Kitten und Amy vorbei.

»Irina ...«, sagte ich noch.

»Ich find allein raus«, antwortete sie ruppig, riss ihre

Jacke von der Garderobe, und schon schlug die Tür hinter ihr zu.

Kitten und ich standen einen Moment wie vom Donner gerührt.

»Ich … das … das wollte ich nicht«, stammelte Kitten schließlich.

»Ich auch nicht, Kitten, ich ganz sicher auch nicht. Offenbar hat Irina da schon länger etwas mit sich herumgetragen. Tut mir leid, dass du es mit abbekommen hast. Das hätte allein meine Portion sein sollen.«

»Na, ich weiß nicht. Sie scheint ja eine echte Wut auf mich zu haben. Ich hoffe nur, du glaubst nicht, dass das stimmt, was sie gesagt hat. Ich war nicht missgünstig und hinterhältig, ich kam nur nicht mit ihr klar, und da hab ich sie lieber gemieden.« Sie rang hilflos die Hände.

»Mach dir keine Sorgen«, beruhigte ich sie. »Ich glaube, ich sehe die Dinge schon recht deutlich und fürchte, dass Irina in ihrem eigenen Leben nicht gerade glücklich ist. Aus irgendeinem Grund wagt sie es aber nicht, etwas zu ändern, sondern hat stattdessen versucht, mich in ein ähnliches Leben zu drängen. Sie hat es wahrscheinlich nicht böse gemeint. Sie ist nur … unglücklich. Da kann man manchmal ganz schön biestig sein, oder?« Nachdenklich schüttelte ich den Kopf. »Seltsam, dass mir das vorher nie aufgefallen ist. Fühlt sich an, als hätte ich Irina gar nicht richtig gekannt.«

Amy, die sich an Kitten gedrückt hatte, kam zu mir herüber und stupste mein Bein mit der Nase an.

Ich strich ihr zärtlich über den Kopf. »Ein Blindenführhund, der uns Sehenden hilft, die Dinge klarer zu erkennen. Ist das nicht ein kleines Wunder?«

Kitten und ich sahen uns an und lächelten.

Matthew

Mittwoch, 7. Juni

So konnte es nicht weitergehen!

Kate und ich hatten uns am Sonntag am Flughafen mit einem elektrisierenden (da konnte ich natürlich nur für mich sprechen) Händeschütteln voneinander verabschiedet. Und seitdem war mir klar, dass ich das, was ich empfand, nicht länger unausgesprochen zwischen uns stehen lassen konnte.

Mit Alfi an meiner Seite war das nicht möglich gewesen. Aber nun war der richtige Zeitpunkt gekommen.

Heute, am Mittwoch, war es genau sechs Wochen her, seit wir uns kennengelernt hatten. Und am frühen Abend war ich auf dem Weg ins Büro ihres kleinen Touristikunternehmens. Gott sei Dank hatte es heute Morgen endlich aufgehört zu schütten. Stattdessen ging plötzlich ein seltsam heißer Wind, der die Straßen trockenblies wie ein gewaltiger Fön und dem man sich, sobald man die schützenden Häuserzeilen verließ, entgegenstemmen musste.

Ich hatte mich nicht angekündigt, weil ich Kate keine Gelegenheit geben wollte, eine Ausflucht zu suchen. Was ich ihr zu sagen hatte, wollte ich sagen. Und dann würde ich sie allein lassen, damit sie darüber nachdenken konnte.

Bei den Dingen, die ich ihr sagen wollte, ging es nicht nur um sie und mich, es ging nicht nur um meine eigenen Gefühle, die ich schon lange nicht mehr »im Griff« hatte und die ich genau deshalb als einzigartig und wunderbar empfand. Nein, ich wollte vor allem noch einmal mit ihr über ihre Mutter sprechen. Das Telefonat mit Hilde Stein hatte in mir nachgewirkt. Ebenso wie Kates verzweifeltes Sehnen, das aus allem sprach, was sie tat.

Es wäre ein Unding, das alles zu ignorieren und weiterzumachen wie bisher. Ich wollte, dass Kate wusste, woran sie mit mir war, egal, ob ich auf Guernsey bleiben oder tatsächlich schon bald Clarissa und Alfi nach Somerset folgen würde. Und ich wollte, dass sie sich in ihrem eigenen Leben darüber klar wurde, welche Möglichkeiten sie hatte, um endlich Frieden und Glück zu finden.

Die Metalltreppe, die in die Büroetage des Backsteingebäudes führte, schwankte ein wenig unter meinen Schritten. Oder war es der starke Wind, der an ihr rüttelte?

Als ich oben den Klingelknopf drückte, rührte sich drinnen zunächst nichts. Verflixt, kam ich etwa zu spät und Kate war schon auf dem Heimweg?

Doch dann näherten sich Schritte, und die Tür wurde geöffnet.

Vor mir stand Kate.

Sie trug eine leuchtend gelbe, seidige Bluse über einer Jeans. Ihr Haar fiel in sanften Wellen über ihre Schultern. Ihr Gesicht war, entgegen ihrer sonstigen Gewohnheit, dezent geschminkt, ihre Lippen schimmerten rötlich. Und sie starrte mich an. Besser gesagt: Wir starrten uns an, denn ich rührte mich ebenfalls nicht vom Fleck. Bis sich plötzlich eine feuchte Lakritznase aus dem Hintergrund zwischen uns schob.

»Hallo, Amy«, begrüßte ich die Hündin und wollte schon in die Hocke gehen, um sie Aug in Aug einmal durchzuknuddeln.

Da trat Kate einen Schritt zurück und sagte: »Komm doch rein.«

Sie führte mich in den hübsch gestalteten Besprechungsraum, bot mir einen der bequemen Schwingstühle und eine Tasse Tee an.

Weil ich froh über den kleinen Aufschub war, sagte ich Ja zum Tee, und sie verschwand in der kleinen Küche, wo ich sie hantieren hörte, während ich mit Amy schmuste. Die Hündin war ganz außer sich, mich zu sehen, und blickte mich immer wieder mit freudig geöffnetem Fang an. Es sah aus, als würde sie breit lächeln.

Schneller als erwartet kam Kate mit einem Tablett wieder herein, stellte es auf dem Tisch ab und setzte sich neben mich. Sie setzte sich nicht mir gegenüber, womit sie den Tisch als Barriere zwischen uns gebracht hätte, nein, sie setzte sich neben mich – und brachte mich damit schon wieder vollkommen aus dem Konzept.

»Der muss noch etwas ziehen«, sagte sie.

»Hm«, machte ich.

Wir sahen uns an.

»Matthew …«, begann sie.

Genau in dem Augenblick, in dem ich: »Kate …«, sagte.

Wir lachten beide nervös auf.

»Du siehst wunderschön aus«, brachte ich dann heraus.

Obwohl das wirklich nicht das war, was ich als Erstes hatte sagen wollen.

»Danke«, erwiderte sie überrascht und auch ein wenig atemlos. »Ich hab mich ein bisschen schick gemacht, weil …« Sie brach ab und setzte neu an: »Hat Mr. Russell sich noch mal gemeldet?«

»Mr. …? Nein. Nein, hat er nicht. Meine Aussage am Telefon war ganz sicher eindeutig genug. Natürlich hat es ihm nicht gefallen. Ich glaube, er fing gerade an, sich mit dem Gedanken anzufreunden, hin und wieder einen der vielen Parks in London zu einem Hundespaziergang aufzusuchen. Aber er wird bestimmt einen anderen Hund finden. Vielleicht einen, der schon in London ausgebildet wurde und den ganzen Trubel dort gewöhnt ist.«

»Aber nicht Amy.«

»Nein, Amy nicht.«

Kleine Pause.

»Kate, ich bin hier, weil ich mit dir gerne über ein paar Dinge reden möchte … Nein, oje, wie klingt das denn?! Vergiss das sofort wieder! Ich hatte mir eigentlich was zurechtgelegt. Obwohl ich darin nicht besonders gut bin, wie du siehst. Also, im Zurechtlegen vielleicht. Aber nicht im Merken und dann auch Entsprechend-Vorbringen. Die Sache ist jedenfalls die, dass ich dir unbedingt etwas sagen muss.«

Kate, die es schaffte, sich mein Gestammel mit ernstem Gesichtsausdruck anzuhören, ohne in Gelächter auszubrechen, nickte nun.

»Ich weiß es schon«, sagte sie. »Deine Ex-Frau war Ende letzter Woche hier und hat es nebenbei fallen lassen.«

Jetzt war ich völlig baff.

»Clarissa?«, wiederholte ich nur dumm. »Clarissa war hier? Aber … warum?«

»Sie will eine Tagestour für die Mitarbeiter ihres Verlages buchen. Den neuen Kollegen und Angestellten zeigen, was sie alles für sie aufgibt, wenn sie nach Bath zieht, denke ich.« Hier schmunzelte sie leicht. »Und da hat sie es beiläufig erwähnt.«

»Was denn genau?«, forschte ich, vollkommen durcheinander.

»Dass ihr von hier fortgeht«, erwiderte Kate leichthin und mit einem kleinen Lächeln, das mir vielleicht zeigen sollte, dass diese Neuigkeit für sie vollkommen in Ordnung sei.

Aber ich konnte den feinen Schmerz in ihren Augen erkennen. Und obwohl ich nun wirklich nicht wollte, dass ihr irgendetwas wehtat, machte genau das mir Mut.

»Tja, weißt du, ja, das könnte wirklich sein. Aber deswegen bin ich nicht hier«, stellte ich klar. »Ich bin hier, um dir endlich …«

Es klingelte an der Tür.

Verdammt! Am liebsten hätte ich mit der flachen Hand auf den Tisch geschlagen. Oder, noch besser, gegen meine Stirn.

Kate sah auf ihre Armbanduhr, murmelte: »Noch ein Überraschungsbesuch?«, und lächelte mich entschuldigend an, bevor sie aufstand und zur Tür ging.

Amy blieb bei mir sitzen, wedelte aber Richtung Tür, als wäre sie sich ihrer Pflicht zur freundlichen Begrüßung eines jeden Gastes – und sei er mir selbst auch noch so unwillkommen – bewusst.

Und dann hörte ich das einzige Wort, was ich jetzt wirklich überhaupt gar nicht und unter keinen Umständen hören wollte. Kate sagte nämlich: »Brian!«

Das durfte doch nicht wahr sein!

Ein Murmeln war zu hören. Dann Schritte.

»Ich war in der Nähe und dachte, wir könnten auch zusammen zu *Peter's* runtergehen. Pam komm später direkt dorthin«, sagte Brian gerade. Dann sah er mich und hielt inne. »Hallo, Matthew.«

»Hallo, Brian«, antwortete ich, vielleicht ein wenig hölzern.

Brian blickte schnell zwischen Kate und mir hin und her. Kate hatte die Hände ineinander verschlungen.

»Heute Abend steigt bei *Peter's* eine kleine Party für Rose. Sie ist heute Nachmittag ihre Schiene endlich losgeworden. Brian wollte mich abholen«, erklärte sie mir.

»Wir können doch zusammen gehen«, schlug Brian kumpelhaft vor.

Eigentlich mochte ich diese lässigen Naturburschen, die andere schon nach dem ersten Treffen beim Vornamen nannten und ganz locker damit umgingen, wenn sie unversehens in ein Zweiertreffen platzten. Aber jetzt grummelte in meinen Eingeweiden irgendetwas missmutig herum. Dass er so selbstverständlich davon ausging, dass wir nun zu dritt zur Party losziehen würden, behagte mir gar nicht.

»Aber ja«, stimmte Kate ihm auch noch fröhlich zu. »Gehen wir zusammen!«

»Aber ich bin doch gar nicht eingeladen«, wandte ich verstockt ein.

»Rose wird sich sehr freuen, dich zu sehen«, erklärte Kate und setzte mit Blick auf das Teetablett hinzu: »Außerdem ist mir gerade nach etwas Stärkerem.«

Dann warf sie mir einen Blick zu, der meinen Zweifel, ob ich mich den beiden nun tatsächlich anschließen sollte, sofort in Stücke schlug.

»Also gut«, sagte ich und sprang auf. »Gehen wir!«

Kate

Mittwoch, 7. Juni

Das Schicksal geht manchmal wirklich seltsame Wege. Da hatte ich tatsächlich geglaubt, ich müsste mein Herz prüfen, ob Brian nicht doch der Richtige für mich wäre. Dabei hatte es sich still und leise bereits für einen anderen entschieden. Jetzt zwischen den beiden durch die Straßen von St. Peter Port zu gehen war seltsam. Den warmen, stürmischen Wind im Haar und ein Zittern in mir, das eingesetzt hatte, als Matthew gerade so unerwartet in der Tür stand.

Spürte ich nach links hin – wo Brian ging –, waren da die gewohnte große Zuneigung und unbegrenztes Vertrauen. Nicht mehr als das, aber gewiss auch nicht weniger, denn es war so viel. Nach rechts hinüber aber …

Matthews Nähe brachte mich durcheinander und beruhigte mich zur selben Zeit. Dass er einfach so aufgetaucht war, sagte mehr als tausend Worte. Und ausgerechnet jetzt, da ich plötzlich wusste, was ich mir wünschte, da ich mir sicher war, zu wem ich gehören wollte, brach Matthew auf – in ein anderes Leben, weit entfernt von Guernsey. Wenn das keine Ironie war …

Am Hafen angekommen, sah ich vor uns auf der North Esplanade plötzlich zwei vertraute Gestalten.

»Rose! Dad!«, rief ich und rannte los, um sie einzuholen.

Rose, nur noch mit einer Krücke bewaffnet, strahlte wie der Sonnenschein, der sich heute hinter den rasch ziehenden Wolkenbergen versteckte.

»Liebes! Schau mal, das Knie ist wie neu!« Zum Beweis bewegte sie den Unterschenkel vorsichtig vor und zurück. »Oh, hallo, Matthew! Wie schön, Sie zu sehen! Wie geht es Alfi?

Brian! Hallo! Und mein Schätzchen Amy ist auch dabei!« Sie drückte einfach der Reihe nach uns alle drei an sich.

Brian wirkte ein wenig verlegen und Matthew verdutzt. So war Rose eben.

Dad schmunzelte. »Ich fürchte, sie ist nicht mehr zu halten, jetzt, da sie ihr das Ding abgenommen haben. Wir müssen uns in Acht nehmen, Kate!«

»Ich merke das schon«, sagte ich lächelnd. »Rose, du hast so eine große Handtasche dabei. Kannst du mein Handy und Portemonnaie unterbringen? Diese Jeans hat keine brauchbaren Taschen, und ich will die Sachen nicht die ganze Zeit in der Hand halten.« So plauderten wir, bis wir am Pub angekommen waren.

Als wir hineingingen, erhob sich drinnen ein großer Jubel. Die Bude war voll. Unglaublich, wie viele Bekannte und Freunde Rose hatte. Sie war sofort von gleich mehreren Seiten mit Beschlag belegt.

»Kommen Sie, Mr. Deering«, sagte Dad zu Matthew, da ihm wohl auffiel, dass der etwas verloren wirkte. »Wir ergattern etwas zu trinken. Kate, Brian, auch ein Pint?«

Wir nickten ihm zu, und die beiden bahnten sich einen Weg zur Theke.

Auf der kleinen Bühne im Hintergrund tat sich irgendetwas. Das Mikro quietschte, und Peter, der Wirt, klopfte ein paar Mal auf das Ding, ehe er hineinsprach: »Leute! Unser Ehrengast des heutigen Abends ist soeben eingetroffen: Rose Bentley!«

Wieder ein Jubelgetöse.

Rose winkte mit der krückenfreien Hand in alle Richtungen und genoss den Trubel sichtlich. »Rose, dürfen wir dich bitten, kurz zu mir heraufzukommen?«

Auf Rose' Weg zur Bühne teilte sich die Gästeschar vor ihr wie das Rote Meer vor Moses. Dad und Matthew waren an der Theke eingekeilt und schauten nur mit Schulterzucken zu uns herüber, die Pints für uns vier in den Händen. Als Rose mit Hilfe einiger starker Männer das Podest erklommen hatte, sprach Peter kurz darüber, welche Bereicherung sie selbst und ihr kleiner Souvenirshop für ganz St. Peter Port seien und wie froh alle seien, dass sie nun wieder in ihrer gewohnt temperamentvollen Art herumflitzen würde. Dann übergab er ihr das Mikro.

Rose räusperte sich und bedankte sich bei Peter für die netten Worte. »An dieser Stelle auch noch mal ein ganz dickes Dankeschön an Kate, die während meiner grässlichen Isolationszeit hier die Stellung gehalten hat und euch mit allem versorgt hat, was mein Laden so zu bieten hat.«

Auch für mich wurde geklatscht und gejubelt. Mir fiel auf, dass Matthew extra die Gläser auf einem Stehtisch abstellte, um mit den anderen applaudieren zu können.

Rose sprach kurz davon, was Guernsey und seine Bewohner ihr bedeuteten, erhielt eine donnernde Antwort und kämpfte daraufhin tatsächlich mit ein paar Freudentränen. Als ihr einige Freunde von der Bühne herunterhalfen, war sie sogleich von allen umringt. Offenbar wollte jeder mit ihr sprechen und ihr sagen, wie schön es war, dass sie wieder gesund war.

Da alle sich um Rose scharten, standen Brian und ich plötzlich wie auf einer kleinen, stillen Insel beieinander. Und ganz ohne dass ich es geplant hatte, wandte ich mich einem Impuls folgend an ihn und ergriff seinen Arm.

»Neulich auf der Hafenmauer beim Castle Cornet hattest du etwas Bestimmtes im Sinn mit deiner Frage, oder?«

Brian wechselte spontan die Gesichtsfarbe und wurde dunkelrot. Er druckste herum. »Tja, weißt du … ich hatte Irina im Pub getroffen, und sie meinte … also, sie war wohl der Ansicht …« Dann wusste er nicht weiter.

»Dass ich dich immer noch lieben würde und du besser mich anstelle von Pam heiraten solltest?«, sprach ich es endlich ganz deutlich aus.

Brian schluckte. Dann nickte er. »So ungefähr, ja.«

Irina, dieses Biest!, dachte ich, musste aber fast darüber lachen. Wenn sie etwas konnte, dann Menschen durch subtile Bemerkungen in den Grundfesten zu erschüttern.

»Ach Brian, es tut mir leid, dass ich es dir zu dem Zeitpunkt nicht gesagt habe. Aber ich finde, du solltest es wissen: An dem Tag, an dem du mir von euren Hochzeitsplänen erzählt hast, bin ich zu Rose gegangen. Du weißt ja, dass ich gern alles Wichtige mit ihr bespreche, schon immer. Kurz bevor sie verunglückte, hat sie eine Andeutung gemacht ... Sie sagte, dass du womöglich noch lange auf mich gewartet hättest. Du weißt schon, in der Zeit, als ich vom Studium wieder zurück auf den Inseln war. Ich glaube, ich selbst hatte noch nie an diese Möglichkeit gedacht. Und diese Vorstellung hat mich ... durcheinandergebracht.«

Brian sah mich beunruhigt an.

»Keine Angst. Es war nur eine kurze Zeit, in der ich nicht so richtig wusste, was in mir vorgeht. Ich habe wohl gespürt, dass ich bereit dafür bin, mich endlich auf einen anderen Menschen einzulassen. Und weil du der Einzige warst, der jemals ernsthaft dafür infrage gekommen war, wusste ich nicht, ob du es nicht womöglich immer noch bist. Aber dann ...« Ich brach ab und wusste plötzlich nicht weiter.

»... dann hast du *ihn* getroffen«, half mein liebster und bester Freund mir und sah zu Matthew hinüber, der immer noch bei Dad an der Theke stand.

Dad quatschte mit einem Nachbarn von Sark, der auch herübergekommen war, stellte Matthew vor, und die drei versuchten sich in dem Lärm zu verständigen. Doch plötzlich blickte Matthew geradewegs in unsere Richtung, als wüsste er ganz genau, wo ich stand, und hätte schon mehr als einmal herübergeschaut. Ich wollte ihm zuwinken, doch er wandte den Blick so schnell ab, dass er es nicht mehr sah.

»Au Mann, Kate, ich bin wirklich froh, dass wir das klären«, sagte Brian sichtlich erleichtert. »Rose hatte recht. Als du zurück warst, habe ich tatsächlich noch ’ne Weile gehofft, aus uns könnte wieder etwas werden. Aber dann hab ich es irgendwann kapiert und fand es gar nicht so übel. Denn dich als beste Freundin zu haben, das ist schon etwas ganz Besonderes. Und als dann Pam zu den Guides kam … Wie soll ich sagen? Sie ist einfach genau die Richtige für mich.«

»Und genau die Richtige ist gerade hereingekommen«, sagte ich lächelnd.

Brian drehte den Kopf und entdeckte seine Verlobte bei ein paar Freunden in der Nähe der Tür. Sein Gesicht leuchtete auf. Doch ehe er zu ihr ging, wandte er sich noch einmal an mich.

»Danke, Kate. Dass du das noch mal angesprochen hast. Jetzt kann ich mich ganz ungetrübt auf die Hochzeit freuen«, sagte er ein wenig verlegen.

»Mein lieber, lieber Brian!«, erwiderte ich und umarmte ihn.

Er zog mich in seine starken Arme, wobei er mich mit Leichtigkeit ein wenig vom Boden abhob, drehte mich einmal im Kreis und hielt mich für einen Augenblick ganz fest. Über seine Schulter konnte ich Matthew sehen. An seinem versteinerten Gesichtsausdruck konnte ich erkennen, welchen Eindruck unsere Umarmung auf ihn machen musste. Nur kurz begegneten sich unsere Blicke, dann sah er wieder fort, plötzlich blass und angespannt. Brian setzte mich wieder ab, wir lächelten uns an, und er schob sich durch die Menge Pam entgegen.

Ich schaute zu Amy hinunter, die in dem Gedränge etwas verloren wirkte und ratlos zu mir heraufsah.

»Süße, ich fürchte, da müssen wir jetzt beide mal kurz durch«, sagte ich zu ihr und wandte mich um.

Matthew stand immer noch am selben Fleck, blickte aber angestrengt in die andere Richtung.

Ich schlängelte mich durch die Menge auf ihn zu, sorgsam darauf bedacht, auch für Amy Platz zu schaffen. Als ich nur noch ein paar Schritte von ihm entfernt war, bemerkte er mich. Seine Augen weiteten sich kurz, Freude blitzte darin auf. Doch dann glitt sein Blick an mir vorbei, und er runzelte überrascht die Stirn.

Ich drehte den Kopf in die Richtung, in die er schaute. Da stand Clarissa. Gut zu erkennen an ihrer rotbraunen Löwenmähne und den Katzenaugen. Die blickten jetzt gerade allerdings alles andere als verführerisch, sondern geradezu panisch.

»Matthew!«, schrie sie gegen den Geräuschpegel um uns herum an. »Matthew! Gott, hier bist du! Weißt du, wo Alfi ist?«

Matthew

Mittwoch, 7. Juni

Kate und Clarissa kamen im selben Moment bei mir an. Kate wirkte ein wenig verwirrt, doch Clarissa war vollkommen aufgelöst. Sie griff so heftig nach meiner Jacke, dass ich mein Bier verschüttete.

»Alfi?«, wiederholte ich beunruhigt. »Ist er denn nicht bei dir?«

»Nein! Und ich konnte dich nicht übers Handy erreichen!« Ihre Stimme überschlug sich fast.

Verflixt, das Handy hatte ich vorhin auf stumm gestellt, als ich zu Kate ins Büro gegangen war, weil ich nicht wollte, dass irgendetwas uns störte.

»Aber wo kann er denn sein? Ist er weggelaufen?«, wollte ich wissen.

Clarissa rang verzweifelt die Hände. Ihre Wimperntusche war zerlaufen. Offenbar hatte sie geweint.

»Oh Gott, ich hab gewusst, dass irgendwas Schlimmes passiert«, jammerte sie. »Gestern Abend habe ich ihm erzählt, dass Jayden und ich uns trennen werden. Aber ich habe es ganz vorsichtig gemacht, Matthew, wirklich. Und er hat es gut aufgenommen. Er meinte, er habe ja dich als Vater und mich als Mutter, und das reiche ihm.« Sie lachte kurz und beinahe hysterisch auf. »Aber als ich erwähnte, dass wir wieder zurück nach Bath gehen, da ... da ist er vollkommen ausgeflippt. Oh, Matthew, ich hab ihn noch nie so gesehen! Er hat geschrien und um sich geschlagen. Ich habe versucht, ihn zu beruhigen, aber er wollte einfach auf nichts hören. Immer wieder hat er gesagt, das hier sei sein Zuhause und er wolle nicht hier weg. Er wollte unbedingt zu dir, weil er meinte, du würdest ihn verstehen und ihn nicht zwingen, von hier fortzugehen. Als ich ihm sagte, dass du mit uns nach Bath zurückgehen würdest, hat er nur noch geweint. Bis er am Ende eingeschlafen ist.« Sie schüttelte verzweifelt den Kopf. »Heute Morgen schien es, als hätte er sich beruhigt. Er war stiller als sonst, aber ich dachte, er sei einfach nur müde. Nach dem Frühstück ist er zur Schule gegangen wie immer. Nein, nicht ganz wie immer«, unterbrach sie sich selbst. »Angeblich sollte die Schule heute eine Stunde länger gehen, wegen eines Projektes rund um Spielsachen. Deswegen hat er auch den Lederfußball mitgenommen und seinen Flugdrachen. Aber als ich dann eine Stunde nach der üblichen Zeit an der Schule ankam, war niemand da. Ich habe seine Lehrerin erreicht, und die sagte, es gab gar kein Projekt. Der Unterricht hat wie immer geendet. Oh Gott, Matthew, er muss das regelrecht geplant haben. Wo kann er nur hingegangen sein?«

Schon bei Clarissas ersten Sätzen hatte eine eiskalte Hand nach meinem Herzen gegriffen. Sie hielt es umklammert, sodass ich kaum Luft zum Atmen bekam. Beinahe reflexartig zog ich mein Handy aus der Hosentasche.

»Er geht nicht ran«, sagte Clarissa sofort. »Das hab ich natürlich auch schon versucht. Habe es immer wieder endlos klingeln lassen.«

Ich überlegte fieberhaft. »Hast du bei mir zu Hause nachgeschaut?«

Sowohl Alfi als auch Clarissa hatten Schlüssel zu meinem Häuschen.

Während Kate mit besorgter Miene zwischen uns hin- und hersah, nickte Clarissa.

»Natürlich. Daran habe ich als Erstes gedacht. Er kennt ja die Buslinie der 41 und die Fahrer. Aber er war nicht da. Ich bin durchs ganze Haus gegangen und habe nach ihm gerufen.«

»Hast du auch im Garten nachgeschaut?«, fragte ich schnell. »In seinem Indianerzelt?«

Clarissa erstarrte. Dann leuchtete ihr Gesicht auf. »Oh Gott, nein, hab ich nicht! Du hast recht! Wahrscheinlich ist er da!« Vor Erleichterung traten ihr erneut Tränen in die Augen.

Ich ergriff ihren Arm »Komm! Wir fahren zusammen hin!«

»Kann ich irgendetwas tun?«, wollte Kate wissen.

»Ja. Bleib hier«, antwortete ich, während Clarissa schon zur Tür strebte. »Nicht weglaufen, hörst du?«

Sie nickte. Einen Moment lang sahen wir uns intensiv an. Dann beeilte ich mich, Clarissa zu folgen.

Kate

Mittwoch, 7. Juni

Ich starrte den beiden nach, wie sie zur Tür hinaus verschwanden. In meiner Kehle saß plötzlich ein gewaltiger Kloß. Wie hatte Clarissa es ausgedrückt? Wenn es möglich war, wieder in die Verlagsarbeit einzusteigen, diesmal sogar in leitender Funktion, wäre es dann nicht auch denkbar, andere *bewährte Verbindungen* wiederaufleben zu lassen? Ich hatte es im ersten Moment für das übliche Gebaren einer Frau gehalten, die es gewöhnt ist, dass alle – insbesondere die Männer – sich um sie scharen, und deswegen möglicher Konkurrenz direkt den Wind aus den Segeln nehmen will. Doch als ich Matthew und diese Sexbombe gerade miteinander sah, ihre über Jahre gewachsene Vertrautheit spürte, die gemeinsame Sorge, Matthews Art, Clarissa anzusehen und für sie Beruhigung auszustrahlen, da wurde mir klar, dass sie vielleicht mit ihrer Äußerung doch noch recht behalten könnte.

Neidlos musste ich zugeben, dass die beiden ein wunderbares Paar abgaben, besonders in ihrer Verantwortung für den geliebten gemeinsamen Sohn. Und hatte Matthew vorhin im Büro nicht auch bestätigt, dass er vermutlich mit Clarissa und Alfi zurück nach England gehen würde?

»Was war denn mit den beiden los?«, erkundigte sich Dad, der im Gespräch mit seinem Nachbarn wohl nur die Aufregung mitbekommen hatte, aber nicht deren Ursache.

Ich erklärte ihm die Sache kurz, und er machte ein bestürztes Gesicht.

»Der kleine blinde Junge? Oje, hoffentlich ist er wirklich daheim im Garten.«

Dazu konnte ich nur nicken.

»Kate!«, kreischte plötzlich eine Frauenstimme quer durch den Raum.

Es war Pam, die mit Brian immer noch in der Nähe der Tür stand. Dad klopfte mir auf die Schulter und drückte mir ein Pint in die Hand. Das balancierte ich durch die Menge, Amy folgte mir, dicht an mich gedrückt und sichtlich froh, dass wir uns wieder in den weniger vollen Teil des Pubs bewegten.

»Oh Kate! Du bist ein Schatz!«, rief Pam, als ich bei ihnen angekommen war.

Ohne Rücksicht aufs Bierglas fiel sie mir um den Hals. Brian schaffte es gerade noch, danach zu greifen und es in seinen Bärenpranken zu sichern.

»Huch!«, machte ich. »Womit hab ich das denn verdient?«

»Das *Swan Inn!*«

Pam strahlte so glücklich, dass ich sie automatisch anlächeln musste – auch wenn mir gerade eigentlich nicht danach zumute war.

»Brian wollte dich doch überraschen!«

»Ja, aber als ich gerade wieder anfing zu nörgeln und ihm aufzuzählen, warum so eine Sause im Pub einfach toll ist, ist er damit rausgerückt. Wow!«

Sie drückte ihm einen dicken Kuss auf den Mund, und Brian grinste wie ein Honigkuchenpferd.

»Das war eine super Idee von dir, Kate! Ich werde dir ewig dankbar sein!« Pam lachte glücklich.

»Ich auch«, raunte Brian mir zu, als sich eine Freundin von Pam ins Gespräch mischte und die beiden die Köpfe zusammensteckten.

Insgeheim schickte ich einen stillen Gruß an Irina, die sicher schon längst wieder daheim bei ihrem Mann und den Zwillingen war und keine Ahnung hatte, dass sie mit ihrer kleinen Kate-und-Brian-Verkupplungsidee nun genau das Gegenteil erreicht hatte. Da beugte Brian sich ein Stückchen zu mir.

»Alles okay?« Er deutete mit dem Kopf Richtung Theke, wo Matthew nun ja nicht mehr stand.

»Matthews Sohn ist verschwunden. Er ist mit seiner Ex los, um nach ihm zu suchen«, teilte ich ihm mit.

»Oh …«

»Ja.«

»Kate?«, wandte Pam sich wieder an mich. »Nancy hier möchte ihren Verwandten vom Festland mal die Insel zeigen. Ich hab ihr gesagt, für geführte Touren bist du natürlich die beste Adresse.«

»Selbstverständlich!«

Nancy mit ihren zu zwei frechen Zöpfen gebundenen Haaren war mir gleich sympathisch.

»Und wenn das Wetter nicht mitspielt?«, wollte sie wissen. »Tante Claire mit ihrem Rheuma und so …«

»Es gibt immer Schlecht-Wetter-Alternativen«, erklärte ich ihr. »Obwohl es natürlich am schönsten ist, wenn man draußen unterwegs sein kann. Gerade die Wanderungen auf dem Küstenpfad, durch Bluebell Wood und über die Green Lines im Süden sind wunderbar. Morgen habe ich nach etlichen Wochen endlich wieder mal eine eigene Gruppe. Ich freu mich schon drauf! Und jetzt darf Amy ja auch dabei sein.«

Wir sahen zu ihr hinunter, und sie wedelte fröhlich über so viel Aufmerksamkeit. Brian lachte und knuddelte sie liebevoll.

Doch Pam sah mich nachdenklich an. »Willst du mit der Gruppe deine übliche Joggingstrecke gehen?«

»Hab ich vor. Wieso fragst du?«

Pam hob die Brauen. »Gut, dass wir darüber sprechen. Da gibt es doch diese eine Stelle, an der das Rinnsal aus der Quelle bergan den Pfad überquert. Weißt du, was ich meine?«

Sofort stand mir der kleine Ausflug vor Augen, den ich genau dorthin mit Matthew, Alfi und Amy gemacht hatte. Ich nickte.

»Die Regenfälle der letzten Tage haben aus dem hübschen Rinnsal einen reißenden Bach gemacht«, erklärte Pam weiter. »Das ist aber noch nicht alles. Das Wasser scheint sich neue Wege gesucht zu haben, etwa über eine Strecke von fünfzig oder sogar hundert Metern hat es den Pfad unterspült. Könnte sein, dass es einen Erdrutsch über die Klippe gibt. Vorhin habe ich den Bereich abgesperrt und Verbotsschilder aufgestellt. Morgen geh ich mit einem Kollegen hin, und wir schauen, ob wir das Ganze abfangen können, sobald es abgetrocknet ist. Aber das dauert natürlich. Da kommst du also erst mal nicht durch. Musst einen anderen Abschnitt wählen.«

»Danke für den Tipp«, sagte ich.

Es wäre wirklich zu dumm, mit einer kompletten Tourigruppe gleich am ersten Tag an einem nicht begehbaren Streckenabschnitt zu scheitern.

Pam freute sich, dass sie mir hatte helfen können. Ihre Freundin Nancy hatte noch diverse Fragen zu einer »Familien-Führung«, wie sie es nannte. Ich erläuterte ihr einiges, bis Amy mich ans Bein stupste.

»Amy muss mal, glaube ich«, stellte ich entschuldigend fest.

»Geh nur. Ich will dich auch nicht den ganzen Abend mit geschäftlichem Kram belästigen. Klingt alles toll. Ich ruf dich einfach an, wenn es so weit ist, okay?«, schlug Nancy vor.

Ich nickte ihr zu. Brian und Pam standen gerade sehr nah beieinander und sahen sich verträumt in die Augen, also störte ich sie nicht. Schließlich wollte ich nur ein paar Minuten hinaus.

Ich öffnete die Tür und verließ mit Amy den Pub. Das *Peter's* lag ganz in der Nähe des Souvenirshops. Daher wusste ich genau, zu welcher kleinen Grünfläche ich mit meinem Hundemädel laufen musste, damit sie sich erleichtern konnte.

Auf dem Weg dorthin schlugen meine Gedanken Purzelbäume. Irgendetwas ließ mich nicht los. Etwas Wichtiges, das es dort drinnen im Pub in all dem Lärm und mit Nancys Fragen einfach nicht in mein Bewusstsein geschafft hatte. Doch jetzt zupfte es immer stärker an mir, wie eine kleine Hand am Ärmel, die nach Aufmerksamkeit verlangt.

Während Amy im Gras herumschnüffelte und sich zum Pipimachen hinhockte, versuchte ich, diese wirren Gedanken zu ordnen. Matthew. Clarissa. Alfi. Pam. Nancy. Brian. Alfi.

Plötzlich bekam ich es zu fassen: Die Stelle, vor der Pam mich gerade gewarnt hatte, war genau die Stelle, von der Alfi behauptet hatte, es sei der ideale Ort, um einen Drachen steigen zu lassen. Matthew hatte dort die Geschichte vom Wunschdrachen erzählt.

In meinem Kopf ging eine Alarmglocke los.

Ideale Stelle. Wunschdrachen.

Alfi hatte zu dem Zeitpunkt, als wir dort gewesen waren, noch keinen großen Wunsch gehabt, wie er selbst behauptet hatte. Aber gestern Abend hatte er erfahren, dass er sein geliebtes Guernsey wieder verlassen sollte. War sein ersehntes Hierbleiben womöglich der Herzenswunsch, für den er bereit war, seinen geliebten Drachen loszulassen? So wie ich den Jungen kennengelernt hatte, war ich mir dessen plötzlich sicher. Alfi wollte um jeden Preis hier auf Guernsey bleiben.

Clarissa hatte erwähnt, dass Alfi ein paar Spielzeuge mitgenommen hatte, als er am Morgen von zu Hause aufgebrochen war. Den Lederfußball und ... seinen Drachen!

Konnte es sein ...?

Nein, ganz sicher war Alfi doch nicht vollkommen allein aufgebrochen, um genau diese Stelle des Küstenpfades aufzusuchen! Wie hätte er denn dort hinkommen sollen? Und wie sich zurechtfinden, ganz ohne Hilfe? Nein, es war ganz und gar unwahrscheinlich, dass der Junge ausgerechnet dort war.

Aber ich wusste genau, ich würde an diesem Abend keine ruhige Minuten mehr haben, wenn ich mich nicht vergewisserte. Kurz überlegte ich, in den Pub zurückzugehen und Dad, Rose, Brian, irgendwem Bescheid zu geben. Doch ich war durch den kleinen Spaziergang mit Amy schon auf halbem Wege zu meinem geparkten Auto. Erst zurückzulaufen würde mich wertvolle Zeit kosten. Ich musste mich eben beeilen. Schnell hinfahren – die große Taschenlampe im Handschuhfach war frisch aufgeladen und würde gegen die einsetzende Dämmerung helfen – und mich vergewissern, dass Alfi nicht ausgerechnet dort in Schwierigkeiten steckte. Blitzschnell würde ich wieder zurück sein, beruhigt und ohne irgendjemand anderen in Aufregung versetzt zu haben.

Und sicher würde dann Matthew auftauchen, der gesagt hatte, ich solle nicht weglaufen, sondern dort bleiben – weiß der Himmel für was. Er würde sagen, dass Alfi sich in seinem Indianerzelt versteckt hätte und nun wieder sicher bei Clarissa wäre. Und er wollte *mir* etwas sagen, nicht wahr?

Und wenn ich es so recht überlegte, sollte vielleicht auch ich ihm etwas anvertrauen.

Matthew

Mittwoch, 7. Juni

Ich steuerte Clarissas dicken Wagen zu mir nach Hause. Obwohl ich nicht so viel Fahrpraxis hatte, erschien mir das sicherer, denn Clarissa zitterte am ganzen Körper und war vollkommen am Ende.

Es war wie immer. Wie so oft in unserem gemeinsamen Leben. Zwar tobte auch in mir ein Sturm der Gefühle – ohnmächtige Sorge um Alfi, unbegründeter Zorn auf Clarissa und irgendetwas, das sich verschwommen und schmerzhaft um die innige Umarmung von Kate und Brian drehte, die ich gerade hatte mitansehen müssen. Aber ich durfte mich meinen Gefühlen nicht überlassen, denn Clarissa brauchte mich. So versuchte ich, ruhig und zuversichtlich zu klingen, während wir den gestrigen Abend und heutigen Tag, alles, woran Clarissa sich erinnern konnte, noch einmal durchgingen.

Ich wiederholte mehrmals, dass ich sicher sei, Alfi sitze verstockt und sauer in seinem Indianerzelt im Garten. Aber in Wahrheit kam ich fast um vor Sorge, und die Fahrt aus der Stadt hinauf in den Norden zu meinem kleinen Häuschen war mir noch nie so lang erschienen.

Ich hielt vor dem Haus, und Clarissa sprang schon hinaus, bevor ich den Motor abgestellt hatte. Ich beeilte mich, ihr zu folgen. Ums Haus herum, in den abendlich dämmrigen Garten. Clarissa rief nach Alfi und fiel vor dem verschlossenen Indianerzelt im hinteren Bereich der Rasenfläche auf die Knie. Mit fliegenden Fingern zog sie den Reißverschluss auf.

»Matthew!«, schrie sie dann. »Er ist nicht hier!«

Als könnte ich es nicht glauben, sah auch ich ins Zelt. Von Alfi keine Spur.

Wir liefen noch einmal rufend durchs Haus. Ich sah in alle Ecken und sogar in die Schränke. Nichts.

In mir brannte ein heftiges Gefühl, das sich in meine Eingeweide krallte. Mein Sohn war bei der einsetzenden Dunkelheit irgendwo auf der Insel unterwegs. Gestern Abend hatte er unbedingt zu mir gewollt, aber im Laufe der Nacht hatte er sich wohl dagegen entschieden. Weil er der Meinung war, dass auch ich ihn zu etwas zwingen wollte, was ihm das Herz brechen würde.

Egal, wo er jetzt war, ich war nicht für ihn da gewesen. Stattdessen war ich unterwegs zu einer Frau, die mich wahrscheinlich schon längst wieder ad acta gelegt hatte und zu ihrer vertrauten Sandkastenliebe zurückgekehrt war. Ich hätte mir gerne die Haare gerauft, aber Clarissa war so außer sich, dass ich sie erst einmal fest umarmte.

»Schscht!«, machte ich. »Keine Angst. Er kann ja nicht weit sein. Ein blinder Junge ganz ohne Begleitung fällt auf.«

»Lass uns die Polizei rufen!«, sagte Clarissa schluchzend.

»Das machen wir auf dem Weg zurück in die Stadt!«, entschied ich, und schon waren wir wieder auf dem Weg zum Wagen. »Dort ist er schließlich verschwunden. Irgendwo da wird er auch sein. Komm, lass uns noch mal genau überlegen. Könnte er eventuell bei einem Freund sein?«

Wir stiegen ein und schnallten uns an.

Clarissa schüttelte den Kopf. »Ich hab alle angerufen. Und wenn er bei jemandem wäre, den er nicht so gut kennt, hätten uns doch die Eltern kontaktiert.«

Sobald wir unterwegs waren, wählte ich über die Freisprechanlage die Nummer der Polizeistation in St. Peter Port. Ich erklärte die Lage. Da Alfi blind war, stellte dies wohl eine besondere Situation dar. Der Polizist nahm alle notwendigen Daten auf: Größe, Alter, Haarfarbe, Kleidung.

»Wir organisieren eine Suchaktion. Dazu wäre aber wichtig

zu wissen, in welchem Gebiet wir beginnen sollen«, sagte der Polizist. »Und wo können wir Sie erreichen?«

Das Wort »Suchaktion« löste in meinem Kopf Bilder von Menschen aus, die suchend und rufend durch die Straßen zogen. So viele Beamte, wie ich gerne hätte, gab es auf Guernsey gar nicht.

Doch da kam mir eine Idee: »Sie finden uns bei *Peter's.*«

»*Peter's?* Dem Pub?«, wiederholte der Polizist ein wenig verwundert.

»Genau. Wir sind in etwa zehn Minuten dort.«

»In Ordnung.«

Wir legten auf.

Sofort gab ich Phils Nummer ein, und zu meiner grenzenlosen Erleichterung ging er nach dem zweiten Läuten ran.

Ich erklärte ihm rasch die Lage.

Er fragte sofort: »Wohin sollen wir kommen?«, und versprach, dass Cedric, Pablo und er sich gleich auf den Weg machen würden.

Clarissa sah mich mit gerunzelter Stirn an. »Du willst in den Pub zurück?«

Ich nickte.

»Aber wieso?«

»Wenn ich in der Zeit hier auf der Insel eines gelernt und was ich auch gerade wieder auf Rose Bentleys Party gesehen habe, dann dies: Die Guernseyer halten zusammen. Wenn einer in Not ist, helfen sie ganz selbstverständlich.«

Clarissa bekam große Augen. »Du meinst, all die Leute im Pub …?«

»Ja, genau«, sagte ich in voller Überzeugung, dass ich damit richtiglag. »Ja, ich glaube, sie werden uns alle helfen, Alfi wiederzufinden.«

Kate

Mittwoch, 7. Juni

So schnell, wie es die Geschwindigkeitsbeschränkungen zuließen, fuhr ich über die schmalen Straßen in Richtung Süden.

Amy hatte sich auf ihrem gemütlichen Platz im Kofferraum zusammengerollt, offenbar froh, dem Getöse im Pub entronnen zu sein. Der Lärm und die Enge hatten sie gestresst, und ich nahm mir vor, sie lieber in meiner Wohnung zu lassen, wenn ich später zurück in den Pub fuhr.

Ich parkte den Wagen schon direkt vor dem Haus. Als Amy merkte, dass wir nicht hineingehen würden, sondern ein später Spaziergang sie erwartete, wurde sie gleich wieder munter und sprang fröhlich um mich herum.

Ich wechselte meine Ausgehsandalen gegen die Trekkingschuhe, die ich immer im Wagen hatte, warf mir die Windjacke vom Rücksitz über, griff nach der Stablampe, und wir gingen los. Die Straße wieder ein Stück zurück, bis sie eine Biegung machte und am Tearoom vorbeiführte. Schon nach zweihundert Metern auf der Green Line zweigte ein Fußweg in Richtung Klippen ab.

War es auf der Straße schon dämmrig gewesen – die Green Lines wurden nachts nicht beleuchtet –, so senkte sich nun langsam die Dunkelheit über diesen Teil der Landschaft, der durch Hecken und Ginsterbüsche geprägt war. Vorsichtshalber schaltete ich die Stablampe ein und richtete den Lichtstrahl auf den Weg vor mir. Der Wind war so stark, dass Zweige gegen meine Arme peitschten und die seltsam warme Luft auf meinen Wangen brannte. Teilweise war der Pfad so schmal, dass Amy hinter mir gehen musste, weil nicht ausreichend Platz für uns beide nebeneinander war.

Der Boden war noch völlig aufgeweicht von den Regengüssen der letzten Zeit. Anders als in der Stadt und auf den Straßen konnte der heiße Wind hier zwischen dem dichten Bewuchs die Erde nicht so schnell abtrocknen. Ein paar Mal rutschte ich trotz des guten Profils meiner Trekkingschuhe fast aus. Das beunruhigte mich zunehmend. Sollte Alfi, so unwahrscheinlich es auch sein mochte, tatsächlich diesen Weg genommen haben, gab es mehr als nur eine Möglichkeit für ihn, sich zu verletzen.

Bei diesem Gedanken beeilte ich mich noch mehr. Schon zwanzig Minuten später näherte ich mich der Stelle, von der Pam gesprochen hatte. Quer über den Weg war ein Flatterband gespannt. Ein Schild daneben, an einem rohen Pfosten in den Boden geschlagen, verkündete: »Lebensgefahr durch Erdrutsch! Betreten dieses Streckenabschnitts verboten!«

Jetzt zögerte ich.

Amy schaute mich fragend von unten an. Und als ich ihren Blick erwiderte, sah ich etwas, das mein Herz fast stehenbleiben ließ: Direkt neben ihr war ein Abdruck im weichen Boden zu erkennen. Ich richtete den Lichtstrahl der Lampe darauf. Es war der Abdruck eines kleinen Schuhs, vielleicht von einem Kind. Sorgfältig leuchtete ich den Boden ab. Die Ausrichtung des Abdrucks war deutlich in Richtung Klippen zu erkennen. Vielleicht, dachte ich mit einem eiskalten Schrecken, hatte Alfi hier ebenso gezögert wie ich. Hatte das Absperrband befühlt und sich gefragt, ob er nicht doch wieder umkehren sollte. Wozu hatte er sich entschieden?

»Amy, was sollen wir denn jetzt machen?«, fragte ich die Hündin.

Sie wedelte. Dann blickte sie erwartungsvoll nach vorn. Ich leuchtete mit dem starken Lichtstrahl der Stablampe den Weg voran und erstarrte.

Da vorn. Da war ein weiterer Schuhabdruck!

Rasch tauchte ich unter dem Absperrband hindurch und

betrachtete das Muster der Schuhsohle auf dem Boden genau.

Ja, es bestand kein Zweifel: Wer auch immer vor dem Flatterband gestanden und gezögerte hatte … er war weitergegangen. Und so blieb auch mir keine Wahl.

Vorsichtig bei jedem Schritt den Boden abtastend, ging ich weiter.

Matthew

Mittwoch, 7. Juni

Ich hatte mich nicht geirrt. Als Clarissa und ich wieder im Pub ankamen, wollte der Zufall es, dass ich direkt Rose und ihrem Mann in die Hände lief.

»Matthew! Wie sehen Sie denn aus? Ist etwas passiert?«, rief Rose sofort.

Mit wenigen Worten erklärte ich ihr, was geschehen war.

»John!«, sagte Rose sofort entschlossen zu ihrem Mann.

Mr. Bentley nickte, bahnte sich einen Weg zur Bühne. Er kletterte hinauf und machte das Mikro an.

»Peter?«, rief er hinein in Richtung Theke. »Mach mal die Musik aus, bitte!«

Peter tat wie ihm geheißen.

»Hey, Leute, Ruhe im Saal!«, donnerte Mr. Bentley.

Die Gespräche der Gäste verstummten, und alle sahen ihn erwartungsvoll an.

»Toll, dass ihr alle hier seid! Vielleicht können wir aber aus dieser super Sause noch was ganz besonders Sinnvolles machen. Der Junge von unserem Freund Matthew Deering ist nämlich verschwunden. Alfi ist zehn Jahre alt, braunhaarig und blind. Er ist heute nach der Schule nicht nach Hause gekommen, und seine Eltern vermuten, dass er ausgerissen ist. Er trägt …« Mr. Bentley sah fragend zu mir herüber.

»Bluejeans, ein gelbes T-Shirt und eine dunkelgrüne Windjacke«, rief ich.

Mr. Bentley wiederholte es für alle. »Also«, sagte er dann. »Zeigt mal, wozu ihr alle diese bekloppten Mobiltelefone mit euch rumschleppt! Ruft zu Hause an und bei allen Freunden, die ihr in eurem Adressbuch habt. Sie sollen auf der Straße nach Alfi

Ausschau halten, aber auch in ihre Gartenhäuser und Garagen schauen. Kann sein, dass der Junge sich wirklich verstecken will. Los geht's!«

Ich konnte es kaum fassen, aber fast jeder im Saal zog aus irgendeiner Tasche ein Handy. Manche riefen offenbar gleich jemanden an, andere tippten Texte ein, um sie massenhaft zu verschicken.

Als ich mich umschaute – Kate war übrigens nirgends zu entdecken –, sah ich zwei Polizeibeamte in der Tür, bereits mit Clarissa im Gespräch. Ich ging zu ihnen hinüber. Auch Rose stand dort, gemeinsam mit Brian und ein paar weiteren Partygästen. Mr. Bentley bahnte sich ebenfalls einen Weg zu unserer kleinen Gruppe zurück und legte den Arm um Rose.

Die Beamten hatten seinen Aufruf mitbekommen und waren beeindruckt. Auch sie hatten eine Suchmannschaft bereitgestellt und erklärten, welche Bereiche der Stadt diese gleich durchkämmen würde. Da Alfi dort zuletzt gesehen worden war, würden sie bei der Schule beginnen.

»Stuart mobilisiert die anderen Guides«, teilte die kurzhaarige Frau uns mit, die dicht neben Brian stand, während sie gerade ein Gespräch beendete.

Ich konnte nicht an mich halten und fragte Brian: »Ist Kate nicht mehr hier?«

Er sah sich suchend um.

Eine andere Frau mit Zöpfen mischte sich ein: »Sie wollte mit dem Hund raus. Aber ... ehrlich gesagt ist das schon eine ganze Weile her. Es war noch hell.«

Die Kurzhaarige neben Brian meinte: »Also, ich hab sie nicht mehr gesehen, seit ich ihr den Tipp mit dem Pfad gegeben habe und ...«

Da riss Brian plötzlich die Hand hoch, um sich an den Kopf zu schlagen. »Der Pfad!«, rief er. »Du hast recht. Du hast Kate von dem unterspülten Teil des Küstenpfades berichtet. Der Teil, an dem sie immer joggt und wo sie morgen die Tour entlangführen wollte.« Brians Augen verengten sich. »Kitten hat mir doch da was erzählt. Kate war mit Alfi schon mal dort.«

Die beiden sahen sich an.

»Stimmt«, sagte die Kurzhaarige dann. »Danach war sie ein bisschen seltsam. So geistesabwesend. Und dann war sie plötzlich verschwunden.«

Ich war wie elektrisiert. »Ein Teil des Küstenpfads, sagen Sie? Etwa in der Nähe von Bluebell Wood?«

»Ja, genau.«

Ich hätte nicht sagen können, wieso, aber mit einem Schlag wusste ich, dass dies die richtige Spur zu meinem Sohn war.

»Ist es möglich, dass sie dorthin gefahren ist, weil sie vermutete, dass Alfi da sein könnte?«, wollte ich atemlos wissen.

Die Zöpfe-Frau, die offenbar als Einzige Kates Fortgehen überhaupt registriert hatte, zuckte ratlos die Schultern.

»Ich ruf sie an!« Brian tippte eine Kurzwahlnummer in sein Handy.

Um uns herum war so viel los – Gemurmel, Telefongespräche –, dass wir es fast nicht gehört hätten. Doch dann neigte Rose plötzlich ihren Kopf, öffnete ihre Handtasche und griff hinein. Sie zog ein klingelndes Handy heraus. Es war Kates.

Bestürzt tauschten wir Blicke.

»Wenn sie allein auf dem Pfad unterwegs ist, bei der Dunkelheit und diesem Sturm …«, begann die Frau neben Brian mit besorgter Stimme. »Ich habe diesen Teil der Strecke ja nicht ohne Grund vorhin abgesperrt.«

»Worauf warten wir?!«, rief ich und wäre am liebsten sofort losgestürmt.

»Matthew?« Clarissa griff ängstlich nach meinem Arm.

»Hör zu, einer von uns muss hierbleiben«, sagte ich zu ihr. »Für den Fall, dass Nachricht von Alfi reinkommt. Ich habe mein Handy dabei – so kannst du mich erreichen. Und ich bin bald wieder zurück. Aber vielleicht hatte Kate eine Ahnung, wo Alfi sein könnte.«

»Ich komme mit!«, entschied Brian.

»Ich natürlich auch!«, sagte die Frau an seiner Seite und machte dabei einen auf sympathische Weise energischen Eindruck. »Wir nehmen meinen Wagen. Er steht direkt vor der Tür, inklusive der kompletten Kletterausrüstung.«

»Dann los!«, rief Mr. Bentley, der sich uns wie selbstverständlich ebenfalls anschloss. Er gab Rose noch einen Kuss, dann stürzte er uns voran auf die Straße.

Der Ausdruck auf seinem Gesicht schien mein eigenes Gefühl widerzuspiegeln. Mir kam der Verdacht, dass wir Eltern wahrscheinlich nie damit aufhören, uns um unsere Kinder zu sorgen, egal, wie alt sie irgendwann sind.

Wir sprangen zu viert in den Rover, der dort im Parkverbot stand.

»War kein anderer Platz mehr frei«, sagte die Frau schulterzuckend. Während sie aus der Parklücke setzte, lächelte sie mich an. »Ich bin übrigens Pam. Brians Verlobte.«

Hatte ich es doch gewusst: Diese Frau war toll!

Kate

Mittwoch, 7. Juni

»Alfi?«, rief ich immer wieder gegen den heftig zerrenden Wind an. »Alfi, bist du hier irgendwo? Ich bin es, Kate!«

Stehen bleiben. Lauschen. Dieser verdammte Sturm!

Plötzlich erstarrte Amy. Sie hob den Kopf. Ihre Ohren flatterten im Wind, was lustig aussah. Aber nach Lachen war mir nun wirklich nicht zumute. Und dann rannte sie so plötzlich und schnell los, dass mir die Leine einfach aus der Hand glitt.

»Amy!«, schrie ich gellend.

Ich wagte es nicht, ihr einfach hinterherzulaufen. Viel zu rutschig war der Boden. Und nach rechts hin schützte mich nur das Ginstergebüsch vor dem tiefen Abgrund über den Klippen. Vorsichtig, Schritt für Schritt, folgte ich der Hündin, die um die nächste Biegung verschwunden war. Von dort hörte ich sie plötzlich fiepen und winseln.

Als ich um die Kurve bog, sah ich sie halb stehend, halb liegend auf dem Pfad, den Kopf über die Böschung geschoben und jemanden mit Begeisterung anwedelnd, der sich offenbar unterhalb des Weges am Abgrund befand.

»Amy! Oh Amy!«, hörte ich jetzt auch. »Kate? Daddy?«

Es war tatsächlich Alfi. Ich konnte seinen Haarschopf über den Rand des Pfades lugen sehen.

»Keine Angst, Alfi, ich bin hier. Bin gleich bei dir!«, rief ich ihm zu.

Obwohl ich immer wieder ausrutschte, beeilte ich mich, zu ihm zu kommen.

»Oh mein Gott!«, entfuhr es mir dann.

Alfi hielt sich nur mit einer Hand am Böschungsrand fest.

Mit der anderen griff er in Amys Fell. Er stand auf einem Vorsprung etwa eineinhalb Meter unterhalb des Pfades.

»Bin ausgerutscht«, schluchzte Alfi. »Gerade als ich den Drachen losgelassen hatte. Und dann hab ich nicht ... dann hab ich nicht ...«

»Du hast dich nicht getraut, ohne Hilfe wieder raufzuklettern?!«, half ich ihm weiter. »Ja, halt dich ruhig weiter an Amy fest. Ich schau mir mal an, wie wir dich am besten wieder raufholen. Wie lange stehst du denn hier schon, du kleiner Held, hm?«

Während ich meiner Stimme einen beruhigenden Tonfall zu geben versuchte, betrachtete ich Alfis Absturzstelle genau. Es hätte schlimmer kommen können, dachte ich. Die Klippen fielen hier nicht steil ins Meer ab, sondern in einem schrägen Winkel. So war der Felsvorsprung, auf dem der Junge gelandet war, breit genug, um dort stehen zu können. Doch natürlich zerrte der Wind an Alfis Jacke, und weit, weit unter ihm toste das vom Sturm aufgepeitschte Wasser. Kein Wunder, dass er nicht gewagt hatte, sich zu rühren.

»Weiß nicht genau. 'ne ganze Weile. Am Anfang hab ich noch gerufen. Aber es ist niemand vorbeigekommen. Kein einziger«, schniefte Alfi.

»Aber jetzt hol *ich* dich rauf!«, sagte ich und legte die Stablampe auf den Boden, sodass sie in Richtung Alfi leuchtete. »Zur Seite, Amy, na komm, rück mal ein Stück. Ja, du kannst Alfi gleich Hallo sagen, wenn er wieder hier oben bei uns steht«, sprach ich möglichst gelassen mit der Hündin und schob sie zur Seite.

Dann nahm ich Alfis zarte Kinderhände fest in meine und stemmte meine Schuhe, so gut es ging, in den Boden. Alfi hob das vom Weinen verquollene Gesicht zu mir.

»Auf drei ziehe ich, und du versuchst mit den Füßen irgendwie Halt zu finden, aye, aye, Kumpel?«, sagte ich, unbewusst Matthews lässigen Tonfall imitierend.

Alfi nickte.

»Eins. Zwei. Drei!«

Ich zog, so fest ich konnte. Alfi strampelte ein bisschen, und schon krabbelte er auf den Pfad, und ich umschlang ihn mit den Armen, als drohte der Wind, ihn mir gleich wieder zu entreißen.

»Hab ich dich!«, sagte ich.

Er weinte ein bisschen vor Erleichterung, und dann lachte er hell und befreit auf. »Du wolltest wohl deinen besten Mitarbeiter nicht im Stich lassen, Boss?«

Puh. Ich würde mal sagen, dieser Junge kam nach seinem Vater.

»So, mein bester Mitarbeiter«, sagte ich, immer noch atemlos vor Anspannung. »Jetzt komm erst mal mit hier rüber. Hier stehst du sicher. Amy, komm du auch her. Ja, so ist brav, mein Mädchen. Hör zu, Alfi, wir machen uns jetzt ganz vorsichtig auf den Heimweg. Als Erstes rufe ich aber deinen Vater an!«

Ich griff an meine rückwärtige Hosentasche und stutzte. Oh nein! Mein Handy! Das lag warm und sicher in Rose' Handtasche bei *Peter's*.

»Na, toll«, seufzte ich. »Ich hab mein Handy gar nicht dabei.«

»Meins ist auch weg«, erwiderte Alfi kleinlaut. »Mein Rucksack ist da runter.« Mit dem Kopf nickte er in Richtung Abgrund.

Ich spähte hinunter. Tatsächlich hing Alfis Rucksack etwa zwei Meter unterhalb des Pfades an einem Ginsterbusch.

»Da ist er ja noch. Ist dein Handy da drin?«, fragte ich.

Alfi nickte kläglich. »Und mein Fußball.«

Ich betrachtete die Stelle genauer. Dann sah ich mich auf dem Weg um. Der Sturm hatte auch bei den größeren Sträuchern mächtig gewütet. Nicht weit von uns lag ein kräftiger Ast.

»Bleib mit Amy genau hier stehen, hörst du?«, sagte ich zu Alfi. »Ich angele dir den Rucksack rauf, aber ich muss sicher sein, dass ihr zwei euch hier nicht vom Fleck rührt, okay?«

»Okay.«

Also schnappte ich mir den Ast und trat vorsichtig an die Böschung heran.

Wenn es mir gelang, den vorderen Teil des Astes durch einen der Schulterbügel zu schieben, könnte ich das Ding wahrscheinlich zu uns heraufziehen. Doch als ich es versuchte, stellte sich raus, dass der Ast kürzer war, als ich angenommen hatte. Ich reckte mich ein wenig. Schon konnte ich den Rucksack mit dem Ast berühren. Nur noch ein halber Meter. Jetzt konnte ich den Ast durch den Bügel schieben und ihn langsam zu uns heranziehen. Der Rucksack war schwerer, als ich erwartet hatte. Vorsichtig tastete ich mit dem Fuß. Schien in Ordnung zu sein. Ich tat einen Schritt vor.

Und dann gab plötzlich der Boden unter mir nach. Ich ließ sofort den Ast los und ruderte wild mit den Armen nach hinten, um das Gleichgewicht zu halten. Der Rucksack verschwand polternd im Abgrund. Mit beiden Händen versuchte ich, Halt zu finden, doch alle Zweige und das spröde Gras, das ich zu fassen bekam, gaben nach, und ich riss es mit mir, als ich, Füße voran, den Hang hinunterschlitterte.

Alfi schrie auf. Ich selbst wahrscheinlich auch.

Und für ein paar Sekunden dachte ich: Oh Gott, ich sterbe! Ich werde auf den Klippen aufschlagen und sofort tot sein!

Doch dann bremste plötzlich etwas meinen Fall.

An die schlammige Felswand gepresst, das Gesicht voller Erde und Blätter, blieb ich keuchend einfach dort hängen, meine Füße auf einem schmalen Sims.

»Kate?«, schrie Alfi oben in höchster Verzweiflung.

»Ich bin hier, Alfi«, rief ich zurück, so laut ich konnte.

Ich traute mich nicht einmal, den Kopf zu heben. Mein

Gefühl sagte mir jedoch, dass ich mindestens vier, fünf Meter tief gerutscht sein musste.

»Mir geht's gut. Ist nichts passiert.«

Außer dass meiner Stimme die Panik anzuhören war.

»Kannst du wieder raufkommen?«, piepste er.

»Ich fürchte, ohne Hilfe geht das nicht«, gab ich zu.

»Ich helfe dir!«, entschied Alfi mit kieksender Stimme.

»Nein!«, schrie ich. »Nein, Alfi, bleib vom Abgrund weg! Das schaffen wir zwei nicht allein! Wir müssen ...«

Ja, was?

»Wir müssen warten, bis Hilfe kommt.«

Meine Worte hallten über den Abhang. Ein paar Sekunden war es still. Weil uns beiden klar wurde, dass niemand einfach so hier vorbeikommen würde.

»Weiß Daddy, dass wir hier sind?«, rief Alfi.

Für ihn schien sein Vater die Lösung für jedes Problem zu sein. Und wie schön wäre es gewesen, wenn Matthew tatsächlich Bescheid gewusst hätte. Aber ...

»Nein, Alfi. Ich bin einfach losgefahren und habe ...«

Wie hatte ich nur so blöd sein können?!

»Ich habe niemandem gesagt, wohin ich wollte.«

»Aber dann weiß ja gar keiner, wo wir sind!«, fasste Alfi unsere prekäre Situation glasklar zusammen.

Einen Moment war es still. Sogar der Wind ließ nach, sodass wir weit unten die Gischt an die Felsen sprühen hörten.

»Ich gehe los und hole Hilfe«, rief dann der zehnjährige blinde Junge über mir.

»Alfi, nein! Du kannst doch nicht ...«, rief ich zurück.

Doch er unterbrach mich: »Amy führt mich!«

Kurz zog ich diese Möglichkeit in Erwägung.

»Sie hat ihr Geschirr nicht an«, wandte ich dann laut ein.

Wenn ich eines in den Überprüfungsterminen von Amy gelernt hatte, dann, dass für jeden Blindenführhund die normale

Leine und Freilauf nur eines hieß: Freizeit. Das Geschirr war das Signal für Arbeit.

Alfi wusste das auch.

Doch er rief: »Hey, Kate, weißt du noch, wie ich hier neulich in der Pfütze gestanden hab? Ich wollt nur ’nen kleinen Schritt nach vorn machen, da hat Amy mich aufgehalten. Da hatte sie ihr Geschirr auch nicht an.«

Das stimmte! Und jetzt, wo ich daran dachte, fielen mir auch noch andere Momente ein, in denen sie ihm scheinbar wie nebenbei ausgewichen war, wenn sie ihm im Weg stand.

»Du hast recht, Alfi!«, stimmte ich ihm mit lauter Stimme eindringlich zu. »Ich bin sicher, Amy weiß, dass du nicht sehen kannst.«

»Na, logo«, erwiderte Alfi.

Er klang zittrig. Der Wind trug seine Stimme immer mal wieder fort.

Doch die nächsten Worte verstand ich: »Sie wird auf mich aufpassen. Ich vertrau ihr!«

Kurz ging mir durch den Kopf, was Matthew dazu sagen würde, wenn er erführe, dass ich seinen Sohn in solch ein Abenteuer hatte aufbrechen lassen. Doch was blieb uns sonst übrig? Ich hatte keine Ahnung, wie lange dieser schmale Sims, auf dem ich mich an die Klippenwand klammerte, mich halten würde.

»Wunderbar!«, brüllte ich also hinauf. »Hör zu, greif in ihr Halsband, so wie du dich bei deinem Dad immer festhältst.«

Matthews Bild tauchte vor meinem inneren Auge auf, und ich musste schlucken. Matthew, oh Matthew!

»Sag Amy, dass sie dich zu mir nach Hause bringen soll. Da machst du dann ordentlich Lärm. Sarah und Alan sind bestimmt da. Sie können die Feuerwehr rufen oder sonstige Hilfe. Tust du das für mich?«

»Klar«, sagte Alfi. »Was muss ich Amy sagen, damit sie mich zu deinem Haus bringt?«

»Stell dich neben sie, greif in ihr Halsband und sag: ›Amy, nach Hause! Voran!‹«

»Okay. Bis gleich, Kate«, sagte Alfi über mir.

»Bis gleich, Kumpel«, rief ich.

»Amy, nach Hause! Voran!«, sagte Alfi.

Noch ein paar Sekunden konnte ich das leise Bimmeln von Amys Halsbandglocke hören, wie es sich über den Weg, den wir gekommen waren, wieder entfernte. Dann hörte ich nichts mehr. Nichts, außer dem Wind um mich herum und der Brandung tief dort unten.

Matthew

Mittwoch, 7. Juni

Während Pam mit halsbrecherischer Geschwindigkeit über die schmalen Straßen gen Süden sauste, wusste ich kaum, was ich denken, geschweige denn fühlen sollte.

War die Stelle auf dem Küstenpfad wirklich die, die ich im Sinn hatte? Dort, wo Kate und ich gemeinsam mit Alfi und Amy gewesen waren? Wie um Himmels willen hatte Alfi die wiederfinden wollen?

Krampfhaft versuchte ich, mich an besagten Nachmittag zu erinnern. Wir hatten den 93er-Bus genommen, der fast bis zu Kates Zuhause fuhr. Von der Haltestelle aus waren es nur etwa hundert Meter, bis der schmale Pfad von der Asphaltstraße abbog, der in Richtung Klippen führte. Mein Sohn hatte mich schon mehr als einmal damit überrascht, wie gut er sich fremde Wege und Entfernungen merken konnte. Vielleicht besser als manch ein sehendes Kind.

Clarissa hatte bemerkt, dass Alfi am Morgen seinen Drachen eingepackt hatte. Das hatte auch Kate mit angehört. Hatte sie, genau wie ich, den Schluss gezogen, Alfi könnte den Versuch wagen, seinen großen Herzenswunsch, auf Guernsey bleiben zu dürfen, mit seinem Wunschdrachen von dieser perfekten Stelle aus loszuschicken?

Da fiel mir etwas ein.

»Was hast du gerade damit gemeint, dass du diesen Teil der Strecke abgesperrt hast?«, erkundigte ich mich bei Pam, die die Straße hier sehr gut zu kennen schien.

Sie nahm die Kurven ziemlich rasant. Pam und Brian wechselten einen schnellen Blick, der mir nicht entging.

»Hey, raus damit!«

Mr. Bentley legte mir die Hand auf die Schulter. »Durch die starken Regenfälle der letzten Tage ist der Pfad an der Stelle sehr gefährlich geworden. Gut möglich, dass es Erdrutsche gibt.«

Ich wollte etwas antworten, irgendetwas sinnlos Dummes wie: »Oh, mein Gott!«, oder so. Aber meine Kehle war so zugeschnürt, dass ich keinen einzigen Ton herausbrachte.

Alfi. Kate.

Mein Handy dudelte los. Es war Clarissa.

»Irgendein Oliver aus der Telefonkette hat sich gemeldet«, rief sie aufgeregt. »Seine Nachbarin hat ihm vorhin erzählt, dass ein blinder Junge sie heute Nachmittag an der Busstation gebeten hat, ihm die richtige Haltestelle zu zeigen. Oliver ist gleich noch mal zur Nachbarin rüber. Die konnte sich auch noch daran erinnern, in welche Linie er steigen wollte. Es war die ...«

»Dreiundneunzig«, stieß ich hervor.

Clarissa stutzte kurz. »Woher ... Oh Matthew, ist das die Linie, die zu den Klippen rausführt? Bitte sag, das ist nicht ...«

»Clarissa!«, unterbrach ich sie. »Halt dich an Rose Bentley. Sie kann dir sagen, dass hier die fähigsten Menschen überhaupt für diese Aufgabe im Auto sitzen. Zwei bestens ausgebildete Guides, die den Pfad in- und auswendig kennen, Kates Vater und ich. Es wird alles gut gehen, hörst du?«

Clarissa schluchzte auf, riss sich dann aber zusammen. »Melde dich, ja?«

»Mach ich!«

Ich legte auf und nickte in die angespannte Stille im Wagen. »Wir sind auf dem richtigen Weg«, sagte ich. »Wir müssen die Strecke des 93er-Busses bis zum Tearoom nehmen. Von dort aus ist er wahrscheinlich in den Pfad eingebogen und ... Was ist los?«

Pam verlangsamte deutlich das Tempo. Auf der hier nicht mehr beleuchteten Straße vor uns bewegte sich ein heller Fleck auf uns zu.

»Ein Fuchs?«, murmelte Mr. Bentley, der wie ich zwischen den Sitzen nach vorn starrte.

»Nein, ein Hund«, erwiderte Pam angespannt.

»Oh Gott, das ist Amy! Nein, das sind *Alfi* und Amy!«, rief ich und rüttelte an der Tür.

Alfi, der das Motorgeräusch gehört hatte, war stehen geblieben. Amy stand schützend vor ihm, obwohl er sie nur am Halsband festhielt.

Ich sprang aus dem Wagen und rannte die letzten zwanzig Meter zu ihm.

»Alfi!«, brüllte ich meine ganze Anspannung heraus.

»Daddy!«, rief er mit seiner hellen, heiß geliebten Kinderstimme. »Daddy! Daddy!«

Ich umarmte ihn so fest, dass ihm erst mal die Luft wegblieb. Er keuchte und lachte oder weinte oder beides.

»Mensch, Kumpel, hast du uns einen Schrecken eingejagt!«, stöhnte ich und strich ihm immer wieder über das zerstrubbelte Haar. »Wie kommst du an Amy? Wo ist Kate?«

»Wir müssen Kate helfen, Dad!«, rief Alfi und wollte mich den Weg gleich wieder zurückzerren.

»Warte, Kumpel, hey, langsam! Was ist passiert?«, wollte ich wissen.

Inzwischen waren auch Pam, Brian und Mr. Bentley aus dem Wagen gestiegen, in dessen Scheinwerferlicht wir nun standen. Amy wedelte mit dem Schwanz, aber sie sah dabei ein wenig kläglich aus, längst nicht so fröhlich wie sonst.

»Sie hat mir raufgeholfen, Daddy. Ich wusste ja nicht, dass es ganz einfach war, wieder raufzukommen. Aber dann wollte sie meinen Rucksack auch noch holen, von dem Ast«, erzählte Alfi etwas wirr und atemlos. »Und dann ist sie ausgerutscht und abgestürzt.«

Mr. Bentley keuchte auf, und mir selbst blieb beinahe das Herz stehen.

Kate!

»Aber nicht ganz runter!«, setzte Alfi rasch hinzu. »Nur ein paar Meter, hat sie gesagt. Und es geht ihr gut, hat sie gesagt. Aber sie kommt nicht allein wieder rauf, hat sie gesagt, und ich soll zu ihr nach Hause gehen. Da war aber niemand. Und dann hab ich Amy gesagt, sie soll mich zur Bushaltestelle bringen und ...«

Pam berührte ihn beruhigend am Arm. »Kate ist abgestürzt, sagst du? Ein paar Meter nur? Sie konnte noch mit dir reden?«, fragte sie sanft.

Alfi nickte eifrig. »Aber sie hat gesagt, sie kommt allein nicht wieder rauf. Da hab ich gesagt, ich gehe mit Amy los und hole Hilfe.«

»Das war unglaublich mutig von dir«, brachte ich heiser heraus.

Kate, abgestürzt, kommt nicht allein herauf. Oh Gott! Und das in dieser Dunkelheit und bei diesem Sturm!

»Weißt du, ob Kate verletzt ist? Hat sie gesagt, dass ihr irgendetwas wehtut?«, wollte Pam noch wissen.

»Nein, hab ich doch schon gesagt, es geht ihr gut. Aber vielleicht kann sie sich nicht mehr lange halten.«

Jetzt schluchzte Alfi los. Ich nahm ihn in den Arm und wiegte ihn.

»Der Tearoom ist gleich da vorn. Da zweigt der Pfad ab. Na los!«, sagte Brian.

Eilig kletterten wir alle ins Auto. Alfi quetschte ich einfach zwischen Mr. Bentley und mich auf die Rückbank. Amy durfte vorn zwischen Brians Beinen sitzen, weil im Kofferraum wegen der Ausrüstung kein Platz für sie war. Sie reckte den Kopf, um zu mir nach hinten zu sehen. Auch sie war von der allgemeinen Aufregung angesteckt.

»Die Teilstrecke, die ich abgesperrt habe, ist an die hundert Meter lang. Nicht einfach zu überschauen«, überlegte Pam.

Brian sagte: »Wir teilen uns auf. Aber wir müssen vorsichtig sein. Wo schon ein Erdrutsch war, kann es noch weitere geben.«

»Vielleicht können wir sie hören, wenn wir ihren Namen rufen?«, warf Mr. Bentley ein. »Wir sollten es auf jeden Fall versuchen, sobald wir dort sind.«

Ich wäre an dem abzweigenden Weg im Dunkeln glatt vorbeigefahren. Aber Pam und Brian kannten sich bestens aus. Pam hielt mit quietschenden Reifen am Straßenrand und schaltete das Standlicht ein.

Brian wandte sich nach hinten. »Ihr bleibt am besten im Wagen. Pam und ich werden ...«

»Auf keinen Fall!«, sagte ich.

»Kommt überhaupt nicht infrage!«, widersprach Mr. Bentley ebenfalls.

Pam seufzte, und Brian zuckte mit den Schultern.

»In Ordnung. Aber bitte absolute Vorsicht! Und wir sollten so leise wie möglich sein, zwischen den einzelnen Rufen, damit wir sie hören – wenn sie noch antworten kann.« Seine Stimme zitterte ein wenig. »Wichtig ist, dass wir sie so schnell wie möglich finden!«

»Warum fragen wir nicht Amy?«, meldete sich da Alfi.

Wir alle sahen ihn an, und das schien er zu spüren.

»Sie weiß doch, wo Kate ist«, erklärte er schlicht. »Amy findet Kate ganz bestimmt wieder!«

Kate

Mittwoch, 7. Juni

Es war bereits stockdunkel geworden. Immer noch hing ich wie ein Käfer hilflos in der rutschigen Böschung. Ab und zu löste sich unter meinen Schuhen ein wenig Erde. Ich konnte kleine Steinchen den Abhang hinunterkullern hören. Meine Gedanken waren unentwegt bei Alfi und Amy. Die Zeit, seit sie gemeinsam aufgebrochen waren, kam mir unglaublich lang vor. Hoffentlich hatte Amy den Jungen sicher geführt. Aber wieso kam keine Hilfe?

Nach einer gefühlten Ewigkeit hörte ich plötzlich Stimmen.

»Kate?«, rief jemand.

Oh Gott, war das etwa Dad? Was machte Dad hier?

»Hier!«, brüllte ich, so laut ich konnte. »Ich bin hier!«

Amy bellte. Mehrere Stimmen sprachen aufgeregt durcheinander. Die Lichtkegel von Taschenlampen krochen über den Abgrund. Eine leuchtete zu mir herunter.

»Kate, wir sind hier, keine Angst«, rief tatsächlich Dad mir zu. »Brian und Pam haben die Kletterausrüstung dabei. Sie kommen zu dir runter.«

»Wo ist Alfi?«, rief ich zurück. »Geht es ihm gut?«

»Bin hier, Boss!«, antwortete die helle Stimme, die mir schon so vertraut und so lieb war. »Amy und ich haben Hilfe geholt.«

Fast hätte ich hysterisch aufgelacht. Das leuchtete mir ein. Aber wie er ausgerechnet an Dad, Pam und Brian geraten war …

»Irgendjemand muss Matthew Bescheid geben, dass es Alfi gut geht«, rief ich hinauf.

Wieder lösten sich ein paar Erdbrocken unter meinen Füßen.

»Bleib bitte ganz ruhig stehen, bis wir dich in Sicherheit haben«, sagte da Matthew von oben.

Mein Herz machte sofort noch längere Galoppsprünge. Er war hier! Matthew war hier!

»Genau richtig«, bestätigte Pam jetzt. »Hör zu, Kate, die Lage ist etwas schwierig. Wir müssen dich von zwei Seiten sichern, weil wir nicht wissen, ob ein weiterer Erdrutsch abgeht. Brian lässt dir gerade ein Handseil mit Schlaufe herunter, das du bitte so fest hältst wie nur möglich. Alles klar? Beweg dich aber ansonsten nicht, bis wir dir den Gurt umgelegt haben. Verstanden?«

»Aye, aye!«, erwiderte ich.

Matthew war hier. Alfi ging es gut. Brian und Pam würden mich heraufholen.

Nur wenige Sekunden später berührte das Seil meinen Kopf. Ich fuhr mit einer Hand in die lederne Schlaufe und hielt das Seil mit beiden Händen, so fest ich nur konnte.

Pam und Brian riefen sich etwas zu. Offenbar suchten sie den Hang hinauf nach zwei Fixpunkten, an denen sie die Sicherungsseile für ihren Abstieg befestigen konnten. Dann ließen die beiden sich langsam, Stück für Stück, zu mir herab. Ausgerüstet mit Helmen, an denen Stirnlampen angebracht waren, hatten meine beiden Retter die Hände frei. Brian, der als Erster bei mir ankam, umfasste mich so fest mit seinen bärenstarken Armen, als wollte er notfalls mit mir in die Tiefe stürzen. Mein lieber, bester Freund. Pam stemmte sich mit den Steigeisen an der Felswand ab und legte mir mit geübten und geschickten Fingern einen Gurt an, mit dem ich nun noch zusätzlich gesichert war.

»Ehrlich gesagt, wollte ich das immer schon mal machen«, sagte sie, als sie damit fertig war.

Ich hätte sie küssen können.

»Aufwärts!«, rief Brian dann zu den anderen hinauf.

Das Seil, an dem mein Bauchgurt befestigt war, spannte sich. Ich wollte mich ein bisschen hinaufrecken, mit einem leichten Schwung mithelfen, um es Dad und Matthew oben einfacher zu machen. Dieser leichte Druck reichte jedoch schon aus … und die schmale Kante, die mich die ganze Zeit so treu getragen hatte, brach mit einem Ruck ab. Der gesamte Sims zerbröckelte innerhalb einer Sekunde und rutschte mit Getöse in die Tiefe.

»Kate!«, brüllten Dad und Matthew gleichzeitig.

Ich keuchte.

Alfi quietschte aufgeregt.

Doch der Gurt und das umklammerte Seil hielten mich.

»Wir haben sie. Zieht sie rauf!«, rief Brian.

Während ich von Dad und Matthew Stück für Stück nach oben gehievt wurde, blieben Brian und Pam immer an meiner Seite. Jeder ihrer Handgriffe saß. Als wir an dem kleinen Vorsprung vorbeikamen, auf dem Alfi gestanden hatte, verständigten die beiden Guides sich mit nur wenigen Worten. War es verrückt oder ganz einleuchtend, dass mir ausgerechnet jetzt so deutlich auffiel, wie fantastisch Pam und Brian zusammenpassten? Wer die beiden hier erlebte, dem musste klar sein, dass so viel Gleichklang zwischen zwei Menschen auf jeden Fall zu einer ganz wunderbaren Ehe führen würde.

Sobald ich mich verbissen über den Vorsprung gekämpft hatte, wurde ich von oben von gleich vier Händen gefasst. Mit Schwung zogen Dad und Matthew mich über den Böschungsrand, und Dad presste mich sogleich an seine so vertraute Brust.

Erst jetzt merkte ich, wie weich meine Knie waren. Er musste mich regelrecht zu Alfi und Amy hinüberschleifen, die ein paar Meter entfernt, außerhalb der Gefahrenzone, warteten.

»Lass nur, Matthew«, keuchte Pam, als der ihr die Hand

über den Böschungsrand reichen wollte. »Geht besser allein. Und du bist nicht gesichert.«

Während Brian und sie sich über den Rand schwangen und schnell wieder festen Boden unter den Füßen fanden, wandte Matthew sich zu mir um. Eigentlich drehte er sich zu Dad, Alfi, Amy und mir um. Aber im zuckenden Licht der Taschen- und Stirnlampen schien es mir, als wären wir eigentlich allein. Seine Augen, von denen ich wusste, dass sie von einem warmen Braun waren und meist heiter strahlten, lagen im Dunkeln. Doch ich hätte schwören können, dass sie ganz und gar auf mich gerichtet waren, als er auf uns zukam.

Was würde er sagen? Er hatte mir doch etwas sagen wollen!

Dad hatte den einen Arm um mich und den anderen um Alfi gelegt. So blieb Matthew ein Stückchen vor uns stehen.

Amys Schwanz klopfte sanft gegen mein Bein.

»Kate Bentley«, sagte Matthew. »Ich möchte dich um etwas bitten: Wenn du wieder einmal an einem Ort etwas ganz Besonderes tun möchtest, entscheide dich für die vielbeachtete Rede! Auf alle Fälle solltest du aber die Leuchtrakete dabeihaben.«

Ein, zwei Sekunden lang war ich vollkommen verblüfft. Wie konnte dieser Kerl in so einer Situation einen Scherz machen? Doch anstatt empört oder entrüstet zu antworten, löste ich mich von Dad.

»Matthew Deering«, sagte ich. »Das eigentlich Besondere kommt erst noch.«

Dann warf ich die Arme um seinen Hals und küsste ihn.

Er sog überrascht die Luft ein. Doch keine Sekunde später hatte er ebenfalls die Arme um mich geschlungen und erwiderte meinen Kuss. So innig, so zärtlich, so wunderbar, als wären wir nie getrennt gewesen.

Matthew

Freitag, 18. August

Es war ein Freitagmittag Mitte August. Der beängstigende Vorfall mit Happy End auf den Klippen lag schon über zwei Monate zurück. Etliche Wochen, wie ich sie mir schöner kaum hätte vorstellen können. Zwei Monate mit Kate.

Wir hatten viele grandiose Tage und berauschende Nächte miteinander verbracht, einander besser kennengelernt und entzückt festgestellt, wie unserer Liebe Flügel wuchsen.

Das war nicht nur uns als Paar anzumerken. Kate schien geradezu verwandelt. Sie ging locker und offen auf Menschen zu und begeisterte nicht nur Phil und Cedric; selbst Clarissa musste eingestehen, dass sie hinreißend war.

Zusammen mit Kitten hatte Kate ein neues Konzept für ihr Unternehmen eingeführt, das sich schon nach kurzer Zeit großer Beliebtheit erfreute und ihrem Betrieb noch weiteren Schwung gab. Und wer hätte stolzer sein können als mein Sohn, dass das neue Programm den Namen »Alfis Tour« trug.

In jeder freien Minute, die Kate und mir neben der Arbeit und aller schönen Zweisamkeit blieb, renovierten wir gemeinsam das kleine Cottage, das Mrs. Owens ihr vererbt hatte. Auch heute waren wir dort mit Pinseln und Eimern schwer beschäftigt.

Amy war begeistert, sich wieder in dem kleinen Haus aufhalten zu können, tapste fröhlich durch Farbspritzer und wedelte über frisch gestrichene Wände. Und Kate lachte über sie, wie man nur über einen Hund lacht, den man von Herzen liebt.

»Oh Amy, ich werde dich vermissen!«, seufzte sie und zauste Amys Ohren, was die Hündin mit fröhlichem Fiepen kommentierte.

»Nun tu mal nicht so, als würde sie Hunderte von Meilen entfernt leben! Clarissa und Alfi werden mit ihr genau zehn Minuten entfernt sein.«

Kate lächelte, während sie die Farbrolle wieder in den Eimer tauchte und auf dem Gitter abstrich. »Hast ja recht. Und Amy wird in dem Haus mit Garten vollkommen happy sein. Vor allem, wenn sie Alfi überallhin begleiten darf. Wie kommt Clarissa denn mit dem Umbau voran? Das Büro müsste doch bald fertig sein.«

»Sie hat solche immensen Ansprüche, dass alles *etwas* länger dauert«, stöhnte ich.

»Wir sollten heilfroh sein, dass sie mit den anderen Verlegern diese Regelung hat treffen können. Für Alfi auf Guernsey zu bleiben hätte sie sonst ihren Lebenstraum gekostet. Oder wir zwei müssten künftig ziemlich weite Strecken zurücklegen für unsere … Treffen.« Sie zwinkerte mir zu, was eine Heerschar von Schmetterlingen in meinem Bauch aufflattern ließ.

»Außerdem verstehe ich ihre Pingeligkeit. Als ich mein eigenes Unternehmen gegründet habe, war ich auch sehr genau mit der Renovierung und Einrichtung der Räumlichkeiten. Und so ein Verlag muss ja auch ein bisschen repräsentieren, oder? Gerade wenn er eine Außenstelle eines renommierten Verlagshauses in Bath ist.«

Ich seufzte und schüttelte gespielt missmutig den Kopf. »Haltet ihr nur wieder zusammen, ihr Business-Frauen!«

Kate tippte mit einem Finger in die Farbe und schnippte einen Tropfen zu mir herüber.

»Hey!«, rief ich und versuchte auszuweichen. »Jetzt wirst du aber ein bisschen zu frech.« Ich sah auf die Uhr. »Wird wohl Zeit für einen kleinen erfrischenden Spaziergang, was meinst du?«

»Erfrischend?«, erwiderte Kate. »Es sind mindestens sechsundzwanzig Grad draußen.«

»Genau. Erfrischend! Hier drinnen wird es nämlich eindeutig zu heiß«, erwiderte ich, nahm ihr die Farbrolle aus der Hand und legte das Ding zur Seite.

Ich zog Kate an mich und küsste sie.

»Wir könnten natürlich auch …«, murmelte Kate und ließ ihre Hände unter mein T-Shirt gleiten.

»Amy braucht einen Gang«, erwiderte ich streng, wenn auch schweren Herzens.

Kate sah zwar ein wenig verwundert aus, denn normalerweise musste sie mich zu solcherlei Ablenkungen nicht erst überreden, doch dann sah sie zu Amy, die schwanzwedelnd zur Tür trabte.

»Sag einer, die versteht nicht jedes Wort«, meinte sie.

Und so gingen wir los. Wir nahmen dieselbe Strecke, die wir an jenem schicksalhaften Abend vor zwei Monaten auch gegangen waren. Inzwischen war der gefährdete Streckenabschnitt gesichert und ein wenig verlegt worden. So konnten wir ungehindert Kates Joggingrunde folgen.

Als wir auf dem Rückweg durch Bluebell Wood den Anstieg hinaufgingen, fragte ich: »Wie war dein Telefonat mit Hilde gestern Abend? Du hast noch gar nichts davon erzählt.«

Für einen Moment verdunkelte sich Kates Miene. Doch sofort versuchte sie es durch ein Lächeln zu kaschieren.

»Sie ist nicht rangegangen. Wahrscheinlich hatte sie irgendwo zu tun. Irgendetwas, was wichtiger war als ein Telefonat.«

Der kleine Schimmer Traurigkeit in ihren Augen, der plötzlich wieder auftauchte, berührte mich so sehr, dass ich es fast nicht aushielt.

»Das kann ich mir nicht vorstellen«, sagte ich halbherzig. »So wie du von euren Gesprächen erzählt hast, würde ich vermuten, dass eure Telefonverabredungen bei ihr absolute Priorität haben. Vielleicht hatte sie sich den Termin falsch notiert.«

»Hm«, machte Kate und war offenbar froh, dass sie auf der schmalen, aus Erde und Stein modellierten Treppe, die wir nun nehmen mussten, vor mir gehen konnte und nicht weiter meinen prüfenden Blicken ausgesetzt war.

Die alte Verletzung aus ihrer Kindheit schmerzte immer noch. Und so konnte offenbar eine einzige nicht eingehaltene Verabredung dazu führen, dass sie erneut annahm, im Leben ihrer Mutter keine große Rolle zu spielen.

Wir erreichten die sonnige Anhöhe über dem Wald. Von diesem Wiesenplatz aus hatte man einen atemberaubend schönen Blick über das Meer. Amy trabte los und steckte die Nase tief in ein Kaninchenloch.

Es standen ein paar Bänke hier, die Guernseyer aufgestellt hatten. Auf den Plaketten an der Lehne stand beispielsweise: »In Erinnerung an Helen, die hier so gerne saß«, oder: »Für meinen lieben Mann Frederick – auf viele weitere Stunden an diesem schönen Platz!«

Jetzt, um die Mittagszeit, war der Ort beinahe menschenleer. Nur eine einzige Frau saß auf der Aussichtsbank, die uns am nächsten stand. Bei unserem Anblick erhob sie sich und schaute uns erwartungsvoll entgegen.

Kate fror mitten in der Bewegung ein und blieb stehen. Sie starrte die Frau an. Deren halblanges weißgraues Haar, das einmal hellblond gewesen war. Die schmale Gestalt. Das alte, aber gepflegte Gesicht mit dem freundlichen, aber auch unsicheren Lächeln.

Ich musste schlucken. War ich mit dieser Überraschung zu weit gegangen?

Kate drehte langsam den Kopf und sah mich an. »Na warte!«, sagte sie drohend. Doch ihre Augen blitzten, und ihr ganzes schönes Gesicht erstrahlte in diesem Glücksmoment.

Dann wandte sie sich ihrer Mutter zu, Hilde Stein, die allein für diese Begegnung aus Deutschland hierher gereist war. Kate rannte nicht, wie ein kleines Mädchen es vielleicht tun würde, das seine Mutter so lange schmerzlich vermisst hatte. Sie ging zielstrebig und sicher über das duftende Gras. Einen Moment lang sahen die beiden sich an. Dann umarmten sie sich.

Ich drehte mich um, wollte ihnen diesen Augenblick ganz allein für sich lassen.

Amy kam herübergeschlendert, sah mich fragend an und wedelte dann, als wolle sie sagen: »Keine Ahnung, was hier vorgeht, aber die Vibes sind gut!«

Ja, dachte ich und blickte aufs Meer hinaus. Was für ein grandioser Ausblick!

Das eigene Zuhause sollte für jeden Menschen der schönste Ort der Welt sein. Und natürlich könnte niemand mich davon überzeugen, dass es irgendwo anders schöner ist als auf den englischen Kanalinseln.

Vor allem deswegen nicht, weil hier, zwischen Meer und Felsen und all den blühenden Gärten, die Menschen leben, die ich am meisten liebe. Bei Sonnenschein und Drachensteigerwind genauso wie bei wildem Regen, Sturm und aufsprühender Gischt weit unten an den Klippen vor Guernsey.